Cariño, cuánto te odio
(The Hating Game)

Biografía

Sally Thorne vive en Canberra (Australia), donde dedica la mayor parte del día a redactar contratos y documentos de financiación. Todo superemocionante, sí. Por ello no es de extrañar que después del trabajo se sumerja en sus propios y divertidos mundos imaginarios. Vive en una casa repleta de juguetes *vintage*, un montón de cojines, una casita de muñecas encantada y el cerdito más adorable del mundo. *Cariño, cuánto te odio* se convirtió en un fenómeno editorial en todo el mundo y su adaptación cinematográfica, con Lucy Hale y Austin Stowell en los papeles de Lucy y Joshua, obtuvo un magnífico éxito de público.

Sally Thorne
Cariño, cuánto te odio
The Hating Game

Traducción de Santi del Rey

ESPASA

PEFC Certificado

Este libro procede de
bosques gestionados
de forma sostenible

PEFC/14-38-00305   www.pefc.es

Título original: *The Hating Game*

© Sally Thorne, 2016
   Publicado por acuerdo con William Morrow, un sello de HarperCollins Publishers
© por la traducción, Santi del Rey, 2017
© Editorial Planeta, S. A., 2017
   Espasa, un sello editorial de Editorial Planeta, S. A.
   Avda. Diagonal, 662-664, 08034 Barcelona (España)
   www.espasa.com
   www.planetadelibros.com

Diseño de la cubierta: Booket / Área Editorial Grupo Planeta
Ilustración de la cubierta: Shutterstock
Primera edición en Colección Booket: marzo de 2024
Primera edición en esta presentación: julio de 2025

Depósito legal: B. 11.653-2025
ISBN: 978-84-670-7807-7
Impreso en España

En memoria de Ivy Stone

1

Tengo una teoría. Odiar a una persona se parece de forma inquietante a estar enamorado de ella. He tenido mucho tiempo para comparar el amor y el odio, y éstas son las observaciones que he ido haciendo.

El amor y el odio son viscerales. Ya sólo de pensar en esa persona se te retuerce el estómago. El corazón te palpita con fuerza en el pecho: casi se te ve a través de la carne y la ropa. Pierdes el apetito y el sueño. Cada contacto con esa persona te llena la sangre de un tipo peligroso de adrenalina y te coloca al borde de una reacción radical: luchar o huir. Apenas conservas el dominio sobre tu cuerpo. Te consumes. Tienes miedo.

El amor y el odio son versiones especulares del mismo juego; y tú has de ganar a toda costa. ¿Por qué? Por tu corazón y por tu ego. En serio, sé de lo que hablo.

Es viernes por la tarde. Todavía voy a seguir encadenada a mi escritorio unas horas más. Me gustaría estar confinada en soledad, pero lamentablemente tengo un compañero de celda. Cada tictac de su reloj viene a ser como un dígito en la cuenta atrás, como una muesca raspada en la pared de la celda.

Estamos enzarzados en uno de nuestros juegos pueriles: un juego que no requiere palabras. Como todo lo que hacemos, es terriblemente inmaduro.

Lo primero que hay que saber de mí: me llamo Lucy

7

Hutton. Soy ayudante de dirección de Helene Pascal, la codirectora general de Bexley&Gamin.

En otros tiempos, nuestra pequeña editorial, Gamin Publishing, estaba al borde de la quiebra. Con la crisis económica, la gente no tenía dinero para pagar la hipoteca, y la literatura se había convertido en un producto de lujo. Por toda la ciudad cerraban librerías, como velas apagadas de un soplo. Nosotros nos preparábamos para un cierre prácticamente seguro.

En el último momento, sin embargo, llegamos a un acuerdo con otra editorial en apuros. Gamin Publishing se vio obligada a contraer un matrimonio de compromiso con el tambaleante imperio del mal conocido como Bexley Books, dirigido por el insoportable señor Bexley en persona.

Convencida cada una de las empresas de estar salvando a la otra, ambas recogieron sus bártulos y se trasladaron a su nuevo hogar conyugal. Ninguna de las dos partes estaba contenta, ni mucho menos. Los Bexleys recordaban el viejo futbolín de su comedor con una nostalgia de color sepia. No acababan de creer que los vanos y fantasiosos Gamins hubieran sobrevivido tanto tiempo con su aproximativo cumplimiento de los objetivos de rendimiento y su soñadora idea de la literatura como un arte. Los Bexleys creían que los números eran más importantes que las palabras. Los libros eran «unidades». Hay que vender las unidades previstas. Felicita a tu equipo. Vamos allá.

Los Gamins se estremecían de horror al ver cómo sus bulliciosos hermanastros prácticamente arrancaban las páginas de sus Brontës y sus Austens. ¿Cómo era posible que Bexley hubiera llegado a reunir a tantos tipos encorbatados de ideas clónicas que habrían encajado mejor en contabilidad o en asuntos legales? A los Gamins la idea de los libros como «unidades» les ofendía en lo más profundo. Los libros eran, y serían siempre, algo digno de respeto y dotado de magia.

Al cabo de un año, aún es posible deducir a simple vista la compañía de la que procede un empleado simplemente por su apariencia física. Los Bexleys son geometría pura y dura; los Gamins son trazos suaves y sinuosos. Los Bexleys se mueven como una manada de tiburones, siempre hablando de cifras y acaparando la sala de conferencias para celebrar sus espantosas reuniones de planificación. De maquinación, habría que decir más bien. Los Gamins se acurrucan en sus cubículos, como dulces palomas en un campanario, y examinan manuscritos en busca de la próxima sensación literaria. El aire que los rodea huele a té de jazmín y a papel impreso. Tienen en la pared a Shakespeare, como si fuera un chico de calendario.

El traslado a un nuevo edificio fue algo traumático, especialmente para los Gamins. Basta con tomar un plano de esta ciudad, trazar una línea recta entre los antiguos edificios de las dos empresas y marcar en rojo el punto situado exactamente a medio camino... Ahí es donde estamos. La nueva sede de Bexley & Gamin es una achaparrada mole gris de cemento junto a una importante vía de acceso, abarrotada de tráfico a partir de mediodía. Allí dentro hace un frío ártico por la mañana y un calor asfixiante por la tarde. El edificio, aun así, tiene un punto favorable: un *parking* subterráneo con algunas plazas libres, normalmente acaparadas por los empleados más madrugadores, o tal vez debería decir por los Bexleys.

Antes de la mudanza, Helene Pascal y el señor Bexley recorrieron el edificio y coincidieron, cosa insólita, en una cosa. La planta superior era insultante. ¿Únicamente un despacho ejecutivo? Hacía falta una reforma integral.

Tras una reunión de una hora para aportar ideas —una reunión tan cargada de hostilidad que los ojos de la interiorista brillaban de lágrimas contenidas—, el único término que consensuaron Helene y el señor Bexley para describir el estilo que buscaban fue «reluciente». Ése habría de ser su último acuerdo. La reforma cumplió fielmente el plan de diseño. La décima planta es ahora un cubo de cristal, acero y azulejos negros. Podrías depilarte las cejas usando como espejo cualquiera de las superficies: las paredes, los suelos, el techo. Hasta nuestros escritorios están hechos con enormes láminas de vidrio.

Estoy concentrada en el gran reflejo que tengo frente a mí. Levanto la mano y me miro las uñas. El reflejo sigue mi movimiento. Me paso los dedos por el pelo y me estiro el cuello de la blusa. Me he quedado en trance un momento. Casi se me ha olvidado que estoy jugando a ese jueguecito con Joshua.

Si estoy aquí con un compañero de celda es porque cada general enloquecido por el poder tiene un segundo en el mando para hacerle el trabajo sucio. La posibilidad de compartir un ayudante de dirección no llegó a considerarse nunca, porque habría implicado una concesión por parte de uno de los directores generales. Así pues, nos colocaron frente a las puertas de los dos nuevos despachos de dirección y nos abandonaron aquí, para que nos defendiéramos por nuestra cuenta.

Fue como si me hubieran arrojado a la arena del Coliseo y hubiera descubierto enseguida que no estaba sola.

Levanto otra vez la mano derecha. Mi reflejo me sigue ágilmente. Apoyo la barbilla en la palma de la mano y suelto un profundo suspiro, que enseguida encuentra eco. Arqueo la ceja izquierda, porque sé que él no puede hacerlo, y, como había previsto, su frente se arruga inútilmente. He ganado el juego. La satisfacción no se manifiesta en la expresión de mi rostro. Me mantengo tan apacible e inexpresiva como una muñeca. Permanecemos con la barbilla apoyada en la mano y nos miramos a los ojos.

Nunca estoy sola en esta oficina. Sentado frente a mí está el ayudante de dirección del señor Bexley. Su secuaz, su fiel criado. La segunda cosa y la más esencial que hay que saber de mí es ésta: odio a Joshua Templeman.

Ahora mismo está copiando cada movimiento que hago. Es el Juego del Espejo. A los ojos de un observador superficial, no resultaría tan evidente de entrada: él es sutil como una sombra. Pero para mí está más que claro. Cada uno de mis movimientos encuentra réplica en su lado de la oficina con un ligero retraso. Alzo la barbilla de la mano y me vuelvo hacia mi escritorio; él hace otro tanto con toda fluidez. Tengo veintiocho años, pero da la impresión de que me he caído por una grieta entre el cielo y el infierno y he acabado en el purgatorio. En un jardín de infancia. En un manicomio.

Tecleo mi clave de acceso: ODIO@JOSHU@FOREVER. Mis claves anteriores han sido siempre variaciones de lo mucho que odio a Joshua. Estoy casi segura de que su clave debe de ser ODIO@LUCIND@FOREVER. Suena mi teléfono. Julie Atkins, de derechos de autor, otro de mis tormentos. Me dan ganas de desenchufar el teléfono y tirarlo a un incinerador.

—Hola, ¿qué tal? —Siempre le imprimo una dosis adicional de simpatía a mi voz cuando hablo por teléfono.

Al otro lado de la oficina, Joshua pone los ojos en blanco mientras aporrea el teclado con saña.

—Quiero pedirte un favor, Lucy.

Casi soy capaz de anticipar sus palabras siguientes mientras las va pronunciando.

—Necesito una prórroga para el informe mensual. Me parece que me está entrando migraña. Ya no puedo seguir mirando esta pantalla más tiempo.

Julie es de esas personas insufribles que dicen «migraña», como si se tratara de una dolencia particular suya.

—Claro, entiendo. ¿Cuándo podrás tenerlo terminado?

—Eres un sol. Estará el lunes después del mediodía. Es que necesito llegar un poco más tarde.

Si acepto, el lunes tendré que quedarme hasta última hora para que el informe quede listo para la reunión del martes a las nueve. Ya empieza a ponerse chunga la semana que viene.

—De acuerdo. —Se me encoge el estómago mientras lo digo—. Pero lo más pronto que puedas, por favor.

—Ah, y Brian tampoco puede terminar hoy el suyo. Eres un cielo. Te agradezco tu amabilidad. Justo ahora estábamos comentando que ahí arriba, en la planta ejecutiva, tú eres la mejor: la persona más tratable de todas. Algunos, y no digo nombres, son una verdadera pesadilla.

Sus empalagosas palabras alivian un poco mi rabia.

—No tiene importancia. Hablamos el lunes. —Cuelgo el teléfono, y ni siquiera me hace falta mirar a Joshua. Ya sé que está meneando la cabeza.

Al cabo de un rato, le echo un vistazo. Me mira fijamente. Es como si faltaran dos minutos para la entrevista más importante de tu vida y bajaras un momento la vista a tu blusa blanca; tu pluma ha soltado tinta y te ha manchado el bolsillo (¡de color azul pavo real!). Sueltas mentalmente una obscenidad y sientes un espasmo de pánico en el estómago. Eres una idiota, la has pifiado. Bueno, pues ésa es la expresión que tiene Joshua en los ojos cuando me mira.

Ojalá pudiera decir que es feo. Tendría que ser un monstruito bajo y gordo, con el paladar hendido y los ojos llorosos. Un jorobado cojo. Con granos y verrugas. Con los dientes amarillentos y pestazo a cebolla. Pero no. Es más bien lo contrario. Una prueba más de que no hay justicia en este mundo.

Mi correo emite un pitido. Aparto bruscamente los ojos de la no-fealdad de Joshua y veo que Helene me ha pedido las cifras de previsión del presupuesto. Abro el informe del mes pasado como referencia y me pongo manos a la obra.

Dudo que la previsión de este mes vaya a presentar alguna mejora. La industria editorial va cada día más cuesta abajo. He oído resonar varias veces por estos pasillos la palabra «reestructuración», y ya sé cómo acaban estas cosas. Cada vez que salgo del ascensor y veo a Joshua ahí sentado, me pregunto: ¿por qué no me busco otro trabajo?

Yo me he sentido fascinada por las editoriales desde una excursión escolar que hice a los once años y que para mí fue decisiva. Ya entonces era una apasionada devoradora de libros. Mi vida giraba en torno a la visita semanal que hacía a la biblioteca del pueblo. Tomaba prestado el número máximo de títulos permitidos y era capaz de identificar a cada bibliotecario por el ruido de sus pisadas en los pasillos. Hasta esa excursión escolar, yo misma estaba totalmente decidida a convertirme en bibliotecaria. Incluso puse en práctica un sistema de clasificación para mi colección personal. En fin, era lo que se dice un ratón de biblioteca, una friki de los libros.

Antes de nuestra visita a la editorial, nunca me había parado a pensar en cómo llega a existir un libro. Para mí, fue una revelación. ¿Así que podías cobrar un sueldo por buscar autores, por leer libros y, en definitiva, por crearlos? ¿Libros con cubiertas nuevecitas, con las páginas perfectas, sin doblar y sin anotaciones a lápiz? Me quedé pasmada. A mí me encantaban los libros nuevos. Eran los que más me gustaba llevarme de la biblioteca. Al volver a casa, les dije a mis padres: «Cuando sea mayor, trabajaré en una editorial».

Es fantástico que esté cumpliendo un sueño infantil. Pero ahora mismo, si he de ser sincera, la principal razón de que no me busque otro trabajo es sencillamente ésta: no puedo permitir que Joshua acabe ganando.

Mientras trabajo, lo único que oigo son sus pulsaciones

de ametralladora sobre el teclado y el zumbido del aire acondicionado. De vez en cuando, coge la calculadora e introduce unas cifras. Me atrevo a apostar a que el señor Bexley también le ha ordenado que saque la previsión del presupuesto. Así, los dos codirectores generales podrán marchar hacia la batalla armados con cifras que quizá no coincidan. El combustible ideal para avivar las llamas de su odio.

—Disculpa, Joshua.

Él no me hace ni caso durante un minuto entero. Sus pulsaciones se intensifican. Beethoven al piano no le llega a la suela del zapato.

—¿Qué hay, Lucinda?

Ni siquiera mis padres me llaman Lucinda. Aprieto la mandíbula, pero enseguida relajo los músculos con sentimiento de culpa. Mi dentista me ha suplicado que haga un esfuerzo para evitar estas tensiones tan dañinas.

—¿Estás trabajando en la previsión presupuestaria del próximo trimestre?

Él levanta las dos manos del teclado y me mira fijamente.

—No.

Yo suelto la mitad del aire de mis pulmones y me vuelvo otra vez hacia mi escritorio.

—Ya la he terminado hace dos horas —dice, poniéndose a teclear de nuevo.

Miro fijamente mi hoja de cálculo y cuento hasta diez.

Los dos trabajamos deprisa y tenemos fama de resolutivos... Es decir, somos el tipo de empleado que termina las tareas pesadas y desagradables que los demás evitan a toda costa.

Yo prefiero sentarme con la gente y hablar las cosas cara a cara. Joshua, en cambio, funciona estrictamente por email. Al pie de sus mensajes siempre pone: «Sdos., J.». ¿Acaso se moriría por escribir «Saludos, Joshua»? Demasiadas pulsaciones, por lo visto. Seguro que ya tiene calculados cuántos minutos al año ahorra a B&G con esa fórmula.

Estamos al mismo nivel, pero somos como la noche y el día. Yo me esfuerzo por tener un aspecto corporativo, pero todo lo que llevo está ligeramente fuera de lugar en B&G. Soy una Gamin hasta la médula. Mi pintalabios es demasiado rojo; mi pelo, demasiado rebelde. Mis zapatos resuenan excesivamente en las baldosas del suelo. No me decido a utilizar mi tarjeta de crédito para comprarme un traje de chaqueta negro. Nunca tuve que llevar uno cuando estaba en Gamin, y me niego en redondo a asimilarme a los Bexleys. Mi vestuario se compone de prendas de punto con un toque retro. Como una especie de bibliotecaria elegante y chic; o eso espero.

Tardo cuarenta y cinco minutos en terminar la previsión presupuestaria. Trabajo contra reloj, aunque los números no sean mi fuerte, porque me imagino que Joshua ha tardado una hora. Incluso dentro de mi cabeza compito con él.

—¡Gracias, Lucy! —Oigo que me dice Helene, desde el otro lado de la puerta del despacho, cuando le mando el documento.

Vuelvo a revisar el buzón de mi correo. Lo tengo todo al día. Echo un vistazo al reloj. Las 15.15. Reviso mi pintalabios en el reflejo de los azulejos que hay junto a la pantalla del ordenador. Le echo un vistazo a Joshua, que me mira con expresión ceñuda y desdeñosa. Le sostengo la mirada. Ahora estamos jugando al Juego de las Miradas.

Debería aclarar que el objetivo último de nuestros juegos es conseguir que el otro sonría, o se eche a llorar. O algo parecido. Lo sabré con certeza cuando haya ganado.

Cuando conocí a Joshua, cometí un grave error: le sonreí. Le dediqué mi sonrisa más radiante, con todos los dientes y con los ojos centelleando de estúpido optimismo, convencida como estaba de que la fusión empresarial no iba a ser lo peor que me ha ocurrido en la vida. Él me escrutó de arriba abajo, de la coronilla a la suela de los zapatos. Yo sólo mido uno cincuenta y dos, o sea, que no tardó demasiado. Luego desvió la mirada hacia la ventana. No me sonrió; y yo tengo la sensación de que ha llevado guardada mi sonrisa en el bolsillo de la pechera desde ese día fatídico. Me saca un punto de ventaja. Tras ese comienzo poco afortunado, nos bastaron unas semanas para sucumbir a nuestra mutua hostilidad. Como cuando van cayendo gotas en la bañera y, al final, acaba rebosando.

Bostezo tapándome con la mano y miro el bolsillo de la pechera de Joshua, situado sobre su pectoral izquierdo. Cada día lleva una camisa de vestir idéntica, en distintos colores. Blanco, blanco crudo, crema, amarillo claro, mostaza, azul celeste, azul turquesa, gris perla, azul marino y negro. Las lleva siempre en esta secuencia invariable.

Dicho sea de paso, la que más me gusta es la azul turquesa, y la que menos, la de color mostaza, que es la que lleva ahora. Todas las camisas le sientan bien. Todos los colores le favorecen. Si yo llevara una blusa de color mostaza, tendría aspecto de cadáver. Él, en cambio, ahí está: tan bronceado y saludable como siempre.

—Hoy, mostaza —comento en voz alta. ¿Por qué me empeñaré en buscarle las cosquillas?—. Estoy deseando que llegue el azul celeste del lunes.

Me dirige una mirada engreída e irritada.

—Te fijas mucho en mí, Fresita. Pero te recuerdo que los comentarios sobre apariencia física van contra las normas del Departamento de Recursos Humanos de B&G.

Ah, el Juego de RR. HH. Hacía mucho tiempo que no jugábamos a eso.

—Deja de llamarme así o informaré a Recursos Humanos.

Cada uno lleva un registro de agravios del otro. Deduzco que él lo lleva, porque parece recordar todas mis transgresiones. El mío es un documento protegido con clave que tengo oculto en el disco duro y que recoge puntualmente todos los malos rollos que ha habido entre nosotros. Los dos nos hemos quejado a RR. HH. cuatro veces a lo largo del pasado año.

Él ha recibido una advertencia, de palabra y por escrito, acerca del apodo que me ha puesto. Yo he recibido dos advertencias; una de ellas por agresión verbal y por una travesura que se me fue de las manos y de la que no me siento orgullosa.

Ahora no acierta a encontrar una respuesta y ambos volvemos a mirarnos fijamente en silencio.

Estoy deseando que las camisas de Joshua se oscurezcan. Hoy toca azul marino; luego viene el negro. El Maravilloso Día de Cobro Negro.

Mis finanzas son de un color similar. Estoy a punto de hacer a pie un trayecto de veinticinco minutos desde B&G para recoger mi coche en el taller de Jerry, el mecánico, y fundir mi tarjeta de crédito casi hasta el límite. Mañana es día de cobro; entonces abonaré todo el saldo de la tarjeta...

Por desgracia, el coche sigue rezumando un líquido aceitoso durante todo el fin de semana, cosa que yo sólo advierto cuando las camisas de Joshua vuelven a ser tan blancas como el lomo de un unicornio. Llamo a Jerry. Le llevo otra vez el coche y subsisto con un presupuesto espartano. Las camisas se oscurecen de nuevo. Tengo que hacer algo con ese coche.

Ahora mismo, Joshua está apoyado en la entrada del despacho del señor Bexley. Su cuerpo ocupa la mayor parte del umbral. Lo sé porque estoy espiándole en el reflejo de la pared que hay junto a mi pantalla. Oigo una risa ronca, nada que ver con los rebuznos de asno del señor

Bexley. Me paso las palmas por los brazos, alisando los pelillos. No voy a volverme para mirar directamente, porque me pillará in fraganti. Siempre me pilla. Y entonces me ganaré una mirada ceñuda.

El reloj se arrastra lentamente hacia las 17.00. Veo por los ventanales las nubes grisáceas. Helene se ha marchado hace una hora: una de las ventajas de ser codirectora general consiste en trabajar las mismas horas que un colegial y en delegar todas las tareas en mí. El señor Bexley pasa más horas en su oficina porque su silla es extremadamente cómoda y, cuando el sol de la tarde entra por la ventana, suele dar una cabezada.

No pretendo dar a entender que Joshua y yo llevamos todo el peso de la planta superior, aunque a veces lo parece, la verdad. Los equipos de finanzas y ventas informan a Joshua directamente y él filtra esa enorme cantidad de datos, la convierte en un informe minúsculo y luego se ocupa de administrárselo a cucharadas a un señor Bexley que no deja de revolverse y protestar, con toda la cara roja.

A mí me informan el equipo editorial, el administrativo y el de marketing, y yo condenso sus informes mensuales en uno solo para Helene... Y supongo que también se lo sirvo a cucharaditas. Se lo encuaderno con espiral para que pueda leerlo en la cinta del gimnasio. Y utilizo su tipo de letra preferido.

Cada día en esta oficina es un desafío, un privilegio, un sacrificio y una frustración. Pero cuando pienso en todos los pasos que he ido dando para alcanzar este puesto, empezando desde los once años, vuelvo a ver las cosas en perspectiva. Recuerdo lo que me ha costado. Y me siento dispuesta a soportar a Joshua un poco más de tiempo.

Yo suelo llevar pasteles caseros a mis reuniones con los jefes de departamento, y todos me adoran. Dicen que «valgo mi peso en oro». Joshua lleva a sus reuniones malas noticias, y su peso suele medirse con otras sustancias menos nobles.

El señor Bexley pasa junto a mi mesa, maletín en mano. Supongo que debe de comprar la ropa en la tienda de tallas grandes y pequeñas de Humpty Dumpty[1]. ¿Cómo encuentra, si no, unos trajes tan cortos y tan anchos? Está medio calvo, tiene manchas de vejez y es asquerosamente rico. Su abuelo fundó Bexley Books. Una de las cosas que más le gustan es recordarle a Helene que ella simplemente fue *contratada* para ocupar su puesto (no lo heredó, como él). Es un viejo degenerado, tanto según Helene como según mis propias observaciones.

Me obligo a sonreírle. Su nombre de pila es Richard, pero yo lo llamo para mis adentros Fat Little Dick.[2]

—Buenas noches, señor Bexley.

—Buenas noches, Lucy. —Se detiene junto a mi mesa para mirar desde lo alto la pechera de mi blusa de seda roja.

—Espero que Joshua le haya dado el ejemplar de *The Glass Darkly* que he recogido para usted. El primero.

Fat Little Dick tiene una estantería enorme con todas y cada una de las novedades de B&G. Cada libro es el primero que llega de la imprenta. Es una tradición que inició su abuelo. A él le gusta alardear de esa colección ante las visitas, aunque una vez eché un vistazo a los anaqueles y vi que los lomos no tenían una sola grieta: estaban intactos.

—Ah, lo ha recogido, ¿eh? —El señor Bexley se vuelve para mirar a Joshua—. No me ha dicho usted nada, doctor Josh.

1. Humpty Dumpty es un personaje en una rima infantil inglesa, representado como un huevo antropomórfico o personificado. (*N. del t.*)

2. Dick es el diminutivo de Richard (El Gordo y Canijo Dick), pero también significa *polla* (Gordo Polla Pequeña). (*N. del t.*)

Seguramente Fat Little Dick lo llama así, «doctor Josh», por su frialdad clínica. Una vez oí comentar que, cuando las cosas se pusieron realmente feas en Bexley Books, Joshua planeó y dirigió la extirpación quirúrgica de un tercio de la plantilla. No sé cómo se las arregla para dormir por las noches.

—Con tal de que lo acabe recibiendo, no importa —responde Joshua sin alterarse, y Bexley recuerda entonces que el jefe, en realidad, es él.

—Sí, claro —resopla mientras vuelve a bajar los ojos hacia mi blusa—. Buen trabajo, pareja.

Cuando se mete en el ascensor, examino mi blusa. Tengo todos los botones abrochados. ¿Qué demonios verá? Levanto la vista hacia los azulejos de espejo del techo y apenas distingo un diminuto triángulo de escote, velado por las sombras.

—Si te abotonas más, no te veremos la cara —dice Joshua, mirando su pantalla, mientras finaliza la sesión.

—Quizá podrías decirle a tu jefe que me mire a la cara de vez en cuando. —Yo también apago el ordenador.

—Seguramente trata de verte los circuitos de la placa base. O se pregunta con qué combustible funcionas.

Me encojo de hombros, ya con el abrigo puesto.

—Mi combustible es el odio que me provocas.

Josh tuerce la boca un instante; esta vez casi lo he pillado. Observo cómo se rehace y adopta una expresión neutral.

—Si tanto te molesta, deberías decírselo tú. Defenderte por ti misma. Bueno, ¿y cuál es el plan esta noche?, ¿pintarte las uñas desesperadamente sola?

¿Habrá acertado por chiripa?

—Sí. ¿Y tú, qué? ¿La pasarás masturbándote y llorando en la almohada, doctor Josh?

Él mira el botón superior de mi blusa.

—Sí, exacto. Y no me llames así.

Me trago una risotada.

Nos empujamos sin la menor simpatía al subir al ascensor. Él pulsa el botón del sótano; yo, el de la planta baja.

—¿Vas en autostop?

—Tengo el coche en el taller.

Me pongo los zapatos planos y guardo los de tacón en el bolso. Ahora aún se me ve más baja. En el reflejo deslustrado de las puertas del ascensor, observo que apenas le llego a la mitad del bíceps. Parezco un chihuahua al lado de un gran danés.

Las puertas del ascensor se abren en el vestíbulo del edificio. En el exterior de B&G hay una neblina azulada, llueve ligeramente y hace un frío de cámara frigorífica; y, además, acechan montones de violadores y asesinos. Una triste hoja de periódico pasa volando por la calle justo en ese momento.

Él sujeta la puerta del ascensor con una mano enorme y se asoma para echar un vistazo fuera. Luego vuelve esos ojos de color azul oscuro hacia los míos y frunce la frente. Una burbuja conocida se perfila en mi mente: «Ojalá fuese mi amigo». Me apresuro a pincharla con una aguja.

—Te llevo en mi coche —balbucea.

—Uy, ni hablar —contesto por encima del hombro, y me alejo corriendo.

2

Es miércoles, camisa crema. Joshua se ha ido a un almuerzo. Últimamente me ha hecho varios comentarios sobre mis gustos y mis costumbres. Unos comentarios tan certeros que estoy casi segura de que ha estado fisgoneando entre mis cosas. El conocimiento es poder, y yo no tengo demasiado.

Primero llevo a cabo un examen forense de mi escritorio. Tanto Helene como el señor Bexley desprecian los calendarios informáticos, así que hemos de llevar sendas agendas de papel como si fuéramos pasantes de una novela de Dickens. En la mía, sólo figuran las citas de Helene. Yo bloqueo obsesivamente mi ordenador hasta para ir a la impresora. ¿Dejar el ordenador desbloqueado a merced de Joshua? Sería como pasarle los códigos nucleares.

En Gamin Publishing, mi escritorio era una fortaleza construida a base de libros. Los bolígrafos los guardaba en los huecos entre los lomos. Cuando estaba instalándome en la nueva oficina, vi lo impoluto que mantenía Joshua su escritorio y me sentí terriblemente infantil. Volví a llevarme a casa mi calendario con la frase del día y mis figuritas de los pitufos.

Antes de la fusión, yo tenía una amiga íntima en el trabajo. Val Stone se llamaba. Val y yo nos sentábamos en los gastados sofás de cuero de la sala de personal y nos entregábamos a nuestro juego favorito: pintarrajear sistemáticamente las fotos de la gente guapa de las revistas. Yo le ponía un bigote a Naomi Campbell, Val le borraba un diente con tinta negra, y al final la cara de la modelo se convertía en un verdadero engendro cubierto de cicatrices, con un ojo tapado por un parche y otro inyectado en sangre, e incluso con unos cuernos diabólicos. Cuando la foto estaba totalmente arruinada y empezábamos a aburrirnos, pasábamos a la siguiente.

Val fue una de las empleadas que despidieron y se enfureció conmigo porque no la había avisado de ningún modo. Tampoco es que hubiera podido hacerlo, aun en el caso de haberlo sabido. Pero ella no me creyó. Me vuelvo lentamente, y mi reflejo gira simultáneamente en veinte superficies distintas. Me veo reproducida en todos los tamaños: como una figurita de caja de música y como un monstruo de pantalla panorámica. Mi falda de color rojo cereza revolotea suavemente; doy otra vuelta sobre mí misma por simple capricho, tratando de sacudirme la desagradable sensación que me entra siempre que pienso en Val.

Bueno, mi auditoría confirma que hay un bolígrafo rojo, uno negro y uno azul en mi mesa. Pósits de color rosa. Un pintalabios. Una caja de pañuelos para limpiarme el pintalabios y las lágrimas de frustración. Mi agenda. Nada más.

Ejecuto unos pasos arrastrados de claqué por la superautopista de mármol. Ahora estoy en Territorio Joshua. Me siento en su silla y lo examino todo con sus ojos. Tiene la silla tan alta que no toco el suelo con la punta de los pies. Meneo el trasero un poco más a fondo en el asiento de cuero. Una sensación totalmente obscena. Mantengo todo el rato un ojo fijo en el ascensor y con el otro examino su escritorio buscando pistas.

El suyo es una versión masculina del mío. Pósits azules. Un lápiz bien afilado junto a tres bolígrafos. Una lata de pastillas de menta, en vez del pintalabios. Le robo una y la guardo en el diminuto bolsillo de la falda. Me imagino a mí misma en la sección de laxantes de una farmacia buscando una pastillita similar y no puedo evitar una risita. Sacudo el cajón del escritorio. Cerrado con llave. El ordenador igual: bloqueado con una clave. Esto es Fort Knox. Muy listo, Templeman. Hago unos cuantos intentos con la clave de acceso. En vano. Desde luego no es ODIO@LU-CIND@FOREVER. A lo mejor no me odia tanto.

No tiene en el escritorio la típica fotografía enmarcada con su pareja o un ser querido. Ni sonrisas a la cámara, ni perro dando alegres saltos ni recuerdo de una playa idílica. Dudo mucho que quiera a nadie lo suficiente para tenerlo en un retrato. Durante una de sus exaltadas diatribas en una reunión de ventas, Fat Little Dick le soltó con tono sarcástico: «Tenemos que buscarle una novia, doctor Josh».

Joshua respondió: «Tiene razón, jefe. Ya he visto en otras personas los estragos de una sequía demasiado prolongada». Y mientras lo decía, me miraba a mí. Recuerdo perfectamente la fecha. La consigné en mi registro de agravios para RR. HH.

Noto un leve hormigueo en mis narinas. ¿La colonia de Joshua? ¿Las feromonas que segrega por los poros? ¡Qué asco! Abro su agenda y observo una cosa: unos códigos a lápiz que recorren de arriba abajo las columnas de cada día. Sintiéndome como en una película de James Bond, alzo mi teléfono móvil y consigo sacar una foto.

Una sola, porque en ese momento oigo los cables en el hueco del ascensor y me levanto de un salto. Me sitúo rápidamente al otro lado de su escritorio y acierto a cerrar la agenda de golpe antes de que se abran las puertas del ascensor y aparezca Joshua. Veo de reojo que su silla aún gira lentamente.

Pillada in fraganti.

—¿Qué estás haciendo?

El móvil ya lo tengo a buen recaudo en el elástico de las bragas. Nota mental: desinfectar el teléfono.

—Nada. —Hay un temblor en mi voz que me condena en el acto—. Estaba mirando si va a llover esta tarde. Y he chocado con tu silla. Perdona.

Él avanza como un Drácula flotante. Su aire amenazador, sin embargo, se ve arruinado por la bolsa de una tienda de deportes que lleva en la mano y que va crujiendo contra su pierna. A juzgar por la forma, contiene una caja de zapatos.

Me imagino al pobre dependiente que ha tenido que ayudarle a escoger calzado: «Necesito unos zapatos adecuados para acabar con los objetivos que asesino por encargo en mis horas libres. Deben tener la mejor relación calidad-precio posible. Mi número es el cuarenta y dos».

Antes que nada, examina su escritorio: la pantalla del ordenador y su inocuo cuadro de acceso; la agenda cerrada. Suelto el aire disimuladamente con un suspiro controlado. Joshua deja la bolsa en el suelo y se me acerca tanto que sus mocasines de cuero rozan la punta de mis zapatos de charol.

—¿Por qué no me explicas qué estabas haciendo exactamente junto a mi escritorio?

Nunca hemos jugado al Juego de las Miradas a tan escasa distancia. Me siento como una mocosa de metro cincuenta y dos. Ésa es la cruz que he llevado a cuestas toda mi vida. Mi corta estatura es un tema de conversación mortificante. Joshua mide al menos uno noventa. Un metro noventa. Quizá más. Un gigante. Y está hecho de materiales resistentes, además.

Animosamente, le sostengo la mirada. Yo puedo estar donde me plazca en esta oficina. Que le den. Como un animal amenazado que intenta parecer más grande, pongo los brazos en jarras y adopto una expresión desafiante.

No es feo, la verdad, ya lo he dicho antes, pero siempre me cuesta describirlo. Hace un tiempo, mientras cenaba sentada en el sofá, vi en la tele una noticia sobre un viejo cómic de Superman que había alcanzado un precio récord en una subasta. Una mano con guante blanco iba pasando las páginas, y aquellos anticuados dibujos de Clark Kent me recordaron a Joshua.

Como en el caso de Clark Kent, la estatura y la complexión de Joshua quedan ocultas bajo unas ropas pensadas para disimular y pasar desapercibido entre la gente. Nadie en el *Daily Planet* sabe nada acerca de Clark. Bajo esas camisas tan formales, Joshua podría tener un físico anodino o estar tan cuadrado como Superman. Quién sabe. Es un misterio.

No tiene el rizo en la frente ni las gafitas de pasta negra, pero sí la mandíbula recia y viril, y también la boca bonita y enfurruñada. Yo siempre había pensado que su pelo era negro, pero ahora que lo veo de cerca observo que es castaño oscuro. No se lo peina con tanta pulcritud como Clark. Y no hay duda: tiene los ojos del color de la tinta azul y una mirada láser, y probablemente otros superpoderes.

Pero Clark Kent es un encanto, un chico torpe y blando, y Joshua, en cambio, no se distingue por sus suaves modales. Él es un cínico y sarcástico bizarro, el doble imperfecto de Clark Kent (y de Superman) que aterroriza a todo el mundo en la redacción y atormenta a la pobre Lois Lane hasta hacerla llorar por las noches sobre la almohada.

A mí no me gustan los tipos grandotes. Son como caballos. Podrían pisotearte si te cayeras al suelo. Ahora está haciendo una auditoría de mi apariencia, con los ojos entornados. Yo hago igual. Me gustaría saber qué aspecto tiene mi coronilla. Seguro que él sólo fornica con amazonas. Nuestras miradas chocan frontalmente. Es posible que lo de comparar sus ojos con una mancha de tinta haya sido excesivo. Pero la verdad es que estos ojos son un derroche en un tipo como él.

Para no morir de asfixia, inspiro de mala gana una bocanada de aire con aroma a cedro y pino. Huele como un lápiz recién afilado. Como un árbol de Navidad en una habitación fría y oscura. Aunque empiezo a sentir calambres en los tendones del cuello, no me permito por nada del mundo bajar la mirada. Si lo hiciera, tal vez le miraría la boca, pero ya la veo lo suficiente cuando se pone a lanzarme insultos desde el otro lado de la oficina. ¿Por qué habría de querer verla más de cerca?

Suena la campanilla de las puertas del ascensor, como atendiendo a mis plegarias, y entra Andy, el mensajero.

Andy tiene toda la pinta de un extra de película que luego, en los créditos, aparece simplemente como «Mensajero». Curtido, cuarentón, ataviado con un uniforme amarillo fosforito. Las gafas de sol las lleva sobre la cabeza como una diadema. Igual que la mayoría de los mensajeros, ameniza su jornada coqueteando con todos los miembros del sexo femenino por debajo de los sesenta con los que se tropieza.

—¡Ay, la preciosa Luce! —Lo suelta con tal entusiasmo que oigo a Fat Little Dick despertar con un resoplido en su oficina.

—¡Andy! —digo, escabulléndome hacia mi mesa.

Sería capaz de darle un abrazo por interrumpir lo que ya empezaba a ser un juego nuevo un tanto extraño. Trae un paquetito en la mano, no más grande que un cubo de Rubik. Tiene que ser mi pitufina de 1984 con uniforme de béisbol. Una pieza superrara, una verdadera monada. Siempre he deseado tenerla y he seguido con ansia su trayecto a través del número de pedido.

—Ya sé que prefieres que te avise desde el vestíbulo cuando llegan tus pitufos, pero nadie respondía.

He desviado mi línea fija al teléfono móvil, que ahora

mismo se encuentra situado junto a mi cadera, bajo el elástico de las bragas. Así que el hormigueo que sentía era eso. Uf, qué alivio. Ya creía que tenía que hacerme revisar la azotea.

—¿Pitufos? —Joshua nos mira con los ojos entornados, como si hubiéramos perdido la chaveta.

—Bueno, seguro que tienes mucho trabajo, Andy. No te entretengo más. —Me apresuro a coger el paquetito, pero ya es demasiado tarde.

—Es la pasión de su vida. Se muere por los pitufos. Son esos pequeños personajes azules. Como así de grandes. Con un gorro blanco. —Andy separa un centímetro el índice y el pulgar.

—Ya sé lo que son los pitufos —dice Joshua irritado.

—No es que me muera por ellos, qué exagerado. —El tono de mi voz delata que estoy mintiendo.

A Joshua le entra una tos repentina que suena sospechosamente como una risita.

—Pitufos, ¿eh? Así que eso es lo que contienen esas cajitas. Yo creía que estabas comprando tus diminutas prendas online. ¿Te parece apropiado hacer que te entreguen cosas personales en tu lugar de trabajo, Lucinda?

—Tiene un armario lleno de esos muñequitos. Incluso tiene... ¿Cómo era? ¿Un pitufo de Thomas Edison? Es una pieza única, Josh. Se la regalaron sus padres cuando se graduó en secundaria. —Andy continúa humillándome alegremente.

—¡Silencio, Andy! ¿Tú cómo estás? ¿Todo bien? —Con mano sudorosa, firmo conforme he recibido el paquete en su dispositivo portátil. Será bocazas.

—¿Te compraron un pitufo al graduarte? —Joshua se sienta, como desplomándose, y me estudia con cínico interés. Espero no haber calentado el cuero de la silla.

—Sí, bueno, seguro que a ti te compraron un coche o algo así. —Me siento horriblemente mortificada.

—Todo bien, cielo —me informa Andy mientras vuelve a coger el chisme, pulsa unos botones y se lo guarda en el bolsillo.

Ahora que la parte administrativa de su misión ha finalizado, esboza una sonrisita seductora.

—Y mejor todavía después de verte. Te lo aseguro, amigo mío —añade, mirando a Joshua—, si yo tuviera sentada delante a esta despampanante criatura, no podría dar ni golpe.

Andy mete los pulgares en los bolsillos y me sonríe. No quiero herir sus sentimientos, así que pongo los ojos en blanco con expresión simpática.

—Sí, es una lucha —dice Joshua con sarcasmo—. Tú tienes la suerte de poder largarte.

—Debe tener el corazón de piedra —me dice Andy.

— Sin duda. Si consigo noquearlo y meterlo en un cajón, ¿podrías mandarlo a algún país remoto? —Me inclino sobre mi mesa y examino el paquetito.

—Las tarifas internacionales han subido —me advierte Andy. Joshua menea la cabeza, con aire aburrido, y empieza a introducir la clave en su ordenador.

—Tengo mis ahorrillos. Y seguro que a Joshua le encantarían unas vacaciones de aventura en Zimbabue.

—Tú tienes una vena malvada, ¿eh? —dice Andy.

Suena un pitido en su bolsillo y empieza a rebuscar mientras camina hacia el ascensor.

—Bueno, preciosa. Ha sido un placer, como siempre. Nos veremos pronto, seguro. Después de la próxima subasta online.

—Adiós, Andy. —En cuanto ha desaparecido en el ascensor, me vuelvo hacia mi escritorio, adoptando automáticamente una expresión neutra.

—Absolutamente patético.

Suelto un pitido de advertencia, como el de los programas de preguntas y respuestas.

29

—¿De qué hablas, Joshua Templeman?

—De Lucinda coqueteando con los mensajeros. Patético.

Ya está aporreando el tecleado. No cabe duda de que domina la mecanografía al tacto. Paso junto a su escritorio y me siento gratificada al ver que está pulsando repetidamente la tecla de retroceso.

—Soy amable con él.

—¿Tú?, ¿amable?

Me sorprende lo dolida que me siento.

—Soy una persona encantadora. Pregúntale a cualquiera.

—Vale. A ver, Josh, ¿a ti te parece encantadora? —se pregunta a sí mismo—. Hmmm..., déjame pensar.

Coge su lata de pastillas de menta, abre la tapa, las examina, vuelve a cerrarla y levanta la vista hacia mí. Yo abro la boca y saco la lengua como un enfermo mental ante la ventanilla de la medicación.

—Bueno, tiene algunas cosas encantadoras, supongo.

Alzo el dedo en señal de advertencia y pronuncio secamente las palabras:

—Recursos Humanos.

Él se endereza en la silla, pero la comisura de sus labios se mueve ligeramente. Ojalá pudiera estirárselos con los pulgares hasta arrancarle una enorme sonrisa de perturbado. Mientras la policía me sacara esposada de la oficina, yo gritaría: «¡Sonríe de una vez, maldito!».

Hemos de ponernos a la par, porque esto no es justo. Él tiene una de mis sonrisas, y, además, me ha visto sonreír a infinidad de personas. En cambio, yo nunca le he visto sonreír ni he podido verle más que una cara inexpresiva, aburrida, malhumorada, suspicaz, vigilante y resentida. A veces, después de una de nuestras discusiones, tiene otra expresión en la cara. Su expresión de asesino en serie.

Regreso a la fila central de las baldosas y noto que él vuelve la cabeza.

—No es que me importe tu opinión, pero yo soy muy apreciada aquí. Todo el mundo está entusiasmado con mi club de lectura. Que tú ya dejaste claro que consideras insulso, pero que servirá para fomentar el espíritu de equipo. Lo cual tiene mucha importancia en el lugar donde trabajamos.

—Eres una auténtica líder.

—Me encargo de las donaciones a las bibliotecas. Organizo la fiesta de Navidad. Dejo que los becarios observen cómo trabajo. —Voy contando con los dedos a medida que repaso mis méritos.

—No estás haciendo demasiado para convencerme de que no te importa mi opinión. —Se echa más hacia atrás en la silla, entrelazando los dedos relajadamente sobre el abdomen. El botón junto a su pulgar está medio suelto. Algo en mi expresión le impulsa a bajar la mirada y a abrochárselo bien.

—Lo que tú pienses me tiene sin cuidado. Pero quiero caerle bien a la gente normal.

—Conseguir que la gente te adore es toda una adicción para ti. —Lo dice de un modo que me provoca náuseas.

—Bueno, ya me disculparás por hacer lo posible para mantener una buena reputación. Por intentar ser positiva. A ti lo que te provoca adicción es que te odien. Fíjate si nos parecemos.

Me siento y sacudo el ratón del ordenador unas diez veces con todas mis fuerzas. Sus palabras me hieren en lo más vivo. Joshua es como un espejo que me muestra las peores partes de mí misma. Es como volver al colegio otra vez: la diminuta Lucy, la renacuaja del grupo, explotando su patético atractivo para evitar que la pisotearan los mayores. Yo siempre he sido la mascota, el amuleto de la suerte, la enana a la que empujaban en el columpio o llevaban en carretilla. Siempre mimada y consentida. Quizá sí es cierto que soy un poco patética.

—Alguna vez deberías intentar que no te importara una mierda la opinión de los demás. Es una sensación liberadora, te lo aseguro. —Sus labios se tensan, y una extraña sombra cruza su rostro. Es sólo un instante, enseguida desaparece.

—No te he pedido consejo, Joshua. Lo que me da rabia es que siempre acabas arrastrándome y haciendo que me rebaje a tu nivel.

—¿Y a qué nivel crees que te arrastro exactamente? —Su voz adopta un dejo aterciopelado. Se muerde el labio inferior—. ¿Al nivel horizontal tal vez?

Mentalmente, pulso «Intro» en mi registro de agravios y empiezo a redactar otra línea para Recursos Humanos.

—Eres repugnante. Vete a la mierda. —Creo que voy a darme el gusto de bajar al sótano a pegar un grito.

—Ahí está. Conmigo no tienes problema para mandarme a la mierda. Ya es un comienzo. Te sienta bien. Ahora inténtalo con otros. Ni siquiera te das cuenta de cómo abusa la gente de ti. ¿Cómo pretendes que te tomen en serio? Deja de conceder prórrogas cada mes a las mismas personas.

—No sé a qué te refieres.

—A Julie.

—No es cada mes.

Lo odio. Porque tiene razón.

—Ya lo creo, cada mes. Y tú tienes que partirte el lomo trabajando hasta las tantas para cumplir tu propio plazo de entrega. ¿Alguna vez me has visto a mí hacer eso? No. Esos gilipollas de abajo siempre me entregan el informe a tiempo.

Recurro a una frase del libro de autoayuda sobre reafirmación personal que tengo en la mesita de noche.

—No quiero continuar esta conversación.

—Te estoy dando un buen consejo; deberías aceptarlo. Y deja ya de recogerle a Helene la ropa de la tintorería. Esa tarea no te corresponde a ti.

—Voy a poner fin a esta conversación. —Me levanto. Quizá salga a dar una vuelta para desahogarme.

—Y al mensajero, por Dios, déjalo tranquilo. El pobre tipo cree que coqueteas con él.

—Eso es lo que dice la gente de ti. —Es una réplica desafortunada, pero me ha salido automáticamente, sin pensarlo. Trato de rebobinar la escena. No funciona.

—¿Crees que es eso lo que hacemos tú y yo? ¿Coquetear?

Se arrellana en la silla de una forma que a mí nunca me sale. El respaldo de la mía no se mueve cuando intento reclinarme. Sólo consigo rodar hacia atrás y chocar con la pared.

—Mira, Fresita. Si estuviéramos coqueteando, te habrías dado cuenta.

Nuestros ojos se encuentran y siento un vuelco extraño en mi estómago. Esta conversación está tomando un giro peligroso.

—¿Quizá porque estaría traumatizada?

—Porque te dedicarías a recordarlo más tarde, cuando estuvieras en la cama.

—Así que has estado imaginándote mi cama, ¿no? —acierto a replicar.

Él pestañea. Una extraña expresión se extiende por su rostro. Como si supiera algo que yo no sé. Una expresión engreída y masculina que me provoca una oleada de odio.

—Apuesto a que es una cama muy pequeña.

Casi echo fuego por la boca. Me entran ganas de rodear su escritorio, apartarle los pies y plantarme entre sus piernas separadas. Así colocada, pondría la rodilla en el reducido triángulo del asiento justo por debajo de su ingle, me subiría encima y le haría gemir de dolor.

Le aflojaría la corbata y le desabotonaría el cuello de la camisa. Rodearía con las manos su recio cuello bronceado y apretaría con todas mis fuerzas. Sentiría su piel caliente bajo mis dedos, su cuerpo forcejando, y el aroma a cedro y pino entre ambos, abrasándome las narinas como un humo fragante.

—¿Qué te estás imaginando? Tienes una expresión obscena.

—Que te estrangulo. Con las manos desnudas. —Apenas consigo articular las palabras. Me sale una voz más ronca que la de una operadora de línea sexual después de un doble turno.

—Así que es eso lo que te pone. —Sus ojos empiezan a oscurecerse.

—Sólo cuando se trata de ti.

Mientras sus ojos se vuelven completamente negros, alza las cejas y abre mucho la boca, pero no consigue decir palabra.

Qué maravilla.

Es un día de camisa azul celeste cuando recuerdo la foto que saqué de su agenda. Después de leer el Informe trimestral de previsión editorial y de hacerle un resumen a Helene, envío la fotografía desde el móvil a mi ordenador. Enseguida echo un vistazo alrededor como si fuera una criminal.

Joshua se ha pasado la mañana en el despacho de Fat Little Dick, y las horas han transcurrido de un modo lento y extraño. Esto se queda muy tranquilo sin alguien a quien odiar.

Pulso «Imprimir», cierro el ordenador y cruzo el pasillo con un repiqueteo de tacones. Saco dos fotocopias sucesivas de la hoja impresa para oscurecer la imagen y hacer más visibles las líneas a lápiz. Huelga decir que trituro todas las pruebas desechables. Ojalá pudiera triturarlas dos veces.

Joshua ha empezado ahora a guardar la agenda bajo llave.

Me apoyo en la pared y giro la hoja hacia la luz. La foto abarca el lunes y el martes de hace un par de semanas. Distingo fácilmente las citas del señor Bexley. Pero junto al lunes hay una V. Y junto al martes una F. Hay una serie de rayitas que suman ocho en total. Puntos cerca de la hora del almuerzo. Una hilera de cuatro X y seis pequeñas barras oblicuas.

Disimuladamente, le doy vueltas al asunto toda la tarde. Me entra la tentación de bajar a seguridad y pedirle a Scott las cintas de vigilancia de ese período, pero Helene podría enterarse. E implicaría malgastar los recursos de la empresa; eso sin contar las fotocopias ilícitas y la desatención a mi trabajo.

Pasan las horas sin que se me ocurra una solución. Ahora ya es media tarde y Joshua vuelve a ocupar su lugar frente a mí. Su camisa azul reluce como un iceberg. Cuando finalmente comprendo cómo descifrar las marcas de lápiz, me doy una palmada en la frente. Me parece increíble lo lenta que he sido.

—Gracias. Me moría de ganas de hacer eso desde hace rato —dice Joshua sin apartar los ojos de su pantalla.

Es bien sencillo. Él no sabe que he visto su agenda y sus códigos secretos: observaré cuándo utiliza el lápiz y averiguaré la correlación.

Que empiece el Juego del Espionaje.

3

No obtengo resultados rápidos en el Juego del Espionaje. Pasan los días, y, para cuando Joshua se presenta con camisa gris perla, me siento en un punto muerto. Él ha percibido mi redoblado interés en sus actividades y se ha vuelto incluso más furtivo y suspicaz. Habré de engatusarlo de algún modo. Nunca voy a ver ese lápiz en movimiento si lo único que hace es mirar la pantalla con el ceño medio fruncido.

Empiezo un juego que yo llamo «Eres tan...». Funciona así:

—Eres tan... Bah, no importa. —Suspiro.

Él muerde el anzuelo.

—Guapo. Inteligente. No, espera. Superior a todos. Empiezas a entrar en razón, Lucinda.

Cierra su ordenador y abre la agenda. Su mano planea sobre la taza de los lápices y bolígrafos. Contengo la respiración. Él frunce el ceño y vuelve a cerrar la agenda de golpe. La camisa gris perla tendría que darle aspecto de androide, pero siempre se las arregla para parecer guapo e inteligente. Es insoportable.

—Eres tan... previsible. —Intuyo de algún modo que eso le herirá en lo más vivo. Sus ojos se convierten en ranuras fulgurantes de odio.

—¿Ah, sí? ¿Por qué?

El juego Eres tan... ofrece a ambos jugadores la oportunidad de decirse sin tapujos lo mucho que se odian.

—Camisas. Humores. Pautas. Las personas como tú no pueden triunfar. Si alguna vez te salieras de tu papel y me sorprendieras, me moriría del shock.

—¿Debo tomármelo como un desafío personal? —Baja la vista a su mesa, con aire pensativo.

—Me gustaría ver cómo lo intentas. Eres tan... inflexible.

—¿Y se supone que tú eres tan flexible?

—Mucho. —Me ha pillado, pero es cierto: podría tocarme la cara con el pie ahora mismo. Me recupero del golpe arqueando una ceja y contemplando el techo con una sonrisita. Cuando vuelvo a mirarle a los ojos, mi boca es un pequeño capullo neutro reflejado en un centenar de superficies relucientes.

Él baja lentamente la vista al suelo. Yo extiendo las piernas y cruzo los tobillos, recordando demasiado tarde que me he quitado antes los zapatos. Es difícil ejercer de archienemiga cuando se te ven las uñas de los pies pintadas de rojo.

—O sea, que si hiciera algo saliéndome de mi papel, ¿te morirías del shock?

Veo mi cara reflejada en los paneles que tiene junto al hombro: una versión de mí misma ojinegra y desmelenada. Mi pelo oscuro cae en torno a mis hombros en llamaradas escaladas.

—Entonces quizá sí me valdría la pena.

De lunes a viernes, él me convierte en una mujer de aspecto espeluznante. Parezco una adivina gitana anunciando a gritos una muerte inminente. O una loca furiosa, segundos antes de arrancarse los ojos con las uñas.

—Vaya, vaya. Lucinda Hutton. La pequeña chica flexible.

Está otra vez reclinado en su silla, con los dos pies en el suelo apuntando hacia mí como revólveres en un tiroteo del salvaje Oeste.

—Recursos Humanos —le digo cortante. Estoy perdiendo este juego y él lo sabe. Apelar a RR. HH. es rendirse prácticamente.

Él coge el lápiz y aprieta la punta afilada sobre la almohadilla de su pulgar. Supongamos que un ser humano pudiera sonreír sin mover la cara: es justo lo que acaba de hacer.

—Quería decir que eres tan... flexible en tu forma de abordar las cosas. Debe de ser por el modo que te han educado, Fresita. ¿A qué habías dicho que se dedicaban tus padres?

—Sabes perfectamente a qué se dedican. —Estoy demasiado ocupada para estas tonterías. Cojo un montón de pósits antiguos y empiezo a clasificarlos.

—Cultivan... —dice, alzando la vista al techo, como si estuviera devanándose los sesos—. Sí, cultivan... —Deja la frase flotando en el aire una eternidad.

Es una auténtica agonía. Hago un esfuerzo para no llenar el silencio, pero la palabra que tanto le divierte sale de mi boca como una maldición.

—Fresas. —De ahí el apodo que me ha puesto. Me doy el gusto de rechinar los dientes. Mi dentista no se enterará.

—Fresas Sky Diamond. Qué mono. Mira, he añadido el blog a mis marcadores. —Hace doble clic con el ratón y gira su pantalla hacia mí para mostrármelo.

Me entra una vergüenza tan brutal que se me tuerce algo por dentro. ¿Cómo lo habrá averiguado? Mi madre debe de estar llamando ahora mismo a mi padre. «¡Nigel, cariño! ¡El blog ha tenido una visita!»

El «Diario de Sky Diamond». Sí, en serio. «Diario.» Yo no lo miro desde hace tiempo; no consigo mantenerme al día. Mamá trabajaba en el periódico local cuando conoció a papá, pero lo dejó para tenerme a mí, y luego abrieron la granja. Conociendo sus antecedentes, las entradas diarias del blog cobran sentido: un sentido más bien melancólico.

Miro la pantalla de Joshua guiñando los ojos. La crónica de hoy va sobre irrigación.

Nuestra granja abastece a tres mercadillos agrícolas locales y a una cadena de comestibles. Hay un campo para que los turistas recojan ellos mismos las fresas, y mamá vende tarros de conservas. Cuando hace calor, prepara helado artesano casero. Sky Diamond recibió hace dos años el certificado de producto orgánico, lo cual fue superimportante para ellos. El negocio funciona con altibajos, dependiendo del clima.

Todavía ahora, cuando voy a casa, tengo que hacer mi turno en la verja de entrada y explicar a los visitantes las diferencias de sabor entre las fresas Earliglow y Diamante. Entre las Camino Real y las Everbearer. Parecen nombres de elegantes coches antiguos. Poca gente ve mi placa de identificación y relaciona mi nombre con el de la granja. Los fanáticos de los Beatles[3] que se dan cuenta se sienten profundamente complacidos, no sin un punto de engreimiento.

No hace falta mucha imaginación para adivinar lo que como cuando siento añoranza.

—No, no es posible...

—Y, ¿sabes?, hay una preciosa fotografía familiar en alguna parte... Mira, aquí está.

Vuelve a clicar, casi sin necesidad de mirar la pantalla. Sus ojos se iluminan con una expresión divertida y maligna mientras observa mi reacción.

—Qué bonito. Son tus padres, ¿verdad? Y esta adorable niñita de pelo negro... ¿quién es? ¿Tu primita? No... Es una foto bastante antigua. —La pincha y la imagen llena toda la pantalla.

3. El nombre de la granja alude a la canción *Lucy in the Sky with Diamonds*. (N. del t.)

Me estoy poniendo más roja que una condenada fresa. Soy yo, claro. Es una fotografía que no creo haber visto nunca. Las borrosas plantas del fondo me ayudan a situarme enseguida. Yo tenía ocho años cuando mis padres pusieron esas nuevas hileras de fresas en la parte oeste de la parcela. El negocio empezaba a prosperar entonces, de ahí la sonrisa orgullosa de mis padres. No me avergüenzo de ellos, pero toda esta historia les parece siempre muy divertida a los que se han criado en la ciudad. La mayoría de los gilipollas encorbatados como Joshua la encuentran «encantadora» y «pintoresca». Suponen que mis padres son unos simples palurdos de pueblo que viven en una montaña cubierta de plantas trepadoras. Para la gente como Joshua, las fresas vienen directamente del supermercado empaquetadas en cajas de plástico.

En la foto aparezco tumbada como un potrillo a los pies de mis padres. Voy con un peto de pantalones cortos, todo manchado, y tengo mi pelo rizado hecho un desastre. Llevo mi cartera de retazos de colores en bandolera, sin duda llena hasta los topes de libros de El Club de las Canguro y de anticuadas historias de caballos. Tengo en una mano una planta y en la otra un montón de fresas. Estoy roja a causa del sol y quizá de una sobredosis de vitamina C. Quizá por eso soy tan bajita. Las vitaminas entorpecieron mi crecimiento.

—¿Sabes?, se te parece un montón. Tal vez debería enviar el enlace en un mensaje dirigido a todo el personal de B&G, preguntando quién creen que podría ser esta pequeña salvaje.

Ahora tiembla visiblemente, conteniendo la risa.

—Te mataré.

Realmente tengo un aspecto salvaje en esa foto. Se me ven los ojos muy claros, más claros que el cielo, mientras los guiño frente al sol y sonrío con mi sonrisa más radiante. La misma sonrisa que he tenido toda la vida. Empiezo a sentir una presión en la garganta, un ardor en los senos nasales.

Miro a mis padres. Se les ve muy jóvenes. Mi padre tiene la espalda erguida en la foto; ahora, cada vez que voy a casa está un poquito más encorvado. Vuelvo los ojos hacia Joshua; no parece que tenga más ganas de reírse. Empiezo a notar en los ojos el escozor de las lágrimas hasta que me paro a pensar dónde estoy y en quién tengo enfrente.

Él vuelve a poner lentamente su pantalla en posición normal y se toma su tiempo para cerrar el navegador: un gesto de incomodidad típicamente masculino ante las lágrimas de una mujer. Me giro y miro hacia el techo, tratando de hacerlas volver al lugar de donde han venido.

—Pero, en realidad, estábamos hablando de mí —dice al fin—. ¿Qué podría hacer para parecerme a ti y no ser tan inflexible? —Si alguien estuviera escuchando a hurtadillas, pensaría que ahora su tono es casi amable.

—Podrías tratar de ser menos gilipollas. —Estas palabras me salen en un murmullo. En el reflejo del techo, veo que empieza a arrugar la frente. Ay, Señor. Preocupación.

Nuestros ordenadores emiten un pitido de aviso: reunión de todo el personal dentro de quince minutos. Me aliso las cejas y me repaso los labios usando la pared como espejo. No sin cierta dificultad, me recojo el pelo en un moño bajo con la goma elástica que llevo en la muñeca. Estrujo un pañuelo de papel en una bola y me la aplico a las comisuras de los ojos.

La palabra «añorada», aun sin pronunciarla, sigue sacudiéndome por dentro. «Sola.» Cuando abro los ojos, advierto que él está de pie y que ve mi reflejo. Tiene el lápiz en la mano.

—¿Qué? —digo.

Él ha ganado. Me ha hecho llorar. Me levanto y cojo una carpeta. Él coge otra y, sin solución de continuidad, nos vemos metidos en el Juego del Espejo. Ambos llamamos levemente dos veces a la puerta de nuestros respectivos jefes.

—Adelante —nos dicen simultáneamente.

Helene está concentrada en su ordenador, con el ceño fruncido. A ella le cuadran más las máquinas de escribir. Usaba una, de hecho, antes de que nos trasladáramos aquí, y a mí me encantaba escuchar el rítmico tableteo de las teclas que salía de su despacho. Ahora la tiene guardada en uno de sus armarios. Le daba miedo que Fat Little Dick se burlara de ella.

—Hola. Tenemos una reunión con todo el personal dentro de quince minutos, ¿recuerda? Abajo, en la sala de juntas.

Ella suspira hondamente y alza sus ojos hacia mí: unos ojos enormes, oscuros, expresivos, enmarcados por unas pestañas escasas y unas finas cejas. No detecto ni rastro de maquillaje en su rostro, aparte del pintalabios rosa.

Helene vino de Francia con sus padres cuando tenía dieciséis años y, aunque ahora pasa de los cincuenta, todavía conserva en la voz los restos de un ronco ronroneo.

Es esa clase de mujer que no es consciente de ser elegante, lo cual hace que lo sea todavía más. Lleva el pelo corto e impecable. Las uñas, que nunca se deja largas, se las pinta de color rosa cremoso. Toda la ropa se la compra en París cuando va a ver a sus padres, que ya son mayores y viven en Saint-Étienne. El sencillo jersey de lana que tiene puesto ahora seguramente le costó más que tres carritos de la compra llenos.

Por si no ha quedado bastante claro, yo la idolatro. Ella es la razón de que haya dejado de ponerme tanto maquillaje en los ojos. Quiero ser como ella cuando sea mayor.

Su palabra favorita es «querida».

—Lucy, querida —me dice, extendiendo la mano. Deposito la carpeta en ella—, ¿estás bien?

—Es la alergia. Me pican los ojos.

—Hmmm. Eso no es bueno.

Echa un vistazo a la agenda. Para las reuniones importantes hacemos más preparativos, pero estas citas con todo el personal resultan muy fáciles porque quienes llevan la voz cantante son los jefes de departamento. Los directores generales asisten más que nada para demostrar su implicación.

—¿Alan ha cumplido cincuenta?

—He encargado un pastel. Lo sacaremos al final.

—Será bueno para levantar los ánimos —responde Helene con aire ausente. Abre la boca, titubea. Veo que trata de elegir las palabras adecuadas—. Bexley y yo vamos a hacer un anuncio hoy. Es algo que te afecta directamente. Hablaremos en cuanto termine la reunión.

Se me encoge el estómago. Estoy despedida, seguro.

—No, no. Son buenas noticias, querida.

La reunión transcurre según el plan previsto. Yo no me siento al lado de Helene en estas reuniones; prefiero sentarme con los demás, mezclarme con la gente. Es mi modo de recordarles que también formo parte del equipo, pero no dejo de percibir cierta reserva en ellos. ¿De veras creen que me voy a chivar a Helene sobre sus quejas y sus cuitas de mierda?

Joshua se sienta junto a Fat Little Dick en la cabecera de la mesa. Ambos son personajes detestados y parecen encerrarse juntos en una burbuja de invisibilidad.

Alan se pone rojo y me mira complacido cuando saco el pastel. Es un viejo y arisco Bexley que trabaja en las entrañas del Departamento Financiero, lo cual hace que me sienta aún mejor por haber hecho el esfuerzo. Ha sido como pasar una oferta de paz cubierta de azúcar glaseado sobre la línea divisoria entre ambos bandos. Así es como funcionamos los Gamins. En territorio Bexley seguramente festejan los cumpleaños regalando una pila nueva para la calculadora.

La sala está atestada de gente que se ha presentado a última hora. Charlan apoyados en las paredes o en el alféizar de la ventana, y el murmullo de sus conversaciones resulta abrumador comparado con el silencio de la décima planta.

Joshua no ha tocado las porciones de pastel que tiene al alcance de la mano. No es aficionado a picar, ni tampoco un gran comilón. Yo inundo nuestra cavernosa oficina con un rítmico crujido de zanahorias masticadas y manzanas mordisqueadas. Las bolsas de palomitas y los yogures desaparecen en el pozo sin fondo de mi estómago. Cada día me ventilo un pequeño y crujiente surtido de chucherías. Él, en cambio, sólo consume pastillas de menta. ¡Pero si es dos veces más grande que yo, por el amor de Dios! Está visto que no es humano.

Antes, cuando he echado un vistazo al pastel, he soltado un quejido en voz alta. De todas las decoraciones posibles que el pastelero podría haber usado... Adivínalo.

Avezado en leerme el pensamiento, Joshua se inclina sobre la mesa y coge una fresa. Aparta el glaseado y observa el grumo de color marfil que le ha quedado en el pulgar. ¿Qué hará? ¿Lamerlo? ¿Limpiárselo con un pañuelo con monograma? Debe de captar mi expectación porque sus ojos se vuelven hacia mí. Yo me sonrojo y aparto la mirada.

Me apresuro a preguntarle a Margery por los progresos de su hijo con la trompeta (lentos) y a Dean por su operación de rodilla (pronto). Se sienten halagados al ver que lo recuerdo y responden sonrientes. Supongo que es verdad que siempre estoy observando, escuchando y coleccionando trivialidades. Pero no lo hago con intenciones perversas. Es más que nada porque soy una pobre pringada.

Me pongo al día sobre la nieta de Keith (está enorme) y sobre la remodelación de la cocina de Ellen (una pesadilla). Y, mientras tanto, los siguientes pensamientos circulan en bucle por mi cabeza: «Chúpate ésa, Joshua Templeman. Soy un encanto. Caigo bien a todo el mundo. Formo parte de este equipo. Tú estás solo».

Danny Fletcher, del Departamento de Diseño, me hace una seña desde el otro lado de la mesa de juntas.

—Vi el documental que me recomendaste.

Me devano los sesos, pero no recuerdo nada.

—Ah. Hmmm..., ¿cuál?

—Fue hace un par de reuniones. Estuvimos hablando del documental sobre Da Vinci que habías visto en el canal de historia, y me lo bajé.

Suelo hacer un montón de comentarios intrascendentes en las reuniones. Nunca había pensado que nadie se detuviera a escucharlos. En el margen de su libreta de notas, hay un intrincado dibujo que intento fisgonear disimuladamente.

—¿Te gustó?

—Uy, sí. Da Vinci fue el ser humano más completo que ha habido, ¿no?

—Sin la menor duda. Yo soy un completo fracaso. Todavía no he inventado nada.

Danny se echa a reír ruidosamente. Levanto la vista de su libreta y lo miro a la cara. Seguramente es la primera vez que lo miro de verdad. Siento una punzada de sorpresa en el estómago al desconectar el piloto automático. Uau. Es mono.

—En fin, ¿sabes que voy a dejar pronto la editorial?

—No. ¿Por qué? —El atisbo de coqueteo estalla en mi estómago como una burbuja. Se acabó la historia.

—Estoy montando con un amigo una plataforma de autoedición. Me marcho dentro de un par de semanas. Ésta es mi última reunión con todo el personal.

—Vaya, qué pena. No por mí, digo. Por B&G. —La aclaración es tan poco sutil que parece digna de una colegiala colada.

45

Soy única, la verdad, para no reparar en un chico mono en mi entorno. ¡Si lo tenía sentado delante en todas las reuniones, por el amor de Dios! Y ahora resulta que se marcha. Gran suspiro. Ya es hora de que le eche un buen vistazo a Danny Fletcher. Atractivo, delgado, en forma, con el pelo rubio corto y rizado. No es alto, lo cual ya me viene bien. Es un Bexley, pero no de los típicos. La camisa, aunque almidonada impecablemente, la lleva arremangada. Su corbata tiene un sutil estampado de tijeras y sujetapapeles minúsculos.

—Bonita corbata.

Él baja la vista y sonríe.

—Es que hago mucho recorta y pega.

Miro de reojo a la gente del departamento, integrado básicamente por Bexleys que visten como directores de funeraria. No me extraña que haya decidido dejar B&G y librarse del equipo de diseño más aburrido del planeta.

Luego le miro la mano izquierda a Danny. No lleva anillo en ningún dedo y tamborilea ligeramente sobre la mesa.

—Bueno, si un día quieres aportar algún invento, estoy disponible —dice con una sonrisa pícara.

—¿Así que te dedicas a los inventos en general, además de reinventar la autoedición?

—Exacto. —Le ha gustado mi juego de palabras.

Aquí, en el trabajo, nunca he dejado que nadie coqueteara conmigo de verdad. Le lanzo una mirada furtiva a Joshua. Está hablando con el señor Bexley.

—Resultará difícil inventar algo que no se les haya ocurrido ya a los japoneses.

Él reflexiona un momento.

—¿Como esos pijamas de bebé que tienen mopas en brazos y piernas, para que gateen y frieguen el suelo a la vez?

—Sí. ¿Y has visto esas almohadas-marido con forma de hombro masculino, para las mujeres que duermen solas?

Tiene una mandíbula angulosa, cubierta de barba incipiente plateada, y una de esas bocas de aspecto ligeramente cruel, al menos hasta que sonríe. Cosa que hace ahora, mientras me mira directamente a los ojos.

—Seguro que tú no necesitas una almohada como ésa, ¿no? —Ahora baja la voz, casi susurra por debajo del bullicio general. Sus ojos centellean, desafiándome.

—Quizá sí. —Hago una mueca melancólica.

—Estoy seguro de que podrías encontrar un voluntario.

Trato de llevar otra vez la conversación a terreno seguro. Por desgracia, la frase que se me ocurre utilizar suena como si estuviera haciéndole proposiciones.

—A lo mejor sería divertido inventar algo.

Helene está dando golpecitos sobre la mesa con su fajo de documentos, para ordenarlos y llamar al orden, y yo vuelvo de mala gana a mi silla. Joshua me dirige una mirada fulminante, con el entrecejo fruncido. Uso mis ondas cerebrales para enviarle un insulto. Él lo encaja y se pone más erguido.

—Una cosa más antes de concluir —dice el señor Bexley.

Helene trata de mantener la compostura. No soporta que él actúe como si fuera el único que dirige las reuniones, así que se apresura a intervenir.

—Tenemos que anunciar una reestructuración del equipo directivo —dice.

El señor Bexley tensa los labios con irritación y la interrumpe a su vez.

—Se va a crear un tercer escalón en el organigrama: director ejecutivo.

Joshua y yo sufrimos una especie de sacudida eléctrica en nuestros asientos.

—Será un cargo situado por debajo de Helene y de mí. Queremos dar categoría formal a este puesto encargado de supervisar las operaciones diarias, dejando que los directores generales podamos concentrarnos en tareas más estratégicas.

Le lanza una tensa sonrisa a Joshua, que asiente enérgicamente. Helene busca mi mirada y arquea las cejas con aire insinuante. Alguien me da un codazo.

—La convocatoria se hará pública mañana, con todos los datos del cargo, en el portal de contratación y en internet —añade Bexley. Lo dice como si internet fuera una simple moda.

—El puesto está abierto tanto a candidatos internos como externos. —Helene ordena sus papeles y se pone de pie.

Fat Little Dick se levanta también y coge al pasar otra porción de pastel. Helene lo sigue, meneando la cabeza. La sala se llena de murmullos. La caja del pastel pasa de mano en mano por encima de la mesa. Joshua aguarda junto a la puerta y, al ver que yo permanezco sentada, se escabulle discretamente.

—Parece que tienes trabajo por delante —me dice Danny.

Asiento, trago saliva y me pongo de pie. Agito la mano, despidiéndome de todos en general, demasiado abrumada para hacer una salida airosa. En cuanto abandono la sala de juntas, echo a correr y subo los peldaños de dos en dos hasta nuestra planta. Veo cómo se cierra la puerta del señor Bexley, me cuelo a toda prisa en el despacho de Helene y, frenando en seco, cierro la puerta con el trasero.

—¿Cómo queda la línea jerárquica?

—Tú serás la jefa de Josh, si es eso lo que quieres saber.

Me invade una increíble sensación de euforia. La JEFA de Joshua. Deberá hacer todo lo que yo diga, lo cual incluye entre otras cosas tratarme con respeto. Ahora mismo corro el riesgo de mearme en las bragas.

—Mucho me temo que ese nuevo esquema sea un desastre, pero yo quiero que tú ocupes el puesto.

—¿Un desastre? —Me desplomo en una silla—. ¿Por qué?

—Tú y Josh no trabajáis bien juntos. Sois como el agua y el aceite. Y añadir una dinámica de poder como ésa... —Chasquea la lengua dubitativamente.

—Pero yo puedo hacer ese trabajo.

—Desde luego, querida. Y yo quiero que tú ocupes el puesto.

Mi entusiasmo va en aumento a medida que hablamos de las funciones del cargo. Hay otra reestructuración en ciernes, pero esta vez yo podría intervenir directamente. Podría salvar empleos, en lugar de recortarlos. La responsabilidad es mayor; el aumento de sueldo, considerable. Podría ir a ver a mis padres con más frecuencia. Podría comprarme un coche nuevo.

—Debes saber que Bexley quiere darle el puesto a Josh. Tuvimos una tremenda discusión al respecto.

—Si Joshua se convierte en mi jefe, tendré que dimitir. —La frase me sale instantáneamente. Como una réplica de película.

—Razón de más para que consigamos el puesto, querida. Si me hubiera salido con la mía, habríamos anunciado tu ascenso hace un momento.

Me mordisqueo el pulgar.

—Pero ¿cómo puede ser un proceso justo? Joshua y el señor Bexley intentarán sabotearme.

—Ya lo he pensado. Las entrevistas las hará un panel independiente de consultores. Podrás competir en un terreno neutral. También habrá candidatos de fuera de la empresa. Candidatos muy fuertes probablemente. Quiero que estés bien preparada.

—Lo estaré.

Eso espero.

—Una parte de la entrevista es una presentación. Tienes que empezar a trabajar en ello. Querrán conocer tus ideas sobre la estrategia de futuro de B&G.

Ya estoy deseando volver a mi escritorio. He de actualizar mi currículum.

—¿Le importa que trabaje en mi solicitud durante las pausas del almuerzo?

—Querida, me tiene sin cuidado si trabajas todo el día en ello hasta que termine el plazo. Lucy Hutton, directora ejecutiva de Bexley and Gamin. Suena bien, ¿no?

Una gran sonrisa se expande por mi rostro.

—El puesto es tuyo. Lo presiento. —Helene hace como si se cerrara con cremallera los labios—. En marcha. A por ello.

Me siento ante mi mesa y desbloqueo el ordenador para abrir mi currículum, lamentablemente anticuado. Estoy entusiasmada con esta nueva oportunidad. Todo ha cambiado de golpe. Bueno, casi todo.

Cuando llevo varios minutos revisando el currículum, noto que una sombra se alza a mi lado. Inspiro. Aroma a cedro. La hebilla de su cinturón me lanza un guiño. Yo no dejo de teclear.

—El puesto es mío, Fresita —dice Joshua.

Cuento hasta diez para no levantarme y darle un puñetazo en el estómago.

—Qué curioso. Es lo que acaba de decirme a mí Helene.

Veo en la reluciente superficie de mi mesa cómo se aleja su trasero y me prometo a mí misma que Joshua Templeman va a perder el juego más importante al que hemos jugado jamás.

4

Hoy toca camisa de color blanco crudo. Tengo en mi agenda una gran cruz roja destacando el próximo viernes. Me apostaría cien dólares a que hay otra cruz igual en la agenda de Joshua. Hemos de entregar las solicitudes para optar al puesto.

Estoy medio enloquecida de tanto releer mi solicitud. Me he obsesionado con mi presentación hasta tal extremo que sueño con ella. Me hace falta un descanso. Bloqueo mi ordenador y observo con interés que Joshua hace lo mismo. Estamos situados frente a frente, como jugadores de ajedrez. Entrelazamos las manos. Aún no he visto su lápiz en movimiento.

—¿Cómo estás, Pequeña Lucy? —Su tono animado y su expresión apacible indican que estamos jugando a un juego al que casi nunca jugamos.

Se llama «¿Cómo estás?» y empieza a jugarse como si no nos odiásemos mutuamente. O sea, actuamos como dos compañeros normales que no desean hundir las manos en las vísceras del otro. Resulta inquietante.

—Muy bien, gracias, Grandísimo Josh. Y tú... ¿Cómo estás?

—Perfecto. Voy a buscar un café. ¿Te traigo un té? —Tiene su pesada taza negra en la mano. Aborrezco esa taza.

Bajo la mirada, ya con mi taza de topos rojos en la

mano. Josh sería capaz de escupir dentro. ¿Cree que estoy loca?

—Te acompaño.

Caminamos resueltamente hacia la cocina con paso sincronizado —izquierda, derecha, izquierda, derecha—, como los fiscales que se dirigen hacia la cámara en la presentación de *Ley y orden*. Lo cual me obliga prácticamente a doblar el paso. La gente interrumpe sus conversaciones y nos mira intrigada. Joshua y yo nos miramos el uno al otro, enseñando los dientes. Es hora de actuar de modo civilizado. Como ejecutivos.

—Ja, ja, ja —nos decimos afablemente, compartiendo un chiste imaginario—. Ja, ja, ja.

Doblamos la esquina. Annabelle se vuelve desde la impresora y a punto está de tirar sus papeles al suelo.

—¿Qué sucede?

Joshua y yo la saludamos con un gesto y seguimos adelante a grandes zancadas, unificados en nuestro juego interminable por desbancar y aventajar al otro. Mi vestido corto de rayas ondea impulsado por la fuerza gravitacional.

—Mamá y papá os quieren mucho, niños —dice Joshua en voz baja, de forma que sólo yo pueda oírle. A los ojos de cualquier observador, simplemente está charlando con educación. Varias cabezas asoman al estilo suricata por encima de las paredes de los cubículos. Somos figuras legendarias, por lo visto—. A veces nos acaloramos y discutimos. Pero no tengáis miedo. Aunque discutamos, no es por culpa vuestra.

—Son cosas de mayores —digo, también en voz baja, a las caras asustadas frente a las que vamos pasando—. A veces papá duerme en el sofá, pero no importa. Os queremos igual.

Ya en la cocina, mientras pongo la bolsita de té en mi taza, las ganas de reírme casi me derriban como una ola del océano. Me sujeto al borde de la encimera y tiemblo en silencio.

Joshua no me presta atención mientras deambula de aquí para allá preparando su café. Alzando la vista, veo cómo sus manos abren un armario situado a kilómetros por encima de mi cabeza y noto el calor de su cuerpo a unos centímetros de mi espalda. Es como la luz del sol. Se me había olvidado que las personas son cálidas. Percibo el olor de su piel. Las ganas de reírme se desvanecen.

No he tenido ningún contacto humano desde que mi peluquera, Angela, me dio un masaje en la cabeza, ahora debe de hacer ocho semanas. Imagino que me dejo caer hacia atrás sobre su cuerpo, aflojando todos mis músculos. ¿Qué haría él si me desmayara? Probablemente dejaría que me desmoronara en el suelo y luego me daría un toque con la punta del zapato.

Surge otra imagen congelada en mi mente. Joshua sujetándome, impidiendo que caiga al suelo. Sus manos en mi cintura, sus dedos hundiéndose en mi piel.

—Eres tan gracioso... —digo, dándome cuenta de que llevo un rato callada—. Tan gracioso... —Trago saliva audiblemente.

—Igual que tú —responde, yendo a la nevera.

Jeanette, de RR. HH., se materializa en el umbral como un fantasma rechoncho y exhausto. Es una buena mujer, pero está harta de nuestras chorradas.

—¿Qué pasa aquí? —Pone los brazos en las caderas. O, por lo menos, eso creo.

Jeanette tiene forma triangular por debajo de ese tintineante poncho tibetano que debe de haber conseguido en un trueque en su última expedición espiritual. Ella es una Gamin, por supuesto.

—¡Hola, Jeanette! Estoy preparando un café. ¿Te apetece? —Joshua agita su taza hacia ella; ella lo rechaza con gesto irritado. Lo odia a muerte. Es el tipo de mujer que a mí me gusta.

—He recibido una llamada de urgencia. Estoy aquí en calidad de árbitro.

—No hace falta, Jeanette. Todo va bien. —Sumerjo la bolsita de té en la taza y observo cómo el agua se tiñe de rojo.

Joshua pone una cucharada de azúcar en mi taza.

—No está lo bastante dulce, ¿no crees?

Suelto una risita falsa sin apartar la vista del armario que tengo delante y me pregunto cómo sabe él cómo me gusta el té. ¿Cómo sabe algo de mí? Jeanette nos observa con suspicacia.

Joshua la mira con calma.

—Estamos preparándonos unas infusiones. ¿Qué tiene eso de particular en la esfera de los recursos humanos?

—A los dos litigantes en serie de la empresa no se los debe dejar solos. —Una esquina del poncho señala la cocina.

—Pues vaya problema, porque estamos solos en la misma oficina todo el día. Me paso entre cuarenta y cincuenta horas a la semana con esta excelente mujer. Completamente a solas.

Su tono es amable, pero el sentido implícito de su discurso es: «que te den».

—Yo les he hecho algunas recomendaciones al respecto a vuestros jefes —dice Jeanette enigmáticamente. El sentido implícito de la frase es el mismo.

—Bueno, yo pronto seré el jefe de Lucinda —contesta Joshua. Lo miro a los ojos, pero él no se arredra—. Soy un profesional, o sea, que estoy capacitado para dirigir a cualquiera.

Su forma de decir «cualquiera» da a entender que me considera una deficiente mental.

—En realidad, yo seré pronto su jefa. —Lo digo con

tono almibarado. Las manitas de Jeanette emergen de debajo del poncho. Se restriega los ojos, emborronándose el rímel.

—Entre los dos me tenéis ocupada a tiempo completo —comenta en voz baja, con un dejo de desesperación. Siento una punzada de remordimiento. Mi conducta no es propia de un inminente alto cargo de la empresa. Ya es hora de arreglar las cosas.

—Sé que en el pasado la comunicación entre el señor Templeman y yo ha sido un tanto... tensa. Estoy deseando resolver ese problema y reforzar el espíritu de grupo en B&G.

Empleo mi tono más profesional mientras observo cómo ella frunce la cara con recelo. Joshua vuelve sus ojos hacia mí como si fueran dos rayos láser.

—Le he presentado una propuesta a Helene para montar una actividad destinada a fomentar el espíritu de equipo con los Departamentos de Administración, Diseño, Dirección y Finanzas.

Ésa ha sido mi última idea. ¿Qué le parecerá al panel de selección el día de la entrevista? Buenísima, seguro. Excelente.

—Yo también firmaré la propuesta para mostrar mi compromiso —dice Joshua, el muy pirata, tratando de apropiarse de la idea. Me tiembla la muñeca de las ganas que me entran de tirarle el té caliente a la cara.

—No te preocupes lo más mínimo —le digo a Jeanette—. Todo irá bien.

Su poncho tintinea tristemente mientras nos alejamos.

—Cuando yo sea tu jefe, te voy a apretar las jodidas tuercas a base de bien —suelta Joshua con una voz ronca y sucia.

Yo estoy haciendo un esfuerzo para mantenerme a su altura y derramo un poco de té sobre la moqueta.

—Cuando yo sea tu jefa, harás todo lo que yo diga y

con una gran sonrisa en la cara. —Saludo a Marnie y a Alan con un gesto educado cuando pasamos por su lado.

—Cuando yo sea tu jefe, voy a imponer un uniforme corporativo. Se acabaron tus pequeños y estrafalarios trajes retro. Ya lo he escogido en el catálogo de Corporate Wear. Un vestido gris recto. —Hace una pausa teatral—. De poliéster. Creo que llega hasta la rodilla; así que a ti te llegará a los tobillos.

Soy demencialmente sensible acerca de mi estatura y, además, odio a muerte las fibras sintéticas. Abro la boca y me sale un gruñido animal monísimo. Me adelanto y empujo con la cadera la puerta de cristal del área ejecutiva.

—¿Eso necesitarías para dejar de mirarme con lujuria? —le suelto.

Él alza la vista hacia el techo y suelta un gran suspiro.

—Me has pillado, Fresita.

—Ya lo creo.

Ambos respiramos con un poquito más de agitación de lo que podría justificar la situación en sí. Dejamos las tazas en las mesas y nos enfrentamos cara a cara.

—Yo nunca trabajaré para ti. No habrá vestido de poliéster ni nada parecido. Si tú consigues el puesto, presentaré mi dimisión, está de más decirlo.

Joshua me mira sinceramente sorprendido durante una fracción de segundo.

—Ah, en serio...

—Como que tú no te marcharías si lo consiguiera yo.

—No estoy seguro. —Ahora me mira de una forma penetrante, especulando.

—Joshua, debes dimitir si consigo yo el ascenso.

—Yo no soy de los que abandonan. —Su voz adquiere un ribete acerado mientras se pone una mano en la cadera.

—Yo tampoco soy de las que abandonan. Pero si tan seguro estás de que lo conseguirás tú, ¿por qué te cuesta tanto prometer que dimitirías en caso contrario?

Observo cómo reflexiona.

Yo deseo que sea mi subordinado, que se retuerza de los nervios mientras examino alguno de sus informes, que por supuesto haré trizas ante sus narices. Quiero verlo arrodillado a mis pies, recogiendo los trozos, farfullando disculpas por su incompetencia; lloriqueando en el despacho de Jeanette, recriminándose a sí mismo por su ineptitud. Quiero ponerlo tan nervioso que se arme un lío de mil demonios.

—De acuerdo. Acepto. Si tú consigues el ascenso, prometo presentar mi dimisión. Tienes otra vez ese brillo obsceno en los ojos —añade, dando media vuelta y sentándose.

Abre su cajón con la llave, saca la agenda y pasa las páginas con aire atareado.

—¿Otra vez estrangulándome mentalmente?

Está haciendo una marca con lápiz, una simple raya recta, cuando observa mi expresión.

—¿A qué viene esa sonrisita? —pregunta.

Creo que traza una raya en su agenda cuando discutimos.

—Será mejor que me acueste.

Estoy hablando con mis padres. Al mismo tiempo voy limpiando con un cepillo de dientes infantil el pitufo de dos dólares que compré en eBay y que recibí hace unas semanas. Suena de fondo un episodio de *Ley y orden* (en este momento siguen una pista falsa). Llevo en la cara una mascarilla de arcilla blanca y acabo de ponerme esmalte en las uñas de los pies (ahora se está secando).

—Muy bien, pitufina —gorjean mis padres como un monstruo de dos cabezas. Aún no han descubierto que no hace falta que estén con las mejillas pegadas para caber en la ventana del videochat. O tal vez sí lo saben, pero les gusta más así.

Papá tiene la cara peligrosamente bronceada, aparte de la silueta blanca de las gafas: una especie de efecto mapache inverso. Él es un hombre charlatán y reidor, así que veo un montón de veces el diente que se partió comiendo costillas. Lleva puesta una sudadera que tiene desde que yo era cría y que me provoca una absurda añoranza.

Mi madre nunca mira directamente a la cámara. Se distrae con esa ventanita en la que ve su propia cara en la pantalla. Yo creo que se dedica a examinar sus arrugas. Eso le confiere cierta desconexión a nuestras charlas y hace que la eche todavía más en falta.

Su piel clara no resiste la intemperie, y así como papá se ha bronceado, ella está llena de pecas. Tenemos el mismo tipo de tez, así que ya sé lo que ocurrirá si dejo de ponerme protector solar. Las pecas le motean cada centímetro cuadrado de la cara y de los brazos. Incluso tiene algunas en los párpados. Con sus ojos azules y su pelo negro, recogido con el moño habitual en lo alto de la cabeza, siempre consigue que le echen un buen vistazo allí donde va. Papá está subyugado por su belleza. Lo sé a ciencia cierta, porque él mismo se lo estaba diciendo a su manera hace sólo diez minutos.

—Tú no te preocupes en absoluto. Eres la persona con más determinación que hay en esa empresa, estoy seguro. Querías trabajar en una editorial y lo conseguiste. ¿Y sabes qué? Pase lo que pase, siempre serás la dueña de Fresas Sky Diamond. —Papá lleva un rato explayándose sobre todos los motivos por los que debería obtener el ascenso.

—Ay, papá. —Me río para disimular la emoción que aún me embargaba desde el berrinche que he tenido delante de Joshua por el blog de mamá—. Mi primer acto como directora ejecutiva es ordenaros a los dos que os acostéis temprano por una vez. Buena suerte con Lucy Cuarenta y Dos, mamá.

Mientras cenaba, me he puesto al día con las últimas

entradas del blog. Mamá escribe con un estilo claro y objetivo. Yo creo que habría acabado ocupando un puesto importante si no lo hubiera dejado. Annie Hutton, periodista
de investigación. Ahora, en cambio, se pasa el día arrancando malas hierbas, cargando cajas para el reparto y
creando, en plan Frankenstein, variedades híbridas de fresas. A mi modo de ver, que dejara el trabajo de sus sueños
por un hombre es una auténtica tragedia, por muy maravilloso que sea mi padre, o el hecho mismo de que yo esté
aquí de resultas de aquella decisión.

—Espero que no salgan como Lucy Cuarenta y Uno.
Nunca había visto nada igual. Parecían normales por
fuera, pero estaban completamente huecas por dentro.
¿Verdad, Nigel?

—Eran como globos de fruta.

—La entrevista te irá bien, cielo, ya lo verás. En cinco
minutos se darán cuenta de que te apasiona la industria
editorial. Todavía me acuerdo de cuando volviste de esa
excursión escolar. Era como si te hubieras enamorado.
—La mirada de mamá se llena de recuerdos—. Sé cómo te
sentiste. Me acuerdo de la primera vez que entré en la imprenta de un periódico. El olor de la tinta era como una
droga.

—¿Aún tienes problemas con Jeremy en la oficina?
—Papá sabe perfectamente el nombre de Joshua a estas alturas. Pero opta adrede por no usarlo.

—Es Joshua. Y sí. Sigue odiándome. —Cojo un puñado
de anacardos y empiezo a masticar con cierta agresividad.

Papá se queda halagadoramente desconcertado.

—Imposible. ¿Quién podría odiarte?

—Quién, la verdad —repite mamá, alzando la mano y
tocándose la piel junto al ojo—. Es bajita y mona. Nadie
odia a una chica bajita y mona.

Papá le da la razón inmediatamente y ambos se ponen
a hablar como si yo no estuviera delante.

—Es la chica más dulce del mundo. Está claro que Julian debe de tener algún complejo de inferioridad. O es uno de esos sexistas que quiere machacar a los demás para sentirse mejor. Complejo de Napoleón. Complejo de Hitler. Algo no le funciona bien. —Va contando las posibilidades con los dedos.

—Todo a la vez, papá. Oye, pon un pósit sobre la pantalla para que mamá no se vea a sí misma. No hay forma de que me mire como es debido.

—Tal vez está perdidamente enamorado de ella —apunta mamá con optimismo, mirando por primera vez a la cámara directamente. A mí se me encoge el estómago. Capto un atisbo de mi propia cara: soy una estatuilla de horror y sorpresa.

Papá ridiculiza la idea sin contemplaciones.

—Una manera absurda de demostrarlo, ¿no crees? El tipo ha convertido la oficina en un suplicio para ella. Te lo digo, si llego a tropezarme con él, tendrá que suplicar de rodillas. ¿Has oído, Luce? Dile que se comporte o que tu padre subirá a un avión y tendrá unas palabras con él.

La imagen de ambos, cara a cara, me resulta rara.

—No te preocupes, papá.

Mamá aprovecha la ocasión para cambiar de tema.

—Hablando de aviones, podríamos poner dinero en tu cuenta para que reserves un vuelo y vengas a vernos, ¿no? Hace mucho que no vienes. Mucho tiempo, Lucy.

—No es por el dinero. Es cuestión de encontrar el momento —empiezo, pero ellos me interrumpen e intervienen a la vez, en una combinación ininteligible de ruego, súplica y discusión—. Iré en cuanto encuentre un hueco, pero tal vez no sea posible durante un tiempo. Si consigo el ascenso, estaré muy ocupada. Y si no... —Me quedo mirando el teclado.

—¿Sí? —dice papá, cortante.

—Tendré que buscar otro trabajo —confieso.

Levanto la vista.

—Pues claro. Tú jamás trabajarás para el gilipollas de Justin. —Se vuelve hacia mamá y añade—: Aunque estaría bien tenerla aquí en casa. Las cuentas no acaban de cuadrar. Necesitamos un cerebro empresarial adicional.

Veo que mamá aún está preocupada por mi situación en el trabajo. Ella es más bien tacaña, y lleva viviendo en una granja el tiempo suficiente para imaginar que la ciudad es una metrópolis bulliciosa y espantosamente cara. Claro que tampoco está tan equivocada. Yo gano un buen sueldo, pero, una vez que el banco me descuenta el alquiler, me queda un presupuesto muy ajustado. La idea de tener que buscar una compañera de piso me produce escalofríos.

—Pero ¿cómo se las arreglará...?

Papá la hace callar y agita las manos, ahuyentando la mera idea del fracaso como si fuera una ráfaga de humo.

—Todo saldrá bien. Será Johnnie el que acabe sin empleo y durmiendo bajo un puente, no ella.

—Eso a Lucy nunca le pasará —dice mamá, alarmada.

—¿Ya has hecho las paces con esa amiga que trabajaba contigo? Valerie, ¿no? —pregunta papá.

—No le preguntes eso. La vas a disgustar —lo regaña mamá. Él levanta las manos, en señal de rendición, y mira el techo.

Es cierto, me disgusta hablar del tema. Pero aun así mantengo el tono normal.

—Después de la fusión, conseguí quedar con ella para tomar un café y explicarme. Pero Val perdió su empleo y yo no. No me pudo perdonar. Me dijo que una verdadera amiga la habría prevenido.

—Pero tú no lo sabías —empieza papá. Asiento. Es verdad. Pero la pregunta con la que me he estado debatiendo desde entonces es: ¿debería haber tratado de averiguarlo por ella?

—Sus amigos habían empezado a convertirse en amigos míos... Y ahora, aquí estoy otra vez, en la casilla de salida.

Una triste y solitaria pringada.

—Pero seguro que debe de haber otras personas en el trabajo de las que podrías hacerte amiga —apunta mamá.

—Nadie quiere ser amigo mío. Temen que vaya a contar sus secretos al jefe. ¿Cambiamos de tema? Esta semana estuve hablando con un chico —digo, y me arrepiento en el acto.

—Ooooh —entonan los dos a la vez—. Ooooh.

Intercambian una mirada rápida.

—¿Es buen chico?

Ésa es siempre la primera pregunta que hacen.

—Uy, sí. Muy buen chico.

—¿Cómo se llama?

—Danny. Está en el Departamento de Diseño. No hemos salido juntos ni nada, pero...

—¡Ay, qué maravilla! —dice mamá.

—¡Ya iba siendo hora! —exclama papá casi al mismo tiempo. Luego tapa el micrófono con el pulgar y los dos empiezan a cuchichear, enzarzados en un sinfín de especulaciones.

—Ya digo, no hemos tenido ninguna cita. Tampoco sé si él lo pretende. —Pienso en Danny, en la mirada de soslayo que me lanzó, con los labios fruncidos. Claro que quiere.

Papá grita tanto que el micrófono distorsiona a veces su voz.

—Deberías preguntárselo. Debe de ser agotador pasarse diez horas al día en la oficina tirándole pullas a James. Sal y vive un poco la vida. Ponte tu vestido rojo de fiesta. Quiero que la próxima vez que hablemos me digas que lo has hecho.

—¿Está permitido salir con compañeros? —pregunta mamá.

Papá la mira enfurruñado. Pensar de modo negativo e imaginarse el peor de los casos no le interesa. De todos modos, ella ha planteado un punto importante.

—No, no lo está, pero Danny está a punto de dejar la empresa. Va a trabajar como *freelance*.

—Un buen chico —le dice mamá a papá—. Tengo un buen presentimiento.

—Debería acostarme ya —les recuerdo. Doy un bostezo y mi mascarilla de arcilla se agrieta.

—Buenas noches, cielo; buenas noches, cariño —gorjean.

Oigo que mamá dice «Pero ¿por qué no viene a casa...?» mientras papá pulsa el botón y corta la llamada.

¿La verdad? No voy más a menudo porque me tratan como si fuera una celebridad de visita, una triunfadora total y absoluta. Su forma de alardear ante sus amigos resulta francamente ridícula. En fin, cuando voy a casa me siento una farsante.

Mientras me lavo la cara, intento olvidar mi culpabilidad de mala hija pensando en las cosas que me llevaría si tuviera que vivir bajo un puente. Saco de dormir, cuchillo, paraguas, esterilla de yoga. Sobre todo, la esterilla. Puedo usarla para dormir y también para hacer yoga y mantenerme en forma. Los pitufos podría meterlos todos en una caja de aparejos de pesca.

Tengo la fotocopia de la agenda de Joshua al pie de la cama. Es hora de jugar a los detectives. Resulta inquietante pensar que un trozo de Joshua Templeman ha invadido mi dormitorio. Mi cerebro me susurra teatralmente: «Imagínate». Me apresuro a condenar la idea a la guillotina.

Estudio atentamente la fotocopia. Una rayita: eso son las discusiones. Lo anoto en el margen de la hoja. Seis discusiones en ese día en concreto. Suena plausible. Las barras oblicuas no tengo ni idea de lo que pueden significar.

Pero ¿y las X? Pienso en tarjetas de San Valentín y en besos.[4] Nada de ese género tiene lugar en nuestra oficina. No; esto tiene que ser su registro de agravios para RR. HH.

Cierro el portátil y lo guardo. Luego me cepillo los dientes y me meto en la cama.

La pulla de Joshua sobre la ropa que llevo en el trabajo —mis «pequeños y estrafalarios trajes retro»— me ha impulsado a separar el vestido corto negro que tengo en el fondo del armario para ponérmelo mañana. Es exactamente lo contrario de un vestido recto hasta los tobillos. Me realza la cintura y me marca por detrás un culo increíble. Como en una combinación de Pulgarcita y Jessica Rabbit. ¿Se cree, el muy idiota, que ya lo ha visto todo en cuestión de vestidos cortos? Que se prepare.

Las chicas menuditas como yo suelen resultar más monas que despampanantes, así que voy a sacar toda la artillería: las medias de rejilla, tan sutiles que parecen al tacto un suave papel de lija; y mis zapatos de tacón rojos, que me propulsan a la imponente altura de un metro sesenta y cinco.

Mañana no oiré hablar de fresitas ni una sola vez. A Joshua Templeman se le saldrá el café por las narices cuando haga mi entrada. No sé muy bien por qué quiero dejarlo patidifuso, pero sé que quiero hacerlo.

Qué idea más confusa para ponerse a dormir.

4. En inglés, las *x* al final de una carta significan «besos». *(N. del t.)*

5

El hecho de haberme quedado dormida con su nombre en la cabeza debe de ser lo que explica mi sueño. Estoy tendida boca abajo, a medianoche, con la mejilla apoyada en la almohada. Él me abraza por detrás, pegado a mi espalda, cálido como la luz del sol. Su voz resuena susurrante y caliente en mi oído mientras remueve las caderas para amoldarse a mi trasero.

«Te voy a apretar las jodidas tuercas a base de bien. Las jodidas. Tuercas. A base de bien.»

Saco una nítida impresión de su tamaño y su dureza. Empujo hacia atrás, contra su cuerpo, para volver a sentir la impresión, pero él masculla mi nombre en tono de reprimenda y se arrastra hacia arriba sobre mí, flanqueando mis caderas con las rodillas. Sus dedos se deslizan suavemente junto a mis pechos. Noto su aliento caliente en el cuello. No consigo aspirar una bocanada decente de aire. Él está demasiado tieso y yo demasiado excitada. Algunas partes sensibles y olvidadas de mí cobran vida con una llamarada. Restriego las sábanas con los dedos hasta que empiezan a quemar a causa de la fricción.

El descubrimiento de que tengo un sueño erótico con Joshua Templeman me causa una repentina sacudida y me deja tambaleándome en los límites del despertar. Aun así, mantengo los ojos cerrados. Quiero ver adónde va a parar mi mente. Al cabo de unos minutos, vuelvo a sumirme en el sueño.

«Haré lo que quieras, Lucinda. Pero me lo tendrás que pedir.»

Lo dice con el tono lánguido que emplea a veces, cuando me mira con cierta expresión. Como si me hubiera visto por un agujero y supiera el aspecto que tengo desnuda.

Me vuelvo un poco y atisbo su muñeca junto a mi cabeza, con la manga de la camisa abierta, sin gemelo. Veo sólo un centímetro de muñeca: el vello, las venas, los tendones. La mano se crispa en un puño cerrado, y a mí la sola idea de que vaya a explotar me estremece por dentro.

No le veo la cara. Aun a riesgo de estropearlo todo, me doy la vuelta y me pongo boca arriba. Las mantas y las sábanas se me enganchan en los pies. Estoy enredada en sus brazos y sus piernas. Tomo conciencia de mi excitación, y comprendo que debo de estar mojada justo cuando miro sus relucientes ojos azules. Dejo escapar teatralmente un grito de horror. Él asiente con una risotada ronca.

«Me temo que sí.» No parece nada apenado.

Noto un peso delicioso sobre mí, estrujándome. Las caderas y las manos. Me muevo sinuosamente contra Joshua-Soñado; advierto que reprime un gemido y descubro algo chocante.

«Me deseas desesperadamente.»

Las palabras salen de mi boca, verídicas e innegables. Un beso en mi mejilla palpitante confirma lo que ya sé. Es más fuerte que una atracción, más oscuro que el deseo. Es una agitación entre ambos que no ha encontrado una salida adecuada hasta ahora. Las sábanas crema arden contra mi piel.

«Estás enredado sobre mí, enmarañado como un montón de jodidos nudos.» Siento unas manos deslizándose por mi cuerpo, calibrando curvas, arrancando botones, desplegando costuras. Pelada como una naranja, inspeccionada. Mordida con dientes afilados, devorada. Nunca había visto a nadie ardiendo por mí de este modo. Me siento vergonzosamente excitada, y, a pesar de estar debajo, la expresión de sus ojos me dice que soy yo quien está ganando este juego. Trato de atraerlo hacia mí para que me bese, pero él se mantiene a distancia, burlón.

«Tú siempre lo has sabido», dice, y su sonrisa encendida me empuja por el borde del abismo.

Me despierto temblando. Aparto la mano de la costura de mi pijama mojado. La cara me arde en la oscuridad. No logro decidir qué hacer. ¿Acabar la faena o darme una ducha fría? En definitiva, todo lo que hago allí es mentira.

Mi vestido negro cuelga amenazante a los pies de la cama y me mira fijamente hasta que recobro, lentamente, la respiración. Miro el despertador digital. Me quedan cuatro horas para reprimir este recuerdo.

Son las siete y media de la mañana, día de camisa crema. El reflejo de las puertas del ascensor confirma que mi gabardina es más larga que mi diminuto vestido, así que tengo toda la pinta de una prostituta de alto standing que se dirige al ático de un hotel llevando sólo lencería debajo.

Hoy he tenido que tomar el autobús. Apenas he podido subir del bordillo al primer escalón sin enseñar las bragas; y cuando las puertas se han cerrado a mi espalda, he comprendido que este vestido era un catastrófico error. Los bocinazos entusiastas de un camionero mientras andaba tambaleante por la acera hacia la editorial me lo han acabado de confirmar. Si Target estuviera abierto a estas horas, entraría en un salto y me compraría unos pantalones.

Con todo, creo que puedo superar la situación. Eso sí, tendré que quedarme sentada todo el santo día. Las puertas del ascensor se abren y Joshua, por supuesto, ya se encuentra en su mesa. ¿Por qué tendrá que estar siempre tan pronto en la oficina? ¿Llega a irse a casa siquiera? ¿Duerme en un cajón para fiambres en el cuarto de las calderas? Aunque supongo que él podría decir lo mismo de mí.

Yo esperaba poder pasar uno o dos minutos sola en la oficina, para prepararme para este largo día sentada. Pero aquí está, el muy pelmazo. Me escondo tras el perchero y finjo hurgar en el bolso para ganar un poco de tiempo.

Si me concentro en la cuestión del vestido, podré hacer caso omiso de los recuerdos del sueño de esta noche. Joshua alza los ojos de su agenda, con el lápiz en la mano, y me mira fijamente. Empiezo a desabrocharme el cinturón de la gabardina, pero no puedo seguir adelante. El azul de sus ojos es más vívido que en mi sueño. Me mira como si estuviera tratando de leerme el pensamiento.

—Hace frío aquí, ¿no?

Él frunce la boca en un mohín de irritación y agita la mano como diciendo: «déjate de cuentos». Fortaleciéndome con un hondo suspiro, me quito la gabardina y la cuelgo en mi percha especial acolchada. Mientras me dirijo hacia mi escritorio, noto en los muslos la fricción de los diminutos rombos de las medias. Me siento como si estuviera en traje de baño.

Veo que baja otra vez la vista hacia la agenda. Sus pestañas oscuras dibujan una media luna de sombra en sus mejillas. Parece más joven por un momento... hasta que vuelve a mirarme, ahora con unos ojos de hombre, duros y especulativos. Mis tobillos vacilan sobre los tacones.

—¡Córcholis! —exclama, y veo que su lápiz traza alguna marca en la agenda—. ¿Tienes una cita, Fresita?

—Sí —miento de forma automática. Él se pone el lápiz detrás de la oreja con aire cínico.

—Cuenta, cuenta.

Poso mi trasero en el borde de la mesa con fingida despreocupación. Noto el cristal frío en la parte posterior de los muslos. Ha sido un terrible error adoptar esta posición, pero ahora no puedo volver a incorporarme, quedaría como una idiota. Ambos contemplamos mis piernas.

Bajo la vista a mis zapatos rojos de tacón. Las baldosas del suelo están tan relucientes que entreveo las sombras por debajo de mi propio vestido. Me dejo caer el pelo sobre un ojo. Si me concentro en este absurdo vestido, olvidaré que mi cerebro desea que Joshua me lama, me muerda, me desnude.

—¿Qué pasa? —Por una vez, emplea un tono normal—. ¿Qué te ha pasado?

Me arreglo vagamente un rombo irregular del muslo. Seguro que llevo escrito el sueño en la cara. Noto un calorcillo en las mejillas. Él luce una camisa crema, tan suave y sedosa como las sábanas de mi sueño. Mi subconsciente es un pervertido. Intento sostenerle la mirada, pero me acobardo, miro para otro lado y, al final, consigo acercarme dignamente a mi silla. Ojalá pudiera salir de aquí con decoro y volverme a casa.

—Eh —dice, ahora con más energía—. ¿Qué pasa? Dime.

—He tenido... un sueño. —Lo suelto como quien dice: «la abuela se ha muerto». Me siento en mi silla y junto las rodillas con tanta fuerza que me rechinan los huesos.

—A ver, cuéntamelo. —Tiene otra vez el lápiz en la mano y yo parezco un terrier siguiendo el movimiento de un tenedor y un cuchillo. Empezamos a jugar al Pasapalabra. Pierde el primero que no encuentre una respuesta.

—Te has puesto completamente roja.

—Deja ya de mirarme. —Tiene razón, claro. Esta oficina, una bola de espejos como quien dice, lo confirma repetidamente.

—No puedo. Estás justo en mi línea de visión.

—Bueno, inténtalo.

—Es que no veo todos los días en la oficina un atuendo

tan curioso y sumamente revelador. En el manual de Recursos Humanos sobre atuendo adecuado...

—Podrías apartar los ojos de mis muslos aunque sólo fuera el tiempo necesario para consultar el manual. —Es cierto: desvía la mirada hacia el suelo, pero al cabo de un segundo el puntito rojo de su mirilla de francotirador reaparece en mi tobillo y empieza a deslizarse hacia arriba.

—Me sé de memoria ese manual.

—Entonces deberías saber que los muslos no son un tema de conversación apropiado. Si acabo con ese vestido de poliéster tipo saco, ya puedes despedirte de ellos.

—Me encantaría... Conseguir el ascenso, quiero decir. No despedirme de... Bueno, olvídalo.

—Ni lo sueñes. —Tecleo mi clave. La anterior ya ha caducado. Ahora es: «¡MUERE-JOSH-MUERE!»—. Ese puesto es mío.

—Bueno, ¿y con quién es la cita?

—Con un chico. —Encontraré alguno antes de que termine la jornada. Lo contrataré, si hace falta. Llamaré a una agencia de modelos y preguntaré por el pescado del día. El chico me recogerá con una limusina delante de B&G y Joshua se quedará con un palmo de narices.

—¿A qué hora has quedado?

—A las siete —digo a voleo.

—¿Dónde? —Hace lentamente una marca con el lápiz. ¿Una X? ¿Una barra oblicua? No lo veo.

—Te noto muy interesado. ¿A qué viene tanto interés?

—Los estudios demuestran que si los jefes fingen interesarse por la vida personal de sus subordinados consiguen inyectarles ánimos y hacer que se sientan más valorados. Estoy empezando a practicar antes de convertirme en tu jefe. —Su discursito profesional contrasta con la extraña intensidad de sus ojos. Está realmente cautivado.

Yo le lanzo mi mirada más fulminante.

—He quedado para tomar una copa con él en el bar deportivo de Federal Avenue. Y tú jamás serás mi jefe.

—Qué coincidencia. Yo voy allí esta noche para ver el partido. A las siete.

Mi ingeniosa mentirijilla ha sido un error táctico. Lo observo con atención, pero no consigo descifrar dónde termina su cara impertérrita y empieza la falsedad.

—Quizá nos veamos —continúa.

Es diabólico.

—Claro, quizá. —Adopto un tono hastiado para que no note que estoy furiosa y sufriendo un ataque de pánico a la vez.

—Y en ese sueño... salía un hombre, ¿no?

—Sí, ya lo creo. —Mis ojos viajan sin permiso hacia él. Creo atisbar la silueta de su clavícula—. Era tremendamente erótico.

—Debería redactar un email para Jeanette —dice débilmente, tras una pausa para aclararse la garganta. Hace una pantomima poco convincente de teclear en su ordenador sin mirar siquiera la pantalla.

—¿He dicho erótico? Quería decir esotérico. Me he confundido.

Me mira guiñando un ojo.

—¿Era un sueño... misterioso?

Bueno, que sea lo que Dios quiera. Ha llegado el momento de arriesgarme ante el detector de mentiras.

—Estaba lleno de símbolos y de significados ocultos. Yo me había perdido en un jardín y me encontraba a un hombre. Alguien a quien veo con mucha frecuencia, sólo que esta vez parecía un extraño.

—Continúa —dice. Resulta muy extraño hablar con él cuando no adopta esa máscara de aburrimiento.

Cruzo las piernas con toda la elegancia posible y sus ojos se deslizan durante un instante bajo mi escritorio para volver enseguida a centrarse en mi cara.

—Yo no llevaba nada encima, salvo una sábana —digo en tono confidencial. Hago una pausa—. Esto quedará estrictamente entre nosotros, ¿no?

Él asiente, embelesado; yo choco mentalmente esos cinco conmigo misma por haber ganado la partida de Pasapalabra.

He de prolongar este momento. No todos los días tengo la sartén por el mango. Me pongo pintalabios usando la pared como espejo. El color se llama Lanzallamas y es una de mis marcas distintivas. Un rojo violento, cruel, venenoso. Rojo de muñecas seccionadas. «El color de los calzoncillos del demonio», según dice papá. Tengo tantos pintalabios que siempre hay alguno al alcance de mi mano. Yo soy una chica en blanco y negro, pero gracias a Lanzallamas me convierto en una chica en tecnicolor. Vivo aterrorizada por el temor de que el fabricante lo deje de producir; por eso acumulo tantas reservas.

—El caso es que voy avanzando por ese jardín y el hombre camina justo detrás de mí. —Me estoy volviendo una mentirosa patológica. Es el efecto que tiene en mí Joshua Templeman—. Justo detrás. Digamos, pegado a mí. Arrimado a mi trasero.

Me pongo de pie y me doy una palmada en el culo lo bastante sonora para recalcar bien la idea. Las palabras suenan extremadamente verídicas, porque en gran parte lo son. Joshua asiente muy despacio; su garganta se contrae, tragando saliva, mientras sus ojos descienden por mi vestido.

—Creo reconocer su voz. —Hago una pausa de treinta segundos.

Me seco los labios y admiro la marca en forma de corazón del pañuelo de papel antes de estrujarlo y tirarlo a la papelera que tengo a los pies. Vuelvo a aplicarme pintalabios.

—¿Siempre has de hacer eso dos veces? —Joshua empieza a impacientarse con tanta interrupción y tamborilea con los dedos sobre la mesa.

Le guiño un ojo.

—No quiero que se corra. Ni que deje manchas al besar, ¿entiendes?

—¿Con quién es esa cita exactamente? ¿Cómo se llama?

—Con un chico, y punto. Me estás cambiando de tema, pero no importa. Lamento aburrirte. —Me siento y sacudo el ratón hasta que el ordenador cobra vida.

—No, no —dice Joshua débilmente, como si le faltara el aire—. No me aburres.

—De acuerdo. Así que voy por ese jardín, que es... completamente reflectante. Como si estuviera lleno de espejos.

Él asiente, con el codo sobre el escritorio y la barbilla apoyada en la mano. Echa la silla hacia atrás.

—Y yo... —Hago una pausa, le lanzo una mirada—. Olvídalo.

—¡¿Qué?! —Levanta tanto la voz que doy un respingo.

—Yo le digo: «¿Quién eres? ¿Por qué me deseas tan desesperadamente?». Y entonces, cuando me ha dicho su nombre, me he quedado tan patidifusa...

Joshua cuelga del extremo de mi sedal como un pez lustroso, todavía agitándose pero irremediablemente enganchado. Noto que el aire entre nosotros vibra de pura tensión.

—Ven aquí, te lo diré al oído —murmuro, mirando a uno y otro lado, aunque ambos sabemos que no hay nadie.

Joshua menea la cabeza reflexivamente y yo miro su regazo. Él no es el único que puede mirar por debajo del escritorio.

—Oh —digo, haciéndome la listilla.

Para mi asombro, las mejillas de Joshua empiezan a colorearse. Sí, Joshua Templeman se ha excitado en mi presencia. ¿Por qué será que me entran ganas de provocarle aún más?

—Ya me acerco yo a decírtelo. —Bloqueo la pantalla de mi ordenador.

—No hace falta.

—Necesito contarlo. —Avanzo lentamente y pongo las manos en el borde de su escritorio. Él mira mis medias de rejilla con una expresión tan torturada que casi me apiado de él.

—Esto no es nada profesional. —Alza la mirada hacia el techo, como buscando inspiración, y finalmente la encuentra—. Recursos Humanos.

—¿Ésa es nuestra contraseña para cortar el juego? Está bien, de acuerdo. —Bajo la luz de los fluorescentes, tiene un irritante aspecto bronceado y saludable, con la piel completamente impoluta. Aun así, hay un leve brillo en su rostro—. Estás un poco sudado. —Cojo un pósit de su escritorio y le planto lentamente un gran beso encima. Me lo desprendo de los labios y lo pego en medio de la pantalla de su ordenador—. Espero que no te esté entrando fiebre.

Me alejo hacia la cocina. Oigo el leve resuello que emiten las ruedas de su silla.

Vive un poco la vida.

El cubículo de Danny está medio desmontado y un tanto caótico. Hay cajas de embalar y montones de papeles y carpetas por todas partes.

—¡Hola!

Él se sobresalta y hace un borrón gris en la foto de autor que estaba retocando en Photoshop. Con tiento, Lucy.

—¡Perdona! Debería llevar una campanilla.

—No, no importa. Qué tal. —Pulsa «Deshacer» y «Guardar» y se vuelve hacia mí.

Sus ojos, rápidos como un relámpago, me recorren de arriba abajo y se quedan prendidos en el ruedo de mi vestido durante unos segundos de más.

—Bien. Me estaba preguntando si has encontrado algún invento en el que podamos empezar a trabajar.

Ni yo misma me creo lo directa que estoy siendo, pero, qué demonios, me encuentro en una situación desesperada. Está en juego mi orgullo. Necesito a alguien sentado a mi lado esta noche en un taburete de la barra. De lo contrario, Joshua se partirá el culo de la risa.

Una sonrisa se expande por su rostro.

—Tengo medio terminada una máquina del tiempo que podría mostrarte para que le eches un vistazo.

—Ah, ésas son sencillas. Yo te puedo echar una mano.

—Di el lugar y la hora.

—El bar deportivo de Federal Avenue, esta noche a las siete, ¿te parece?

—Suena fantástico. Toma, te voy a dar mi número. —Nuestros dedos se rozan cuando me da el papel. Ay, ay, ay. Qué chico tan simpático. ¿Dónde demonios estaba todo este tiempo?

—Nos vemos esta noche. Y tráete, hmmm, los planos.

Vuelvo sobre mis pasos sorteando cubículos y subo la escalera hasta la planta superior, sacudiéndome (mentalmente) el polvo de las manos. Asunto arreglado.

Ya es hora de ponerse a trabajar. Me desplomo en mi silla y empiezo a redactar nuestra propuesta para montar una actividad que fomente el espíritu de equipo. Dejo un espacio al final para dos firmas, pongo la mía y deposito la hoja en la bandeja de entrada de Joshua. Él tarda dos horas de reloj en cogerla. Cuando se digna a hacerlo, se lee la propuesta en unos cuatro segundos, estampa su firma al final y la deja en la bandeja de salida sin mirarme siquiera. Ha estado toda la mañana de un humor más bien raro.

Junto los dedos de ambas manos y comienzo el Juego de las Miradas. Transcurren unos tres minutos, pero finalmente da un suspiro y bloquea su pantalla. Nos miramos a los ojos con tal intensidad que es como si nos reuniéramos en un oscuro espacio virtual en 3D: no hay nada, salvo líneas de cuadrícula verdes y un profundo silencio.

—Bueno, ¿nerviosa?

—¿Por qué habría de estarlo?

—Por tu gran cita, Fresita. Hace bastante tiempo que no tienes una. Desde que yo te conozco, creo.

Hace el gesto de las comillas con los dedos al decir «gran cita». Está convencido de que es una trola.

—Es que soy muy exigente.

Él junta los dedos de las manos con tal fuerza que parece casi doloroso.

—De veras.

—Hay una tremenda carestía de hombres atractivos aquí.

—Eso no es cierto.

—¿Acaso estás buscando un soltero atractivo para ti?

—Yo..., no..., cierra el pico.

—Sí, será mejor que lo cierres. —Bajo la vista a su boca durante una fracción de segundo—. Al fin he encontrado a alguien en este lugar dejado de la mano de Dios. El hombre de mis sueños —añado, arqueando una ceja.

Él lo relaciona de inmediato con la conversación de primera hora de la mañana.

—Así que tu sueño era sobre alguien del trabajo.

—Sí. Pero va a dejar B&G muy pronto, o sea, que quizá tendré que dar un paso.

—¿Estás segura?

—Sí. —No recuerdo la última vez que ha parpadeado. Sus ojos están oscuros. Dan miedo—. Otra vez se te han puesto ojos de asesino en serie. —Me levanto y recojo la propuesta de la bandeja—. Voy a hacerte una copia para Fat Little Dick. Y no me vayas a fastidiar la propuesta, Joshua. Tú no tienes ni idea de cómo crear espíritu de equipo. Deja estas cosas a los que saben.

Cuando vuelvo de la fotocopiadora, parece algo menos sombrío, aunque tiene el pelo revuelto.

Coge el documento, donde he puesto el sello de «COPIA» y le echa un vistazo. Noto el momento exacto en que se le ocurre una idea. Es como la brusca pausa que hace un zorro al pasar frente a la puerta abierta de un gallinero. Levanta la vista, con los ojos centelleantes. Se muerde el labio, titubeando.

—Sea lo que sea, no lo hagas —le digo.

Coge un bolígrafo y escribe algo al pie. Intento mirar qué es, pero él se levanta y sostiene en alto la hoja, tan alto, de hecho, que roza el techo con una esquina. No puedo correr el riesgo de ponerme de puntillas con este vestido.

—¿Cómo iba a resistir la tentación? —Rodea su escritorio y me toca la barbilla con el pulgar al pasar por mi lado.

—¿Qué es lo que has hecho? —pregunto a su espalda, mientras él se dirige al despacho del señor Bexley. Yo entro apresuradamente en el de Helene, frotándome la barbilla.

—Estoy de acuerdo —me dice ella, dejando el documento después de leerlo—. Es una buena idea. ¿Te has fijado en que los Gamins y los Bexleys se sientan separados en la reunión del personal? Ya estoy harta. No hemos hecho nada como equipo desde el día de la fusión. Me tiene impresionada que Joshua y tú os hayáis avenido al mismo tiempo en este punto.

Confío en que mi perverso cerebro no archive la frase distorsionando el verbo obscenamente.

—Estamos puliendo nuestras diferencias —digo, sin que se me note que estoy mintiendo.

—Hablaré con Bexley en nuestra batalla campal de las cuatro. ¿Qué ideas tienes?

—He encontrado un centro de retiro corporativo que queda a sólo quince minutos de la autopista. Uno de esos sitios con pizarras blancas en todas las paredes.

—Suena caro —dice Helene, con una mueca. Ya tenía prevista esa reacción.

—He hecho números. Estamos por debajo del presupuesto de formación de este año.

—¿Y qué haremos en ese nidito corporativo?

—Ya se me han ocurrido varias actividades para fomentar el espíritu de equipo. Las haremos siguiendo un sistema de todos contra todos, rotando cada grupo de manera que los miembros de los equipos se mezclen regularmente. Me gustaría actuar como dinamizadora de las actividades. Quiero acabar con esta guerra entre Bexleys y Gamins.

—La gente odia a muerte las actividades en equipo —señala Helene.

No puedo discutírselo. Es una verdad corporativa universalmente reconocida que los empleados preferirían comer esqueletos de rata antes que participar en actividades grupales. Yo misma lo preferiría. Pero hasta que los sistemas para crear espíritu de equipo mejoren de forma significativa... esto es lo que hay.

—Habrá un premio al final para el participante que más se haya esforzado y que mayor aportación haya hecho a las actividades. —Hago una pausa teatral—. Un día libre pagado.

—Me gusta —dice, riendo.

—Joshua está tramando algo, sin embargo —le advierto.

Ella asiente.

A las cuatro en punto, Helene entra en el Coliseo. Como de costumbre, los oigo gritar desde aquí.

A las cinco, Helene sale del despacho del señor Bexley y se acerca a mi escritorio en un estado de gran irritación.

—Josh —masculla, mirando por encima del hombro, con un tono impregnado de desagrado.

—¿Cómo está, señora Pascal? —responde Joshua haciéndose el inocente, como si tuviera un halo de santo en la cabeza.

Ella no le responde.

—Lo lamento, querida. Lo hemos echado a suertes con una moneda y he perdido. Hemos optado por la idea de Josh para fomentar el espíritu de equipo. ¿Cómo se llama esa tontada...? ¿*Paintball*?

No, por Dios.

—Pero si no era ésa la actividad recomendada. Y bien que lo sé, porque la propuesta la he redactado yo.

Joshua casi sonríe. Es como la luz trémula de un holograma cruzando su rostro y vibrando en oleadas.

—Me he tomado la libertad de ofrecerle una alternativa al señor Bexley. Un partido de *paintball*. Se ha demostrado que es una actividad efectiva para crear equipo. Aire fresco, actividad física...

—Heridas y demandas a la compañía de seguros —dice Helene, contando con los dedos—. Costes adicionales.

—La gente pagará veinte dólares de su propio bolsillo para disparar bolas de pintura a sus colegas —le asegura Josh, mirándome a mí—. A la empresa no le costará un centavo. Y todos firmarán un documento de exención, renunciando a cualquier demanda por daños. Los dividiremos en equipos.

—A ver, querido, ¿quieres decirme cómo fomentas el espíritu de grupo separando a la gente y dándoles pistolas de pintura?

Mientras ellos discuten con un tono falsamente educado, yo hiervo de furia. Joshua se ha apropiado de mi iniciativa corporativa y la ha rebajado a un nivel infantil y denigrante. Una maniobra típica de un Bexley.

—Quizá veamos cómo se forman alianzas inesperadas —le dice a Helene.

—En ese caso, quiero veros a vosotros dos juntos —sugiere ella astutamente.

Yo sería capaz de darle un abrazo. Joshua no puede disparar bolas de pintura a su compañera de equipo.

—Como digo, se formarán alianzas inesperadas. Pero, bueno, no pongamos nerviosa a Lucinda antes de su cita romántica.

—Ah, ¿de veras, Lucy? —Helene da unos golpecitos sobre mi escritorio—. ¿Una cita? Espero un informe completo por la mañana, querida. Y ven más tarde, si quieres. Trabajas demasiado. Vive un poco la vida.

6

A las seis y media, empiezo a sacudir la rodilla nerviosamente.

—¿Piensas llegar tarde?

—No es asunto tuyo.

Maldita sea, ¿es que no va a marcharse nunca? Lleva trabajando una jornada de once horas y sigue fresco como una rosa. Yo me derrumbaría con gusto en la cama.

—¿No has dicho a las siete? ¿Cómo vas a llegar allí?

—En taxi.

—Yo voy para allá. Te llevo. De veras, insisto. —Mientras mantenemos este pequeño diálogo, me observa con una expresión divertida. Está esperando que reconozca que he mentido. Él no sabe que tengo un as en la manga llamado Danny.

—Vale. Como quieras. —Mi furia por su apropiación de la propuesta corporativa ya se ha extinguido, dejando un poso amargo. Todo parece estar descontrolándose lentamente.

Me dirijo al baño de señoras, con el estuche de maquillaje en la mano. Mis pasos resuenan en el pasillo desierto. No he tenido una cita desde hace mucho. Estoy demasiado ocupada. Se me van las horas trabajando, odiando a Joshua Templeman y durmiendo. No me queda tiempo para nada más.

Joshua no puede creer que alguien esté dispuesto a salir conmigo. Para él, soy una pequeña arpía repugnante. Me hago la raya cuidadosamente con el delineador, trazando un diminuto ojo de gato. Me limpio el pintalabios hasta dejar sólo la mancha. Me echo un poco de perfume en el sujetador y me lanzo a mí misma un guiño y unas palabras de ánimo.

Tengo unos pendientes largos en el bolsillo lateral del estuche de maquillaje y me los pongo con cuidado. De la oficina a la vida nocturna, como dicen los artículos de las revistas. Me estoy subiendo el sujetador cuando me tropiezo a la salida del baño con Joshua, que trae mi gabardina y mi bolso. La impresión del contacto con su cuerpo me recorre de arriba abajo.

Él me mira de un modo extraño, como diciendo: «¿para qué haces todo esto?».

—Uf. Gracias.

Extiendo la mano y él me cuelga el bolso del brazo. Mantiene mi gabardina sujeta y pulsa el botón de llamada del ascensor.

—Bueno, al fin voy a ver tu coche —digo para romper el silencio. Esa idea me resulta más estresante que la perspectiva de encontrarme con Danny. El coche es un espacio estrecho y cerrado. ¿Alguna vez hemos estado Joshua y yo sentados el uno junto al otro? Lo dudo—. Llevo mucho tiempo imaginándomelo. He pensado que debe de ser un Volkswagen Escarabajo. Uno blanco y oxidado, como Herbie.

—Vuelve a intentarlo.

Abraza mi gabardina distraídamente. Sus dedos juguetean con la manga. Pegada a su cuerpo, parece la chaqueta de un crío. Me compadezco de esa pobre gabardina y extiendo la mano para cogerla, pero él no hace caso.

—Entonces será un Mini Cooper de principios de los ochenta. El asiento no se puede echar para atrás, de modo que has de poner las rodillas a cada lado del volante.

—Tienes una imaginación muy vívida. El tuyo es un Honda Accord de 2003. Plateado. Mugriento y desordenado por dentro. Con un problema crónico en la caja de cambios. Si fuese un caballo, ya le habrías pegado un tiro.

Llega el ascensor y se abren las puertas. Entro con cautela.

—Eres un asediador mucho más bueno que yo, no hay duda.

Siento un escalofrío de temor cuando veo cómo pulsa el botón del sótano con su enorme pulgar. Baja la vista hacia mí y me observa con ojos oscuros e intensos. Es evidente que está tramando algo.

Tal vez vaya a asesinarme ahí abajo. Acabaré muerta en un contenedor de basura. Los investigadores verán mis medias de rejilla y mis ojos maquillados y darán por supuesto que soy una puta. Seguirán todas las pistas falsas. Y, mientras, Joshua se limpiará con lejía los restos de mi ADN de los zapatos y se preparará tranquilamente un sándwich.

—Ojos de asesino en serie. —Ojalá no sonara tan asustada. Él mira su reflejo, por encima de mi hombro, en la pared reluciente del ascensor.

—Ah, ya veo lo que quieres decir. Tú tienes ese brillo caliente en los ojos. —Mueve el dedo teatralmente sobre el panel de los botones del ascensor.

—Qué va. Ésta es mi mirada de asesina en serie también.

Él deja escapar un hondo suspiro y pulsa el botón de emergencias. Nos detenemos con una sacudida.

—No me mates, por favor. Seguramente hay una cámara de vigilancia. —Doy un paso atrás, despavorida.

—Lo dudo.

Él se alza sobre mí con aspecto amenazador y extiende las manos. Yo empiezo a levantar los brazos para cubrirme como si estuviera en una de esas espantosas películas de terror de un cine al aire libre. Ya está. Me va a estrangular. Ha perdido el juicio.

Me levanta del suelo cogiéndome por la cintura y coloca mi trasero sobre una barandilla en la que nunca me había fijado. Mis brazos quedan sobre sus hombros; el vestido se me desliza hasta lo alto de los muslos. Joshua baja la vista y suelta un ronco jadeo. Como si yo lo estuviera estrangulando a él.

—Bájame. No tiene gracia. —Mis pies se menean inútilmente en espiral.

Ésta no es la primera vez en mi vida que un grandullón abusa de su fuerza conmigo. Marcus DuShay, en tercer curso, me lanzó sobre el capó del coche del director y luego huyó mondándose de risa. Los gajes de las personas bajas. No podemos vivir con dignidad en este mundo de talla grande.

—Hazme una visita por aquí arriba, sólo un segundo.

—¿Para qué demonios? —Intento bajarme, pero él me rodea la cintura con las manos y me aprieta contra la pared. Me agarro con fuerza de sus hombros y llego a la fundamentada conclusión de que su cuerpo es asombrosamente musculoso por debajo de esas camisas de Clark Kent—. ¡Santo cielo! —Su clavícula parece una barra de hierro bajo las palmas de mis manos. Farfullo estúpidamente las palabras que me vienen a la cabeza—. Músculos. Huesos.

—Gracias.

Nos estamos quedando sin aliento. Aprieto la pierna contra su cuerpo para mantener el equilibrio y él me rodea la pantorrilla con la mano.

Cuando me sujeta del maxilar con la otra mano y me echa la cabeza hacia atrás, me preparo para sentir la presión en el cuello. En cualquier momento, su palma caliente me estrujará la tráquea y empezaré a morir. Ahora casi nos rozamos las narices. Nos echamos mutuamente el aliento. Noto que pone un dedo detrás del lóbulo de mi oreja y me estremezco al sentir cómo lo desliza.

—Fresita.

El dulce diminutivo se disuelve en el aire. Trago saliva.

—No voy a matarte. Tú siempre tan dramática. —Y entonces pone suavemente su boca sobre la mía.

Ninguno de los dos cerramos los ojos. Seguimos mirándonos como siempre, esta vez más de cerca que nunca. El iris de sus ojos tiene un cerco negro azulado. Baja las pestañas y me mira con una expresión como de rencor.

Sus dientes apresan mi labio inferior en un leve mordisco. Se me pone la carne de gallina. Mis pezones se tensan. Los dedos de los pies se me curvan dentro de los zapatos. Lo rozo sin querer con la lengua cuando compruebo si tengo el labio lastimado, aunque en realidad no me ha hecho daño. Ha sido demasiado suave, demasiado cauto. Mi cerebro zumba inútilmente buscando explicaciones sobre lo que está sucediendo mientras mi cuerpo se remueve y se acomoda mejor.

Cuando él se inclina otra vez y empieza a mover la boca sobre la mía, abriéndola con suavidad, caigo por fin en la cuenta.

Joshua... Templeman... me... está... besando.

Durante unos segundos me quedo paralizada. Parece que se me ha olvidado cómo se besa. Ha pasado mucho tiempo desde que practicaba asiduamente. Sin que parezca que le moleste, él me explica las reglas con su boca.

El Juego del Beso funciona así, Fresita. Aprieta, retrocede, ladea la cabeza, respira, repite. Utiliza las manos para encontrar el ángulo correcto. Relaja los músculos, como en un lento y húmedo deslizarse. ¿No oyes la palpitación de la sangre en tus propios oídos? Sobrevive con minúsculas bocanadas de aire. No pares. No pienses siquiera. Deja escapar un suspiro estremecido, apártate un poco, deja que tu oponente te atrape con los labios o los dientes, y vuelve a zambullirte en un beso aún más profundo.

Más húmedo. Siente cómo cobran vida tus terminaciones nerviosas con cada roce de la lengua. Siente una presión nueva entre las piernas.

El objetivo del juego es seguir así durante el resto de tu vida. A la mierda la civilización y todo lo que implica. Este ascensor es ahora tu hogar. Esto es lo que haremos ahora.

Ni se te ocurra parar, joder.

Me pone a prueba: se aparta durante una fracción de segundo. La regla primordial infringida. Atraigo su boca hacia la mía con el puño crispado que apoyo en su cogote. Soy una alumna rápida y él, un profesor perfecto.

Sabe a esas pastillitas de menta que siempre está masticando. ¿A quién se le ocurre masticar pastillas de menta? Yo lo probé una vez y me quedó la boca ardiendo. Él lo hace para molestarme; sus ojos destellan divertidos ante mis bufidos de irritación. Ahora, en justo castigo, lo mordisqueo yo. Pero eso lo incita a apretarse más contra mí, a estrecharme con ese cuerpo endurecido, transmitiéndome su calor allí donde entramos en contacto. Nuestros dientes entrechocan con un tintineo.

¿Qué coño sucede?, pregunto en silencio con mi beso.

Cierra el pico, Fresita. Te odio.

Si fuéramos actores de una película, estaríamos chocando contra las paredes, saltarían por el aire los botones, la rejilla de mis medias acabaría desgarrada, mis zapatos caerían al suelo. Pero no: éste es un beso decadente. Estamos apoyados en un muro iluminado por el sol, lamiendo soñadoramente unos cucuruchos de helado, sucumbiendo velozmente al golpe de calor y a unas absurdas alucinaciones.

Ven, un poquito más cerca. Se está derritiendo todo. Tú lame el mío y yo lameré el tuyo.

La gravedad me agarra del tobillo y empieza a apearme de la barandilla. Joshua me alza aún más arriba, sujetándome por la parte posterior del muslo. Suelto un gruñido de indignación en protesta por esa fugaz separación de su boca. *Vuelve aquí, no te saltes las normas*. Él tiene la sensatez de obedecer.

El ruido que emite como respuesta es una especie de «ajá», ese sonido divertido que hace la gente al descubrir algo inesperado pero agradable, como diciendo: «debería haberlo imaginado». Sus labios se curvan. La primera sonrisa que le sale a Joshua en mi presencia la esboza bajo la presión de mis labios. Me aparto, estupefacta, y en una fracción de segundo su rostro retoma la expresión seria, aunque ahora algo sofocada.

Bruscamente, sale un fuerte zumbido del altavoz del ascensor. Ambos nos sobresaltamos cuando una vocecita suelta un «ejem» y pregunta a continuación:

—¿Va todo bien ahí dentro?

Nos quedamos paralizados en un cuadro vivo titulado *Pillados in fraganti*. Joshua es el primero en reaccionar. Se inclina y pulsa el botón del interfono.

—He chocado con el botón. —Me baja lentamente al suelo y retrocede unos pasos. Yo apoyo el codo en la barandilla para sostenerme, porque las piernas se me van para cualquier lado, como si llevara patines.

—¿Qué demonios ha sido esto? —pregunto, resollando, con mis últimos restos de aire.

—Al sótano, por favor.

—De acuerdo.

El ascensor desciende algo así como un metro y las puertas se abren. Si Joshua hubiera esperado medio segundo más, esto no habría sucedido. Mi gabardina está en el suelo, hecha un gurruño. Él se agacha y la recoge, y empieza a sacudirla con un cuidado sorprendente.

—Vamos.

Sale del ascensor sin mirar atrás. Los pendientes se me han enganchado en el pelo: me los ha enredado él con las manos. Miro alrededor, buscando alguna salida. No hay ninguna. Las puertas del ascensor se cierran a mi espalda. Joshua abre un coche deportivo negro de estilo arrogante. Cuando llego a la puerta del copiloto, nos miramos de frente. Yo tengo los ojos como platos. Él vuelve la cara para que no vea cómo sonríe. Capto el reflejo de sus dientes blancos en el retrovisor de una furgoneta cercana.

—Ay, Dios —dice lentamente, volviéndose de nuevo hacia mí y pasándose la mano por la cara para borrar la sonrisa—. Te he traumatizado.

—Pero..., pero...

—Vamos.

Quisiera salir corriendo, pero las piernas no me sostendrían.

—Ni se te ocurra —me dice.

Me deslizo en su coche y a punto estoy de desmayarme. Su fragancia está intensificada aquí a la perfección: caldeada por el verano, preservada por la nieve, sellada y presurizada entre el metal y el vidrio. La inhalo como si fuera una perfumista profesional. Notas de salida: menta, café amargo y algodón. Notas corazón: pimienta y pino. Notas de fondo: cuero y cedro. Un olor tan lujoso como el cachemir. Si su coche huele así, imagínate su cama. Buena idea. Imagínate su cama.

Él sube y deja mi gabardina en el asiento trasero. Miro su regazo de reojo. Jooo-der. Aparto la mirada. Lo que tiene ahí es lo bastante impresionante para que mis ojos vuelvan furtivamente a echar un vistazo.

—Te has quedado muerta del susto —me reprende como un maestro de escuela.

A mí me sale una respiración temblorosa. Él se vuelve a mirarme con unos ojos oscuros. Levanta la mano y yo me estremezco. Frunce el ceño, se detiene un momento y luego gira mi pendiente con cuidado y lo coloca en su sitio.

—Creía que ibas a matarme.

—Todavía lo deseo. —Mueve la mano hacia el otro pendiente.

Tengo la cara interior de su muñeca al alcance para darle un mordisco. Él va apartando meticulosamente los mechones enganchados hasta liberar el pendiente del todo.

—Lo deseo. Con toda mi alma. No te haces una idea.

Arranca el coche, da marcha atrás y empieza a conducir como si no hubiera pasado nada.

—Tenemos que hablar de esto. —Me sale una voz ronca y lasciva. Sus dedos se contraen sobre el volante.

—Bueno, parecía el momento adecuado.

—Pero me has... besado. ¿Por qué lo has hecho?

—Quería comprobar una teoría que tenía desde hace un tiempo. Y tú me has devuelto el beso. Sin la menor duda.

Me remuevo en mi asiento. El siguiente semáforo está en rojo y Joshua frena. Mira mi boca y mis piernas.

—¿Tenías una teoría? Más bien querías confundirme antes de mi cita. —Los coches de detrás empiezan a tocar la bocina. Me vuelvo para echar un vistazo—. Vamos.

—Ah, exacto, tu cita. Tu famosa cita imaginaria.

—De imaginaria nada. He quedado con Danny Fletcher, del Departamento de Diseño.

La sorpresa y la confusión de su cara es un verdadero prodigio. Quiero encargarle a un retratista que refleje esa expresión en un óleo, para legárselo a las generaciones futuras. Es algo realmente impagable.

Los conductores empiezan a adelantarnos por ambos lados, tocando la bocina y pegando gritos. La retahíla de exabruptos y obscenidades consigue arrancarlo de su estupor.

—¿Cómo? —Finalmente, ve la luz verde del semáforo y acelera con brusquedad, aunque vuelve a frenar enseguida para esquivar a un coche que está girando. Se pasa una mano por la boca. Nunca lo he visto tan aturdido.

—Danny Fletcher. He quedado en ese bar con él dentro de diez minutos. Es ahí adonde me llevas, ¿recuerdas? ¿Qué te ocurre?

Él permanece callado durante varias manzanas. Yo me miro las manos sin poder pensar en nada, salvo en la sensación de su lengua en mi boca. En mi boca. Calculo que debe de haber habido diez mil millones de besos de ascensor en la historia de la humanidad. ¡Qué idiotas! ¡Mira que caer en ese cliché!

—¿Creías que estaba mintiendo? —Bueno, técnicamente estaba mintiendo, pero sólo al principio.

—Yo siempre doy por supuesto que mientes. —Cambia de carril con un viraje furioso. Un nubarrón negro y amenazador ensombrece su rostro.

Un dato contrastado. Odiar a alguien resulta agotador. Cada pulsación de la sangre en mis venas me acerca un poco más a la muerte, y yo estoy malgastando esos minutos preciosos con una persona que me desprecia profundamente.

Cierro los ojos para volver a evocar la escena. *Estoy de los nervios mientras deposito con esfuerzo una caja sobre mi escritorio, en la décima planta del edificio recién estrenado de B&G. Hay un hombre junto a la ventana, observando el tráfico de primera hora de la mañana. Se vuelve y nos miramos a los ojos por primera vez.*

Nunca recibiré otro beso como ése: nunca en toda mi vida.

—Ojalá pudiéramos ser amigos. —Lo digo en voz alta sin querer. He reprimido estas palabras tanto tiempo que me da la sensación de haber arrojado una bomba.

Él está tan callado que pienso que a lo mejor no me ha oído. Pero entonces me lanza una mirada tan tremendamente despectiva que me provoca un doloroso retortijón.

—Nosotros nunca seremos amigos, jamás —pronuncia «amigos» como si hubiera dicho «patéticos».

Frena delante del bar y yo me bajo antes de que el coche pare del todo y me alejo corriendo. Oigo que me llama a gritos, enfurecido. Observo que me ha llamado Lucy.

Veo a Danny en la barra, con una botella de cerveza en la mano, me abro paso a toda velocidad entre los corrillos y caigo prácticamente en sus brazos. Pobre Danny. Se ha presentado puntualmente, como un caballero, y no tiene ni idea de lo loca que está la mujer con la que ha quedado esta noche.

—Hola. —Danny está contento—. Has venido.

—¡Pues claro! —acierto a decir con una risita trémula—. Necesito una copa después del día que he pasado.

Me encaramo como un jockey en el taburete. Danny le hace una seña al barman. Dos bates de béisbol idénticos giran en las enormes pantallas situadas sobre la barra. Todavía siento la boca de Joshua en la mía. Me aprieto los labios con dedos temblorosos.

—Un gin-tonic bien grande. Lo más grande posible, por favor.

El barman me lo sirve y yo vacío la mitad de su contenido en mi boca y también un poquito por mi barbilla. Me lamo las comisuras de los labios. Todavía noto el sabor de Joshua. Danny me mira a los ojos cuando bajo la copa.

—¿Va todo bien? Me parece que te conviene desahogarte.

Le echo un buen vistazo. Se ha puesto unos tejanos oscuros y una camisa de vestir a cuadros. Me gusta que haya hecho el esfuerzo de ir a cambiarse a casa.

—Tienes buen aspecto —le digo con sinceridad. Sus ojos relampaguean.

—Y tú estás preciosa —dice en tono confidencial. Apoya el codo en la barra y me observa con una expresión abierta, sin malicia. Siento una extraña burbuja de emoción en mi pecho.

—¿Qué? —Me limpio la barbilla, azorada. Un hombre que me mira como si no me odiara. Qué extraño.

—No he podido decírtelo en la oficina. Pero siempre he pensado que eres la chica más preciosa del mundo.

—Ah. Vaya. —Seguramente me pongo roja como un tomate. Siento que se me contrae la garganta.

—Veo que no te sientan bien los cumplidos.

—No recibo muchos. —Es la pura verdad.

Él se ríe.

—Ya, seguro.

—Es la verdad. Salvo cuando hablo con mi madre y mi padre por Skype.

—Tendré que cambiar eso. Bueno. Háblame de ti.

—Trabajo para Helene, ya lo sabes —empiezo, indecisa.

Él asiente, torciendo la boca.

—Y, bueno, eso es todo.

Danny sonríe, y a mí poco me falta para caerme del taburete hacia atrás. Me relaciono tan poco que apenas soy capaz de conversar con seres humanos normales. Quisiera estar en casa, en mi sofá, con todos los almohadones sobre la cabeza.

—Sí, pero yo quiero saber cosas sobre ti. ¿Qué haces para divertirte? ¿De dónde es tu familia?

Su expresión es totalmente sincera e inocente. Me hace pensar en los niños antes de que la vida los estropee.

—¿Te importa que vaya primero a refrescarme? Vengo directamente de la oficina. —Me bebo de un trago la otra mitad del vaso. El leve gusto a menta de mi lengua enmascara el sabor.

Él asiente y yo me voy directa hacia el baño. Me apoyo en la pared junto a la puerta, saco un pañuelo de papel de mi sujetador y me lo aplico en el rabillo de los ojos. «Preciosa.»

Una sombra oscurece el pasillo y yo deduzco sin más

que es Joshua. Incluso en los márgenes de mi visión periférica, su físico me resulta más conocido que mi propia sombra. Trae la gabardina que me he dejado en el asiento trasero.

Me pongo a reír, y sigo riéndome hasta que las lágrimas surcan mis mejillas, arruinándome probablemente el maquillaje.

—Vete a la mierda —le digo, pero él continúa acercándose. Me coge de la barbilla y examina mi rostro.

El recuerdo del beso flota aún entre nosotros, y no me animo a mirarle a los ojos. Me acuerdo del gemido que he soltado en su boca. Me entra una sensación de humillación.

—No te acerques. —Lo ahuyento con la mano.

—Estás llorando.

Me abrazo a mí misma.

—No, no es verdad. ¿Para qué has venido?

—Aparcar por aquí es una pesadilla. Tu gabardina.

—Ah, mi gabardina. Sí, vale. Estoy demasiado cansada esta noche para pelearme contigo. Tú ganas.

Él parece confuso, así que me explico.

—Ya me has visto reír y llorar. Me has hecho besarte cuando debería haber abofeteado esa cara engreída. Así que has tenido un buen día. Ahora ve a ver tu partido y a comer *pretzels*.

—¿Crees que es ése el trofeo que pretendo conseguir? ¿Verte llorar? —Menea la cabeza—. No es eso en absoluto.

—Desde luego que sí. Y ahora lárgate. —Se lo digo más enérgicamente. Él retrocede y se apoya en la pared opuesta.

—¿Por qué te escondes aquí? ¿No deberías estar ahí fuera, deslumbrándolo con tus jodidos encantos? —Mira en dirección a la barra y se restriega la cara con la mano.

—Necesitaba un minuto. Y no siempre es tan fácil, créeme.

—Estoy seguro de que no tendrás ningún problema.

No suena sarcástico. Me seco las lágrimas y miro el pañuelo. Está bastante manchado de rímel. Doy un suspiro tembloroso.

—Estás perfecta. —Es el comentario más amable que me ha hecho jamás.

Empiezo a tantear la pared, tratando de encontrar el acceso a otra dimensión, o al menos la puerta del baño. Cualquier cosa con tal de perderlo de vista. Él me pone la mano en el pelo; tiene una expresión agitada en la cara.

—De acuerdo, no debería haberte besado. Ha sido una estupidez por mi parte. Si quieres denunciarme a Recursos Humanos...

—¿Es eso lo que te preocupa? ¿Temes que te denuncie? —Levanto tanto la voz que varios clientes se vuelven a mirar. Inspiro hondo y continúo con un tono más discreto—. Has acabado totalmente conmigo. Ya ni siquiera sé cómo reaccionar cuando un chico me dice que soy preciosa.

La consternación se adueña de su rostro.

—Por eso estoy llorando. Porque Danny me ha dicho que soy una chica preciosa y yo he estado a punto de caerme del taburete. Has conseguido desmoronarme.

—Yo... —empieza a decir, pero no le sale nada—. Lucy, yo...

—Ya no puedes hacerme nada más hoy. Has ganado.

Por la expresión de su rostro, creo que le he dado un buen golpe. Su sombra se aleja por el pasillo y luego desaparece.

7

L lamo a Helene por la mañana para decirle que no tengo resaca pero que debo resolver unos asuntos personales y llegaré un poco tarde. Ella tiene la gentileza de decirme que descanse y que me tome el día libre.

«Descansa, y termina la solicitud para el puesto, querida. Mañana se acaba el plazo.»

Me estoy perdiendo un día de camisa de color amarillo claro. El color de las paredes del cuarto infantil cuando el bebé no ha nacido y su sexo es una sorpresa. El color de mi alma cobarde.

Anoche, una vez que Joshua se alejó con expresión culpable, me adecenté, volví a sentarme con Danny y conseguí salvar la velada. Danny y yo tenemos varias cosas en común. Sus padres poseen una granja familiar, así que mi confesión de que me crie en una plantación de fresas no desató los habituales comentarios despectivos, divertidos y condescendientes.

Lo cual me animó a hablar más del tema de lo que suelo hacer normalmente. Intercambiamos anécdotas de la vida en una granja. Yo espiaba las expresiones que cruzaban su rostro como quien estudia las nubes. Pero la verdad es que pasamos juntos varias horas riéndonos como viejos amigos. Tan cómodos como con unas zapatillas mullidas.

Debería estar contenta y excitada. Debería estar puliendo mi solicitud. Debería estar pensando en una segunda cita. Pero termino haciendo lo único que no debería hacer. Me tumbo en la cama con los ojos cerrados, evocando el beso.

«Mira, Fresita, si estuviéramos coqueteando, te habrías dado cuenta.»

Quizá se le olvidó que yo era Lucinda Hutton, la complaciente Fresita, y me transformé para él en algo distinto. Un espacio cerrado, un maquillaje distinto, mi vestido corto, el perfume reciente... Me convertí en objeto de su deseo en un arrebato de locura que se prolongó mientras bajamos de la décima planta al sótano. Y durante ese tiempo fue totalmente mío.

«Quería comprobar una teoría que tenía desde hace un tiempo.» ¿Qué teoría? ¿Cuánto tiempo es «un tiempo»? Si yo era una especie de experimento, él debería haber tenido la decencia de explicarme su conclusión.

Cuando pienso en cómo me mordía suavemente el labio inferior, siento una tensión palpitante entre las piernas. Cuando pienso en el contacto de su mano en la cara posterior de mi muslo, me veo obligada a extender el brazo y a palparme la zona en la que se desplegaron sus dedos. ¿Y la dureza de su cuerpo? Me quedo sin aliento unos momentos. Me pregunto qué sabor tuve yo para él. Qué sensación le produje.

Estoy ganduleando en pijama a las tres de la tarde, paralizada por el plazo límite de entrega de la solicitud, cuando oigo el timbre del interfono y me sobresalto. Lo primero que pienso es que es Joshua, que viene a arrastrarme a la oficina. Pero no: es un repartidor con unas flores. Un enorme ramo de rosas de intenso color rojo. Abro el sobrecito. En la tarjeta hay sólo cuatro palabras.

«Tú siempre estás preciosa.»

No está firmada, pero tampoco hace falta. Ya me imagino la expresión dulcificada de Jeanette al darle a Danny un pósit con mi dirección y añadir por lo bajini: «Esto yo no te lo he dado». Incluso las damas de RR. HH. son capaces de infringir las normas por amor.

Le envío un mensaje de texto.

¡Muchas gracias!

Él responde casi en el acto.

Me lo pasé muy bien. Me encantaría volver a verte.

Yo respondo:

¡Por supuesto!

Me quedo mirando las flores, con los brazos en jarras. Esta inyección para mi ego no podría haberme llegado más oportunamente. Me siento frente al ordenador. El puesto será mío. Y Joshua tendrá que largarse.

—Acabemos esto de una vez.

Cuando entro el viernes en la oficina, él es un gran borrón de color mostaza en la esquina de mi campo visual. Cuelgo la gabardina y me voy directa al despacho de Helene. Por una vez, ha llegado temprano. Sería capaz de rodearla con mis brazos y estrecharla con fuerza.

—Aquí estoy. —Ella me indica que pase y yo cierro la puerta.

—¿Ya lo has enviado?

Asiento.

—Joshua también ha enviado el suyo. Y hay dos candidatos externos por ahora. ¿Qué tal la cita? ¿Te encuentras bien?

Ella siempre la viva imagen de la compostura. Hoy lleva un blazer sobre una camiseta que seguramente es de seda y una falda de lana. Nada tan vulgar como el algodón para Helene. Espero que cuando se muera me deje su guardarropa.

Me acomodo en una silla.

—Estuvo bien. Era con Danny Fletcher, del Departamento de Diseño. Espero que no haya problema. La semana que viene deja la empresa para trabajar por su cuenta.

—Lástima. Trabaja bien. Desde luego, no habrá ningún problema en que lo veas.

Me viene a la cabeza el beso a Joshua en el ascensor. Eso sí que es un problema.

—Pero algo sucedió —aventura Helene.

—Antes de la cita, tuve una tremenda discusión con Joshua y consiguió alterarme. Y ayer por la mañana me sentía más bien inestable. Con la sensación de que, si venía aquí, acabaríamos los dos saliendo en camilla y bañados en sangre.

Helene me observa con aire especulativo.

—¿Sobre qué fue la discusión?

Quizá no sea tan buena idea desahogarme con Helene y explicarle mis cuitas. No es nada profesional por mi parte. Me arden las mejillas y, como no se me ocurre una mentira, abrevio la historia.

—Él pensaba que yo mentía, que no era verdad que tuviera una cita. Soy muy aburrida, según él.

—Interesante —dice despacio—. ¿Has analizado esto a fondo?

Me encojo de hombros. Lo he analizado obsesivamente, hasta el extremo de no poder dormir.

—Estoy enfadada conmigo misma por dejar que me saque de mis casillas. Pero no puede imaginarse lo duro que es estar sentada frente a él, aguantando sus constantes ataques.

—Me hago cierta idea. Se llama guerra a muerte, querida. —Señala la pared con el pulgar.

Helene es la persona ideal para las confidencias de este tipo. El señor Bexley está ahora mismo al otro lado de esa pared, tramando formas de asesinarla. Ella sigue mi mirada. Oímos débilmente un estornudo, un pedo y unos gruñidos.

—¿Por qué pensaba Joshua que mentías? Y a ti... ¿por qué te molestó tanto que lo pensara? —Helene va dibujando espirales en su libreta y yo me siento medio hipnotizada. Se ha convertido en mi terapeuta.

—Él me considera cómica. Siempre se está riendo de lo que hacen mis padres. Seguro que se ríe del lugar donde estudié. De mi ropa. De mi estatura. De mi cara.

Helene asiente con paciencia, observando cómo me esfuerzo en desplegar esos pensamientos enmarañados.

—Me molesta que tenga este concepto de mí. Es eso lo que me confunde. Lo único que quiero es que me respete.

—Tú siempre has procurado que te vean como una persona simpática y tratable —comenta Helene—. Le caes bien a todo el mundo. Él es el único que se resiste.

—Él está empeñado en destruirme. —Quizá estoy dramatizando un poquito más de la cuenta.

—Y tú, empeñada en destruirlo a él —señala Helene.

—Sí. Pero yo no deseo ser así.

—Bueno, evita hoy el contacto con él. Te puedes instalar unos días en el despacho vacío de la tercera planta. Te desviaremos allí las llamadas.

Meneo la cabeza.

—Es muy tentador, pero no. Soy capaz de manejar la situación. Prepararé el borrador del informe trimestral y no le diré ni una palabra. Me olvidaré de que existe.

Todavía recuerdo el sabor de su boca. Estuve respirando su cálido aliento hasta que se me llenaron los pulmones del todo. Tenía su aliento en mi interior. Y en sólo dos minutos me enseñó cosas que no había descubierto en mi vida. O sea, que olvidar su existencia será todo un desafío, pero este trabajo es así: un desafío constante.

Cierro suavemente la puerta del despacho de Helene y trato de calmarme. Me vuelvo y ahí está, encorvado sobre su mesa.

—Eh —dice. Una versión abreviada de Cómo estás.

—Hola —respondo rígidamente, y me dirijo a mi mesa como si caminara con unos zancos diminutos.

Lo que dice a continuación me deja estupefacta.

—Lo siento, Lucy. Lo siento muchísimo.

Le creo. La imagen de su atormentada expresión cuando se alejó de mí, en el bar, me ha impedido dormir casi del todo durante dos noches seguidas. Ahora es la ocasión. Ahora podría volver a situarnos a ambos en la posición habitual. Podría lanzarle una pulla y él se apresuraría a devolvérmela. Pero no: yo no deseo ser así.

—Ya sé que lo sientes. —Ambos estamos a punto de sonreír y cada uno observa la boca del otro. El fantasma del beso en el ascensor sigue flotando entre nosotros.

Él no está tan impecable como siempre. Se le ve algo desaliñado, probablemente a causa de un par de noches durmiendo mal. El tono mostaza de su camisa me parece el color más feo que he visto en mi vida. Tiene el nudo de la corbata mal hecho, y una sombra de barba en la mejilla. El pelo lo lleva desgreñado, con un mechón erizado en un lado que parece un cuerno de demonio. Casi parece un Gamin hoy. Está realmente divino y me mira con un recuerdo flotando en los ojos.

Deseo correr hasta que me duelan las piernas. Deseo barrer el contenido de su escritorio de un mandoble. Noto el contacto de la ropa sobre mi piel desnuda. Así es como me hacen sentir sus ojos cuando me mira.

—Vamos a bajar las armas, ¿de acuerdo? —Alza las manos para mostrar que está desarmado. Esas manos son lo bastante grandes para abarcar mis tobillos. Trago saliva.

Para disimular mi incomodidad, hago la pantomima de sacarme una pistola del bolsillo y arrojarla a un lado. Él se lleva la mano a una imaginaria pistolera de hombro, saca la pistola y la deja sobre su agenda. Yo desenfundo un cuchillo invisible de mi muslo.

—Todas —digo, señalando bajo el escritorio.

Él se agacha y simula que se saca un revólver del tobillo.

—Así está mejor. —Me desplomo en mi silla y cierro los ojos.

—Eres una persona muy rara, Fresita. —Su tono no es desagradable. Me fuerzo a abrir los ojos. El Juego de las Miradas casi me mata. Sus ojos son del mismo azul que el pecho de un pavo real. Es como si todo estuviera cambiando.

—¿Vas a denunciarme a Recursos Humanos?

Algo vuelve a cerrarse en mi pecho con una punzada de dolor. O sea, que por eso tiene este aspecto de mierda. Debió de pasar un día infernal ayer, imaginando cómo lo sacarían del edificio los guardias de seguridad en cuanto yo volviera. Mi escritorio vacío debió de ser una visión terrorífica para él. Ya se veía a sí mismo encerrado en una celda por abusar de mujeres diminutas. Ahora lo entiendo todo. Mira que soy idiota.

—No. Pero ¿podríamos no volver a mencionar... eso... nunca más, por favor? —Me salen las palabras algo roncas. Lo estoy soltando del anzuelo, en lugar de tomarle el pelo con el destino que le espera. Un paso más para convertirme en la persona que me gustaría ser.

Pese a todo, él frunce el ceño como si se sintiera profundamente ofendido.

—¿Es eso lo que quieres?

Asiento, pero soy una mentirosa de cuidado. «Lo único que quiero es besarte hasta quedarme dormida. Quiero deslizarme entre tus sábanas y descubrir qué ocurre en tu cabeza, y también debajo de tu ropa. No quiero quedar como una tonta por ti.»

La puerta del señor Bexley está entreabierta, así que bajo la voz todo lo posible.

—Me está volviendo loca todo esto.

Él puede apreciar claramente que es cierto. Tengo una mirada desesperada y enloquecida. Asiente, con un gesto terminante. Control + A. Borrar. Ese beso no ha existido.

Rezo para que surja alguna distracción. Un simulacro de incendio. Una llamada de Julie para anunciarme que nunca más cumplirá un plazo de entrega. Y yo no soy la única que está rezando para que el suelo se hunda bajo nuestros pies.

—¿Y qué tal... tu cita? —dice con voz apagada. Tiene los nudillos blancos de tan crispados. Ser amable conmigo le exige un gran esfuerzo.

—Bien. Tenemos muchas cosas en común. —Trato inútilmente de despertar a mi ordenador de su letargo.

—Sí, claro. Los dos sois bajitos. —Mira su pantalla, con el ceño fruncido, como si esta conversación fuera la más ardua de su vida. Actuar amigablemente no le sale con naturalidad.

—Ni siquiera se burló de mí por lo de las fresas. Danny es... simpático. Es mi tipo. —Es lo único que se me ocurre.

—Lo que quieres es un tipo simpático, entonces.

—Es lo que quiere todo el mundo. Mis padres llevan una eternidad rogándome que me busque un buen chico. —Mantengo un tono ligero, pero dentro de mí empieza a formarse una burbuja de esperanza. Estamos hablando como amigos.

—Y el señor Simpático ¿te acompañó a casa?

Ya veo lo que quiere saber.

—No. Tomé un taxi. Volví sola.

Deja escapar el aire audiblemente. Se restriega la cara de puro cansancio y luego me mira entre los dedos.

—¿A qué jugamos ahora?

—¿Qué te parece a Compañeros Normales? ¿O al Juego de la Amistad? Hace tiempo que me muero de ganas de probar alguno de los dos. —Levanto la vista, conteniendo el aliento.

Él se incorpora en la silla y me mira ceñudo.

—Los dos serían una pérdida de tiempo, ¿no crees?

—Ay, qué pena. —Si lo digo sarcásticamente, no sabrá que lo proponía en serio.

Veo que abre su agenda, con el lápiz en la mano. Se pone a hacer tal cantidad de anotaciones que yo me vuelvo hacia mi ordenador. Ya no voy a preocuparme más de su estúpida agenda, de su lápiz y de mis pesquisas detectivescas. Todo eso se acabó. Ha sido una pérdida de tiempo.

Me digo a mí misma que debo estar contenta.

Hoy es un espléndido día de camiseta negra. Anótalo en tu diario. Cuéntaselo en el futuro a tus nietos. Aparto los ojos, pero ellos se deslizan otra vez hacia allí al cabo de un momento. Bajo esa camiseta hay un cuerpo capaz de empañar las gafas de una vieja bibliotecaria. Me parece que las bragas se me están arrugando como una pavesa de papel quemado.

Ha transcurrido una semana desde el beso en el que nunca pienso. La plantilla al completo de Bexley & Gamin va subiendo como un rebaño a un autocar.

—Exenciones —va diciendo Joshua a la gente, que le entrega el documento por el que renuncia a cualquier demanda por daños—. Las exenciones, a mí. El dinero, a Lucinda. Eh, esta hoja no está firmada. Fírmala. Exenciones.

—¿Quién es Lucinda? —pregunta alguien al final de la cola.

—El dinero, a *Lucy*. Esta persona ridículamente bajita de aquí. Pelo. Pintalabios. Lucy.

Yo sé de uno que va a quedar cubierto de pintura muy pronto. La gente de la cola avanza en una brusca oleada y a punto está de dejarme planchada contra el autocar.

—Eh. No os he dicho que la pisoteéis.

Joshua los hace retroceder a todos y me endereza junto a él como si fuese un bolo tambaleante. La calidez de su mano sobre mi blusa me quema a través de la tela. Julie me toca el otro brazo y yo doy un respingo del susto.

—Perdona por no llegar al plazo el otro día. Me muero de ganas de poder dormir toda una noche. Estoy medio zombi.

Me entrega sus veinte dólares y veo que lleva las uñas con manicura francesa. Yo flexiono los dedos para esconder mis uñas ligeramente astilladas.

—Quería pedirte un favor —dice.

Por encima de su hombro, veo a Joshua poniendo la oreja como si fuera una antena parabólica. Espiar las conversaciones es indecoroso. Me llevo a Julie un poco aparte, sin dejar de extender la mano para que la gente siga poniendo sus veinte dólares.

—Bueno, dime, ¿de qué se trata? —Ya se me está encogiendo el estómago.

—Mi sobrina tiene dieciséis años y necesitaría hacer un período de prácticas. El consejero de su colegio cree que le serviría para adquirir cierta perspectiva. Ella no puede andar saltándose clases y durmiendo todo el día. Los adolescentes no tienen ni idea de lo que es el trabajo.

—Habla con Jeanette. Seguro que tendrá algo que ofrecerte. —Cojo otro billete—. Los jóvenes siempre quieren trabajar en el Departamento de Diseño.

—No, yo quiero que trabaje de becaria contigo.

—¿Conmigo? ¿Por qué? —Me dan ganas de salir corriendo.

—Eres la única persona aquí que tendría paciencia con ella. Es una chica algo testaruda.

Una gran primicia mundial, sin duda, pero ahora casi preferiría que Josh nos interrumpiera. Que pasara algo. Por favor. Estoy enviando mensajes a su antena parabólica pero no los recibe. «Joshua, socorro, SOS. Haré cualquier cosa por ti si nos interrumpes.»

—Tiene un montón de problemas. Con las drogas y con otras cosas. ¿Podrías hacerlo, por favor? Significaría mucho para su madre, y quizá servirá para ponerla otra vez en vereda.

—Hmmm. ¿Me das un tiempo para pensarlo? —Aparto los ojos de Joshua, que ahora ha dejado de disimular y se ha vuelto a mirarnos, con la mano en la cadera.

—Tengo que saberlo ahora, porque ella se reúne con el consejero escolar dentro de media hora. Y se supone que debería tener algo pensado. —Julie me mira con una sonrisa expectante.

—¿Cuánto tiempo sería? Digamos, ¿un día?

Julie se me acerca un poco más, estrujándome el brazo con su mano bellamente decorada.

—Serían dos semanas, durante las próximas vacaciones escolares. Eres un sol. Gracias. Voy a mandarle un mensaje ahora mismo. Ella no estará contenta, pero tú la convencerás.

—Espera —empiezo, pero ya está subiendo al autocar.

—Bueno, lo has bordado. ¿Sabes lo que le hubiera soltado yo? —me dice Joshua.

Me paso la mano por el pelo. Me pica el cuero cabelludo.

—Cierra el pico.

—Le habría dicho una palabra muy corta. Es fácil, deberías probarlo alguna vez. Repite conmigo. No.

—Eh —dice Danny con una sonrisa, poniéndose en la cola.

—No. Hola. —Saco mi sonrisa más encantadora. Espero que se haya puesto protector solar en esa preciosa piel tan blanca—. Al final has venido. Supongo que un partido de *paintball* es una buena forma de celebrar tu último día.

—Sí, será divertido. Mitchell me ha dicho que no hacía falta que viniera, pero a mí me apetecía. El departamento me montó un almuerzo de despedida también.

Yo ya sé la mayor parte de estas cosas. Nos hemos estado comunicando por email toda la semana, y yo misma le ayudé a llevar unas cajas a su coche. El icono del sobrecito que hay en la barra de tareas me ha ido proporcionando pequeñas punzadas de emoción. Hoy he pasado toda la mañana acalorada e inquieta. Con un ligero mareo. Estoy colada, no cabe duda.

—Exención —dice Joshua, interrumpiendo. Danny le da la hoja sin apartar los ojos de mí.

—Me encanta tu pelo hoy —me dice.

Yo bajo la cabeza, halagada. Es el comentario más correcto que se me puede hacer. Tengo una absurda vanidad sobre mi pelo. Mi acondicionador probablemente cuesta más que treinta gramos de cocaína.

—Gracias. Se me ha alborotado un poco. Hace mucha humedad, me parece.

—Bueno, me gusta un poco alborotado. —Danny toca los bucles caóticos que me caen sobre el brazo. Nos miramos a los ojos y empezamos a reírnos.

—No lo dudo, sinvergüenza —digo, meneando la cabeza.

—Dale el dinero y sube al autocar —ordena Joshua lentamente, como si Danny fuese un tarado. Se miran con antipatía. Yo cojo sus veinte dólares y le dedico una sonrisa Lanzallamas.

—¿Quieres que seamos compañeros de equipo?

—Sí —contesto al mismo tiempo que Joshua ladra:

—No.

Se le da muy bien decir esa palabra, no cabe duda.

—Los equipos ya están formados —añade.

Danny me lanza una mirada que viene a decir: «¿Qué mosca le ha picado a éste?».

—Yo esperaba que... —empieza. Pero Joshua le lanza a su vez una mirada agresiva: «No sé qué pretendes, pero olvídalo».

La última persona de la cola me da su dinero y nos quedamos los tres ahí de pie, envueltos en un tenso y extraño silencio.

8

—Hablamos luego —me promete Danny y sube al autocar.

No le culpo. Joshua tiene los brazos cruzados como un gorila de discoteca.

—¿A qué demonios venía eso? —le pregunto. Él menea la cabeza.

Helene y el señor Bexley salen a toda velocidad en sus respectivos Porsche y Rolls para reunirse allí con nosotros. Por supuesto, ellos no van a participar en la actividad para fomentar el espíritu de equipo. Ellos se sentarán en el balcón desde el que se domina el parque de *paintball*, tomarán café y se dedicarán a odiarse a muerte, que es su actividad favorita.

—Vamos —dice Joshua, empujándome para que suba.

Sólo quedan dos asientos libres y están en la primera fila. Joshua los ha dejado reservados poniendo un montón de sujetapapeles encima. Danny se inclina en el pasillo y me mira con pesar, encogiéndose de hombros.

Joshua envió un mensaje a todo el mundo indicando que nos cambiáramos a la hora del almuerzo y nos pusiéramos ropa informal. Prendas que no nos importara arruinar del todo. Yo llevo unos tejanos ceñidos y una camiseta *vintage* de Elvis muy estirada. Era de mi padre. El Elvis gordo, con un traje de lentejuelas y el micrófono pegado a los labios. Está tan dada de sí que se me escurre por el hombro. El look que pretendía imitar era el de Kate Moss en un festival de música. A juzgar por la cara de Joshua al verme, parezco una pringada patética. Aunque él sí se ha fijado en el tirante verde esmeralda de mi sujetador deportivo. De eso estoy completamente segura.

Joshua también se ha puesto ropa informal. Mientras doblaba sobre el escritorio su camisa negra de vestir con la pulcritud de un dependiente de *boutique*, he visto mi reflejo en la pared de enfrente: una máscara boquiabierta y embobada de lujuria. Para empezar, Joshua lleva tejanos: están muy gastados y hechos polvo, con salpicaduras de pintura azul, y se le tensan sobre los muslos cuando se sienta. No puedo poner ningún reparo a esos tejanos.

Para continuar, lleva una camiseta cuyo suave y raído algodón se funde con su torso cuando se arrellana en el asiento. Y las formas que se dibujan bajo esa camiseta son... Las mangas se ciñen sobre unos bíceps que me están poniendo... Pero es su estómago completamente plano lo que me... Sin hablar de la piel, que es de un tono dorado...

—¿Necesitas algo? —pregunta, alisándose la camiseta. Mis ojos siguen el recorrido de su mano. Quisiera estrujar esa camiseta, hacerla una bola y comérmela con una cucharita de postre.

—No me habría imaginado que llevarías... —Señalo vagamente ese torso fabuloso.

—¿Creías que jugaría a *paintball* con un traje de Hugo Boss?

—Hugo Boss, ¿eh? ¿Ellos no diseñan uniformes nazis?

—Lucinda, por Dios. —Cierra los ojos durante casi un minuto entero. Se pinza el puente de la nariz. Juraría que está haciendo un esfuerzo para no reír, o gritar.

Lo miro bizqueando, le saco la lengua y digo: «Buuu». Pero no se ríe. Derrotada, me doy la vuelta y miro por encima de los asientos hasta que diviso el pelo enmarañado de Danny. Nos saludamos con la mano y ponemos caritas para indicar lo descontentos que estamos con nuestros compañeros de asiento. Entonces se me ocurre que debo de tener las tetas a un par de centímetros de la cabeza de Joshua y vuelvo a sentarme.

—¿Tú y él? La cosa empieza a resultar un poco patética —dice Joshua de mal humor.

Sus palabras me hieren en lo más vivo. «Patética.» Ya me lo ha dicho otras veces. Hemos vuelto a la posición en la que nos sentimos más cómodos. Yo me había preguntado cómo serían las cosas después del beso, de las lágrimas, de la tristeza dolorida de sus ojos. De la disculpa. Del silencio que se ha extendido desde entonces a lo largo de cada jornada.

Para él, hemos vuelto al odio. Pero yo no lo resistiré mucho tiempo. No puedo seguir la pelea. Me quita demasiada energía. Lo que antes me resultaba tan fácil como respirar ahora se me hace cuesta arriba. Estoy tan cansada que me duele todo.

—Seguro. Soy patética. —Miro la carretera que se extiende por delante. Él empieza el Juego de las Miradas, ahora de soslayo. No le hago caso. Nadie nos ve, salvo la conductora si echa un vistazo; pero ella está ocupada con el tráfico.

—Fresita.

No le hago caso.

—Fresita.

—No conozco a nadie con ese nombre.

—Juega un minuto conmigo —me pide al oído. Yo vuelvo la cara hacia la suya, procurando controlar la respiración.

—Recursos Humanos —acierto a decir.

Tiene la cara tan cerca de la mía que puedo saborear su aliento, ese gusto caliente y dulce a menta. Veo las vetas diminutas del iris de sus ojos: trazos inesperados de color verde y amarillo. Hay tantos azules que me hacen pensar en galaxias. En pequeñas estrellas.

—¿Tus rosas siguen vivas?

¿Es que hay algo que este hombre no sepa? Nuestros codos se rozan ligeramente, pero procuro no hacer caso. Los codos no son erógenos. O, al menos, yo no creía que lo fueran.

—¿Quién te lo ha contado?

—Bueno, todo el mundo sabe que Danny Fletcher es el hombre de tus sueños. Rosas y todo lo que haga falta. Almuerzos para dos con velas en la cocina de la empresa.

—Me mira los labios; yo me los lamo. Mira el tirante de mi sujetador y yo junto las rodillas con fuerza.

—¿Quién es tu fuente?

Sus ojos se están oscureciendo por momentos. La pupila va devorando el azul, y yo me acuerdo de sus ojos en el ascensor. Ojos asesinos. Ojos apasionados. Ojos de demente.

—¿Mi infiltrado, quieres decir? ¿Como hacen las revistas con los famosos? ¿Acaso eres una celebridad, Lucinda?

—No entiendo cómo sabes tantas cosas.

—Soy perspicaz. Me entero de todo.

—Y deduces que tengo unas rosas en mi dormitorio..., ¿a santo de qué?, ¿por mi lenguaje corporal? ¿Porque me lees el pensamiento? Mientes más que hablas. Seguro que me espías por la ventana con un telescopio de larga distancia.

—Quizá tengo un apartamento delante del tuyo.

—Ya te gustaría, pervertido. —Empiezo a notar un hormigueo de sudor en la espalda. Si tuviera ese apartamento, probablemente sería yo la que se pasaría las horas en la oscuridad con unos prismáticos.

—Bueno, ¿están vivas aún?

—Se han marchitado. He tenido que tirarlas esta mañana.

Su mano se desliza a lo largo de mi brazo, lenta y suavemente, presionando los puntitos de carne de gallina. Tiene la mano tan fría que levanto la mirada hacia su rostro, instalado en su expresión ceñuda habitual.

—Estás muy caliente —me dice.

—Es sabido que provoco incendios —contesto sarcástica, apartando la mano.

El autocar se bambolea al tomar una curva. Siento un leve mareo que me enturbia la visión y un principio de náusea en el estómago. No es que vaya a vomitar. Seguramente es una reacción de mi cuerpo ante tantas tensiones: el proceso de solicitud, el beso, el brillo asesino en los ojos de Joshua.

—¿Preparada para ser aniquilada?

Le suelto la mejor réplica que se me ocurre.

—Voy a destruirte. El Juego del Odio. Tú contra mí. Es la única forma posible de acabar con esto.

—Muy bien —responde Joshua con brusquedad, levantándose y poniéndose de rodillas en el asiento para dirigirse a nuestros compañeros. Todos dejan de hablar de mala gana. Detecto un ambiente de motín.

Me arrodillo también en el asiento y saludo a la gente con la mano. Todos sonríen. El policía bueno, despreciado por todos. Observo que los Gamins están sentados a la izquierda y los Bexleys a la derecha.

—Hoy tendréis que superar seis desafíos —empieza Joshua.

—Siete, si lo incluís a él —añado, cosechando algunas risas. Él me mira de soslayo, con el ceño fruncido.

—Habrá cada vez seis equipos de cuatro personas, luchando de dos en dos. En cada partido estaréis en un equipo distinto. El objetivo es conseguir que conozcáis a vuestros compañeros en una actividad al aire libre. Tendréis que idear estrategias en equipo para ser los primeros en capturar la bandera.

La gente lo mira sin comprender; él suelta un hondo suspiro.

—¿En serio? ¿Nadie ha jugado nunca al *paintball*? Debéis intentar apoderaros de la bandera antes que el equipo contrario. La norma principal es que no se puede disparar al árbitro. Ni a la cara del adversario, ni tampoco a la entrepierna.

Maldita sea. ¡Si era eso lo que yo estaba deseando!

—Marion, Tim, Fiona, Carey. Vosotros seréis los árbitros. Debéis valorar el juego de cada equipo desde vuestra posición estratégica junto a la bandera. Podéis puntuar a los jugadores si queréis.

Estoy impresionada. Me inquietaba imaginarme a esos cuatro arrastrando sus cuerpos pesados y achacosos por una pista de *paintball*. Carey y Marion se miran y asienten con aire engreído, mientras Joshua pasa hacia atrás cuatro sujetapapeles. Me gustaría que hubiera comentado todo esto conmigo. Él lleva la batuta totalmente, lo cual no me gusta.

—Al final, nos reuniremos en la terraza para tomar café y analizar lo que hemos aprendido unos de otros a lo largo del día.

Dicho esto, vuelve a deslizarse en su asiento.

—¿Alguna pregunta? —Miro en derredor y veo algunas manos alzadas.

—¿Nos daréis monos para protegernos?

Joshua masculla algo entre dientes, que suena más o menos como «malditos idiotas».

Me encargo yo de responder.

—Cada uno tendrá un traje protector y un casco para cubrirse los ojos y la cara.

A través de la camiseta, noto que Joshua suelta un largo suspiro sobre la zona de mi cadera.

—¿Sí? —digo, señalando a Andy.

—¿Duelen las pelotas de pintura?

—Un montón —responde Joshua desde su asiento.

—Recordad todos que el objetivo no es hacerse daño. —Bajo la vista hacia Joshua—. ¡Por muchas ganas que tengáis!

—¿Vosotros dos estaréis en bandos opuestos? —pregunta alguien desde el fondo, provocando una oleada de risas.

La fama de nuestro odio mutuo se nos ha ido un poco de las manos, y la culpa en gran parte es mía. He de dejar de hacer chistes a costa de Joshua.

—Esto está pensado para unirnos a todos. Todos estaremos en algún momento en el mismo equipo, igual que una situación de trabajo. E incluso Joshua y yo conseguiremos encontrar puntos en común. Bueno. ¡Y atención al premio!

Todo el mundo estira el cuello.

—El premio —me interrumpe Joshua en voz alta, sin levantarse del asiento— es un día libre extra pagado. Sí, señor. Un día libre. Pero habréis de ganároslo demostrando un compromiso excepcional con vuestro equipo.

Hay un murmullo general. Un día libre pagado. Un día fuera de la prisión. La idea oscila por encima de las cabezas como una apetitosa y suculenta zanahoria.

El campo de *paintball* se halla en una pequeña plantación de pinos. El terreno es de tierra desnuda y polvorienta. Los árboles parecen medio moribundos. Un cuervo vuela en círculo en lo alto, soltando graznidos siniestros. La gente forma un corro irregular junto a la entrada.

Un tipo con mono de camuflaje de *paintball* se sitúa junto a Joshua con la pose de un sargento del ejército. Ambos poseen el mismo físico espigado y musculoso de marine. Quizá Joshua pasa aquí todas sus horas libres. Parecen compañeros de armas. Compañeros que han vivido brutales combates (de colores) en este terreno baldío. Ambos me miran con expectación y yo deduzco que debo situarme también ahí delante con ellos.

Joshua hace una demostración para explicar cómo hay que ponerse el mono y el equipo de protección. Todo el mundo observa con interés. El sargento Paintball se encarga de las preguntas estúpidas con paciencia profesional. Todos recibimos el mono, el casco y las rodilleras. Luego nos dan las armas.

Somos adultos a punto de realizar una actividad para promover el espíritu de equipo en la empresa, pero nos pasamos varios minutos haciendo el idiota, ensayando poses con nuestros fusiles de *paintball* y emitiendo efectos de sonido como una pandilla de críos. Joshua y el sargento Paintball nos observan como celadores de un psiquiátrico. Alan, el reciente Chico del Cumpleaños, finge que acaba con todos nosotros. «¡Pam, pam, pam!», grita con su voz de barítono. «¡Pam, pam, pam!»

Me escabullo de una refriega simulada. Empiezo a sentirme endeble y demasiado diminuta. Observo las largas piernas, los ojos sedientos de pintura de los demás. Quizá las tensiones se acaben desbordando; quizá se desmanden todos en una guerra de Gamins contra Bexleys, cambiando los fusiles de *paintball* por metralletas AK-47 de verdad.

Se me empieza a perlar de sudor la frente y el labio superior; y no sé qué me pasa en el estómago, pero no es nada bueno. El pintalabios se me ha convertido en una mancha rosada, y el pelo lo tengo aplastado bajo el pesado casco. El traje más pequeño que tenían es tan enorme que la gente se monda al verme. Qué elegancia. Qué garbo. Voy a tener que concentrarme de verdad para superar las próximas horas.

Helene me saluda con la mano. Está de pie en un balcón de observación, con una visera blanca, una blusa de lino crema y unos pantalones pitillo blancos, sorbiendo con una pajita una Coca-Cola light. Sólo Helene se atrevería a vestir de blanco en un campo de *paintball*. El señor Bexley está enfurruñado por algún motivo y permanece sentado, de brazos cruzados, como un sapo con pantalones caquis.

—¡Pasadlo bien todos! —grita Helene—. ¡Y recordad que os estamos mirando!

Con este inquietante comentario de «Gran Hermano» resonando en los oídos, empezamos a jugar.

Joshua lee en voz alta los nombres de los primeros equipos y resulta que yo estoy en el suyo. Nos situamos en medio con nuestros compañeros, Andy y Annabelle. Dos Gamins y dos Bexleys. El equipo contrario, compuesto con la misma proporción, se sitúa también en el centro. Joshua debe de haber configurado todos los equipos así.

Yo tendría que haber abierto la boca esta semana para preguntarle por los detalles, pero la tensión que hay entre nosotros ha resultado insuperable. Además, una vez que mi idea de reunirnos en un centro de retiro corporativo quedó totalmente desmantelada, he perdido el interés en el asunto. Ya que Joshua se apropió de la idea, que se ocupe de organizarlo todo.

Pero mientras el ambiente se llena de un entusiasmo palpable, me doy cuenta de que mi fantástica idea se ha convertido en un logro suyo. Soy una idiota integral.

Veo a Marion con la bandera. Nos saluda alegremente, con un bolígrafo entre los dientes y un sujetapapeles en la mano. Tiene unos prismáticos colgados sobre el pecho. Se está tomando en serio su papel falsamente importante.

—Bueno, ¿cuál es el plan, equipo? —pregunto. No veo a nuestros oponentes.

—¿Nos mantenemos juntos o nos dispersamos? —dice Annabelle indecisa.

—Hmmm, yo diría que nos mantengamos juntos, puesto que se trata de una prueba para fomentar el espíritu de grupo. —Me apoyo en unas ramas bajas de pino. Ojalá pudiera secarme la cara. Tengo tanto calor con este traje que estoy mareada.

—Deberíamos elegir a alguien para que vaya a buscar la bandera, y los demás nos encargaremos de protegerle —propone Andy, lo cual es una buena idea.

—Me gusta. ¿A quién escogemos?

Ambos miran a hurtadillas a Joshua. Es evidente que le tienen miedo. Curiosamente, el casco no le da un aspecto estúpido. Su mano enguantada parece lo bastante recia para atravesar una pared de ladrillo. Deberían fabricar una miniatura suya y venderla en las jugueterías para los niños violentos.

—Annabelle —decide Joshua—. Si le dan a ella, iremos a buscar la bandera en orden alfabético, según el nombre de pila.

Fantástico. Lo cual significa: Andy, Joshua y, por último, Lucy. En resumen, a mí nadie va a protegerme. Soy carne de cañón. Desfilamos por el campo y nos ponemos a cubierto. Andy percibe mi pánico creciente y sonríe con amabilidad.

—Todos cuidaremos de ti, Lucy, no te preocupes.

Ya sabía yo que Joshua encontraría la manera de fastidiarme. Saldré de aquí magullada, maltrecha y salpicada de pintura. Y ni siquiera puedo disparar contra él hasta que las rotaciones me sitúen en otro equipo.

La bocina de inicio me pilla subiendo a gatas trabajosamente por una pendiente. La tierra está suelta y me hace resbalar. Yo voy delante; lo cual es lógico, dada nuestra estrategia. Exploraré el terreno para avanzar. Soy la más prescindible.

Los brazos no me sostienen como es debido y acabo desmoronándome sobre la barriga. Annabelle me adelanta moviendo los miembros como molinillos, sin sigilo ni estrategia. Me incorporo de rodillas para decirle que vuelva.

117

Una mano me agarra de la pantorrilla y me tira hacia atrás. Joshua se deja caer a mi lado, fusil en mano. Me indica con un gesto que me agache.

—Déjame —siseo.

—Te van a dar en la cara si te asomas así.

—¿Y cómo no has dejado que me dieran?

Su mano se extiende por la parte baja de mi espalda, pegándome al suelo con firmeza. En lo más recóndito de mi cerebro, reconozco que el peso de esa mano es delicioso. Las capas de tela entre nuestras pieles empiezan a irradiar calor.

—¿Se puede saber qué te pasa?

—No me pasa nada. —Trato de escabullirme a rastras.

—Tienes una pinta horrible.

—Gracias. Hemos de cubrir a Annabelle.

Me incorporo y la veo avanzar bamboleante entre los delgados troncos de los árboles, completamente expuesta. Andy, con galantería, sale corriendo tras ella. A lo lejos se vislumbra el retal anaranjado de la bandera.

Me levanto y echo a correr, seguida de cerca por Joshua. Me parapeto detrás de una roca. Veo a Marnie, del equipo contrario, disparo un par de cartuchos y le doy en el hombro.

—Ay —exclama, y se retira con aire frustrado.

Me vuelvo hacia Joshua. Parece ligeramente impresionado.

—Genial.

He perdido de vista a Annabelle. El aire se llena de chasquidos y gritos de dolor. Tras varios esprints cortos, me encuentro a Andy arrodillado en el suelo, atándose los cordones de las botas. Tiene una gran mancha de pintura en el pecho.

—¡Ay, Andy!

Él levanta la vista y me mira con la expresión cansada de un veterano de Vietnam que ve cómo le sale la sangre a chorros del estómago y sabe que está a punto de morir. Me agarra de la rodilla con gesto melodramático.

—Ve a salvarla.

Se nota que ha visto muchas películas de acción; pero lo mismo puede decirse de mí, a juzgar por el arrebato responsable que me sale de dentro. Yo salvaré a Annabelle.

—Voy a buscar una Coca-Cola —dice Andy, arruinando el momento.

Sigo corriendo. Me falta el aliento y se me están empañando un poco las gafas. Oigo un chasquido y me meto de un salto detrás de una pirámide de barriles, sobre los que resuenan los impactos de los disparos. Bajo la vista. Por ahora no me han dado. Supongo que lo notaré. Me echo un vistazo en la parte posterior de las piernas.

—¡No tienes nada! —me grita Joshua.

Me vuelvo a mirarlo. Está agazapado muy cerca, detrás de un gran tocón. Sujeta el fusil con elegancia, apuntando hacia el cielo. Trato de imitarlo y poco me falta para que se me caiga el fusil.

—Serás tonta —comenta de modo totalmente innecesario. Debe de tener mucha fuerza en las muñecas.

—Cierra el pico.

Annabelle está agachada detrás de un arbolito miserable: un auténtico suicidio. Veo cómo levanta el arma y liquida a Matt, del equipo contrario. Doy un gritito de alegría; ella se vuelve y alza los pulgares, sonriendo ampliamente e indicándome que avance. La bandera ondea a unos treinta metros. De repente, recibe un disparo en el centro de la espalda y suelta un aullido de dolor. No me hace falta volverme hacia Joshua para saber que está meneando la cabeza.

—Bueno, te toca avanzar. Yo te cubro —le digo—. Sólo quedamos tú y yo, compañero. Los viejos, primero.

—Fantástico. Soy hombre muerto. —Hace un breve esprint hasta mi escondite detrás de los barriles, revisa su munición y echa un vistazo por encima del hombro.

—¿Tus padres eran militares?

Eso explicaría muchas cosas. La rigidez de comportamiento, los modales bruscos e impersonales. La adicción a las normas y las secuencias lógicas. La pulcritud y la economía en todo lo que hace. De ahí la falta de amigos y la incapacidad para conectar también. Seguro que sus padres tuvieron varios destinos en el extranjero. Todo lo hace a la perfección, como un recluta aplicado.

—No —me dice, revisando mi arma—. Son médicos. Cirujanos. Bueno, eran.

—¿Es que han muerto? ¿Eres... huérfano?

—¿Qué dices? Están jubilados. Vivitos y coleando.

—Ah. ¿Tú eres de aquí? —Apoyo el cañón del fusil en el suelo. Estoy demasiado cansada. Ojalá me peguen un tiro. Necesito un descanso.

—Sólo mi hermano y yo vivimos en la ciudad. —Frunce el ceño y da un golpecito en mi fusil con el suyo—. Levanta el arma.

—¿Así que hay otro como tú? Que Dios nos asista.

—Intento obedecer, pero me fallan los brazos.

—Te complacerá saber que no nos parecemos en nada.

—¿Lo ves a menudo?

—No. —Examina el terreno que tenemos delante.

—¿Por qué?

—No es asunto tuyo.

Uf.

Veo a Danny a lo lejos, acechando entre los árboles, en la batalla que se desarrolla más allá, tras una cuerda de separación. Le hago un gesto de saludo y él me responde levantando el brazo y sonriendo. Joshua le apunta con su arma y le dispara dos veces en la parte posterior del muslo con una precisión de francotirador. Luego suelta un bufido burlón.

—Pero ¿qué te pasa? Yo no voy contra ti —grita Danny.

Pide la intervención de su árbitro y sigue adelante, ahora con una leve cojera.

—Eso ha estado de más, Joshua. Muy poco deportivo.

Empezamos a movernos. Él avanza a gachas, esquivando con sorprendente agilidad los disparos, y me empuja detrás de un árbol para que me ponga a cubierto. La bandera está muy cerca, pero aún quedan dos adversarios por ahí sueltos.

—Cuidado —nos susurramos a la vez, mirándonos a los ojos. No hay peor momento para jugar al Juego de las Miradas que en mitad de un partido de *paintball*.

Yo he de echar el casco hacia atrás y apoyarlo contra el tronco del árbol para poder mirarle bien. Tiene los ojos de un color que nunca le había visto. La emoción del combate en vivo le produce un efecto electrizante. Él aparta la mirada, para echar un vistazo a nuestra espalda. Una expresión ceñuda ensombrece su rostro. ¿Cómo es que consigo normalmente mantener la compostura bajo esos ojos feroces?

Estamos pegados el uno al otro. Mi piel se sensibiliza en el acto y, cuando miro de soslayo, capto un atisbo de su abultado bíceps. El corazón me da un respingo al recordar la sensación de su mano en mi barbilla, mientras me la sujetaba y ladeaba hacia arriba para buscarme los labios. Como quien saborea un dulce. Veo que ahora me mira la boca y deduzco que está recordando exactamente lo mismo que yo.

9

—Estás sudando. —Joshua frunce el ceño. Tal vez no estamos pensando lo mismo, después de todo.

Oigo el chasquido de una rama y deduzco que alguien se nos acerca por detrás. Arqueo las cejas con recelo; él asiente en silencio. Ha llegado mi momento. Debo cubrirlo mientras él va a capturar la bandera. Lo sujeto del traje protector y lo coloco detrás de mí contra el árbol.

—Pero ¿qué...? —empieza a decir a mi espalda.

Yo estoy muy ocupada estudiando el terreno para ver si hay alguna emboscada en ciernes. Soy como Lara Croft cuando esgrime sus pistolas con un brillo justiciero en la mirada. Vislumbro el codo de un enemigo detrás de los barriles.

—¡Corre! —grito. Tanteo con mis gruesos guantes buscando el gatillo—. ¡Yo te cubro!

Todo sucede de un modo instantáneo. Pam, pam, pam. El dolor me irradia por todas partes: brazos, piernas, estómago, tetas. Suelto un aullido, pero siguen lloviendo los disparos, las salpicaduras blancas por todo mi cuerpo. Es una destrucción total, una cosa exagerada. Joshua me sujeta y nos hace pivotar a los dos a la vez, bloqueando los disparos con su corpachón. Noto cómo se sacude al recibir más impactos. Alza los brazos para proteger mi cabeza. ¿Puedo congelar el tiempo y hacer una pequeña siesta en este punto?

Él vuelve la cabeza y le chilla enfurecido a nuestro atacante. Los disparos se interrumpen. Oigo muy cerca a Simon soltando un grito triunfal. Está en lo alto del montículo, agitando la bandera por los aires. Maldita sea. Mi única misión era cubrirle a Joshua las espaldas, pero él no me ha dejado.

—Deberías haber corrido. Yo te cubría. Y ahora hemos perdido. —Una oleada de náuseas está a punto de tumbarme.

—Peeer-dón —replica él sarcástico.

Rob se nos acerca con el fusil bajado. Yo sigo gimiendo. Noto punzadas de dolor por todas partes.

—Perdona, Lucy —dice—. Lo siento mucho. Me he... entusiasmado un poco. Es que me gustan mucho los videojuegos. —Al ver la expresión de Joshua, retrocede unos pasos.

—Le has hecho daño de verdad —le responde Joshua.

Yo noto cómo me sostiene la cabeza con la mano. Sigue estrujándome contra el árbol, con una rodilla entre las mías. Miro a mi izquierda y veo que Marion nos observa con sus prismáticos. Enseguida los baja y escribe algo en su tablilla, con una sonrisita insinuándose en sus labios.

—Aparta. —Le doy un tremendo empujón. Su cuerpo es pesado y enorme, y yo me siento tan acalorada que quisiera arrancarme el traje y tumbarme en un charco de pintura fría.

Estamos todos jadeando mientras caminamos hacia el punto de partida, situado bajo el balcón. Yo cojeo un poco y Joshua me sujeta del brazo con brusquedad, seguramente para hacerme avanzar más deprisa. Veo a Helene al fondo, bajándose las gafas de sol. La saludo como un gatito alicaído de tira cómica.

Abundan los heridos. La gente gime y se palpa con cautela las partes pintadas de su cuerpo. Muchos recrean con detalle los momentos cumbre de sus refriegas. Bajo la vista y veo que la pechera de mi traje está casi totalmente cubierta de pintura. Joshua la conserva intacta, pero tiene la espalda hecha un estropicio. Incluso en esto somos opuestos.

Cuando me quito los guantes y el casco, Joshua me da su sujetapapeles y una botella de agua. Yo me la llevo a los labios. Parece vaciarse en unos instantes. Todo me resulta extraño. Joshua le pregunta al sargento si tiene una aspirina.

Danny avanza entre sus compañeros caídos para reunirse conmigo. Soy terriblemente consciente de que estoy hecha un adefesio. Él mira la pechera de mi traje.

—Uf.

—Ya ves, soy una magulladura andante.

—¿Tengo que vengarte?

—Claro, me encantaría. Rob, del departamento administrativo. Es lo que se llama un gatillo fácil.

—Me ocuparé de él, dalo por hecho. ¿Y tú qué..., Josh? Me has disparado en la pierna y yo estaba en otro partido.

—Perdona, me he confundido —responde él, con un tono que no suena nada sincero.

Danny lo mira protegiéndose los ojos con la mano; Joshua alza la vista hacia el cielo con una sonrisita. Nuestros compañeros se mueven tambaleantes, doloridos y embadurnados de pintura, sin saber bien qué hacer. Las cosas están empezando a desintegrarse. Consulto el sujetapapeles. Veo que Joshua me ha incluido en su equipo en cada rotación, seguramente a instancias de Helene. Pero ella no se enterará de nada: está haciendo un sudoku. Me apresuro a hacer un cambio con un lápiz antes de anunciar la composición de los siguientes equipos. La gente se agolpa a nuestro alrededor, quejándose.

—Espera, ahora traen el botiquín de primeros auxilios. Será mejor que te quedes sentada el resto de la tarde. No pareces estar bien —me dice Joshua.

Vuelvo a levantar la vista hacia Helene, miro a la gente que nos rodea. Yo podría estar muy pronto al mando de toda esta pandilla. La actividad de hoy es una prueba, no cabe duda. No voy a fallar ahora.

—Ya. Eso llevas diciéndome desde el día que nos conocimos. Disfruta del resto de la tarde. —Y me alejo sin mirar atrás hacia mi nuevo equipo.

Tengo la sensación de que ésta es la tarde más larga de mi vida, aunque, por otro lado, parece transcurrir a toda velocidad. La sensación de ser observada y acechada es inquietante, y en nuestros pequeños equipos se forman vínculos instantáneos. Agarro a Quintus (de contabilidad) y lo meto de un empujón en un búnker cuando empiezan a llover perdigones de color rosa sobre nosotros.

—¡Vamos! ¡Rápido! —grito como un jefe de las fuerzas especiales mientras Bridget corre a grandes zancadas hacia la bandera, entre explosiones de pintura.

Que me encuentro rematadamente mal acaba quedando claro al finalizar el tercer partido, una vez que me he apoderado de la bandera. Soy consciente de que resulta patético por mi parte sentirse tan victoriosa, pero la verdad es que tengo la impresión de haber subido a la cima del Everest. Mis compañeros gritan como locos y Samantha —una Bexley tan alta como una jugadora de baloncesto— me levanta en brazos y empieza a girar sobre sí misma. A mí me sube un poco de vómito a la boca.

Me duelen los brazos de tanto sujetar el fusil. Todo me parece vagamente surrealista, como si en cualquier momento fuera a despertar de una siesta agitada. El cielo, por encima de mi cabeza, es como una cúpula de color blanco plateado.

Miro las caras brillantes de sudor que me rodean. Siento una profunda afinidad con esta gente. Veo que un Gamin y un Bexley chocan esos cinco entre risas. Estamos todos juntos en esto. Quizá Joshua ha tenido una buena idea, después de todo, al proponer la idea del *paintball*. Quizá la única forma de unir de verdad a la gente sea mediante el dolor y el combate. Mediante la confrontación y la competencia. Quizá lo esencial es haber sobrevivido juntos a una situación de peligro.

¿Y dónde está Joshua, por cierto? No lo veo durante el resto de la tarde, salvo en las pausas para cambiar de equipo. Con tanta gente acechando entre los árboles, mis ojos me juegan malas pasadas. Lo veo arrodillado, volviendo a cargar, haciendo fuego. Distingo la forma de sus hombros, la curva de su espalda. Pero entonces parpadeo y resulta que es otra persona.

Estoy esperándome el disparo fatal. Una gran salpicadura roja, directa al corazón.

«¿Dónde está Joshua?», pregunto a los árbitros, pero ellos se encogen de hombros. «Dónde está Joshua», pregunto a toda la gente con la que me cruzo. «¿Dónde está Joshua?» Las respuestas empiezan a ser secas y malhumoradas.

Me paro a estirarme el traje de *paintball*, pese a los chasquidos y estampidos del fuego cruzado. Me bajo la tirilla del cuello inútilmente, para dejar al aire un centímetro de piel sudorosa. Luego vomito. No es nada: sólo agua y té. No me ha apetecido almorzar hoy. Ni tampoco desayunar. Echo tierra sobre el vómito con el pie y me limpio la boca con la mano. El mundo da vueltas demasiado deprisa. Me agarro de un árbol.

Ya empieza a refrescar cuando suena la última bocina y volvemos arrastrando los pies hacia la oficina central. La gente está visiblemente agotada y arma mucho alboroto mientras se quita los trajes. Todo el mundo se queja. El sargento Paintball parece estar calculando sus posibilidades de salir vivo. Joshua permanece de pie, con la mano en la cadera. Yo levanto el fusil instintivamente. Ha llegado el momento.

Lucy contra Joshua: aniquilación total.

Él se me acerca, sin hacer ningún caso de mi actitud belicosa, y me coge el fusil. Mientras me quito el casco, se coloca a mi espalda y me desliza los dedos por el cogote sudado. Es como si me hubiera tocado un cable eléctrico: me sale un extraño gorgoteo. Luego coge la cremallera del traje y la baja de un tirón. Me revuelvo para quitármelo, apartándole las manos.

—Estás enferma —dice en tono acusador. Me encojo de hombros evasivamente y subo tambaleante con el resto de la gente al piso superior, donde nos esperan Helene y Fat Little Dick.

—Bueno, parece que ha habido un excelente trabajo de equipo —comenta Helene.

Dejamos escapar unos vítores desmayados, apoyándonos unos en otros. Me alzo el borde la camiseta. Tengo las magulladuras de color morado. El olor del café me da náuseas. Me abro paso hacia la parte de delante. Joshua ha estado dirigiendo el cotarro demasiado tiempo. Aún puedo salvar la cara.

—¿Pueden acercarse los cuatro árbitros y explicar los actos de valor y de trabajo en equipo que han presenciado?

Procuro aguantar el tipo mientras ellos van haciendo sus observaciones. Al parecer, Suzie ha hecho una maniobra de distracción, armando un gran alboroto, para permitir que su compañero se deslizara a hurtadillas y capturara la bandera.

—Me he llevado cuatro tiros para lograrlo —dice Suzie, dándose una palmada en la cadera y haciendo una mueca de dolor.

—Pero ha soportado los disparos por su equipo —dice el señor Bexley, saliendo de su estupor, que empiezo a sospechar que está causado por alguna medicación—. Buen trabajo, jovencita.

—Y hablando de valentía —dice Marion. A mí se me

encoge el estómago—. La pequeña Lucy ha hecho algo extraordinario.

Se eleva una oleada de vítores. Yo los acallo con un gesto. Si alguien más me llama «pequeña», o «canija», o «ridículamente bajita», lo haré trizas a base de golpes de kárate.

—Ella ha recibido al menos diez disparos que iban dirigidos a su compañero de equipo para protegerlo de un atacante que se ha pasado de la raya y cuyo nombre prefiero callarme.

Mira con toda intención a Rob, que agacha la cabeza como un perro culpable. La gente lo mira frunciendo el ceño.

—Lucy se ha situado delante de su compañero con los brazos abiertos... ¡dispuesta a protegerlo a muerte!

Marion reproduce mi gesto, con los brazos extendidos como un espantapájaros, y va sacudiendo el cuerpo como si recibiera los impactos. Es una buena actriz.

—Y, para mi sorpresa, voy y descubro que ese compañero al que Lucy está protegiendo... ¡no es otro que Josh Templeman!

Hay una carcajada general. La gente se mira divertida. Dos chicas de RR. HH. se dan un codazo.

—Pero entonces... Ah, entonces Josh la sujeta y le da la vuelta para protegerla a su vez, recibiendo un montón de disparos en la espalda. ¡Para protegerla a ella! Ha sido algo digno de ver.

Un dato curioso: Marion lee novelas románticas en la cocina a la hora del almuerzo. Capto la mirada de Joshua. Él se seca el sudor de la frente con el antebrazo.

—Bueno, parece que el *paintball* ha servido para unirnos a todos —acierto a decir.

Todos aplauden. Si esto fuera un episodio de la tele, habríamos alcanzado una pequeña moraleja: «Dejad de odiaros mutuamente». Helene, complacida, frunce los labios en una sonrisa astuta.

El premio del Día Libre se lo lleva Suzie, que recoge con una profunda reverencia un certificado simulado. Deborah ha sacado con su cámara algunas fotografías en plena acción y yo le pido que me las envíe por email para incluirlas en el boletín informativo del personal.

Helene me sujeta del brazo un momento.

—Recuerda que el lunes no iré a la oficina. Estaré meditando bajo un árbol.

Todo el mundo baja la escalera para subir al autocar. Observo con satisfacción que ahora es más difícil distinguir a los Gamins de los Bexleys. Todos ofrecen un aspecto derrengado, con la ropa desaliñada y las caras enrojecidas y sudorosas. La mayoría de las mujeres tienen el rímel corrido y ojos de panda. Y, sin embargo, pese a la incomodidad y el agotamiento, reina una nueva sensación de camaradería.

Helene y el señor Bexley se largan otra vez a toda velocidad, como dos pilotos chiflados. A algunos empleados han venido a recogerlos sus esposas. Los coches van y vienen, levantando una gran polvareda. La conductora del autocar baja su periódico al ver que nos acercamos y abre la puerta.

—Espere un par de minutos, por favor —le digo, y vuelvo corriendo adentro. Consigo llegar al baño y vomito violentamente. Antes de comprobar que ya lo he sacado todo, suena un fuerte golpe en la puerta. Sólo conozco a una persona capaz de llamar con tanta impaciencia e irritación.

—Vete —le digo.

—Soy Joshua.

—Ya. —Vuelvo a tirar de la cadena.

—Estás enferma, te lo he dicho. —Sacude el picaporte.

—Ya volveré por mi cuenta. Lárgate.

Se hace un silencio. Supongo que ha vuelto al autocar. Vomito de nuevo. Tiro una vez más de la cadena, salgo y me lavo las manos, apoyando las piernas contra la pila. Acabo salpicándome los tejanos. Elvis se me pega húmedamente al torso.

—Me encuentro mal —le confío a mi reflejo. Me siento febril y me brillan los ojos. Estoy azul, gris y blanca. La puerta se abre con un chirrido, y doy un respingo del susto.

—Joder. —Joshua frunce el entrecejo—. Tienes mal aspecto.

Apenas consigo enfocar la vista. El suelo me da vueltas.

—No voy a poder. No voy a aguantar el viaje en autocar.

—Podría llamar a Helene para que vuelva a recogerte. No debe de estar muy lejos.

—No, no. Ya me las arreglaré. Ella se va a un centro de salud. Sé cuidar de mí misma.

Él se apoya en el umbral, con expresión preocupada.

Para darme fuerzas, cojo un poco de agua fría en la mano y me la echo por el cuello. El moño se me ha soltado y tengo el pelo pegado a la nuca. Me enjuago la boca.

—Vale, ya estoy bien.

Mientras volvemos, él me sujeta por el codo con dos dedos como si yo fuera una bolsa de basura. Percibo las miradas ávidas que nos observan desde detrás de los vidrios ahumados del autocar. Recuerdo a las dos chicas que se daban codazos y me libero de su brazo.

—Podría dejarte aquí y volver a buscarte. Pero tardaría al menos una hora.

—¿Tú? ¿Venir a buscarme? Me pasaría aquí la noche.

—Oye, no vuelvas a hablarme así, ¿vale?

Está enfadado.

—Sí, sí. Recursos Humanos. —Subo tambaleante al autocar.

—¡Ay, madre! —grita Marion—. Tienes una pinta terrible, Lucy.

—¡Lucy! —dice Danny desde la parte trasera—. ¡Te he guardado un asiento!

Está tan al fondo del autocar que la idea resulta claustrofóbica. Si me siento ahí atrás, seguro que vomito encima de todo el mundo. «Lo siento», le digo a Danny con los labios. Ocupo el asiento de delante y cierro los ojos.

Joshua me pone el dorso de la mano en la frente.

—Tienes la mano fría —susurro.

—Estás ardiendo. Hemos de llevarte a que te vea un médico.

—Estamos a viernes y es casi de noche. ¿Qué posibilidades hay de encontrar ahora un médico? Lo que necesito es acostarme.

El viaje de vuelta resulta espantoso. Estoy atrapada en un interminable bucle temporal. Soy como el insecto de un frasco de cristal agitado por un niño. El autocar, sofocante y mal ventilado, avanza bamboleándose, y yo noto cada bache y cada curva. Me concentro en la respiración y en el contacto del brazo de Joshua, que está pegado al mío. Al doblar una curva cerrada, pone el hombro para mantenerme derecha en el asiento.

—¿Por qué? —farfullo.

Noto que Joshua se encoge de hombros.

Nos dejan frente al edificio de la editorial. Varias mujeres se congregan alrededor. Intento comprender lo que están diciendo. Joshua me sujeta por el cuello de la camiseta humedecida y les dice que no se preocupen.

Mantiene un vivo debate con Danny, que me pregunta una y otra vez: «¿Estás segura?».

—Claro que está segura, joder —ruge Joshua.

Luego nos quedamos solos.

—¿Has venido en coche?

—Jerry necesita unos días más. El mecánico. Iré en autobús.

Él me hace avanzar: una marioneta jadeante y sudada.

Tengo un gusto ácido en la boca. Joshua baja la mano desde mi cogote, engancha un dedo en la presilla trasera de mis tejanos y me sujeta por el codo con la otra mano. Noto la presión de sus nudillos justo sobre la raja del culo y suelto una risotada.

La escalera que baja al parking del sótano es muy empinada, y me detengo un momento, pero él me empuja hacia delante sujetándome con más fuerza. Pasa la tarjeta por el lector, abre la puerta y me lleva hacia su coche negro. Percibo un olor a aceite y a gases de escape. Ahora lo huelo todo. Doy una arcada sin vomitar detrás de una columna. Él me pone indecisamente una mano entre los omóplatos y me frota un poco la espalda. Yo me estremezco bajo otro acceso de náuseas.

Me ayuda a subir al asiento del copiloto y deja detrás el bolso, del que yo ya me había olvidado. Arranca el motor. Apoyo la cabeza de lado y me miro en el retrovisor. Tengo las mejillas manchadas de sudor y de rímel corrido.

—Bueno. ¿Vas a vomitar en mi coche, Fresita? —No parece impaciente ni enfadado. Abre mi ventanilla unos centímetros.

—No. Quizá. Bueno, posiblemente.

—Usa esto si te hace falta —dice, pasándome un vaso de plástico vacío. Pone la marcha atrás—. Dime adónde vamos.

—Vete al infierno. —Empiezo a reírme otra vez.

—O sea, que es de ahí de donde vienes.

—Cierra el pico. A la izquierda. —Le voy dando indicaciones hasta mi bloque de apartamentos. En los intervalos del trayecto, mantengo cerrados los ojos, voy contando mi respiración y no vomito. Todo un logro.

—Aquí. Justo delante, ya está bien.

Él niega con la cabeza y yo me doy por vencida y le indico cómo llegar a mi plaza de aparcamiento vacía. Me ayuda a bajarme del coche. Me caigo sobre él, desfallecida.

Mi mejilla reposa un momento en algo que debe de ser su pecho. Mi mano se agarra a su cintura.

Joshua pulsa el botón y permanecemos apoyados en lados opuestos del ascensor. El Juego de las Miradas está cargado ahora con los recuerdos calientes y sudorosos de la última vez que montamos en ascensor juntos.

—Tenías ojos de asesino en serie aquel día. —Debo de haber vomitado mi filtro, me temo.

—Tú también.

—Me gusta tu camiseta. Mucho. Te queda genial.

Él baja la vista, desconcertado.

—No es nada del otro mundo. A mí... me gusta la tuya. Es casi tan grande como un vestido.

Se abren las puertas del ascensor. Salgo dando tumbos. Por desgracia, me sigue.

—Es aquí —digo, apoyándome en la puerta. Él busca las llaves en mi bolso y abre.

Nunca he visto a nadie tan muerto de ganas de que lo invitara a entrar. Asoma la cabeza, con las manos en el marco de la puerta, como si fuera a caerse dentro.

—No es como me imaginaba. No tiene mucho... colorido.

—Gracias. Adiós. —Me meto en la cocina y cojo un vaso. Al final, bebo directamente del grifo.

—Yo creo que podríamos encontrar alguna clínica de urgencias —dice Joshua a mi espalda, cogiendo el vaso antes de que se me caiga al suelo.

Coloca la tostadora recta contra la pared y, para llenar el incómodo silencio, dobla un trapo de cocina y rasca con la uña una miga pegada a la encimera. Ay, Dios mío, es de esos obsesos de la limpieza. Tiene ganas de arremangarse y ponerse a fregar.

—Está todo hecho un desastre, ¿no? —Señalo una taza con una marca de pintalabios. Él la mira con avidez. Luego intentamos cruzarnos a la vez en el diminuto espacio de la cocina.

133

—Deja que te lleve a un médico.

—Necesito acostarme, nada más.

—¿Quieres que llame a alguien?

—No necesito a nadie —le digo con orgullo.

Extiendo la mano para que me devuelva la llave. Él la sostiene fuera de mi alcance. «No necesito que me cuide nadie. Puedo arreglármelas. Estoy sola en el mundo.»

—¿Sola en el mundo? Qué dramática. —Por lo visto, lo he dicho en voz alta—. Voy a la farmacia a ver qué te puedo traer.

—Sí, ya. Que pases un buen fin de semana.

Cuando se cierra la puerta suavemente, vuelvo a comprobar que el apartamento parece una zona catastrófica; está desordenado y, sí, le falta colorido. Mi padre lo llama «El Iglú». Aún no he tenido tiempo de imprimirle un toque personal. He estado demasiado ocupada. El armario de los pitufos ocupa una gran parte de la pared del salón. Sin sus luces especiales encendidas, queda muy oscuro. Suerte que Joshua se ha ido.

Mi cama parece indicar que he tenido perturbadores sueños eróticos, lo cual es cierto. Las sábanas están arrugadas y retorcidas. El lado donde debería haber un hombre se halla cubierto de libros. De los cajones asoman —como las hojas de lechuga de una hamburguesa— tirantes de lencería y bragas con estampados de los pitufos. Saco de la mesilla la fotocopia de la agenda de Joshua y la escondo.

Me doy una ducha fantástica, tortuosa e interminable. Pongo el agua fría y me congelo. La pongo caliente y me abraso. Bebo agua pulverizada. Me echo un buen montón de champú en la cabeza y dejo que se vaya escurriendo. Una señal de que debo estar al borde de la muerte es que no me molesto en ponerme acondicionador.

La cabeza me da vueltas, repleta de imágenes disparatadas. Apoyo la espalda en los azulejos y evoco la sensación de estar estrujada contra el árbol mientras Joshua Templeman me protegía con su cuerpo.

En la intimidad de mi mente puedo imaginarme lo que se me antoje, y desde luego no son pensamientos progresistas propios del siglo XXI.

No: son pensamientos depravados y brutales propios de una mujer de las cavernas. En mi imaginación, él se ve dominado por el instinto animal de protegerme y rodea mi cuerpo con su recia musculatura. Encaja cada uno de los impactos enemigos como si fuera un privilegio. Tiene inyectada la droga más dura e intensa de la naturaleza: la testosterona.

Yo me siento envuelta en sus miembros, a salvo de cualquier peligro que el mundo arroje sobre mí. Cualquier agresión cruel o dolorosa habrá de pasar primero por él para alcanzarme. Lo cual jamás ocurrirá.

—¿Aún sigues viva?

Doy un grito al comprender que esa voz no resuena en mi imaginación. Me acurruco contra los azulejos.

—¡No entres! —Menos mal que he cerrado la puerta del baño. Doy gracias a mi ángel de la guarda. Cruzo los brazos sobre todas mis partes clasificadas X.

—No pensaba hacerlo —replica.

—Estoy completamente desnuda. Y cubierta de cardenales...

Soy una acuarela de Monet: nenúfares morados flotando sobre un fondo verde. Él no dice nada.

—Bueno, espérame en el salón.

Me duele la piel cuando me envuelvo en una toalla. Entreabro la puerta. Silencio. Corro a mi habitación. Saco unas bragas, un espantoso sujetador beige, unos shorts y el top de un pijama viejo y cutre, que tiene estampado un dinosaurio con los ojitos medio cerrados. Debajo dice: DORMILOSAURIO.

Estoy desnuda, poniéndome la ropa, separada de Joshua sólo por una pared. Te amo, pared. Qué buena pared. Me desplomo sobre la cama con tanta fuerza que el colchón suelta un crujido. Eso es lo último que oigo.

Me despierto bruscamente.

—¡No! ¡No!

—Tranquila, no te estoy envenenando. Para ya de retorcerte. —Joshua me sujeta por la nuca mientras me pone dos pastillas en la lengua. Trago un poco de agua y él vuelve a bajarme la cabeza.

—Mi madre siempre me daba limonada. Y se quedaba sentada a mi lado. Cuando yo me despertaba, seguía allí. ¿La tuya hacía lo mismo? —Sueno como una cría de cinco años.

—Mis padres estaban demasiado ocupados en sus guardias, cuidando a otros enfermos.

—Médicos.

—Sí, toda la familia. Salvo yo. —Algo en su voz delata que es un tema delicado.

Noto su mano en la frente, el leve contacto de sus dedos.

—Vamos a tomarte la temperatura.

—Me siento rematadamente idiota. —Me sale una voz confusa porque me ha puesto el termómetro en la boca. Debe de haberlo comprado, porque yo no tengo ninguno. Estoy viviendo ahora una escena destinada a convertirse en el recuerdo más mortificante y vergonzoso de mi vida—. Nunca dejarás que me olvide de este momento. —Eso es lo que intento decir. Pero, gracias al termómetro, me sale como si tuviera una herida en la cabeza.

—Claro que sí. No mastiques el termómetro —dice en voz baja, sacándomelo de la boca—. No podemos dejar que pases de los cuarenta grados.

En la penumbra nocturna, mientras me examina con un estilo casi clínico, sus ojos adquieren un tono azul oscuro.

Después vuelve a pasarme la mano por la frente con suavidad, ya no para comprobar si tengo fiebre. Me arregla un poco la almohada. Esos ojos no son del hombre que yo conozco.

—Vale. Quédate un minuto, por favor. Aunque puedes marcharte si quieres.

—Voy a quedarme, Lucy.

Cuando finalmente me duermo, sueño que Joshua está sentado al borde de mi cama, velando mis sueños.

10

Estoy vomitando. Joshua Templeman me sujeta bajo la cara un táper grande: el que utilizo normalmente para llevar pasteles al trabajo. Todavía percibo en el plástico el olor dulce de los residuos de glaseado. Vomito un poco más. Él me sujeta la cabeza flácida, recogiéndome el pelo con un puño.

—Qué asco —gimo entre las arcadas—. Estoy tan... tan...

—Chist —sisea. Me vuelvo a dormir entre gemidos y temblores, mientras él me seca la cara con algo fresco y húmedo.

El reloj marca la 1.08 de la mañana cuando vuelvo a incorporarme en la cama. Una compresa húmeda cae sobre mi regazo. Doy un respingo al notar el peso que hay a mi lado.

—Soy yo —dice Joshua.

Está sentado con la espalda apoyada en el cabezal y con mi catálogo de precios de los pitufos en las manos. No lleva zapatos, sólo calcetines, y tiene los pies cruzados a la altura de los tobillos. Los demás libros los ha apilado ordenadamente sobre el tocador.

—Tengo mucho frío. —Me castañean los dientes. Me paso la mano por el pelo; aún lo tengo húmedo por la ducha.

Él menea la cabeza.

—Tienes fiebre. Y te está subiendo.

—No. Es frío —discuto.

Entro tambaleante en el baño, dejando la puerta entornada. Orino, tiro de la cadena y pienso en la situación tan impropia de una dama en la que me ha visto. Bueno, ahora ya lo ha visto y oído casi todo. No me queda otra salida que fingir mi propia muerte y empezar una nueva vida en otra parte.

Me pongo en el dedo un poco de pasta dentífrica y me restriego la lengua. Me enjuago. Repito la operación.

Me llega un murmullo de ropa, el chasquido de un elástico, el crujido del colchón. Por la rendija de la puerta veo que está poniendo sábanas limpias en la cama. Soy un desecho mustio y repulsivo, pero aún me detengo a mirar su trasero en pompa.

—¿Cómo estás? —Me mira, todavía agachado, por debajo del brazo, y estira la última esquina de la sábana hasta colocarla en su sitio. Mi afortunado colchón se ve zarandeado por unas manos masculinas.

—Ah, bien. Y tú... ¿Cómo estás? —Me desplomo sobre la cama y me apresuro a taparme otra vez con las mantas.

El colchón se hunde a mi lado. Siento su mano en la frente.

—Ay, qué agradable.

Su mano está a la temperatura que yo debería tratar de alcanzar. Todo lo que hacemos es un toma y daca, así que alzo los brazos y le pongo las manos en la frente.

—Vale, está bien —dice divertido.

Estoy tocándole la cara a mi colega Joshua Templeman. Debo de estar soñando. En cualquier momento me despertaré en el autocar y él se burlará del hilo de babas colgado de mi barbilla. Pero transcurre un minuto y no me despierto.

Deslizo las manos hacia abajo, por la áspera superficie de su mandíbula, recordando cómo me sostenía la cara en el ascensor. Nadie me ha sujetado nunca así. Abro los ojos. Juraría que se ha estremecido. Le busco el pulso. Él me lo busca a mí.

Ahora tengo las manos en su garganta y recuerdo lo mucho que deseaba estrangularlo. Le rodeo el cuello con los dedos, sólo para comprobar su tamaño. Él me guiña un ojo.

—Adelante —dice—. Hazlo.

Tiene un cuello demasiado grueso para mis manos diminutas. Noto una tensión que lo recorre de arriba abajo, como si todo su cuerpo se endureciera. Sale un ruido de su garganta.

Le estoy haciendo daño. Tal vez lo estoy estrangulando mortalmente en este mismo momento. Su cuello se pone cada vez más rojo. Me taladra con sus ojos y comprendo que algo va a ocurrir. Pero igualmente me pilla por sorpresa.

Cuando empieza a reírse a carcajadas, el mundo estalla en mil pedazos.

Es la misma persona que veo cada día, sí, pero iluminada. Como si estuviera enchufado a la corriente eléctrica. La luz y la alegría irradian ahora de él, haciendo que todos sus colores destellen como vitrales. Marrón, dorado, azul, blanco. Es un verdadero crimen que yo no haya visto hasta ahora esos pliegues sonrientes. Su boca es una sencilla curva, punteada por unos dientes perfectos, flanqueada por unos leves hoyuelos.

Cada carcajada le sale en una ráfaga ronca y jadeante, como si no pudiera contenerla por más tiempo, y para mí resulta tan adictiva como el sabor de su boca o el olor de su piel. Esa risa asombrosa se convierte en algo que necesito con urgencia.

Si alguna vez había pensado de pasada, o había advertido con irritación, que Joshua era un hombre guapo, está claro que no sabía ni la mitad de la historia. La verdad es que cuando se ríe resulta deslumbrante. El corazón me palpita acelerado. Me apresuro a atesorar este momento único que se ha producido en la penumbra de mi habitación y que sólo habrá de perdurar mientras esté delirando de fiebre.

Ojalá pudiera aferrarme a este momento. Ya empiezo a sentir la tristeza que me dejará vacía por dentro cuando concluya. Quisiera decirle: «No te vayas aún». Mis dedos deben de hacerle cosquillas, porque él continúa riendo a carcajadas hasta que el colchón se bambolea bajo nuestros cuerpos. Una perla húmeda destella en el rabillo de su ojo y es como una bala directa a mi corazón. Seré capaz de rebobinar este precioso momento en mi memoria cuando tenga cien años.

—Adelante, mátame, Fresita —jadea, secándose el ojo con la mano—. Lo estás deseando, y tú lo sabes.

—Con toda mi alma —le digo, tal como él me dijo una vez. Noto que se me contrae la garganta, casi no me salen las palabras—. Con toda mi alma. No te haces una idea.

Tengo todo el pijama empapado de sudor cuando me despierto sobresaltada. Hay una tercera persona en mi habitación. Un hombre que no he visto en mi vida. Empiezo a chillar como un mono malherido.

—Cálmate —me susurra Josh al oído.

Me encaramo sobre su regazo, pegando la cara a su clavícula. Inspiro su aroma a cedro con tal fuerza que seguramente acabo succionándole el alma. Están a punto de llevarme a un temible centro médico, lejos de la seguridad de mi casa y de estos brazos acogedores.

—¡No les dejes, Josh! ¡Me pondré bien!

—Soy médico, Lucy —explica el hombre, poniéndose unos guantes—. ¿Cuánto tiempo lleva así y cuáles son los síntomas?

—Esta mañana ya no estaba del todo bien —le explica Josh—. Tenía la cara roja y parecía distraída, y ha ido empeorando a lo largo del día. Durante el almuerzo, se la veía muy sudorosa y no ha comido nada. A las cinco, ha vomitado.

—¿Y luego? —El médico sigue sacando cosas de su maletín y colocándolas al pie de la cama. Yo lo observo con recelo.

—Los delirios han empezado hacia las ocho. Ha intentado estrangularme a la una y media de la mañana. Tenía casi cuarenta grados de fiebre. Ahora, cuarenta y medio.

Cierro los párpados cuando esas manos desconocidas forradas de goma me palpan las glándulas de la garganta. Josh me acaricia los brazos para tranquilizarme. Ahora estoy sentada entre sus muslos y noto su sólido corpachón por detrás de mis omóplatos. Mi sillón particular. El médico me hunde los dedos en el abdomen y yo emito unos quejidos llorosos. Tengo el top alzado unos centímetros.

—¿Qué demonios le ha ocurrido aquí?

Ambos dejan escapar un silbido compasivo.

—Hemos pasado el día jugando al *paintball* con la gente del trabajo. Pero ni siquiera mi espalda está tan mal. —Los dedos de Josh me acarician la piel y yo sudo aún más—. Pobre Fresita —me dice al oído. Sin sarcasmo.

—¿Ha comido en algún restaurante?

Me devano los sesos.

—Un tailandés para llevar. Hoy no. En la cena de ayer, creo.

El médico frunce el ceño de un modo que me resulta familiar.

—La intoxicación alimentaria es una posibilidad.

—Podría ser un virus —aduce Josh—. El margen temporal es un poco largo para la intoxicación.

—Si eres tan capaz de diagnosticarla, ¿por qué te has molestado en llamarme?

Empiezan a discutir sobre mis síntomas. A mí me suena igual que si fueran dos hombres discutiendo de deportes, sólo que aquí los equipos son los virus de la temporada. Yo los observo con los ojos entornados. Ni siquiera sabía que los médicos hacen visitas a domicilio, y menos aún a las dos y media de la mañana. Éste es un tipo alto de treinta y tantos, con el pelo oscuro y los ojos azules. Es evidente que se ha vestido de cualquier manera y se ha puesto encima una chaqueta.

—Es usted muy guapo —le digo. Mi filtro perdido requeriría un diagnóstico aparte.

—Uau. Realmente debe estar delirando —responde Josh mordazmente, rodeándome con el brazo por las clavículas. Ese apretón me deja inmovilizada.

—Qué curioso. El que se lleva normalmente los piropos es él —dice el médico con ironía mientras busca en su maletín—. Vamos, Josh, cálmate.

—Usted es su HERMANO —digo con asombro infantil, cuando los oxidados engranajes de mi cerebro terminan de girar—. Yo creía que él era un experimento que había salido mal.

Ellos intercambian una mirada. El hermano se ríe.

—Qué lista es esta chica.

—Bueno, en realidad es... —Noto que Josh menea la cabeza. Me reacomoda un poco sobre su pecho, cosa que mi cerebro febril interpreta como un mimo.

—Soy patética. Me lo dice constantemente. ¿Cómo te llamas?

—Patrick.

—Patrick Templeman. Jo. Así que tú eres el verdadero doctor Templeman.

Sigo sentada sobre el regazo de Josh, con la cabeza apoyada en la curva de su cuello, y probablemente empapándolo de sudor. Intento apartarme, pero él me sujeta con fuerza.

—Soy el doctor Templeman, cierto. Uno de ellos, vaya.

—La expresión divertida se desvanece de su rostro. Suelta una tos y empieza a darse la vuelta.

Yo lo sujeto de la manga para tratar de ver cuánto hay de Josh en sus rasgos. Él, obediente, permanece inmóvil, pero le lanza una mirada a su hermano, que ahora es una tensa pared de ladrillo a mi espalda.

—Perdón. Josh es más guapo.

Tras un instante de silencio, ambos se echan a reír. Patrick no parece ofendido en lo más mínimo. El brazo de Josh se afloja.

—Cuéntame anécdotas embarazosas sobre él.

—Cuando te encuentres mejor. Sigue dándole fluidos, Josh. Con un cuerpo tan menudo, enseguida se deshidratará.

—Sí, ya. —Entre los dos me engatusan para que me trague un medicamento amargo. Luego me dejan tumbada en la cama, salen de la habitación y cierran la puerta.

Aun así, sus voces llegan a mis oídos.

—Se te habría dado muy bien esto —dice Patrick, sacudiendo su maletín—. Has hecho todo lo que debías.

Josh suelta un hondo suspiro. Estoy segura de que tiene los brazos cruzados.

—No hace falta que te pongas a la defensiva —continúa Patrick—. Bueno, otro asunto espinoso. ¿Cuándo me vas a confirmar tu asistencia? ¿Nunca?

—Iba a hacerlo uno de estos días. —Está mintiendo.

—Puedes confirmármelo ahora mismo. Y no finjas que no sabes la fecha. Me consta que mamá te dio la invitación en persona. No queríamos que se «perdiera» como pasó con la invitación a la fiesta de compromiso.

«¡Qué manera de escaquearse, Josh!»

Patrick está pensando lo mismo.

—Confírmamelo ahora. Mindy necesita saberlo. Para detalles menores como el catering. Y la distribución de los asientos.

—Estoy muy ocupado ahora... —intenta Josh.

Su hermano le corta en seco.

—Imagínate la impresión que dará si no apareces.

Josh no dice nada y Patrick insiste.

—Ya sé que no resultará fácil.

—¿Esperas que me presente allí como si no hubiera pasado nada?

Patrick parece confuso.

—Pero... tú traerás a Lucy, ¿no?

Yo me pregunto en la oscuridad por qué demonios tiene que resultarle a Joshua tan difícil asistir a la boda de su hermano.

—No es mi novia. Sólo somos compañeros de trabajo —dice él irritado. Ojalá esta frase no me sentara como un puñetazo en el estómago, pero así es como la encajo.

—Ah, pues lo disimulabas muy bien.

—Ya, bueno. Ella está buscando más bien a un buen chico. ¿No es lo que buscan todas?

Se produce un denso silencio.

—¿Cuántas veces he de repetirte...?

—Ni una vez más. —Josh es todo un maestro para cortar en seco una conversación. Hay otro silencio. Casi puedo oír cómo se vuelven los dos hacia la puerta de mi habitación.

Ahora Patrick baja la voz y ya no capto casi nada, salvo el tono enojado de la discusión. Odiándome a mí misma, me levanto de la cama silenciosamente y procuro avanzar entre las sombras sin tropezar. Soy una fisgona repugnante.

—Te estoy pidiendo que vengas a mi boda y que le des una alegría a mamá. Que me la des a mí. Mindy está preocupada. Cree que hay una grave disputa familiar.

Josh suspira, derrotado.

—Está bien.

—¿Eso es un sí?

«Sí, por favor, Patrick. Me encantaría asistir a tu boda...
Acepto tu generosa invitación...»

—Sí. Eso.

—Te apuntaré con una acompañante. Bueno, suponiendo que ella sobreviva a esta noche.

Me agarro de la pared, horrorizada, hasta que oigo que
Josh responde, sarcástico:

—Ja, ja.

Ahora falta poco para el amanecer y mi habitación está de
color azul hielo. Me encuentro sentada en la cama, tragando groseramente un líquido que resulta ser limonada.
¿Habrá ido al súper de enfrente? El gusto agridulce de la
nostalgia infantil y de la añoranza está a punto de aho-
garme.

Él coge el vaso y, sujetándome por los hombros con un
brazo, vuelve a acostarme sobre las almohadas. Ayer me
tocaba de modo vacilante; ahora me pone encima las palmas y los dedos sin titubear. Tiene pinta de estar agotado.

—Josh.

Sus ojos destellan con sorpresa.

—Lucy.

—Lucinda —susurro maliciosamente. Él vuelve la cara
para ocultar su sonrisa, pero yo lo sujeto de la manga.

—No te escondas. Ya te he visto sonreír antes. —Nunca
voy a reponerme de esa sonrisa.

—De acuerdo. —Noto que está confuso. No es el único.
Llevo tanto rato mirándole que se ha convertido en el espectro de colores de mi visión. Ahora él es los días de mi
semana, los cuadros de mi calendario.

—Blanco, blanco crudo, crema, amarillo claro sin género definido, repugnante mostaza, azul celeste, azul turquesa, gris perla, azul marino y negro. —Voy contando
con los dedos.

Josh me mira alarmado.

—Todavía deliras.

—No: son los colores de tus camisas. Hugo Boss. ¿No has entrado nunca en un Target?

—¿Cuál es la diferencia entre blanco y blanco crudo?

—Blanco crudo. Blanco cáscara de huevo. Son diferentes. Sólo me has sorprendido una vez.

—¿Y eso cuándo fue? —Lo pregunta con el tono indulgente de una niñera. Yo le doy una patada al colchón, enfurruñada.

¿Por qué no estaré envuelta al menos en un picardías? Nunca había tenido una facha tan espantosa. Todavía llevo el top del dormilosaurio... ¡No! Al bajar la vista, descubro que llevo una camiseta roja sin mangas. Santo cielo. Me ha cambiado.

—En el ascensor —le suelto. Quiero desviar su atención de este momento y retrotraerlo a una situación en la que yo estaba más o menos atractiva—. Entonces me sorprendiste.

Él me mira atentamente.

—¿Qué pensaste?

—Pensé que querías hacerme daño.

—Ah, fantástico. —Se recuesta sobre el cabezal, avergonzado—. Está visto que mi técnica está un poco oxidada.

Me agarro de su manga con una fuerza sobrehumana y me incorporo un poco.

—Pero luego comprendí lo que estabas haciendo. Dándome un beso. Claro. Yo no he besado desde hace una eternidad.

Él frunce el ceño.

—¿De veras? —Baja la vista hacia mí.

Desarrollo la idea con tanto énfasis que me tiembla la voz.

—Fue superexcitante.

—No recibí noticias de Recursos Humanos ni de la policía, así que... —Se interrumpe y me mira los labios. Yo retuerzo las manos en su camiseta. La tela se dilata en torno a mis puños. Es tan suave que quisiera envolver todo mi cuerpo con ella.

—¿Mi cama es como te la habías imaginado?

—No me esperaba tantos libros. Y es un poco más grande de lo que suponía.

—¿Y mi apartamento?

—Es una pocilga diminuta. —No es mala intención de su parte. Es la verdad.

—¿Tú crees que el señor Bexley y Helene se lo montan en el ascensor? —Mientras él siga contestando, yo seguiré haciéndole preguntas.

—Fijo. Estoy seguro de que tienen sesiones brutales de sexo salvaje después de cada análisis trimestral.

Sus ojos se tornan de color negro. Libera su camiseta de mis manos justo cuando atisbo un centímetro de su estómago: duro y velludo. Ahora sudo aún más.

—Seguro que cuando te duchas, el agua se te acumula justo... aquí arriba. —Pongo el dedo en su clavícula—. Tengo sed. Me voy a deshidratar.

Él suelta un bufido y el aire me da directamente en la cara.

—Seamos exactamente como ellos cuando nos hagamos mayores, Josh. Podríamos empezar un nuevo juego. Imagínate. Podríamos jugar toda la vida.

—Hablaremos de ello cuando no estés enloquecida de fiebre.

—Sí, ya. Cuando no esté enferma, volverás a odiarme. Pero por ahora estamos bien. —Le cojo la mano y me la pongo en la frente para disimular mi repentina desesperación.

—No, no lo haré —dice, pasándome la mano por el pelo.

—Me odias muchísimo. Y ya no lo voy a resistir mucho tiempo. —Soy patética. Lo noto en mi propia voz.

—Fresita.

—Deja de llamarme Fresita. —Trato de ponerme de lado, pero él me sujeta de los hombros suavemente. Dejo de respirar.

—Para mí, ver cómo finges que no soportas ese apodo es el mejor momento del día.

No respondo; él casi sonríe y me suelta.

—Ya es hora de que me hables de la plantación de fresas.

Es un tema delicado. Y no es la primera vez que me lo pide. Quizá estoy a punto de darle munición para que me tome el pelo durante mucho tiempo.

—¿Por qué?

—Siempre me ha producido curiosidad. Cuéntamelo todo sobre las fresas. —Este susurro zalamero será mi perdición.

Mentalmente casi me veo allí, bajo el gran toldo de lona con la esquina desagarrada, hablando a los turistas mientras los críos se adelantan corriendo, con cubos de metal en la mano. El zumbido de las cigarras llena el aire. Allí nunca hay silencio.

—Bueno. Las alpinas se llaman también «mignonette» y crecen de modo salvaje en las laderas de las montañas francesas. Son tan pequeñas como la uña del pulgar, pero tienen un sabor de una intensidad increíble para su tamaño.

—Cuéntame más.

Entorno los ojos, suspicaz.

—Las fresas no son ningún chiste. La mayoría de la gente que he conocido se ha pitorreado de mí a causa de las fresas.

—Es uno de tus rasgos más monos.

La palabra «mono» se enciende como un neón en la penumbra del dormitorio. Me pongo tan nerviosa que empiezo a balbucear.

—Vale, de acuerdo. Las Earliglow. Crecen muy deprisa. Un día caminas al atardecer por la plantación y no ves nada, sólo hojas verdes..., y a la mañana siguiente están todas ahí. Esas pequeñas yemas rojas, cada vez más brillantes. A la hora de la cena, ya están formadas, como bombillas rojas de Navidad.

Josh suspira, cierra los ojos un segundo. Está exhausto.

—¿Cuáles son tus preferidas?

—Las Red Gauntlet. Estaban en las hileras más cercanas a la cocina, y yo era demasiado perezosa para aventurarme más lejos. Me tomaba un gran batido rosa cada mañana.

Él permanece callado. Indudablemente, esos ojos no son los del hombre que yo conozco. Son melancólicos, solitarios, y tan preciosos que me veo obligada a cerrar los míos.

—Te juro que todavía noto la sensación de las semillas entre los dientes. Las Chandler son las preferidas de mi padre. Él dice que me costeó la universidad con ellas.

—¿Cómo es tu padre? Se llama Nigel, ¿no?

—Tú y el maldito blog... Mi padre trabajó muchísimo para mandarme a la universidad. No tengo palabras para explicártelo. El día que me fui, lloró en el porche trasero. Me dijo...

Se me atraganta la voz. La tensión en la garganta me impide continuar.

—¿Qué te dijo?

Eludo la pregunta.

—Hace mucho que no recordaba estas cosas. Ya han pasado dieciocho meses desde la última vez que fui a casa. Me perdí las Navidades porque Helene se fue a Francia a ver a su familia y yo tuve que quedarme para cubrirla.

—Yo tampoco fui a casa.

—Ya. Mis padres me mandaron una gran caja de provisiones, y comí pastel de fresas y abrí los regalos en el suelo mientras veía los anuncios de la tele. ¿Tú qué hiciste?

—Lo mismo, más o menos. Bueno, ¿y qué te dijo tu padre ese día, en el porche trasero? —Es como un perro que se niega a soltar un hueso.

No puedo reproducir aquella conversación entera, porque me echaría a llorar. Y quizá no podría parar. Todavía lo veo, con los codos en las rodillas, mientras las lágrimas trazaban surcos en su cara bronceada y polvorienta. Resumo la conversación en unas pocas palabras expurgadas.

—Que él sufría una pérdida, pero el mundo salía beneficiado. Y mi madre no podía parar de alardear, de contarle a todo el mundo que su hija se iba a la universidad... Ahora está creando una nueva variedad de fresas. Y se llaman Lucies.

—Según cuenta en el blog, Lucy Doce era bastante buena. Cuéntame más cosas.

—No entiendo tu fascinación por ese blog. Mi madre era periodista, escribía en un periódico, pero tuvo que dejarlo.

—¿Por qué?

—Por mi padre. Estaba escribiendo un artículo sobre los efectos de unas grandes lluvias en la agricultura y fue de visita a un huerto de la zona. Se encontró a mi padre subido a un árbol. El sueño que él tenía era poseer su propia plantación de fresas, y no podía hacerlo solo.

—¿Crees que tu madre se equivocó al tomar esa decisión?

—Mi padre siempre dice: «Ella me recogió». Como una manzana. Directamente del árbol. Yo los quiero, pero a veces pienso que la suya es una triste historia.

—Deberías preguntárselo a tu madre algún día. Es probable que no se arrepienta de nada. Ellos continúan juntos; y por eso tú estás aquí.

—¿Sabes?, mi padre siempre te llama con otros nombres que empiezan con J, nunca con el tuyo.

—¡¿Cómo?! —exclama alarmado—. ¿Le has hablado de mí?

—Está furioso contigo por ser tan malo. Julian, Jasper, John. Una vez te llamó Jebediah. Estuve a punto de mearme de la risa. Tendrás que arrastrarte ante él, seguro.

Josh parece tan turbado que decido darle un descanso y cambiar de tema.

—Cuando siento añoranza noto el olor a fresas calientes. Lo cual sucede casi todo el tiempo. —Veo cómo se remueve mientras trata de descifrar estas afirmaciones absurdas.

—¿Tú jugabas en los campos, de pequeña?

—Has visto la foto del blog. Obviamente, sí, jugaba en el campo. —Vuelvo la cara hacia el otro lado y evoco la imagen. Yo, con las rodillas teñidas de rosa por el jugo de las fresas, con la melena enmarañada y unos ojos más azules que el cielo. Una pequeña granjera salvaje.

—No tienes por qué avergonzarte. —Me coge la barbilla delicadamente y me gira otra vez la cara—. Llevas un peto de pantalones cortos. Se te ve toda polvorienta. Parece que lleves días a la intemperie. Tu sonrisa no ha cambiado.

—Tú nunca me ves sonreír.

—Seguro que tenías una cabaña en un árbol.

—Es cierto. Prácticamente vivía allí arriba.

Sus ojos brillan con una expresión que nunca le había visto. Cierro los ojos un segundo para darles un descanso. Él comprueba mi temperatura y, cuando levanta la mano de mi frente, protesto. Me coge la mano.

—Yo nunca he pensado que el lugar de donde procedías fuese inferior.

—Ya, claro. Ja. Ja. Pastel de Fresitas.

—Para mí, Fresas Sky Diamond es el mejor lugar imaginable. Siempre he deseado ir. He estudiado la ubicación en Google. Incluso he mirado el vuelo y la compañía de alquiler de coches.

—¿Te gustan las fresas? —No se me ocurre qué otra cosa decir.

—Me encantan. Son mi pasión, no te haces una idea. —Lo dice de un modo tan amable que me inunda una oleada de emoción. No puedo abrir los ojos. Vería que los tengo húmedos.

—Bueno, la plantación está allí, esperándote. Paga a la señora del toldo y coge un cubo. Da mi nombre para que te haga un descuento, aunque te someterá a un interrogatorio para saber cómo me va. Cómo me va realmente. Si estoy sola, si como bien. Por qué no me cojo unos días para ir a casa.

Pienso en las solicitudes para el puesto, guardadas una junto a otra en una carpeta beige. Me entra una sensación de mareo y agotamiento. Me gustaría estar dormida, perdida en ese lugar oscuro donde la angustia y la tristeza no pueden alcanzarme. Empiezo a sentir como si diera vueltas lentamente.

—¿Qué debo contarle?

—Tengo mucho miedo. Todo esto se acabará pronto, de un modo u otro. Mi vida pende de un hilo. No sé si todo el esfuerzo que han hecho por mí acabará valiendo la pena. A veces me siento tan sola que me echaría a llorar. Perdí a mi mejor amiga. Me paso el tiempo con un hombre enorme e intimidante que quiere matarme; y ahora seguramente es mi único amigo, aunque él no desee serlo. Lo cual me rompe el corazón.

Noto la presión de sus labios en la mejilla. Un beso. Un milagro. El cálido aliento de Josh en mi piel. Desliza sus manos entre las mías. Mis dedos se cierran sobre los suyos.

—No, Fresita.

153

Doy vueltas y vueltas por una serie interminable de bucles. Él me estrecha las manos con más fuerza.

—Estoy muy mareada... —Es cierto, aunque también lo es que quiero poner fin a esta conversación.

—He de preguntarte una cosa —dice, al cabo de un rato.

Su voz me llega a través de una niebla oscura.

—No es justo que te lo pregunte ahora, pero aun así voy a hacerlo. Si se me ocurriera una forma de sacarnos a los dos de este lío, ¿querrías que lo hiciera?

Yo sigo aferrándome a él con todas mis fuerzas, como si fuera el único punto de apoyo para no precipitarme en el vacío.

—¿Cómo?

—No lo sé. De la forma que fuera. ¿Querrías que lo hiciese?

En realidad, bastaría con que fuese mi amigo durante el tiempo que queda. Sería maravilloso acabar con esta negatividad.

Con esa sonrisa bastaría.

—Ahora viene la parte del sueño en la que tú sonríes, Josh.

Él suspira, frustrado, y me mantiene sujeta. Mientras me alejo orbitando hacia el sueño, susurro entre la niebla:

—Claro que querría.

11

Me siento en la cama con cautela. La habitación está iluminada por un sol resplandeciente. Hay vestigios de la enfermedad esparcidos por todas partes. Toallas, paños, el táper limpio. Vasos, medicinas, un termómetro. Ahora el top del dormilosaurio cuelga del cesto de la ropa. También mi camiseta roja. Las ropas que llevaba para jugar al *paintball* yacen en un gurruño. Habría que quemarlas.

Me pongo el termómetro en la boca para comprobar lo que ya sé. La fiebre ha pasado.

Tengo puesta una camiseta de color azul. Me agarro del colchón cuando la sensación de vulnerabilidad hace su aparición con retraso. Me palpo el hombro y descubro que aún llevo sujetador. Doy gracias a todos los dioses conocidos. Pero aun así, Joshua Templeman ha visto el resto de mi torso desnudo.

Me asomo al salón. Está ahí, despatarrado sobre el sofá. Un pie enorme con calcetín cuelga de un extremo.

Cojo ropa limpia y entro tambaleándome en el baño. Santo cielo. El rímel no se me fue del todo al ducharme y se me ha corrido por la cara formando una máscara de Halloween al estilo Alice Cooper. También tengo el pelo de Alice Cooper. Me apresuro a recogérmelo en un moño. Me cambio, me lavo la cara a toda prisa y me enjuago la boca. Espero oír un golpe en la puerta en cualquier momento.

La sensación que tengo es peor que una resaca. Peor que despertarse tras hacer un karaoke desnuda en la fiesta de Navidad de la oficina. Hablé demasiado anoche. Le hablé de mi infancia. Ahora sabe lo sola que estoy. Ha visto todas mis pertenencias. Posee tal cantidad de información que el poder irradiará de él en oleadas tóxicas. He de sacarlo del apartamento.

Me acerco al sofá. Es un sofá de tres plazas, pero no cabe en él ni mucho menos. Se despierta con una sacudida antes de que pueda observarlo dormido a mis anchas.

—Creo que me pondré bien.

Mis revistas están apiladas. No hay zapatos de tacón bajo la mesita de café. Joshua ha ordenado el apartamento. Está tumbado a poca distancia de la enorme vitrina llena de pitufos, colocados de cuatro y cinco en fondo, y ha encendido las luces que los iluminan y que ofrecen, al mismo tiempo, una prueba fehaciente de que estoy mal de la cabeza. Cuando se levanta del sofá, la habitación se vuelve mucho más pequeña.

—Gracias por sacrificarte toda la noche del viernes. Ahora ya no me importa si quieres marcharte.

—¿Estás segura? —Meticulosamente, me pone el dorso de los dedos en la frente, la mejilla y la garganta. Estoy mucho mejor, no cabe duda, porque, en cuanto me toca, se me tensan la garganta y los pezones. Cruzo los brazos sobre el pecho.

—Sí. Me pondré bien. Vete a casa, por favor.

Él me mira con esos ojos de color azul oscuro, y el recuerdo de su sonrisa se superpone en mi mente sobre su expresión solemne. Me estudia como si fuera su paciente. Ahora ya no soy digna de un beso en el ascensor. Nada como una vomitona para destruir toda la química.

—Me puedo quedar. Si consigues superar el acceso de pánico. —Hay algo compasivo en su rostro y ahora sé por qué.

Todo tiene su contrapartida: yo también he visto una parte oculta de él durante esta noche interminable. Hay paciencia y amabilidad tras esa fachada de cretino. Decencia y humanidad. Sentido del humor. Esa sonrisa.

Sus ojos contienen vetas de luz en las profundidades, y sus pestañas me parece que se curvarían bajo la yema de mi meñique. Sus pómulos cabrían en la curva de mi palma. Y su boca, bueno..., se me acoplaría en cualquier parte.

—Ya vuelves a tener ese brillo obsceno en los ojos —me dice. A mí me arden en el acto las mejillas—. Debes de sentirte mejor si eres capaz de mirarme así.

—Estoy enferma —replico con voz remilgada y, mientras miro para otro lado, oigo su risa ronca.

Josh va a mi habitación y yo aprovecho para inspirar hondo varias veces.

—Enferma no sé, pero un poco chalada seguro.

Reaparece con su chaqueta en la mano. Sólo entonces me doy cuenta de que se ha pasado la noche entera con la ropa de *paintball*. Y ni siquiera apesta. ¿No es injusto?

—Tengo que...

Me estoy poniendo de los nervios. Lo sujeto del brazo cuando ya está calzándose los zapatos junto a la puerta.

—Sí, sí, ya me voy. No hace falta que me eches. Nos vemos en la oficina, Lucinda.

Me pasa un frasco de pastillas.

—Vuelve a meterte en la cama. Y tómate dos más cuando te levantes. —Vacila otra vez y me mira con expresión reticente—. ¿Seguro que estarás bien? —Vuelve a tocarme la frente, para comprobar una vez más mi temperatura, aunque es evidente que no puede haber cambiado en treinta segundos.

—No se te ocurra burlarte de mí el lunes.

La palabra «lunes» resuena funestamente entre ambos. Él aparta la mano en el acto, como si fuera nuestra nueva contraseña para interrumpir el juego.

—Fingiré que no ha sucedido nada, si así lo deseas —me dice rígidamente. A mí se me encoge el estómago. La última vez que le pedí que lo olvidásemos todo fue a propósito del beso. Él mantuvo escrupulosamente su promesa.

—No intentes utilizar nada contra mí. En las entrevistas para el ascenso, quiero decir.

Me mira con una expresión tan furibunda que debe de estar derritiéndose la pintura de la pared que tengo a mi espalda.

—O sea, que conocer la consistencia de tu vómito va a darme ventaja... Joder, Lucinda. Por el amor de Dios.

La puerta se cierra con estrépito y el silencio se expande por el apartamento. Me gustaría tener el valor necesario para decirle que vuelva. Para darle las gracias. También para disculparme, porque, en efecto, él tiene razón. Como siempre.

Estoy muerta de pánico. Para no pensar, me duermo.

Cuando vuelvo a abrir los ojos, tengo una nueva perspectiva. Es sábado por la tarde, y el crepúsculo llena la pared al pie de mi cama de un glorioso resplandor de color melocotón dorado. Justo el color de su piel. La habitación se ilumina con la intensidad de una epifanía.

Contemplo el techo y reconozco ante mí misma esta verdad asombrosa.

No odio a Joshua Templeman.

Es lunes, día de camisa blanca; las seis y media de la mañana. Me siento tan molida que debería llamar para decir que estoy enferma (Helene sigue fuera, de todos modos), pero necesito ver a Joshua.

He analizado minuciosamente todo lo sucedido mientras estuvo en mi apartamento, y soy consciente de que debo disculparme por haberlo echado de esa manera. Él no hizo más que actuar con amabilidad y gentileza. Ya estábamos casi al borde de la amistad, y yo lo arruiné todo con mi afilada lengua. Cuando recuerdo cómo fisgoneé su conversación con Patrick me siento terriblemente culpable. No debería haber escuchado nada de todo aquello.

¿Cómo debo darle las gracias a un compañero por ayudarme a vomitar? Los viejos manuales de cortesía de mi abuela no me servirán para esto. Una nota de agradecimiento o un bizcocho de vainilla no bastarán.

Me miro en el espejo del baño. La enfermedad me ha quitado todo el color. Tengo los ojos hinchados y enrojecidos; los labios pálidos y llenos de escamas. Parece que me hubiera pasado el fin de semana atrapada en una mina.

Mi cocina está limpia como una patena. Josh ha ordenado mi correspondencia sobre la encimera en un pulcro montón. Abro con la mano el sobre de encima mientras con la otra sumerjo una bolsita de hierbas en la taza. Es una amable nota para comunicarme que el alquiler ha subido. Examino guiñando los ojos la nueva cifra mensual y suelto una exclamación que seguramente hace temblar a los pitufos en sus estantes. Mi precipitada afirmación de que dejaré B&G si no obtengo el puesto se vuelve ahora infinitamente más terrorífica.

¿Cómo voy a enfrentarme a un panel de entrevistadores de otra empresa? ¿Cómo voy a explicar lo que me vuelve tan eficiente en mi trabajo? Intento pensar en todas las cosas que hago bien, pero sólo se me ocurre una: chinchar a Joshua. Soy una persona infantil y nada profesional.

Me desplomo en una silla y trato de engullir un puñado de cereales directamente de la caja. Luego me regodeo un poco más en mi desánimo y en mi falta de confianza en mí misma.

Cojo el portátil, abro el navegador y empiezo a explorar una web de contratación tan árida como depresiva. Me siento aliviada cuando me interrumpe el zumbido del móvil y veo en la pantalla que es Danny. Qué raro. Quizá ha tenido un pinchazo en el coche.

—¿Hola?

—Hola. ¿Cómo te encuentras? —pregunta con calidez.

—Estoy viva. Por los pelos.

—Traté de hablar contigo varias veces el viernes por la noche, pero siempre se ponía Josh. ¡Menudo gilipollas!

—Es que me echó una mano. —Noto la rigidez de mi voz y me doy cuenta de que me he puesto a la defensiva. ¿Qué demonios me sucede?

«Me sujetó la cabeza mientras vomitaba. Y llamó a su hermano en mitad de la noche. Me lavó los platos. Y estoy segura de que me estuvo observando mientras dormía.»

—Ah, perdona. Creía que no lo soportábamos. ¿Piensas ir a trabajar hoy?

—Sí, voy a ir.

—Yo estoy abajo, en el vestíbulo. Si quieres, hmmm, te llevo.

—¿En serio? Pero ¿no es tu primer día de libertad hoy?

—Sí, pero Mitchell me ha escrito una carta de recomendación y he de pasar a recogerla. No me cuesta nada llevarte.

—Bajo dentro de cinco minutos. —Compruebo simplemente que tengo subida la cremallera de mi vestido gris de lana. Con esta cara tan demacrada, resultaría ridículo pintarme los labios.

—Hola —me saluda Danny cuando salgo del ascensor. Trae un ramo de margaritas blancas. Mis emociones oscilan en la cuerda floja: digamos que me siento entre encantada y avergonzada.

Él también parece debatirse entre sentimientos encontrados. Habría de estar ciega para no captar el destello de decepcionada sorpresa que brilla en sus ojos. El viernes, por sudorosa y desgreñada que estuviera, tenía mejor aspecto que ahora.

Él borra su reacción con un parpadeo y me ofrece las flores.

—¿Estás segura de que no deberías quedarte en casa?

—Bueno, mi estado no es tan malo como mi aspecto. Quizá debería subirlas... —Señalo el ascensor y lo miro de nuevo. Va con una camiseta de Matchbox Twenty. Sus gafas de sol, apoyadas en lo alto de la cabeza, tienen una horrible montura blanca. Nos quedamos los dos mirándonos con incomodidad.

—Siempre puedes ponerlas en la mesa de tu despacho.

—Sí, es verdad. —Parece más bien una mala idea, pero estoy demasiado confusa para reaccionar. Si llevo las flores arriba, tendré que invitarlo a subir. Salimos a la calle y respiro aire fresco por primera vez en tres días.

Tengo que animarme. Danny se ha limitado a ser atento y considerado esta mañana. Me protejo los ojos del sol con una mano. Quizá yo también debería ser atenta y considerada. A lo mejor en el súper venden ramas de olivo o algo así...

—He de comprar una cosa. Enseguida vuelvo.

Mientras pago el regalo de agradecimiento para Joshua, junto con un lazo rojo adhesivo carísimo, veo que Danny espera con paciencia apoyado en su coche. Me guardo el regalo en el bolso y vuelvo a cruzar la calle corriendo.

Él me abre la puerta de su todoterreno rojo, me ayuda a subir y da la vuelta al coche. Con ropa informal parece más joven. Más delgado. Más pálido. Mientras se abrocha el cinturón y arranca, caigo en la cuenta de que no le agradecí debidamente las rosas rojas. Soy una chica sin modales.

—Me encantaron las rosas. —Miro el pequeño ramo que tengo en el regazo.

—¿Las margaritas? —dice, incorporándose a la circulación.

—Sí, éstas son margaritas. Muy adecuadas para alguien

que se está recuperando de un fin de semana épico de vomitona.

Me arrepiento de haber dicho algo tan asqueroso, pero él se echa a reír.

—Bueno. Josh Templeman. ¿Cuál es su problema?

—El diablo envió a la tierra a su único hijo —le digo. Curiosamente, me siento culpable.

—Se lleva un rollo protector de hermanito mayor.

—Danny está indagando, me doy cuenta. Yo adopto un tono evasivo.

—¿Tú crees?

—Uy, sí. Pero no te apures. Le explicaré que mis intenciones son honradas. —Me lanza una sonrisa de soslayo, pero yo empiezo a percibir dentro de mí una profunda decepción. La chispeante sensación de coqueteo ha desaparecido de mi pecho.

¿Para Joshua soy como una hermana pequeña? No sería la primera vez que un chico me dice algo así. Resuena en mi interior un eco de viejas escenas embarazosas. Él me besó en el ascensor, lo cual contradice esa teoría. Pero no volvió a intentarlo, así que quizá sea cierto. Recuerdo de repente que le dije lo excitante que había sido el beso en el ascensor y no puedo evitar una mueca.

—No me contó que habías llamado. Gracias por interesarte.

—No creí que fuera a transmitirte mis mensajes. Pero no importa. Me gustaría volver a salir contigo. Llevarte a cenar, esta vez. Da la impresión de que necesitas una buena comida.

Debería agradecer su persistencia pese a lo rara que estoy y a la facha que tengo ahora mismo. Que haya desarrollado una fascinación especial por Joshua no significa que deba decir que no. Miro a Danny. Si hubiera arrojado a la chimenea una lista de deseos hecha trizas, éste es el chico que Mary Poppins me habría enviado.

—Sí, estaría bien salir a cenar una noche.

Aparca en una plaza de tiempo limitado y yo firmo por él como visitante. Cuando se abren las puertas del ascensor, me doy cuenta demasiado tarde de que me ha acompañado hasta la décima planta.

—Gracias.

Él sale conmigo y me sujeta un momento.

—Tómatelo con calma hoy.

Me arregla el cuello del abrigo, rozándome la nuca con los nudillos. Yo reprimo el impulso de mirar a mi izquierda. O Joshua está en su mesa, presenciando la escena, o no ha llegado todavía. La tensión de no saberlo resulta insoportable.

—¿Cenamos, entonces? ¿Qué te parece una cenita esta noche? No te vendrá mal, ¿verdad?

—Claro, sí. —Accedo simplemente para que se vaya. Él me da las margaritas con un floreo y yo consigo esbozar una sonrisa. Me vuelvo lentamente.

En otra época, este momento habría sido un triunfo. Yo había fantaseado con escenas similares. Pero cuando veo a Joshua en su mesa, golpeando enérgicamente unos fajos de documentos para igualarlos en pulcros montones, me gustaría ser capaz de retroceder en el tiempo.

Ahora estamos jugando a un juego nuevo. Ignoro las reglas, pero soy consciente de haber cometido un grave error. Dejo las margaritas en un lado del escritorio y me quito el abrigo.

—Hola, colega —saluda Danny a Josh, que está encorvado en su silla. Es una pose de jefe que ha ido perfeccionando.

—Tú ya no trabajas aquí.

Josh no es de los que gastan cumplidos.

—He traído a Lucy en mi coche y se me ha ocurrido pasar por aquí para asegurarme de que no estoy molestándote ni invadiendo tu terreno.

—¿Qué quieres decir? —Josh le clava unos ojos afilados como cuchillos.

—Bueno, ya sé que tú tienes una actitud protectora con Lucy. Pero yo —dice, volviéndose hacia mí— siempre te he tratado de un modo correcto, ¿no?

Me quedo un momento vacilando bajo la mirada de ambos.

—Claro, desde luego —afirmo al fin.

Danny tiene sin duda mucho valor para enfrentarse con un tipo del tamaño de Joshua. Y vuelve otra vez a la carga.

—Quiero decir, es evidente que tú tienes algún problema. El viernes estuviste realmente gilipollas al teléfono.

—Ella tenía la camiseta cubierta de vómito. Ya estaba bastante ocupado sin hacerle además de secretaria.

—Deberíamos hablar seriamente de tu actitud protectora de hermano mayor.

—Bajad la voz —siseo.

La puerta del señor Bexley está abierta.

—Es verdad, nadie acaba de dar la talla para mi hermana pequeña —responde Joshua. Aunque lo dice con un tono cargado de sarcasmo, a mí se me cae el alma a los pies. Esta mañana está convirtiéndose en un completo desastre.

—Y tú tienes razón, yo ya no trabajo aquí. Así que puedo salir con Lucy si quiero. —Danny se vuelve hacia mi escritorio, donde he dejado las flores, y arquea las cejas—. Bueno, bueno. Qué te parece. El romanticismo no ha muerto.

Joshua frunce el ceño, amenazador, y se mordisquea la uña del pulgar.

—Lárgate antes de que te eche yo.

Danny me da un beso en la mejilla. Estoy prácticamente segura de que lo ha hecho porque tenemos público. Un gesto mezquino por su parte.

—Te llamaré más tarde para quedar esta noche, Luce. Y es probable que tengamos que volver a hablar, Josh.

—Adiós, tío —dice Joshua con una voz falsa. Ambos miramos cómo Danny entra en el ascensor.

El señor Bexley suelta un bramido desde su despacho. Sólo ahora, al volverme hacia mi mesa, reparo en la rosa roja que hay sobre mi teclado.

—Oh.

Soy una completa y rematada idiota.

—Ya estaba ahí cuando he llegado. —He pasado más de mil horas en la misma oficina que Joshua, y percibo la mentira en su voz con toda claridad. La rosa es de un rojo aterciopelado perfecto. En comparación, las margaritas parecen un manojo de hierbas arrancadas de una zanja.

—¿Así que las rosas eran tuyas? ¿Por qué no me lo dijiste?

El señor Bexley pega otro grito, ahora más irritado. Joshua sigue sin hacerle caso y me atraviesa con su mirada.

—Deberías haber tenido a Danny cuidándote. No a mí.

—Es que él... Sólo estábamos... Bueno. No sé... Es amable.

Farfullo a trompicones de nivel olímpico.

—Ya, ya. Amable. La suprema cualidad de un hombre.

—Pues sí, es una gran cualidad. Tú has sido amable conmigo este fin de semana. Fuiste amable al enviarme las rosas. Pero ahora te estás portando otra vez como un jodido idiota. —Ahora ya me sale un tono sibilante y airado.

—Doctor Josh —nos interrumpe el señor Bexley desde la puerta—, venga a mi despacho si dispone de un momento. Y cuide su lenguaje, señorita Hutton —añade con un bufido.

—Lo siento, jefe. Voy ahora mismo —se disculpa Joshua, rechinando los dientes. Estamos los dos exasperados y encendidos, a sólo unos segundos de estrangularnos mutuamente. Él pasa junto a mi mesa y coge la rosa de un manotazo.

—Pero ¿qué demonios te pasa? —Trato de atraparla y se me clava una espina en la palma de la mano.

—Sólo te mandé esas rosas de mierda porque parecías muy dolida después de nuestra pelea. Pero ya ves de qué sirve. Por eso prefiero no ser amable con la gente.

—¡Ay! —Noto un gran escozor. Me miro la palma, donde se está formando una línea roja, y contengo las gotas de sangre—. ¡Me has hecho un arañazo! —Lo sujeto de la manga y le estrujo la muñeca—. Gracias, enfermero Joshua. Fuiste maravillosamente amable. Y dale las gracias a ese doctor despampanante que tienes por hermano.

Él recuerda algo más.

—Ah, y tú tienes la culpa de que tenga que asistir a su boda. Ya casi me había librado del asunto. Ha sido por tu culpa.

—¿Por mi culpa?

—Si no te hubieras puesto enferma, no habría visto a Patrick.

—Eso es absurdo. Yo no te pedí que le llamaras.

Él examina la mancha de sangre que he dejado en el puño de su camisa con una mueca de absoluta repugnancia. Luego me pone un pañuelo de papel en la palma.

—Fantástico —me dice, tirando la rosa destrozada en la papelera—. Desinféctate eso —añade, y desaparece en el despacho del señor Bexley.

Abro mi correo y veo que han programado nuestras entrevistas para el próximo jueves. Se me encoge el estómago. Pienso en el alquiler.

Aprovecho que estoy sola para levantar la almohadilla del ratón, donde tengo escondida la tarjetita que venía con el ramo de rosas. La semana pasada le echaba ojeadas a hurtadillas cuando Joshua no estaba mirando.

Examino la tarjeta y me pregunto cómo pude haber pensado que era de Danny. Es la letra de Josh; pero no me fijé en la inclinación y los lazos de su caligrafía.

«Tú siempre estás preciosa.»

Sólo ha quedado un pétalo en mi mesa. Lo aprieto con el pulgar sobre la almohadilla y aspiro su fragancia, todavía con las margaritas a mi lado. La palma me pica y escuece. Josh tiene toda la razón. Me he hecho daño a mí misma por mi propia falta de cuidado.

Me quedo inmóvil, inspirando la fragancia a rosas y a fresas hasta que estoy segura de que no voy a ponerme a llorar.

12

M e siento como una niña mientras observo de reojo sus puños arremangados, uno de los cuales contiene mi ADN. Él mira ceñudamente su pantalla y lleva horas sin decirme una palabra. La he cagado a lo bestia.

—Te lavaré en seco la camisa —digo. Pero no me hace ni caso—. Te compraré una nueva. Lo siento, Josh...

Él me corta enseguida.

—¿Creías que hoy sería todo distinto?

Noto que se me forma un nudo en la garganta.

—Eso esperaba. No te enfades.

—No estoy enfadado. —Tiene el cuello rojo, y su camisa blanca no hace más que resaltarlo.

—Estoy tratando de pedirte perdón. Y quería darte las gracias por todo lo que hiciste.

—¿Y esas preciosas margaritas son para mí, entonces?

Ahora lo recuerdo. A lo mejor eso sirve para arreglarlo.

—Espera, sí que te he traído un regalo.

Saco del bolso la cajita de plástico coronada con un lazo rojo y se la entrego como si fuera el estuche de un Rolex. Sus ojos relucen un instante con una emoción que no identifico. Enseguida vuelve a adoptar su expresión ceñuda.

—Fresas.

—Me dijiste que te encantan. Que eran tu pasión.

La palabra «pasión» seguramente nunca ha sido pronunciada en esta oficina, y le confiere a mi voz un extraño temblor. Él me mira severamente.

—Me sorprende que recuerdes algo. —Pone las fresas en su bandeja de salida y vuelve a concentrarse en su ordenador.

Tras varios minutos de silencio, vuelvo a intentarlo.

—¿Cómo puedo compensarte... por todo lo que hiciste? —El equilibrio entre nosotros se ha modificado radicalmente. Ahora yo estoy en deuda con él. Le debo una—. Dime qué puedo hacer. Haré cualquier cosa.

En realidad, lo que quiero decir es: «Responde. Habla conmigo. No puedo arreglar las cosas si sigues ignorándome».

Observo cómo continúa tecleando con una cara tan inexpresiva como un muñeco de pruebas de choque. Tiene a la derecha una hoja con un montón de cifras de ventas y las va marcando con un rotulador verde. Yo, sin Helene, estoy totalmente desocupada.

—Limpiaré tu apartamento. Seré tu esclava durante un día entero. Te... prepararé un pastel.

Es como si hubieran puesto un cristal insonorizado entre nosotros. O quizá es que he sido borrada del mapa. Debería dejarle trabajar en silencio, pero no puedo parar de hablar. Él no me oye, de todos modos, así que tampoco importará si digo en voz alta la frase siguiente que me viene a la cabeza.

—Te acompañaré a la boda.

—Estate calladita, Lucinda. —O sea, que sí puede oírme.

—Yo conduciré. Así podrás emborracharte, ponerte como una cuba y pasártelo en grande. Seré tu chófer.

Él coge la calculadora y empieza a teclear. Yo insisto.

—Luego te llevaré a casa y te acostaré, igual que tú hiciste conmigo. Incluso puedes vomitar en un táper. Yo lo limpiaré. Así quedaremos en paz.

169

Josh detiene los dedos sobre el teclado y cierra los ojos. Parece estar recitando mentalmente una ristra de obscenidades.

—Ni siquiera sabes dónde es la boda.

—A menos que sea en Corea del Norte, iré. ¿Cuándo es?

—El sábado.

—Estoy libre. Decidido. Dame tu dirección y pasaré a recogerte y todo. Dime la hora.

—Es bastante presuntuoso por tu parte dar por supuesto que no tengo acompañante.

Estoy a punto de abrir la boca para replicar que me consta que su acompañante soy yo. Pero justo en ese momento suena mi móvil. Danny. Giro en mi silla ciento ochenta grados. ¿No ha oído hablar de los mensajes de texto?

—Hola, Lucy. ¿Ya estás mejor? ¿Sigue en pie nuestra cena?

Respondo con un susurro.

—No estoy segura. He de pasar a recoger el coche y me he sentido bastante mal toda la mañana.

—Ese coche tuyo parece casi una leyenda. He oído hablar un montón de él.

—Creo que es plateado... Es lo único que recuerdo.

—He reservado una mesa para esta noche a las siete. En Bonito Brothers. Me dijiste que te gustaba, ¿no?

No me queda más remedio que aceptar. Cuesta mucho conseguir una reserva ahí. Hago un esfuerzo por no suspirar.

—Bonito Brothers está muy bien. Gracias. No tendré un apetito enorme, pero haré lo que pueda. Nos vemos allí.

—Hasta la noche.

Corto la llamada y me quedo un rato de cara a la pared.

—Danny Fletcher te tiene preparada una velada típica. Restaurante italiano, mantel a cuadros. Incluso una vela seguramente. Y te pondrá el último pedazo de pastel en la boca mirándote a los ojos. Es la segunda cita, ¿no?

—Vamos a cambiar de tema. —Finjo que empiezo a teclear. Mi pantalla se llena de mensajes de error.

—La mayoría de los chicos intentan un beso en la segunda cita.

Esa observación me deja pasmada. Debo de tener una expresión enloquecida. Me cuesta mucho imaginarme a Joshua en una segunda cita tratando de arrancar un beso. Bueno, simplemente imaginármelo en una cita.

Intento visualizarlo sentado frente a una mujer guapa. Sonriendo con la misma sonrisa que me dirigió a mí una vez. Sus ojos se iluminan con la expectativa de un beso de despedida...

Siento que una bola ardiente me oprime el pecho. Intento aclararme la garganta, pero no funciona.

No soy la única que tiene un aspecto medio enloquecido, sin embargo.

—Suéltalo de una vez —digo—. Pareces a punto de explotar.

—Hazte un favor a ti misma y quédate en casa esta noche. Tienes una pinta horrorosa.

—Gracias, doctor Josh. Y, por cierto, ¿por qué Fat Little Dick te llama así?

—Porque mis padres y mi hermano son médicos. Es su forma de recordarme que no he conseguido desarrollar todo mi potencial. —Me lo dice como si fuera la tonta del pueblo; luego se levanta y se aleja por el pasillo. Yo me levanto también y lo sigo hacia el cuarto de la fotocopiadora. Como no reduce la marcha, lo agarro del brazo.

—Espera un momento. Estoy tratando de arreglar las cosas. Has acertado, ¿sabes? He venido hoy con la esperanza de que estos últimos días juntos sean diferentes.

Josh abre la boca, pero yo lo avasallo y lo acorralo contra la pared. Él deja que lo mantenga ahí sujeto, aunque ambos sabemos que podría apartarme sin ningún esfuerzo.

Unos tacones resuenan con solemnidad en el pasillo, aproximándose hacia nosotros, lo cual exacerba mi frustración. He de aclarar las cosas ahora o voy a sufrir un aneurisma.

El cuartito de la limpieza tendrá que servir. Por suerte, no está cerrado con llave. Me meto dentro y me planto entre los aspiradores y los detergentes industriales.

—Entra.

Él obedece de mala gana. Cierro la puerta y apoyo la espalda contra ella. Permanecemos callados hasta que los tacones doblan la esquina y pasan de largo.

—Es acogedor este cuarto. —Josh da una patada a un montón enorme de papel higiénico—. Bueno. ¿Qué?

—La he pifiado, ya lo sé.

—No hay nada que pifiar. Simplemente me has cabreado. El statu quo se mantiene igual.

Apoya el codo en un estante para pasarse la mano por el pelo con aire cansado, y la camisa se le sale un par de centímetros de la pretina de los pantalones. Estamos tan cerca el uno del otro que oigo cómo la tela se estira y se desliza sobre su piel.

—Yo pensaba que quizá la guerra se habría acabado. Que tal vez podríamos ser amigos. —Sus ojos destellan con repugnancia, así que bien puedo poner toda la carne en el asador—. Escucha, Josh. Yo quiero que seamos amigos. O algo así. Y no entiendo por qué, francamente. Porque eres terrible.

Él levanta un dedo.

—Hay tres palabras interesantes en lo que has dicho.

—Yo digo muchas cosas interesantes. Y tú nunca las escuchas. —Aprieto las manos con fuerza hasta hacer sonar los nudillos, y entonces caigo bruscamente en la cuenta.

El motivo de mi creciente angustia es que nunca más

volveré a ver su oculta ternura. Pienso en cómo me rodeaba con el brazo sobre la almohada, en cómo me hablaba mientras la fiebre me hacía delirar. Pienso en sus manos deslizándose con naturalidad sobre mi piel.

Ahora da toda la impresión de que me ha hecho la cruz para siempre. Fue amigo mío una vez, durante una noche de delirio, y eso es lo único que voy a sacar de él.

—O algo así. —Hace el gesto de las comillas con los dedos—. Has dicho que quieres que seamos amigos. O algo así. ¿Qué significa exactamente «algo así»? Quiero conocer cuáles son las opciones.

—Seguramente significa que no nos odiemos a muerte. No lo sé. —Trato de sentarme sobre un montón de cajas, pero se espachurran bajo mi peso y he de levantarme otra vez.

—¿Y él, entonces, qué es?, ¿tu novio? —Pone los brazos en jarras y el cuartito se vuelve microscópico.

Ahora está muy cerca de mí. Quiero conseguir ese jabón que usa, sea cual sea. Guardaré una pastilla en el cajón superior del aparador para perfumar mi lencería. Noto que empiezan a arderme las mejillas.

—A ti te traería totalmente sin cuidado que saliera con Danny. No te cabe en la cabeza que un chico quiera estar conmigo.

En lugar de responder, extiende la mano con la palma hacia arriba. Aún tiene los puños de la camisa arremangados, y yo observo los fuertes tendones de sus muñecas. Advierto por primera vez que tiene en la parte interna del brazo esas venas hinchadas típicas de los hombres musculosos.

—Tocarse en el trabajo va contra las normas de Recursos Humanos, ya lo sabes. —Tengo la garganta completamente seca. «No tocarme debería ser un delito.»

Él me mira expectante hasta que deslizo la mano en la suya. Resulta difícil resistirse cuando alguien te tiende la mano de esa forma, y es completamente imposible cuando se trata de la mano de Joshua. Noto el calor y el tamaño de sus dedos antes de que él sujete la mía y le dé la vuelta para examinar el arañazo que tengo en la palma. Me sostiene la mano como si fuera una paloma herida.

—Hablando en serio, ¿te has limpiado esto? Las espinas de las rosas a veces tienen hongos, y el arañazo puede infectarse. —Presiona la piel en torno a la herida, con el ceño fruncido.

¿Cómo se las arregla para ser estos dos hombres tan distintos? Se me ocurre una segunda idea de golpe. Quizá yo sea un factor determinante. La idea en sí misma resulta aterradora. La única forma de que él baje la guardia es que yo baje la mía. Tal vez yo pueda cambiarlo todo.

—Josh.

Cuando me oye abreviar su nombre, me cierra los dedos y me devuelve la mano. Ha llegado el momento de intentarlo. Rezo al cielo para no equivocarme.

—Yo quería que te quedaras el viernes. Que te quedaras tú: tú y sólo tú. Y si no quieres ser amigo mío, entonces intentaré jugar contigo al juego O algo así.

Se produce un largo silencio. No reacciona. Me he equivocado, y nunca conseguiré librarme de esta metedura de pata. El corazón me palpita con desagradable celeridad.

—¿De veras? —dice escéptico.

Lo empujo contra la puerta. Siento una oleada de excitación al oír el golpe de su corpachón contra ella.

—Bésame —susurro. El ambiente sube de temperatura.

—Vaya, vaya. O sea, que el juego de «O algo así» consiste en besarse. Qué interesante, Lucinda. —Me pasa los dedos por el pelo, apartándolo con delicadeza de mi cara.

—Aún no conozco las reglas. Es un juego nuevo.

—¿Estás segura? —Baja la vista y mira cómo se despliega mi mano sobre su estómago.

Presiono con fuerza, pero la carne no cede lo más mínimo.

—¿Llevas un chaleco antibalas?

—Es imprescindible en esta oficina.

—Siento de verdad haber herido tus sentimientos, y haberte echado de mi apartamento. Josh. —Usar su nombre abreviado es como una oferta de paz. Una disculpa.

Y, francamente, es un placer. Me permite imaginarme que es amigo mío. Que es mi amigo quien me deja recorrerle el torso con las manos en el cuartito de la limpieza. Ojalá él recorriera el mío con las suyas.

—Disculpa aceptada. Pero no puedes esperar que me porte como un buen chico cuando entra en la oficina otro hombre, te da un beso y te regala flores. No es así como funciona este juego entre tú y yo.

—Nunca he tenido la menor idea de cómo funcionaba. —Trago saliva audiblemente. Me pone los dedos bajo la barbilla y me alza la cara hacia la suya.

—Yo creía que eras muy astuta, Lucinda. Debía estar equivocado.

Me pongo de puntillas, deslizo las manos sobre sus hombros y los sujeto con fuerza. Le hundo las uñas en la piel y, cuando su garganta se contrae para tragar saliva, consigo depositar un beso de refilón sobre ella con la boca abierta. Noto un efecto inmediato: él flexiona los dedos, ladea las caderas hacia mí. Noto la presión de algo duro en el estómago.

Éste es el mejor juego al que he jugado en mi vida.

Su mano se sitúa en la parte baja de mi espalda y yo me arqueo sobre él y consigo ponerle una mano en el cogote.

—¿Hay algún motivo para que aún no nos estemos besando?

—La diferencia de estatura, básicamente. —Él está tratando de ocultar que tiene una erección de dureza extra. Misión imposible. Sonrío y tiro de él hacia abajo.

—Bueno, no me obligues a escalar hasta ahí.

Su boca se cierne sobre la mía, pero ya no baja más la

cabeza. Contrae la cara con indecisión y deseo contenido. Me imagino que está pensando en las consecuencias para el trabajo.

—Qué importa. Sólo vamos a trabajar juntos otras dos semanas. —Me felicito a mí misma por mi tono despreocupado.

—Qué proposición tan romántica. —Asoma la lengua y se lame la comisura de los labios. Lo está deseando, es evidente. Pero aún sigue resistiéndose.

—Pon las manos sobre mi cuerpo.

En vez de sujetarme, extiende las dos manos, ofreciéndomelas, tal como yo acabo de hacer con él. Luego se queda quieto. Su pecho sube y baja.

—Ponlas tú.

Nada me sale nunca como yo espero. Le sujeto una mano y me la pongo en un lado. La otra la deslizo sobre mi trasero. Ambas me aprietan, pero no se mueven. Es como si me estuviera metiendo mano a mí misma, sin apenas ayuda suya.

—¿Esto lo haces para esquivar las normas de Recursos Humanos? Pues se acabaron las amenazas de acudir a Recursos Humanos. A estas alturas, es una forma de malgastar energía. —Ya sólo decirlo es malgastarla por mi parte. Y ahora necesito toda la energía posible.

El calor de sus manos me quema a través de la ropa.

Le bajo la mano hasta donde mi trasero se encuentra con el muslo. Él tiene que agacharse un montón y ahora su boca ya me queda mucho más cerca. Le subo la otra desde mis costillas hasta la curva del pecho. Él parece al borde del desmayo. Mi ego ya casi no cabe en este cuarto.

—O sea, que el sexo contigo sería así. —No resisto la tentación de burlarme de él—. Creía que participarías un poco más.

Él dice algo por fin.

—Ya lo creo que participaría: tanto que al día siguiente no podrías caminar derecha.

Fuera suenan más pasos. Estoy en un cuarto más pequeño que una celda y Josh tiene las manos sobre mí. Con más osadía de lo que me conviene quizá, le subo más la mano y aprieto sus dedos sobre mi escote. Sólo para ver qué pasa.

—Qué importa. Caminar está sobrevalorado.

El poco control que le quedaba se afloja considerablemente, porque sus manos recobran la autonomía. Me pone una detrás de la rodilla para levantarme la pierna. Sus dedos se meten por debajo de mi vestido y se deslizan suavemente desde el exterior de mi muslo hasta el lado de mis bragas. Toca con las yemas el elástico y yo me estremezco. Los dedos de la otra mano se hunden entre mis pechos, acariciándolos.

Y de repente vuelve a ponerme la pierna en el suelo y se mete las manos en los bolsillos.

—Quiero que hagas una cosa por mí. Quiero que acudas a tu preciosa cita con Danny y que le beses.

Incluso mientras lo dice, su boca se retuerce con repugnancia. Yo vuelvo a descender a mi estatura habitual. Es verdad que últimamente nos hemos dicho unas cosas increíbles el uno al otro, pero esto resulta totalmente inaudito.

—¿Cómo? ¿Por qué? —Retiro las manos de sus hombros.

El alma se me empieza a caer a los pies. Ha estado jugando conmigo todo el rato. Él nota mi expresión alarmada e impide que retroceda sujetándome del brazo.

—Si resulta más bueno que nuestro beso en el ascensor, caso cerrado. Sal con él. Planea para primavera la boda en un cenador de los terrenos de Fresas Sky Diamond.

Empiezo a protestar, pero él me corta.

—Si no es tan bueno, tendrás que reconocérmelo. Cara

a cara. De palabra. Sinceramente. Sin sarcasmos. —No me deja ningún resquicio de escapatoria.

—Es muy extraño que quieras que haga eso. —Doy un paso atrás y derribo una escoba.

—El juego O algo así no volverá a comenzar hasta que no me digas que nadie besa como yo.

—¿No puedo decírtelo ahora y ya está? —Me pongo otra vez de puntillas, pero él no quiere saber nada.

—No, no voy a convertirme en tu pequeño experimento para que luego escojas al señor Buen Chico. O sea, que, sí, quiero que beses a Danny Fletcher esta noche y me informes del resultado. Si es una maravilla, que te vaya muy bien.

—Está claro que tienes un prejuicio contra los buenos chicos.

Él añade una advertencia.

—Una última cosa. Si besarle a él no resulta tan bueno como besarme a mí, no puedes volver a besarle.

Abre la puerta y me saca fuera de un empujón. El señor Bexley se acerca con aire huraño por el pasillo. Me apresuro a cerrar la puerta a mi espalda. Él me echa una segunda mirada al ver que salgo del cuarto de la limpieza.

—Estaba buscando el limpiacristales —digo—. Hay huellas dactilares por toda la oficina.

—¿Ha visto a Josh? No está por ninguna parte. Justo cuando todo se viene abajo, va y desaparece.

—Ha ido a buscarle café y dónuts. Como ha estado usted tan ocupado... Pero prométame que se hará el sorprendido.

El señor Bexley se reanima, resopla y gruñe: todo en un solo sonido gutural. Luego examina mi vestido, así como su contenido, con tal regodeo que yo pongo los brazos en jarras, irritada. Él ni siquiera se da cuenta.

—Parece agitada, señorita Hutton. No me importa que una joven tenga las mejillas coloradas. Pero debería sonreír más.

—Ay, está sonando mi teléfono —digo, aunque no es verdad—. No olvide hacerse el sorprendido cuando vuelva Josh.

—Así lo haré —dice, y se dirige al baño de caballeros. Lleva un periódico en la mano, así que Josh puede bajar tranquilamente e incluso ir a dar una vuelta.

Mantengo la compostura hasta llegar a mi mesa. Sólo entonces me permito hacer algo que necesitaba con desesperación: jadear para coger aire. Suelto unos resuellos como si hubiera corrido media maratón. Tengo la cara perlada de sudor y el cogote húmedo. Me arden los dedos por el contacto con la tela de algodón de su camisa. Con el calor que desprendo, empaño la mitad de las relucientes superficies de la décima planta antes de serenarme lo suficiente para tomar asiento.

Estoy tan excitada que me gustaría dejarme a mí misma sin sentido hasta que se me hubiera pasado.

Joshua vuelve al cabo de veinte minutos, con dónuts y café. Y aun así llega antes de que el señor Bexley salga del baño.

—Buena jugada —me dice, dejándome un chocolate caliente y un dónut de fresa junto a la almohadilla del ratón—. Impresionante capacidad de improvisación.

Mientras él desaparece en el despacho de su jefe, yo miro el delicioso dónut rosado como si hubiéramos caído por un agujero espacio-temporal. En veinte minutos una duda corrosiva ha empezado a erosionar mi propia confianza: no sé si voy a ser capaz de manejar el juego de O algo así. Joshua es demasiado grandullón, demasiado listo; y mi cuerpo siente una debilidad especial por él. Me muero por establecer unas reglas básicas. Cuando vuelve a su escritorio y da un sorbo de café, me sale todo abrupta y vulgarmente.

—Si el juego de O algo así incluye sexo, será cosa de una sola vez. Una nada más. Una vez insignificante. —Me tapo la boca con la mano, escandalizada de mí misma.

Él entorna los ojos con cinismo y empieza a comerse las fresas que le he regalado. Es algo fascinante. Normalmente, no le veo comiendo.

—Una vez —digo, levantando un dedo.

—¿Sólo una? ¿Estás segura? ¿Al menos me invitarás primero a cenar? —Se arrellana en la silla, disfrutando de esta conversación. Muerde, mastica, traga, y yo tengo que mirar para otro lado, porque resulta tremendamente sexi, la verdad sea dicha.

—Claro. Podemos pasar con el coche por un autoservicio y comprar el menú infantil.

—Vaya, gracias. Una hamburguesa y un muñequito antes de pasar a la acción. Una vez. —Da un sorbo de café y mira el techo—. ¿No podrías estirarte un poco más e invitarme al menos a un restaurante italiano? ¿O quieres que me sienta barato?

—Una vez. —Me meto los nudillos en la boca y me los muerdo hasta que me duele. «Cierra la boca, Lucy.»

—¿Podrías definir en qué consiste una vez? —Apoya la barbilla en la palma, cierra los ojos y bosteza. Cualquiera diría que estamos hablando de una conferencia de trabajo, y no de un juego lascivo al que vamos a jugar, desnudos, sobre mi cama.

—¿Es que tus padres nunca te dieron la charla de las flores y las abejas? —Doy un sorbo de chocolate caliente.

—Pretendo comprender las normas por anticipado. Tú vas inventándolas a docenas sobre la marcha. ¿No me las podrías enviar por email?

El señor Bexley pasa entre nosotros, interrumpiendo la conversación, entra en su despacho y emite una exclamación nada convincente al ver el café y los dónuts sobre la mesa.

—Enseguida voy. Un minuto —le dice Joshua. Y volviéndose hacia mí añade—: Una vez, ¿eh? O sea, que te vas a contener... —La comisura de su boca se eleva para formar una sonrisita. Luego mueve el ratón para activar la pantalla de su ordenador.

—No pongas esa cara de satisfacción —siseo por lo bajini—. No está garantizado que vaya a suceder.

—Ahora no actúes como si yo fuera el único que lo desea. Esto no es un favor que tú me haces. Es más bien el mayor favor que vas a hacerte a ti misma.

No parece que vaya a aludir groseramente a lo que hay debajo de su cremallera, pero yo igualmente echo un vistazo ahí. Por lo visto, no soy capaz de dejar de hablar.

—Sólo para acabar con esta extraña tensión sexual que hay entre nosotros. Por una vez, qué importa.

Él parpadea y abre la boca para decir algo, pero luego parece pensárselo mejor. Para ser un tipo al cual una mujer acaba de decirle que está considerando la posibilidad de practicar sexo con él, parece un tanto decepcionado.

—En ese caso, procuraré que valga la pena, Fresita. —Es una promesa y una advertencia. Doy un enorme mordisco a mi dónut, llevándome casi la mitad. Así no tengo que responder.

Ahora, al definir las normas, he sacado ventaja. Él se levanta y coge su café. Una señal de retirada. Pero entonces va y me lanza otro revés, dejando la pelota de nuevo en mi tejado tan limpiamente que me quedo impresionada, lo reconozco.

Escribe algo en un pósit azul. Sus letras afiladas trazan líneas y lazos; la tinta impregna las vetas del papel.

Anota algo que yo ni en sueños pensaba que fuera a conocer jamás. No sé si es para que lo recoja el día de la boda, *o algo así*... No puedo preguntárselo, porque tengo la boca llena.

Se acerca con el pósit y lo pega en la pantalla de mi ordenador. Es su dirección.

13

—Casi estoy esperando que tu hermano mayor aparezca en cualquier momento hecho una furia y se te lleve a rastras. «Cómo andas saliendo de noche cuando mañana tienes colegio...» —dice Danny, mientras hundo la cucharilla sin demasiado entusiasmo en un helado de limón.

—Seguro que está fuera, con el coche al ralentí, preparado para arrollarte. —Sólo suena a medias como un chiste.

La camarera se nos acerca para preguntar cómo ha ido. Nosotros volvemos a asegurarle que estaba todo delicioso. Todo condenadamente perfecto. El mantel a cuadros y las velas. La música romántica. Yo, adecentada y acicalada con pintalabios y un vestido rojo. Lo único que me impide echar una cabezada es el leve nerviosismo que siento en el estómago cuando pienso en el beso casi inevitable de esta noche.

—He de preguntártelo. ¿Estás... libre? O sea, ¿disponible? Me parece estar captando una vibración. ¿Tú y él no...?

—Sí, no. ¡No! Ninguna vibración. Absolutamente ninguna. Estoy libre. —Todavía lo repito un par de veces más. Danny me mira con aire dubitativo. Mucho protesta la dama...

Siento una grieta de pánico en mis entrañas. Si alguien

sospechara que Josh y yo estamos liados, habría consecuencias. Para nuestra reputación. Para nuestra dignidad. La cosa llegaría a RR. HH. Me acuerdo de las miradas divertidas y de los codazos durante la reunión celebrada después del *paintball* y me estremezco al pensar que tal vez ya ha corrido la voz.

—Ha habido muchos ligues en la oficina. Samantha y Glen, por ejemplo. Uy, eso fue un desastre —dice Danny, sonriendo. Es un cotilla, ya lo veo. Arquea las cejas, como esperando que le cuente algún cotilleo jugoso, pero yo meneo la cabeza.

—A mí nadie me cuenta nada. Creen que me chivaré.

—¿Es cierto que Josh terminó el primer año en la Facultad de Medicina?

—No lo sé. Pero sus padres y su hermano son médicos.

—Nosotros esperábamos que dejara Bexley Books y se fuera a trabajar como proctólogo o algo parecido.

No puedo evitar una carcajada.

—Dime, ¿sufriste una ruptura traumática en el pasado o algo por el estilo? —Danny parece sentir verdadera curiosidad—. Me gustaría averiguar por qué sigues soltera.

—No he tenido tiempo de salir con nadie. Y después de la fusión, al perder el contacto con la gente de Gamin, tampoco me he esforzado en hacer nuevas amistades. El trabajo me ha absorbido totalmente. Trabajar para un director general no es el típico empleo de ocho horas y a casa.

—¿Y esa rosa que había encima de tu mesa? —Alza las cejas, expectante.

—Nada, una broma.

Aguarda a que me explique mejor, pero, cuando ve que no lo hago, lo deja correr y cambia de tema.

—¿Has entregado la solicitud para el nuevo puesto ejecutivo?

—Sí. Las entrevistas son la semana que viene.

—¿Mucha competencia?

—En la preselección para las entrevistas sólo estoy yo, un par de externos y mi buen amigo Joshua Templeman. Cuatro candidatos en total.

—Parece que llevas mucho tiempo esperando esta oportunidad —aventura Danny. Quizá es que tengo otra vez esa mirada intensa y enloquecida.

—Helene me ha ayudado mucho a crecer profesionalmente. Cuando trabajábamos en Gamin Publishing, yo estaba destinada a ser transferida al equipo editorial tras un año trabajando con ella. —Noto la amargura que resuena en mi voz.

—Bueno, no es raro entrar en el mundo editorial de la manera que sea, aunque eso suponga realizar una tarea administrativa —comenta Danny—. La mitad de la gente que trabaja en la empresa no empezó con el trabajo de sus sueños. Fue inteligente por tu parte aprovechar el primer hueco que se presentó.

—No, ése no es mi problema realmente. La verdad es que me alegro de haber asumido un puesto ejecutivo.

—Pero entonces llegó la fusión.

—Exacto. Mucha gente perdió su empleo. Al menos yo tuve la suerte de conservar el mío. Aunque eso implicara quedarme donde estaba. Pero perdí a mi mejor amiga en el proceso. —Lo digo como si ella se hubiera muerto.

—Un puesto de directora ejecutiva resultará impresionante en tu currículum. Sobre todo, a tu edad.

—Sí. —Inspiro hondo, imaginándomelo en letras de tipo Arial. Luego me imagino el currículum de Joshua, y mi delicioso ensueño adquiere un regusto amargo—. Estoy preparando una presentación para la entrevista. Es algo que llevo pensando desde hace mucho. Yo no he podido ejercer tanta influencia como me habría gustado. Las circunstancias siempre han sido inadecuadas. Pero ahora quiero desarrollar un proyecto para pasar todo el catálogo de la editorial a formato digital. Renovando todo el libro, las cubiertas, etcétera. Si consigo el puesto tendré la influencia que me ha faltado hasta ahora.

—Parece que vas a necesitar un montón de ayuda con el diseño de las cubiertas. Acuérdate de mí —dice Danny. Hurga en el bolsillo y me da su tarjeta. Una mujer que está en la mesa contigua lo mira de soslayo, como diciendo: «Menudo idiota».

Danny pide la cuenta con una seña y saca su tarjeta de crédito.

—Oh, gracias —gorjeo torpemente.

Él sonríe.

Caminamos hasta mi coche.

—Perdona que te haya hablado tanto del trabajo.

—No importa. Yo también trabajaba allí, no lo olvides. Bueno, así que éste es tu coche. —Coloca los dedos como enmarcándolo para sacarle una foto—. Es increíble.

—¿A que sí? —Me apoyo en la puerta—. Al fin libre, al fin libre.

—¿Acabas de citar a Luther King para referirte a tu coche?

—Hmm. Sí, supongo.

Estalla en carcajadas.

—Por Dios. Eres asombrosa.

—Soy idiota.

—No digas eso. Me gustaría darte un beso. Por favor —añade con cortesía.

—De acuerdo. —Nos miramos a los ojos. Ambos sabemos que ha llegado el momento. El momento de la verdad. O Danny me vuelve loca o me veré obligada a hinchar el ego de Josh.

En conjunto, parecemos una postal de San Valentín. La calle está reluciente de lluvia; la luz de las farolas nos ilumina con un cerco blanco. Mi vestido de noche rojo es el punto focal de la imagen. Un hombre de angelicales rizos de color rubio platino me inclina ligeramente hacia atrás mientras sus ojos azules descienden hacia mi boca. Su estatura hace que encajemos a la perfección.

El postre le ha dejado un aliento dulzón. Sus manos se extienden respetuosamente por mi cintura. Cuando sus labios tocan los míos, me concentro con la esperanza de sentir algo. Me lo suplico a mí misma. Se lo ruego a cada una de las estrellas fugaces del cielo. Rezo para que surja la primera y vertiginosa punzada de lujuria. Beso a Danny Fletcher repetidamente hasta que me doy cuenta de que el deseo no va a llegar.

Su boca entreabre la mía, aunque él, como un caballero, mantiene guardada la lengua. Le pongo la mano en el hombro. Su físico, que a primera vista parecía musculoso y en forma, resulta ligero e insustancial, como un puñado de huesos de pollo. Apuesto a que no sería capaz de levantarme del suelo.

Nos apartamos a la vez.

—Bueno.

Mis esperanzas se han visto totalmente defraudadas, y creo que él se da cuenta. Estudia mi rostro en silencio. Ha sido como besar a un primo. No ha funcionado. Quiero volver a hacerlo para asegurarme del todo. Cuando me acerco, sin embargo, él retrocede y me quita las manos de encima.

—Lo he pasado bien contigo —empieza—. Eres una gran chica.

Yo termino la frase por él.

—Pero ¿podemos ser simplemente amigos? Lo siento.

Su expresión revela el descontento de no haber podido decirlo él primero, pero también cierto alivio y un dejo de irritación que hace instantáneamente que me guste menos.

—Claro. Por supuesto. Somos amigos.

Saco la llave del coche.

—Bueno. Gracias por la cena. Buenas noches.

Mientras se aleja, alza una mano en señal de adiós. Camina despacio, jugando con las llaves del coche. Una cena carísima a cambio de un mal beso.

«Bueno, tú ganas la Competición del Beso, Joshua Templeman. Me lo estaba temiendo.»

Empieza a formarse un nubarrón en mi interior. Ha sido una velada pobre e insulsa. Una pérdida de tiempo.

Pero lo peor no es eso. Lo peor es que si Joshua no existiera, habría sido una cita estupenda según mis baremos. Extremadamente agradable. Recuerdo citas peores y besos mucho más decepcionantes. Aunque la química no haya sido la ideal, podríamos haberla cultivado. Es la única oportunidad que he tenido últimamente y se ha ido al garete.

Ha sido como si Joshua estuviera sentado en una tercera silla de nuestra mesita romántica, observando y juzgándolo todo. Recordándome todas las cosas que me faltaban. Cuando he mirado los labios de Danny, me he concentrado para sentir algo. Me lo he suplicado en vano.

Las calles se están volviendo demasiado desconocidas. Paro el coche y me paso un buen rato peleándome con los ajustes del GPS. Mis dedos pulsan los botones atolondradamente mientras sujeto con los dientes un recuadro azul de papel.

Le lanzo a la mujer del GPS todos los insultos que me vienen a la cabeza. Le suplico que se detenga. Pero ella no me hace caso. Como una bruja infernal, me conduce hasta el bloque de apartamentos de Josh.

No pienso entrar en el edificio. No soy tan absolutamente patética. Aparco en una calle lateral y contemplo el edificio, preguntándome cuál de los recuadros iluminados será el suyo.

«Josh, ¿por qué me has arruinado la vida?»

Mi móvil emite un zumbido. Es un nombre que raramente he visto en esta pantalla.

Joshua Templeman: ¿Y? Qué suspense.

Cierro el coche y me ciño bien el abrigo mientras camino. Intento encontrar alguna forma de responder, pero la verdad es que no se me ocurre nada. Mi orgullo está absurdamente herido. Debería haberme esforzado más esta noche. Convencerme a mí misma un poco más. Pero estoy demasiado cansada.

Le envío una respuesta. Un emoticono de una caca sonriente. Lo resume todo gráficamente.

Decido dar la vuelta entera al bloque de apartamentos. Rezo para que no me secuestren. Aunque no debo preocuparme demasiado. La lluvia ha dejado las calles prácticamente desiertas y libres de acosadores. Mis zapatos de tacón resuenan con fuerza mientras termino de reconocer el terreno.

Es extraña la sensación de caminar intentando mirar las cosas con los ojos de otro, y no digamos cuando se trata de tu enemigo jurado. Observo las grietas de la acera y me pregunto si él las pisará cuando va a esa tienda de comida orgánica. Me gustaría tener cerca una tienda de ésas; quizá así no comería tanto queso y tantos macarrones.

Siempre he sospechado que la gente que nos rodea está ahí para enseñarnos algo. Y siempre he creído que la función de Josh era ponerme a prueba. Presionarme. Volverme más dura. Y así ha sido hasta cierto punto.

Paso junto a una luna de cristal. Me detengo y estudio mi reflejo. Este vestidito es muy mono. Ya he recuperado el color en las mejillas y los labios, aunque la mayor parte es maquillaje. Pienso en las rosas. Aún no consigo hacerme a la idea. Eran de Joshua Templeman. Entró en una floristería, por su propia voluntad, y escribió en una tarjeta esas cuatro palabras que cambiaron radicalmente la situación.

Podría haber escrito cualquier cosa. Alguna de las siguientes habría sido perfecta:

«Lo siento. Disculpa. La he pifiado. Soy un cretino integral. La guerra ha terminado. Me rindo. Ahora somos amigos».

Pero lo que escribió, en cambio, fueron esas cuatro palabras: «Tú siempre estás preciosa». Una extraña confesión viniendo de la última persona del mundo de la que podría haberla esperado. Me permito a mí misma considerar la idea que he estado reprimiendo con un tesón admirable.

«Quizá nunca me ha odiado; quizá siempre me ha deseado.»

Otro pitido en mi bolsillo.

Joshua Templeman: ¿Dónde estás?

Dónde, buena pregunta. No te preocupes, Templeman. Estoy escondida detrás de tu edificio examinando los contenedores de basura, tratando de averiguar si eres un cliente habitual del café de ahí enfrente, o si alguna vez te paseas por ese jardincillo diminuto con una fuente. Estoy mirando cómo reluce la luz en la acera mojada. Y lo miro todo con estos ojos nuevos.

¿Dónde estoy? En otro planeta.

Otro mensaje.

Joshua Templeman: Lucinda, me estoy enfadando.

No respondo. ¿Para qué? He de marcar esta noche como una extraña experiencia vital. Abarco la calle con la mirada y veo mi coche al final de la manzana, aguardando con paciencia. Pasa un taxi, reduce un poco la marcha y, cuando meneo la cabeza, vuelve a acelerar.

¿Así es como empiezan los acosadores? Levanto la vista y veo una mariposa nocturna que vuela en círculo en torno a una farola. Esta noche comprendo a esa criatura a la perfección.

Pasaré una vez frente a su edificio y nada más. Volveré la cabeza para mirar dónde están los buzones. Quizá algún día quiera dejarle una amenaza de muerte; o un anónimo obsceno, envuelto en unas bragas del tamaño de una bandera naval.

Alargo el paso al llegar a la altura de la puerta. Capto un atisbo del pulcro vestíbulo y sigo adelante; y, de repente, veo a una figura caminando delante de mí. Un hombre alto, bellamente proporcionado, que camina con agitación y malhumor con las manos en los bolsillos. La misma silueta que vi el primer día en B&G. La figura que conozco mejor que mi propia sombra.

Claro: en este nuevo planeta al que me he trasladado no hay nadie salvo Josh.

Él mira por encima del hombro, oyendo sin duda cómo mis escandalosos tacones se detienen en seco. Vuelve a mirar otra vez. Una segunda mirada antológica.

—¡Estoy al acecho! —grito. Pero no me sale con el tono que yo pretendía. No suena jovial ni divertido. Suena como una advertencia. Ahora mismo soy una zorra peligrosa. Alzo las manos para mostrar que no voy armada. Mi corazón palpita acelerado.

—Yo también —responde él. Pasa otro taxi muy despacio, como un tiburón estudiando a su presa.

—¿Adónde vas realmente? —Mi voz resuena en la calle vacía.

—Ya te lo he dicho. Ando al acecho.

—¿A pie? —Me acerco unos pasos—. ¿Pensabas caminar?

—Pensaba correr por en medio de la calle, como Terminator.

Me sale una ruidosa risotada. Estoy infringiendo una de mis normas al sonreírle, pero, según parece, no puedo parar.

—Tú también vas a pie, al fin y al cabo. Con zancos —dice, señalando mis zapatos de tacón estratosférico.

—Es que me proporcionan unos centímetros más de estatura para revolver entre tus basuras.

—¿Has encontrado algo interesante? —Se me acerca un poco, hasta que median unos diez pasos entre nosotros. Casi percibo el aroma de su piel.

—Más o menos lo que había supuesto. Restos de verduras, café molido y pañales para adultos.

Él echa la cabeza hacia atrás y se ríe a carcajadas mirando a las diminutas estrellas que asoman entre las nubes. Su asombrosa y vivificante carcajada es incluso mejor de lo que recordaba. Cada átomo de mi cuerpo tiembla pidiendo más. El espacio entre nosotros vibra, cargado de energía.

—Sabes sonreír. —Es lo único que se me ocurre.

Su sonrisa es más valiosa que un millar de sonrisas de cualquier otra persona. Necesito una fotografía. Algo a lo que aferrarme. Necesito que todo este estrafalario planeta deje de girar sobre sí mismo para poder congelar este momento. Menudo desastre.

—¿Qué quieres que te diga? Estás graciosa esta noche.

La sonrisa se desvanece de su rostro cuando doy un paso atrás.

—¿Así que darte mi dirección era lo único que tenía que hacer para encontrarte aquí fuera? Quizá debería habértela dado el primer día.

—¿Para qué? ¿Para arrollarme con tu coche?

Me acerco con cautela hasta que nos acabamos encontrando bajo una farola. He pasado hoy más de ocho horas mirándolo, pero fuera del contexto de la oficina tiene un aspecto nuevo, extraño.

Su pelo está húmedo y reluciente, y sus pómulos ligeramente colorados. La camiseta de algodón que lleva, de un azul marino desteñido, debe de ser más suave que las sábanas de un bebé; el aire frío seguramente le pellizca en los antebrazos desnudos. Esos viejos tejanos aman su cuerpo, no cabe duda, y el botón me lanza guiños como una moneda romana. Los cordones de las zapatillas los tiene flojos, casi sueltos. En conjunto, es un placer mirarlo.

—La cita no ha ido muy bien —aventura.

En su favor hay que decir que no sonríe. Sus ojos de color azul oscuro me observan con paciencia. Me deja seguir ahí mientras trato de pensar algo. ¿Cómo puedo arreglármelas para salir de esta situación? La vergüenza empieza a apoderarse otra vez de mí, ahora que las bromas se van agotando.

—Ha ido bien. —Miro mi reloj.

—Pero no de fábula si estás delante de mi edificio. ¿O es que has venido a darme la buena noticia?

—Ay, cierra el pico. Quería..., no sé. Ver dónde vivías. ¿Cómo iba a resistir la tentación? Estaba pensando en ponerte un día un pescado muerto en el buzón. Tú has visto dónde vivo yo. Es injusto y poco equitativo.

Él no se deja distraer.

—¿Le has besado, como acordamos?

Levanto la vista hacia la farola.

—Sí.

—¿Y?

Mientras titubeo, pone los brazos en jarras y echa un vistazo a la calle, como si no supiera qué más hacer. Yo me paso el dorso de la mano por los labios.

—La cita en sí ha ido bien —empiezo, pero él se acerca y me sujeta la barbilla con ambas manos. La tensión crepita en el aire como electricidad estática.

—Bien. Bien, estupendo, bueno. Tú necesitas algo más. Dime la verdad.

—«Bueno» es justo lo que necesito. Necesito algo normal, fácil. —Percibo la decepción en sus ojos.

—No es eso lo que necesitas. Créeme.

Intento volver la cara para otro lado, pero él no me lo permite. Noto la presión de su pulgar en mi mejilla. Trato de apartarlo y al final, con los puños enredados en su camiseta, sólo consigo atraerlo más hacia mí.

—Él no es suficiente para ti.

—No sé por qué he venido aquí siquiera.

—Claro que lo sabes. —Me planta los labios en la mejilla, y yo me incorporo de puntillas, estremecida—. Has venido a decirme la verdad. Una vez que dejes de hacerte la mentirosilla.

Tiene razón, desde luego. Siempre tiene razón.

—Nadie puede besarme como tú.

Tengo el raro privilegio de ver cómo destellan sus ojos con una emoción que no es malhumor ni furia. Se acerca aún más y hace una pausa para estudiarme. Lo que ve en mis propios ojos parece tranquilizarle. Me envuelve en sus brazos y me levanta del suelo. Sus labios se encuentran con los míos.

Ambos dejamos escapar idénticos suspiros de alivio. No tiene sentido mentir acerca del motivo por el que estoy aquí, sobre la acera mojada, delante de su edificio.

Al principio no hacemos más que respirar mutuamente nuestro aliento entrecortado. Luego nuestros labios ceden a la presión y se abren de par en par. Hace solamente unas horas he dicho: «Por una vez, qué importa». Por desgracia para mí, este beso sí que importa.

Los músculos de mis brazos empiezan a temblar de un modo patético en su cuello. Él me estrecha con más fuerza hasta que siento que me tiene en sus manos. Mis dedos se curvan entre su pelo; tiro de unos sedosos y tupidos mechones. Él suelta un gruñido. Nuestros labios se sumergen en una deliciosa sucesión de besos. Se deslizan, se apresan, se acarician.

La energía que normalmente se agita en vano dentro de nosotros encuentra ahora un conducto y forma un arco de electricidad entre ambos que circula a través de mi cuerpo y del suyo. El corazón se me ilumina en el pecho como una bombilla y brilla con más intensidad a cada movimiento de sus labios.

Consigo aspirar una bocanada de aire, y el lento y excitante deslizamiento de nuestros labios se disgrega en una serie de besos entrecortados que son como suaves mordiscos. Él está probando, explorando, y hay cierta timidez en juego. Me siento como si me estuviera contando un secreto.

Hay una fragilidad en este beso que jamás me habría esperado. Es como la conciencia de que este recuerdo un día se desvanecerá. Él está esforzándose para que yo recuerde este momento. Y es algo tan agridulce que empieza a dolerme el corazón. Justo cuando abro la boca y trato de deslizar mi lengua fuera, él interrumpe el beso con una nota pudorosa.

¿Ha sido un beso de despedida?

—Mi beso especial para una primera cita.

Aguarda una respuesta de mi parte, pero debe de deducir por mi expresión que no soy capaz de articular palabra.

Continúa estrechándome en un confortable abrazo. Cruzo los tobillos y lo miro a la cara como si nunca le hubiera visto. El impacto de su belleza resulta casi aterrador desde tan cerca, con esos ojos destellando como faros. Nuestras narices se rozan. Todavía hay chispas en mi boca, que se muere por conectar otra vez con la suya.

Sólo de imaginármelo en una cita con otra, siento una terrible punzada de celos en la boca del estómago.

—Sí, sí. Tú ganas —digo cuando recobro el aliento—. Más.

Me inclino hacia delante, pero él no capta la indirecta. Por fabuloso que haya sido, esto no ha pasado de ser una fracción de lo que él es capaz. Necesito la intensidad del ascensor.

Una pareja de mediana edad pasa cogida del brazo por nuestro lado, rompiendo nuestra pequeña burbuja. La mujer se vuelve a mirar por encima del hombro, con el corazón en los ojos. Obviamente, debemos parecer adorables.

—Mi coche está por allí. —Me remuevo y lo señalo con el brazo.

—Mi apartamento está por aquí —dice él, señalando hacia arriba y dejándome en el suelo como si fuera una botella de leche.

—No puedo.

—Ga-lli-na. —Me tiene calada, no cabe duda. Ahora me toca a mí ser totalmente sincera.

—Vale, lo reconozco. Estoy cagada de miedo. Si subo a tu apartamento, los dos sabemos lo que pasará.

—Dímelo, te lo ruego.

—O algo así. Eso pasará. Esa única vez de la que te he hablado antes. Y entonces no podremos prepararnos para las entrevistas de la semana que viene. Acabaremos los dos baldados en tu cama, con las sábanas hechas jirones.

Su boca se tuerce en lo que me temo que va a ser una sonrisa devastadora, así que doy media vuelta en dirección a mi coche. Levanto un pie y empiezo a correr.

14

—No, no te vas —dice.

Me hace entrar en el vestíbulo del edificio, sujetándome bajo el brazo como si fuera un periódico enrollado. Incluso se para a revisar su buzón.

—Relájate. Sólo voy a enseñarte el apartamento. Así estaremos en paz.

—Yo siempre había creído que vivirías en un lugar subterráneo, cerca del núcleo de la tierra —digo mientras él pulsa el botón del cuarto piso. Al mirar su dedo me vienen recuerdos. Echo un vistazo a la barandilla y al botón rojo de emergencias.

Intento olerle discretamente. Luego me salto la discreción, pego la nariz a su camiseta e inspiro hondo dos veces hasta llenarme los pulmones. Como si estuviera bajo una vergonzosa adicción. Suponiendo que se haya dado cuenta, él no dice nada.

—Es que el tío Satán no tenía ningún apartamento disponible dentro de mis posibilidades económicas.

El ascensor es amplio. No hay motivo para que siga bajo su brazo. Pero cuatro pisos no son nada; para qué voy a dejar de rodearle la cintura con el mío. Él tiene los dedos entre mi pelo.

Extiendo las manos lentamente, una por su espalda, la otra por su abdomen. Músculo, calor, carne. Vuelvo a pegar la nariz a sus costillas e inhalo de nuevo.

—Bicho raro —musita.

Empezamos a recorrer el pasillo. Abre una puerta y yo titubeo indecisa en el umbral del apartamento de Joshua Templeman. Me quita el abrigo como si fuera una piel de plátano. Yo me armo de valor.

Me cuelga el abrigo junto a la puerta.

—Venga, pasa.

No sé bien qué esperar. Quizá una especie de celda de cemento gris, carente de personalidad, una enorme pantalla plana de televisión y un taburete de madera. Una muñeca de vudú, con el pelo negro y los labios pintados de rojo. Una muñeca de Fresita,[5] con un cuchillo atravesándole el corazón.

—¿Dónde está la diana con mi foto? —pregunto, entrando con cautela.

—En la habitación de invitados.

El piso es masculino y oscuro, deliciosamente cálido, con todas las paredes pintadas en tonos arena y chocolate. Hay un penetrante aroma a naranja en el ambiente. Un enorme y mullido diván ocupa el lugar de honor frente al requisito indispensable de cualquier varón: una gigantesca pantalla plana, que ni siquiera ha apagado al bajar. Tenía mucha prisa. Me quito los zapatos y me encojo instantáneamente un poco más. Él desaparece en la cocina; yo me asomo a atisbar por la esquina.

—Fisgonea un poco. Ya sé que te mueres de ganas —me dice mientras llena un reluciente hervidor plateado y lo pone en el fogón.

Dejo escapar un suspiro entrecortado. No voy a ser violada. Nadie calienta agua antes de forzarte, salvo quizá en los tiempos de la Edad Media.

---

5. Fresita (o Tarta de Fresa, o Rosita Fresita; *Strawberry Shortcake*, en inglés) es un personaje de dibujos de los años ochenta que vive en un país llamado Fresilandia. *(N. del t.)*

Tiene razón, desde luego. Me muero por echar un vistazo. Por eso he venido aquí, en realidad. El Joshua que conozco ya no me basta. La información es poder, y en este momento toda la que consiga me parece poca. Me sale de la garganta un gritito de entusiasmo casi inaudible. Esto es mucho mejor que explorar la acera que rodea el edificio.

Una librería cubre una pared entera. Junto a la ventana hay un sillón y una lámpara encendida, con un montón de libros iluminados debajo. Todavía hay más libros sobre la mesita de café. Todo esto me produce un gran alivio. ¿Qué habría hecho yo si él hubiera resultado ser un hermoso analfabeto?

Me encantan las pantallas de las lámparas. Piso uno de los grandes círculos de color verde botella que arrojan sobre la alfombra oriental. Bajo la vista y estudio el dibujo; enredaderas de hiedra curvándose y retorciéndose. En la pared de la sala hay un cuadro enmarcado de una montaña seguramente italiana, quizá de la Toscana. Es un cuadro original, no una copia. Observo los toques diminutos del pincel y los adornos del marco dorado. Hay una serie de casas apiñadas en la ladera de la montaña, así como las cúpulas y agujas de una iglesia, y un cielo morado, casi negro, en lo alto, salpicado por algunas estrellas muy tenues.

En la mesita de café veo algunas revistas de negocios. Y sobre el diván hay un elegante almohadón confeccionado con hileras e hileras de cintas azules. Es todo tan... inesperado. No es minimalista, en absoluto. Da la impresión de que aquí vive un ser humano de verdad. Caigo en la cuenta, con un sobresalto, de que este apartamento es mucho más bonito que el mío. Miro debajo del sofá. Nada. Ni siquiera una mota de polvo.

Identifico una pajarita de papel que le arrojé una vez durante una reunión. Está colocada en equilibrio al borde de un estante. Observo a Josh de perfil en la cocina, mientras termina de preparar un par de tazas que tiene delante sobre la encimera. Qué extraño me resulta imaginarlo guardándose mi diminuta pajarita en el bolsillo y llevándosela a casa.

En el estante de debajo hay una sola fotografía de Josh y Patrick posando entre una pareja que, supongo, deben de ser sus padres. El padre es un hombre grandote y guapo, con un rictus ligeramente sombrío en su sonrisa. Pero la que resplandece de verdad en la fotografía es la madre. Salta a la vista que no cabe en sí de gozo por tener unos hijos tan guapos.

—Me gusta tu madre —le digo cuando se acerca. Él mira la fotografía y aprieta los labios. Yo capto la indirecta y me apresuro a pasar a otra cosa.

En el estante inferior, tiene un montón de manuales de medicina que parecen bastante anticuados. También hay una figura anatómica articulada del esqueleto de una mano. Flexiono las falanges de la figura hasta que sólo queda levantado el dedo medio, y sonrío satisfecha ante mi propio ingenio.

—¿Cómo es que tienes estos libros?

—Son de una vida anterior —dice Josh, y desaparece otra vez en la cocina.

Quito el volumen de la tele con el mando y un profundo silencio desciende sobre nosotros. Entro en la cocina, pasando junto a él, y echo un vistazo. Está todo reluciente; el lavaplatos ronronea en un rincón. El olor a naranja procede del spray desinfectante para la encimera. Veo pegado en la nevera mi pósit con el beso de pintalabios y se lo señalo con el dedo.

Él se encoge de hombros.

—Te esforzaste mucho para hacerlo. Era una pena tirarlo.

Abro la puerta de la nevera y me quedo un rato bajo la

claridad de su iluminación observándolo todo. Hay un amplio abanico de colores ahí dentro. Tallos. Hojas. Raíces. Tofu, salsa orgánica para pasta.

—En mi nevera sólo hay queso y condimentos.

—Lo sé.

Cierro la puerta y me apoyo en ella. Los imanes se me clavan en la columna. Alzo la cara esperando un beso, pero él niega con la cabeza.

Algo alicaída, echo un vistazo al cajón de los cubiertos y acaricio la manga de la chaqueta colgada junto a la puerta. En el bolsillo hay un recibo de una gasolinera. Cuarenta y seis dólares pagados en metálico.

Todo está limpio, todo está en su sitio. No es de extrañar que mi apartamento le provocara urticaria.

—Mi apartamento es como una chabola de Calcuta comparado con éste. Yo necesito una cesta sólo para la ropa de deporte. ¿Dónde están todos los trastos? ¿Dónde está el montón de las tareas dejadas para otro día?

—Acabas de confirmar tus peores temores. Soy un obseso de la limpieza.

La obsesa ahora mismo soy yo, porque me paso al menos veinte minutos examinando prácticamente todas sus pertenencias. Violo su intimidad de un modo tan escandaloso que acabo sintiéndome un poco enferma, pero él aguanta impertérrito y me deja hacer.

El apartamento tiene dos habitaciones. Me planto en medio de la que sirve de estudio, con los brazos en jarras. Hay una gran pantalla de ordenador, unas pesas gigantescas. Un armario con ropa de invierno y un saco de dormir. Más libros. Miro con ansia su archivador. Si él no estuviera aquí, examinaría sus facturas de la electricidad.

—¿Ya has terminado?

Bajo la vista. Tengo en la mano un viejo cochecito que he encontrado en uno de los estantes del escritorio. Lo sujeto con la avidez de un carterista chiflado.

—Todavía no. —Estoy tan asustada que apenas me salen las palabras.

Josh señala el umbral oscuro de la única puerta que queda. Me acerco con cautela. Él pulsa el interruptor, que está a la altura de mi oreja, y yo suelto un gritito estrangulado de admiración.

Su habitación está pintada con el tono azul de la que más me gusta de sus camisas. Azul turquesa: un azul turquesa claro, mezclado con leche. Siento un extraño despliegue en mi pecho, como una sensación de *déjà vu*. Como si ya hubiera estado aquí, y tuviera que volver a estar en el futuro. Me abrazo al marco de la puerta.

—¿Éste es tu color favorito?

—Sí. —Hay cierta tensión en su voz. Quizá se han burlado de él otras veces a cuenta de su gusto.

—Me encanta. —Lo digo con admiración y profundo respeto.

Esto es una inesperada explosión de luz que contrasta con los tonos chocolates y marrón topo del resto, y me hace pensar en cómo es Josh realmente. Un golpe inesperado. Un precioso azul claro. El cabezal marrón oscuro, lujosamente tapizado de cuero, impide que el conjunto resulte femenino. Ahora lo tengo justo detrás de mí, lo bastante cerca para apoyarme sobre su cuerpo, pero resisto la tentación. La fragancia de su piel empieza a nublarme el entendimiento. La cama está hecha y las sábanas son blancas. Cada detalle me parece sexi. El baño está impoluto, resplandeciente. Hay toallas rojas y un cepillo de dientes rojo. Todo parece sacado de un catálogo de Ikea.

—Nunca habría imaginado que pudieras tener un helecho. Yo tenía uno, pero se me puso marrón.

Vuelvo hasta la cama de Joshua Templeman. Toco el borde de la funda de la almohada.

—Vale, ahora ya te estás poniendo más que rara.

Tamborileo sobre el cabezal, pero es macizo.

—Basta. Ven a sentarte al sofá. Te he preparado un té.

Me escabullo de lado, como un cangrejo, y entro en la sala.

—¿Cómo has podido aguantar todo el rato, mirando cómo fisgoneaba?

Cojo el elegante almohadón y me lo pongo en la parte baja de la espalda. Él me ofrece una taza; yo la sujeto como si fuera un arma.

—Yo fisgué por tu apartamento. Ahora te toca a ti.

Estoy nerviosa, pero trato de disimularlo con un chiste.

—¿Encontraste todas las fotografías que tengo de ti con los ojos arrancados?

—No, no encontré tu álbum de recortes. Pero sí sé que tienes veintiséis figuritas de Papá Pitufo y que no doblas las sábanas como es debido.

Él está en el otro extremo del sofá, con la cabeza levemente girada y el torso cómodamente recostado. En la silla de su oficina suele repantigarse a menudo, pero yo nunca había visto su cuerpo en una postura tan relajada y desparramada. No puedo quitarle los ojos de encima ni un segundo.

—Cuesta mucho doblar las sábanas. No tengo los brazos tan largos.

Él suspira, meneando la cabeza.

—No es excusa.

—¿Miraste en el cajón de la ropa interior?

—Claro que no. Tenía que dejar algo para la próxima ocasión.

—¿Puedo mirar el tuyo?

Estoy perdiendo la chaveta. Me he dejado la cordura en el umbral. Doy un sorbo de té. Es como un néctar.

—Bueno, Fresita. Vamos a hacer algo un tanto insólito.

Vuelve a subir el volumen de la tele, da un sorbo a su taza y se pone a ver una vieja reposición de *Urgencias*, como si lo hiciéramos cada noche. Yo me acomodo con el corazón palpitante y trato de concentrarme. A ver, tampoco hay para tanto. Estoy sentada en el sofá de Joshua Templeman, simplemente.

Vuelvo la cabeza y me quedo mirándolo durante todo el episodio: observando cómo se reflejan en sus ojos las tensas escenas quirúrgicas y los conflictos entre departamentos.

—¿Te molesto?

—No —responde ausente—. Estoy acostumbrado.

No somos normales, la verdad. Van pasando los minutos y él se bebe su café y yo continúo mirándolo. Tiene una sombra de barba que no le veo nunca en horas de trabajo. Noto que mi pecho está tenso de la ansiedad. Mi cuerpo y mi cerebro se han habituado a ponerse en modo de combate siempre que me encuentro dentro de su radio de acción. Josh me lanza una mirada y yo doy un respingo; luego deja una mano sobre el sofá, con la palma hacia arriba, y vuelve a mirar la pantalla.

Es como si hubiera dejado ahí un plato de semillas y ahora estuviera esperando muy quieto, aguardando a que la asustadiza gallinita dé un paso. Y a mí me cuesta un rato. Tímidamente, le cojo la mano y entrelazo sus dedos con los míos. Él no reacciona durante un instante aterrador, pero luego, mientras el calor de su mano empieza a irradiar en mi palma, me da un delicioso y profundo apretón. Mantiene nuestras dos manos enlazadas sobre el sofá, coge la taza con la otra mano y señala la pantalla con la cabeza.

—Veo series de médicos para fastidiar a mi padre. A él le sacan de quicio. En la televisión de su casa, jamás podrías tener puesta esta serie.

—¿Por qué? ¿No son realistas? —Me alegra poder concentrarme en otra cosa que no sea esta extraña fase de manitas en el sofá en la que hemos entrado.

—Uf, qué va. Son totalmente ficticias.

—Yo prefiero *Ley y orden*. Me encanta cuando el pinche de un restaurante encuentra un cadáver en el contenedor de basura.

—O cuando lo encuentra un tipo que pasea al perro por Central Park. —Señala la pantalla con su taza—. Ese supuesto doctor ni siquiera lleva guantes —dice, frunciendo el ceño, como si se sintiera profundamente ofendido.

El arte de hacer manitas está infravalorado, pero aun así resulta vergonzoso cómo algo tan simple puede tenerme casi sin aliento. Las yemas de sus dedos me llegan por el dorso de la mano hasta la altura de la muñeca.

Los hombres grandotes siempre me han intimidado. Si pongo mentalmente en fila a mis antiguos novios, me doy cuenta de que todos, si no tenían exactamente la estatura de un jockey, quedaban en ese extremo de la escala. Era más fácil vérselas con ellos. Era un partido más igualado. No ha habido en mi historial nada parecido a la asombrosa arquitectura masculina que tengo ahora sentada a mi lado.

Los arcos de músculo de sus hombros se sostienen en suave equilibrio sobre unos bíceps curvados. Las articulaciones del codo con la muñeca parecen artilugios de una sofisticada ferretería. ¿Qué sensación producirá estar debajo de un hombre tan enorme? Debe de ser algo asombroso.

Josh ve al protagonista de *Urgencias* y bosteza, sin sospechar en absoluto que yo —como un depredador carnívoro— estoy tratando de calcular el tamaño de su caja torácica.

Es posible que la diferencia de talla haya sido una fuente de fricción en nuestras relaciones durante las horas de trabajo. Yo siempre he procurado hacerme fuerte de la única forma que conozco, o sea, con la mente y con la lengua. Creo que él me ha convertido a su fe. Ahora me gustan los músculos.

He empezado a respirar con cierta agitación. Él me mira.

—¿Qué es esa mirada tan rara? Relájate.

—Estaba pensando en lo grandote que eres.

Miro nuestras manos entrelazadas. Él acaricia mi palma entera con su pulgar. Cuando volvemos a mirarnos, sus ojos se han oscurecido un poco.

—Encajaré contigo a la perfección.

Se me pone la carne de gallina. Aprieto bien juntos los muslos y, con el roce, suena una especie de ventosidad. Más sexi no puedo ser, por Dios. Sin poder resistirme, me vuelvo a mirar el dormitorio. Está tan cerca que bastaría con cinco pasos largos para verme empujada hasta su colchón. Su lengua podría estar sobre mi piel dentro de menos de treinta segundos.

—Si tan bien vas a encajar conmigo, demuéstramelo.

—Te lo voy a demostrar.

Nuestras palmas están húmedas. Noto un gran calor en el cogote, por debajo del pelo. Necesito que vuelva a besarme. Y esta vez voy a meterle la lengua en la boca hasta que gima de placer. Hasta que sienta que me aprieta con algo duro. Hasta que me lleve a su habitación y me quite la ropa.

Los títulos de crédito del episodio de *Urgencias* más largo de la historia empiezan a desfilar por la pantalla. Mi corazón amenaza con explotar como un globo.

Josh quita el volumen de la televisión y vuelve la cabeza. Empezamos a jugar al Juego de las Miradas. Observo cómo se oscurecen sus ojos. Estoy casi sin aliento ante lo que vaya a suceder. Noto una pulsación en todas las partes sensibles de mi cuerpo. Entre mis piernas, es más intensa y más caliente. Miro su boca. Él mira la mía y luego nuestras manos enlazadas.

—¿Y ahora qué? —pregunto.

Me lanza una mirada de soslayo. La siguiente palabra que sale de sus labios es como un latigazo.

—Desnúdate.

Doy un respingo y él sonríe para sí y apaga la televisión.

—Era broma. Vamos, te acompaño a tu coche.

Me estoy volviendo peligrosamente adicta a sus sonrisas. ¿Ésta es la tercera? Me las guardo en los bolsillos. Me las meto a puñados en la boca.

—Pero... —digo, con tono lastimero—. Yo creía...

Él frunce el entrecejo fingiendo no comprender.

—Bueno, ya me entiendes...

—Me resulta muy hiriente ser deseado sólo por mi cuerpo. Ni siquiera he podido disfrutar primero de una cita. —Vuelve a bajar la vista hacia nuestras manos.

—Por lo que veo, tienes un esqueleto fabuloso. ¿Por qué otra razón habría de desearte?

Empiezo a palpar y a estrujar las articulaciones de su brazo. Es la peor técnica de seducción que pueda imaginarse, pero a él no parece importarle. Su codo es tan grande que no me cabe en la mano. El vestido, amablemente, se me baja un poquito cuando me inclino hacia él, y veo que sus ojos descienden por el escote ahora ampliado.

Cuando nos volvemos a mirar a los ojos, comprendo que he pronunciado las palabras equivocadas.

Él se apresura a ocultarlo frunciendo el ceño.

—No vamos a hacerlo esta noche.

Estoy a punto de replicar con brusquedad, pero mientras observo cómo cierra los ojos e inspira hondo, me doy cuenta de que deseo con toda mi alma que no termine esta velada.

—Si te hago una pregunta sobre ti, ¿me responderás?

—¿Tú harás lo mismo? —Está empezando a recuperar la compostura. Igual que yo.

—Claro. —Todo lo que hacemos es un toma y daca.

—De acuerdo —dice, abriendo los ojos. Durante unos instantes, no se me ocurre ninguna pregunta que no revele demasiado de mí misma.

«¿Qué piensas de mí realmente? ¿Todo esto es un plan sofisticado para confundirme? ¿Hasta qué punto saldré lastimada?»

Intento hablar con ligereza.

—Vamos a convertirlo en un juego, como todo lo demás que hacemos. Así será más fácil. ¿Verdad o Reto?

—Verdad. Porque te mueres de ganas de que diga Reto.

—¿Qué son esos códigos a lápiz de tu agenda? ¿Son para Recursos Humanos?

Él frunce el ceño.

—¿Cuál es el Reto?

Su fragancia flota intensamente a mi alrededor. El cálido sofá conspira para que me incline más cerca de su regazo.

—¿Necesitas preguntarlo?

Él se levanta y me levanta también a mí. Mis manos se curvan sobre la pretina de sus tejanos y ya no noto sino la firmeza de un hombre contra mis nudillos. Se me hace la boca agua.

—No podemos empezar esta noche. —Me aparta los dedos de sus tejanos.

—¿Por qué no? —Me temo que estoy suplicando.

—Voy a necesitar un poco más de tiempo.

—Sólo son las diez y media —digo mientras me lleva hacia la puerta.

—Tú me has dicho que sólo lo haremos una vez. Voy a necesitar mucho tiempo. —Noto un hormigueo entre las piernas.

—¿Cuánto?

—Mucho tiempo. Días. Seguramente más.

Se me doblan las rodillas. Él entorna los ojos.

—Llamemos a la oficina mañana para decir que nos hemos puesto enfermos. —Soy infatigable en mi campaña para conseguir que se quite la ropa. Él mira el techo y traga saliva.

—Sí, ya. Como si fuera a desperdiciar mi única gran ocasión en un lunes por la noche cualquiera.

—No será ningún desperdicio.

—¿Cómo te lo explico? Cuando éramos pequeños, Patrick se comía inmediatamente su huevo de Pascua. Yo era capaz de hacerlo durar hasta mi cumpleaños.

—¿Cuándo es tu cumpleaños?

—El 20 de junio.

—¿De qué signo eres? ¿Cáncer?

—Géminis.

—¿Y tú por qué no te lo comías de inmediato? —Uf, es increíble cómo me las arreglo para que la cosa suene guarra.

Él me aparta el pelo del hombro.

—Porque así sacaba de quicio a Patrick. Él venía a mi habitación cada dos por tres, se obsesionaba. Cada día me preguntaba si me lo había comido. Aquello lo volvía loco. Volvía locos a mis padres. También ellos me rogaban que me lo comiera. Y cuando al fin me lo comía, estaba mucho más bueno, precisamente porque sabía lo mucho que otro lo deseaba.

Me baja un centímetro el hombro de mi vestido rojo, contempla unos momentos la piel y luego se inclina e inspira hondo para olerme a conciencia. Yo noto el hormigueo de su inspiración y me siento profundamente identificada con la refinada tortura que sufrían sus huevos de Pascua.

—¿Tú crees que es perverso excitarse con una historia infantil entre dos hermanos?

Él pone los labios sobre mi hombro y se ríe. La vibración de su risa recorre todo mi cuerpo. Echo una mirada a su preciosa habitación, donde ha quedado encendida la luz. Azul y blanca, como una preciosa caja de Tiffany. Como un regalo con un lazo. La habitación donde quiero pasar días enteros. Una habitación de la que seguramente no querré salir nunca.

—¿Te lo comías poco a poco, o cogías un día y te dabas un atracón?

—Creo que lo acabarás averiguando. Al final.

Coge sus llaves y las hace tintinear mientras yo me pongo el abrigo. No nos tocamos en el ascensor. Me acompaña a la calle en silencio, hasta llegar a mi coche.

—Adiós. Y gracias por el té. —Ahora la vergüenza se apodera de mí. Me he portado como una auténtica chiflada esta noche.

¿Por qué con un chico como Danny soy capaz de actuar como una persona normal y, en cambio, con Josh acabo haciendo el idiota? Noto un objeto duro en la mano y bajo la vista. Ay, mierda. Todavía tengo el coche en miniatura.

—Está visto que soy un bicho raro. —Me llevo las manos a la cara. Las diminutas ruedas se deslizan por mi mejilla.

—Sí. —Parece ligeramente divertido.

—Lo siento.

—Quédatelo, es un regalo.

Es lo primero que me regala, aparte de las rosas. Me siento tan halagada que no encuentro las palabras. Vuelvo a mirar el cochecito. Tiene las iniciales J. T. raspadas por la base.

—¿Es un tesoro de tu infancia? Parece antiguo. —No creo que se lo devolviera aunque ahora cambiase de idea.

—Quizá sea el principio de tu nueva colección. Me parece que hemos hecho algo enorme para ambos. Hemos decretado un alto el fuego. Durante todo un episodio de televisión.

—Desde luego, eres bueno haciendo manitas.

—Es probable que no sea bueno en un montón de cosas, pero me esforzaré para serlo —me dice.

Es una declaración de lo más extraña, y siento que se abre otra grieta en el muro que nos separa.

—Bueno, gracias. Nos vemos mañana.

—No, mañana no. He pedido el día libre. —Qué raro. Él nunca, absolutamente nunca, se toma un día libre.

—¿Tienes que hacer algo especial? —Levanto la mirada hacia los apartamentos y siento una oleada de soledad.

—Un asunto que resolver.

Ahora que creía que empezaba a aprender a manejar este extraño calidoscopio de sentimientos, resulta que gira una vez más y me depara otra sorpresa. Me siento como si me hubieran dicho que las Navidades quedaban suspendidas. ¿Ni pizca de Josh sentado frente a mí durante todo el día? Tengo que morderme el labio para silenciarme.

«Por favor —me suplico a mí misma—, vuelve a odiar a Josh. Esto es demasiado duro.»

—No me irás a echar de menos, ¿no? Seguro que por un día te las puedes arreglar sola. —Toca con un dedo el cochecito que tengo en la mano y hace girar las ruedas.

Intento adoptar un aire despreocupado, pero seguramente él me cala a la perfección.

—¿Echarte de menos? Echaré de menos poder mirar tu cara bonita, nada más.

Confío en que haya quedado más o menos como un sarcasmo. Introduzco mi cuerpo tembloroso en el coche. Él da unos golpecitos en la ventanilla para que bloquee la puerta. Necesito varios intentos para meter la llave de contacto.

Josh permanece inmóvil en mi retrovisor hasta que se convierte en un puntito; podría ser una persona cualquiera entre un millón, pero aun así yo no puedo apartar los ojos hasta que desaparece del todo de mi vista.

Cuando llego a casa, aún tengo el cochecito en la mano.

15

Estoy sentada ante mi mesa, con los párpados tensos y resecos, contemplando el asiento vacío de Josh. La oficina está fría. Silenciosa. Un remanso de paz profesional. Cualquiera de los empleados confinados en los cubículos de abajo sería capaz de matar por este tipo de silencio.

Supuestamente, Josh debería estar sentado frente a mí con una camisa de color blanco crudo. Debería estar tecleando con una calculadora en la mano, parando de vez en cuando con el ceño fruncido y volviendo a teclear.

Si estuviera aquí, me miraría; y cuando nuestros ojos conectaran, se iluminaría en mi interior un destello de energía. Yo lo catalogaría como irritación o desagrado. Tomaría ese destello y diría que es algo que, en realidad, no es.

Miro el reloj. Espero una pequeña eternidad, pasa un minuto. Para distraerme, deslizo mi coche en miniatura por la almohadilla del ratón; luego saco de debajo la tarjeta de la floristería.

«Tú siempre estás preciosa.»

Contemplo mi reflejo en el absurdo prisma de cristal que me rodea. Miro la pared y el techo, estudiando mi apariencia desde distintos ángulos. Estas cuatro palabras ya no bastan para saciarme. Josh ha creado un monstruo.

Le doy la vuelta a la tarjeta de la floristería y me fijo en la dirección. Se me ocurre una idea genial y me río a carcajadas. Cojo el bolso y bajo a la esquina, a la misma floristería. Antes de perder el valor, encargo para él un ramo de rosas blancas con una tarjeta. Prácticamente no sé lo que voy a poner hasta que mi mano escribe lo siguiente por mí: «Te deseo no sólo por tu cuerpo. También por tus cochecitos en miniatura. Fresita».

Me asaltan las dudas enseguida, pero la florista ya ha cogido la tarjeta y se ha llevado el ramo al cuarto trasero.

Es una broma, simplemente, todo este rollo de las flores. Él me la hizo primero a mí, y ambos detestamos no quedar igualados. Vuelvo a guardar la tarjeta de crédito en el bolso y me imagino la cara que pondrá al abrir la puerta. Me estoy lanzando en una piscina en la que seguramente no debería meterme.

Compro unos cafés en el camino de vuelta y, al llegar arriba, llamo con los nudillos al despacho de Helene.

—Hola. ¿Interrumpo?

—Sí, gracias a Dios —exclama, quitándose las gafas con tanto entusiasmo que acaban en el suelo—. Café. Eres un cielo. Una santa. Santa Lucy de Cafeína.

—Y hay más todavía. —Le muestro la lujosa caja de *macarons* que traigo bajo el brazo y que lleva una etiqueta de *made in France*. La tenía guardada en mi cajón desde hace un tiempo para una situación de emergencia. Soy una terrible lameculos.

—¿He dicho «santa»? Quería decir divina. —Busca en el armario que tiene detrás y encuentra un plato: un plato delicado, con flores pintadas y bordes dorados. Por supuesto.

—Hay mucho silencio hoy ahí fuera. No se oye ni el vuelo de una mosca. Resulta extraño que no te miren con furia.

—Pues vete acostumbrando. Aunque él te mira mucho, ¿no te parece, querida? Me he fijado en las últimas reuniones. Esos ojos suyos azul oscuro son preciosos, de hecho. ¿Cómo va la preparación de la entrevista?

Se pone a abrir la caja de *macarons* con el abrecartas de plata y yo me alegro de que se distraiga un momento. Agita con suavidad la caja, la vuelca sobre el plato y ambas nos disponemos a escoger. Yo me acabo decidiendo por uno de vainilla de color blanco crudo, como la camisa que hoy echo de menos, porque soy así de trágica.

—Estoy todo lo preparada que puedo estar.

—Yo no formaré parte del panel de entrevistadores, así que si practicáramos un poco juntas no habría ningún conflicto de intereses. ¿Cómo llevas la presentación?

—Me encantaría mostrarle lo que tengo hasta ahora.

—Bexley ha estado haciendo todo tipo de comentarios. Francamente, Lucy, no sé qué haré si por cualquier motivo no consigues el puesto... —Mira por la ventana y su expresión se ensombrece. Se pasa una mano por el pelo, cortado a lo *garçon*, que enseguida se reacomoda y recupera su aspecto impecable. Ojalá mi pelo fuera tan obediente.

—Josh podría ganar perfectamente. Él tiene un cerebro financiero. El mío es más bien literario.

—Hmmm. No estoy de acuerdo. Pero, si lo deseas, podríamos cruzaros y crear al empleado total de la próxima generación de B&G. Nunca te había oído llamarlo «Josh».

Simulo tener la boca completamente llena. Mastico, señalándomela y, mientras tanto, meneo la cabeza, con lo que gano unos veinte segundos. Ojalá suene el teléfono.

—Ah, bueno, ya sabe. Ése es... su nombre, supongo. Joshua. O sea, Josh Templeman. Joshua T.

Ella mastica, estudiándome con atención.

—Hoy tienes un resplandor más bien misterioso, querida.

—No, qué va. —Está a punto de desenmascararme. Todas mis tonterías con Josh van a acabar saliendo a la luz.

—Estás confusa y como aturdida. Debe de ser por esas citas.

—Resulta todo un poco desconcertante. Danny es buen chico. De veras lo es.

—A mí los novios que más me gustaban cuando era joven no eran precisamente buenos chicos.

Suena un golpe en la puerta que comunica los despachos del señor Bexley y de Helene. Le agradezco infinitamente a Fat Little Dick esta interrupción.

—¡Adelante! —grita Helene con malhumor.

Él irrumpe bruscamente, pero se detiene al verme allí y reparar en el plato de *macarons* que está sobre la mesa.

—¿Qué quieres?

—Ah, no importa. —Bexley se demora, con los ojos fijos en la mesa, hasta que ella suelta un suspiro y le ofrece el plato. Él coge un par y aún titubea, a punto de coger un tercero. Juraría que hay un brillo divertido en la mirada de Helene cuando Bexley vuelve a cruzar la puerta y la cierra sin decir palabra.

—Por Dios. ¿Es que huele el azúcar? Le he ofrecido que cogiera alguno para fomentar su diabetes, no por otro motivo, querida.

—¿Qué quería?

—Se siente solo sin Josh. Va a tener que acostumbrarse.

—¿Cuándo quiere que ensayemos la presentación?

—¿Qué mejor momento que ahora? Impresióname, querida.

Tras las palabras preliminares, veo que he logrado captar su atención.

—El objeto de esta presentación es proponer un proyecto de digitalización del catálogo de la editorial. He tomado como mero ejemplo una muestra combinada de los cien mejores libros publicados por Gamin y por Bexley en 1995. Sólo un cincuenta y cinco por ciento está disponible en formato digital.

—Los iPad son una moda pasajera —dice el señor Bexley, sin dejar de masticar, desde el umbral de la puerta de comunicación—. ¿Quién va a querer leer en una lámina de cristal?

—El hecho es que el mercado que más está creciendo en el sector del libro electrónico es el de los lectores por encima de los treinta años —explico, intentando mantener la calma.

¿Cuánto tiempo lleva ahí plantado? ¿Y cómo se las ha arreglado para abrir la puerta con tanto sigilo? Me concentro en Helene y trato de ignorarlo.

—Esto representa una enorme oportunidad para todos nosotros. Una oportunidad para renovar contratos con los autores que han quedado descatalogados. Una oportunidad de desarrollo dentro de la empresa para los empleados capaces de digitalizar los contenidos y para los diseñadores de cubiertas. Y una oportunidad para situar las viejas publicaciones de B&G en las listas de libros más vendidos. La industria editorial está en continua evolución, y debemos mantenernos al día.

—Márchate, por favor —le dice Helene por encima del hombro al señor Bexley. La puerta se vuelve a cerrar, pero juraría que veo la sombra de sus pies por la ranura de debajo.

Ahora mi sensación de pánico va en aumento. Si Bexley le explica a Josh mi estrategia, él podría machacarme. Selecciono la siguiente diapositiva de la presentación.

—Si obtengo este puesto, pondré en marcha un proyecto formal para convertir el fondo del catálogo en libro electrónico. He preparado un presupuesto inicial que comentaré dentro de unos momentos. Estos libros electrónicos habrán de renovarse totalmente con nuevas portadas actualizadas. Lo cual implicará los costes adicionales de tres nuevos diseñadores durante los dos años de realización del proyecto.

Voy pasando las diapositivas de la presentación. Helene me interroga sobre diversos aspectos de la propuesta y yo consigo responder a sus preguntas y justificar con facilidad los requisitos necesarios. Finalmente, llego a la última diapositiva.

Helene se queda mirando la pantalla tanto tiempo que le echo un vistazo para ver si parpadea.

—Querida. Muy... pero que muy bien.

Me arrodillo junto a su silla. Se le están llenando los ojos de lágrimas y se apresura a coger los pañuelos que le ofrezco. Da un suspiro, con cara de sentirse como una tonta.

—He sido muy egoísta al mantenerte ahí fuera —dice en voz baja—. Es que... No puedo prescindir de ti. Pero ahora me doy cuenta de lo equivocada que estaba. Debería haber tratado de implicarte en las tareas editoriales después de la fusión. Tú te llevaste un gran disgusto, además, porque perdiste a tu amiga.

Yo no digo nada. No sé qué decir.

—Pero cada vez que consideraba la posibilidad de contratar a un sustituto para tu puesto, me ponía a pensar en lo bien que lo desempeñas, en tu capacidad para hacer funcionar esta oficina y evitar que me vuelva loca. Y entonces me decía, bueno, tampoco le hará ningún daño seguir otro mes.

—Yo sólo hago mi trabajo —digo, pero ella menea la cabeza.

—Y otro mes, y otro. Y eso te ha acabado perjudicando, Lucy. Tú tenías ambiciones, cosas que querías hacer, ideas nuevas. Pero yo no soportaba la idea de dejarte marchar.

—Entonces..., ¿la presentación está bien?

Ella se ríe y se seca los ojos.

—Esto te va a proporcionar el ascenso. Y con este proyecto volveremos a situar a B&G en primera línea. Juntas. Yo quiero seguir a tu lado, trabajando las dos como colegas. Formarte profesionalmente quizá llegue a ser una de las mejores cosas que consiga en mi carrera. —Mira la última diapositiva de la presentación y hace una pausa—. Debo preguntártelo, de todas formas. Si no hubiera entrevistas ni un puesto nuevo en juego, ¿esta idea habría quedado encerrada en tu interior indefinidamente? ¿Por qué guardarte una cosa así?

Me echo hacia atrás, apoyándome en los talones, y me miro las manos.

—Buena pregunta.

¿Cuántas cosas más habrá desatado en mi interior este ascenso?

—Yo creía que sabías que tus ideas eran importantes para mí. —Ahora está empezando a preocuparse.

—No lo sé. Quizá estaba esperando el momento adecuado. O no tenía la confianza necesaria. Ahora me veo forzada a llevarla adelante. Es algo positivo, creo yo. Aunque no consiga el puesto, toda esta historia me ha... espabilado.

Pienso en lo ocurrido anoche, cuando besé a Josh bajo la luz de las farolas, y entonces recuerdo mis temores.

—¿Y si el señor Bexley le habla a Josh de mi presentación?

—Ya me ocupo yo de él. Si al final aparece muerto en el río, seguro que sabrás mantener la boca cerrada y proporcionarme una coartada. Tú concéntrate en lo de la semana que viene. Y tengo una sugerencia que hacerte.

—Perfecto. —Saco el lápiz USB del ordenador y vuelvo a sentarme frente a ella—. Dispare.

—La propuesta es un tanto superficial en algunas partes. ¿Por qué no tener preparado un libro electrónico para la presentación? Pasa algún título del fondo editorial al formato digital y haz un desglose de las horas de trabajo que ha supuesto, de los costes salariales, etcétera. O sea, el coste real de producirlo. Así quedará demostrado que tu presupuesto es correcto.

—Sí, buena idea. —Me trago el café tibio.

—Tú crees que los números son el punto fuerte de Josh, ¿verdad? Bueno, pues ahora tienes la ocasión de demostrar que eres tan capaz como él de elaborar un presupuesto básico para este nuevo proyecto.

Yo voy asintiendo y tomando notas, con la mente a cien.

—Pero, para ser totalmente justos, no puedes emplear en este proceso los recursos de la empresa. Sé creativa. Usa tus contactos. Quizá alguien que pueda trabajar como *freelance*.

Es evidente que se refiere a Danny.

Garabateo un par de notas mientras ella apaga el proyector.

—Voy a conseguir ese ascenso —le digo con redoblada confianza.

—No tengo ninguna duda, querida. —Helene echa un vistazo a la puerta de comunicación. Veo que su boca se tuerce en un rictus travieso.

—¿Has pensado un poco en tus últimas peleas con Josh? Yo tengo una teoría interesante. —Se le escapa una risita.

—No sé si estoy preparada para escucharlo. —Me apoyo en su escritorio.

—Es inapropiado, pero ahí va. Josh creía que mentías sobre tu cita, porque no puede imaginarte con nadie que no sea él.

—Oh. Hum. Ah. —Pruebo todas las combinaciones con vocales. Me sube un calor por el pecho, la garganta y la cara hasta las raíces del cabello, y al final me quedo completamente roja.

—Piénsalo —dice Helene, y se mete otro *macaron* en la boca.

Yo abro la mía, titubeo, vuelvo a cerrarla, y repito el proceso otra vez. Ella se levanta, sacudiéndose las migas, y me mira con expresión astuta.

—He de irme corriendo —añade—. El hombre de la caldera viene a las tres. ¿Por qué siempre han de venir a las horas más intempestivas? Vete a casa, querida. No tienes buen aspecto.

Cuando se ha ido, me siento ante mi escritorio. El camino está bien claro. Debería hablar con Danny para que se ocupe de mi ebook como *freelance*, pero cada vez que cojo el teléfono lo vuelvo a dejar. Para mantener las cosas en un nivel profesional, saco su tarjeta y le envío un email solicitándole una reunión para mañana. No tengo ni idea de lo que cobrará, pero en este punto no hay alternativa: o lo tomas o lo dejas.

Acabo de recibir un mensaje de texto. Siento un vacío en el estómago. Mi corazón da un brinco.

Joshua Templeman: Me alegra saberlo.

Así que ha recibido las rosas. Abrazo el teléfono móvil sobre mi pecho.

Esta entrevista me coloca en la peor de las incertidumbres. Mucha gente me ha deseado suerte por los pasillos. Me resulta insoportable imaginar la actitud embarazosa y compasiva que adoptarán si acabo fracasando.

Si Josh consigue el puesto, tendré que marcharme.

Miro la cruz que tengo en la agenda marcando la entrevista de la semana que viene. Por más que el ensayo de la presentación ha aumentado mi confianza, debo tener previsto el peor escenario posible. Es una buena medida contar con una estrategia de salida. Tengo dinero ahorrado en una cuenta sagrada que no toco jamás. Quería usarlo para tomarme unas vacaciones este año, pero me parece que acabará siendo mi red de seguridad. Tal vez tenga que ir a instalarme bajo el toldo de la entrada de Fresas Sky Diamond. Mis padres me recibirían con los brazos abiertos. Darían saltos de alegría. Ni siquiera tendrían la decencia de sentirse decepcionados conmigo.

Si Josh consigue el puesto y yo he de dimitir, ¿mi rencor pesará más que ese hormigueo que siento en el pecho cuando me mira? ¿Podrá sobrevivir nuestro extraño y frágil jueguecito fuera de estas paredes? Mi amistad con Val no sobrevivió.

¿Podremos seguir viéndonos mientras él me habla de sus éxitos en B&G y yo hago cola en la agencia de colocación? ¿Y él, por su parte, se alegrará de mi éxito mientras empapela toda la ciudad con su currículum? No me imagino que pueda dejar de lado su orgullo tan fácilmente.

Tampoco es que yo carezca totalmente de opciones. Tengo contactos en algunas editoriales pequeñas donde podría hacer un intento, aunque me sentiría desleal con Helene. También podría pedirle a Helene que me trasladaran a otro departamento de B&G. Tal vez ha llegado el momento de empezar a trabajar desde la base en el Departamento Editorial. Pero si yo me quedara en B&G, eso significaría casi con toda seguridad que Josh se habría convertido en el nuevo director ejecutivo.

Y en tal caso, ni que decir tiene, cualquier posibilidad de volver a sentarme en su diván quedaría totalmente descartada.

La vida sería más fácil si pudiera odiar a Joshua Templeman. Contemplo su silla vacía y luego cierro los ojos y me sumerjo en el azul claro de su dormitorio.

Estoy a punto de perder algo que nunca he tenido, de hecho.

Siguiendo la sugerencia de Helene, vuelvo temprano a casa y busco alguna ocupación para distraerme.

Todo está ordenado, gracias a Josh. Echo un vistazo online, por si hay alguna subasta de pitufos, y le doy un breve repaso a mi colección. Cuento las figuras del Gran Pitufo.

Miro mi nevera vacía y pienso en el arcoíris de frutas y verduras de la suya. Decido prepararme una taza de té y descubro que no hay. Podría bajar al súper, pero lo que hago finalmente es tomarme un vaso de agua. Me entra frío y me envuelvo en una chaqueta de punto.

Ahora que he visto su apartamento, no puedo parar de mirar el mío con ojos nuevos. Es muy soso. Paredes blancas, moqueta beige, diván de un color intermedio anodino. Ninguna alfombra estampada, ningún cuadro enmarcado.

Me ducho y me maquillo, lo cual es absurdo. ¿Por qué rociarme el escote de perfume? ¿Para qué ponerme los tejanos buenos? Aquí no hay nadie que pueda verme, u olerme. No tengo a donde ir. Hace mucho tiempo que no tengo a nadie a quien llamar en la ciudad.

Me siento y empiezo a sacudir la rodilla. Me crujen las entrañas. Soy como un imán temblando, a punto de moverse. ¿Así es como se sienten los adictos? Empiezo a darme cuenta de lo que ocurre, pero no puedo reconocerlo ante mí misma, aún no.

¿Habrá sido alguna vez tan terrorífico coger un móvil y mirar el nombre de un contacto?

Joshua Templeman

Debería estar aquí sentada mirando el nombre de...

Danny Fletcher

Debería llamar a Danny y proponerle que quedáramos para ir al cine o tomar un bocado. Podríamos hacer planes sobre mi proyecto. Ahora es amigo mío. Se reuniría conmigo dentro de veinte minutos donde yo le dijera. Seguro. Además, ya estoy vestida. Estoy preparada.

Pero no le llamo. Lo que hago, en cambio, es algo que no creo haber hecho nunca.

Pulso el botón de llamada.

Cuelgo inmediatamente y arrojo el móvil sobre la cama como si fuese una granada. Me seco las palmas húmedas en los muslos y suelto un resuello.

Mi móvil empieza a sonar.

Llamada entrante: Joshua Templeman

—Ah, hola —acierto a decir débilmente cuando respondo. Me aprieto la sien con el canto de la mano. No tengo dignidad.

—He recibido una llamada perdida. Sólo ha sonado una vez.

Suena de fondo una música ruidosa y machacona. Seguramente está bebiendo alcohol en un bar, rodeado de altísimas modelos con vestidos ceñidos de color blanco.

—Veo que estás ocupado. Ya hablaremos mañana.

—Estoy en el gimnasio.

—¿Rutina de cardio?

—Pesas. Hago pesas por la noche.

La respuesta parece indicar que a cualquier otra hora hace ejercicio cardiovascular. Suelta un leve gruñido, oigo un pesado ruido metálico.

—Bueno, ¿qué pasa? No me digas que se te ha disparado el móvil.

—No. —Es absurdo fingir.

—Interesante. —Se oye un murmullo de ropa, quizá una toalla y luego una puerta cerrándose. La espantosa música machacona desciende de volumen—. He salido afuera. Creo que no había visto nunca tu nombre en la pantalla de mi móvil. ¿Ha pasado algo en el trabajo?

—Ya lo sé, yo también lo estaba pensando. —Se produce un denso silencio—. No, no tiene que ver con el trabajo.

—Qué lástima. Tenía la esperanza de que Bexley hubiera sufrido una embolia fatal.

Suelto una risotada. Luego divago con nerviosismo.

—Te llamaba porque...

«Porque hoy no te he visto. Me sentía confusa y tremendamente triste, y, no sé, creo que verte podría servir para aliviarme esta extraña opresión en el pecho. No tengo amigos. Aparte de ti. Aunque tú no lo eres.»

—¿Sí...? —No me está ayudando en absoluto.

—Estoy hambrienta y no tengo nada de comida. Ni siquiera tengo té, y hace frío en mi apartamento. Y estoy aburrida.

—Qué vida tan triste.

—Tú tienes montones de comida y de té. Y tu calefacción es mejor que la mía, y...

No hay más que silencio al otro lado de la línea.

—Y cuando estoy contigo no me aburro. —Me siento mortificada—. Pero será mejor que...

Él me interrumpe.

—Será mejor que vengas, entonces.

Me recorre una sensación de alivio.

—¿Llevo alguna cosa?

—¿Qué vas a traer?

—Podría comprar comida por el camino.

—No, no importa. Tengo algo para cenar. ¿Quieres que pase a recogerte?

—Mejor que vaya yo con mi coche.

—Más seguro probablemente. —Ambos sabemos por qué. De lo contrario, me resultaría demasiado fácil quedarme a dormir.

Ya tengo en la mano el bolso, el abrigo y las llaves. Me calzo los zapatos. Cierro la puerta con llave y cruzo corriendo el pasillo hacia el ascensor.

—¿Me enseñarás los músculos que has estado trabajando?

—Creía que me deseabas por algo más que eso. —Oigo el ruido de un coche al arrancar. Al menos, no soy la única que arde de impaciencia.

—Te desafío a una carrera. Quiero verte todo sudado. Así estaremos empatados, además.

—Dame media hora. No, una hora —dice alarmado.

—Te espero en el vestíbulo.

—No salgas aún.

—Hasta ahora —respondo, y corto la llamada.

Me echo a reír mientras arranco y me incorporo a la circulación. Es un juego nuevo, el Juego de las Carreras, con dos coches partiendo de dos puntos de la ciudad y acelerando hacia otro situado en medio. Resulta terrorífico lo mucho que deseo estar en el sofá de su apartamento. No paro de sacudir la rodilla en los semáforos. Apuesto a que él está haciendo lo mismo.

Cuando cruzo corriendo la acera hasta la entrada de su edificio, ya he agotado prácticamente todas mis excusas y dejado atrás las advertencias y los razonamientos. Todo ha quedado reducido a esto. Entro corriendo en el vestíbulo.

«No he visto a Josh en todo el día y lo echo de menos.»

En el ascensor está encendida la flecha hacia arriba. Contengo la respiración. Suena la campanilla de las puertas.

«Joshua no puede imaginarte con nadie que no sea él.»

Las puertas se abren. Aquí está.

16

Está despeinado y sudoroso, y cargado con los bártulos de deportes. Arruga la frente al verme, con expresión insegura, y luego extiende la mano para que no se cierren las puertas.

Mi corazón explota de alegría.

—¡He ganado! —grito, saltando sobre él. Apenas tiene tiempo para abrir los brazos. Luego choca contra la pared posterior con un gruñido y yo lo rodeo con brazos y piernas. Cuando las puertas se cierran, consigue pulsar el botón de su piso.

—Estrictamente, creo que he ganado yo. He llegado antes al edificio —le oigo decir por encima de mi cabeza.

—¡He ganado, he ganado! —repito, hasta que él empieza a reír y se da por vencido.

—Está bien. Tú ganas.

Su sudor huele a lluvia y a cedro, y deja también un ligero cosquilleo a pino en mis narinas. Pego la cara a su cuello y aspiro esa fragancia una y otra vez hasta que suena la campanilla. Ya estamos en el cuarto piso. Trato de reunir las fuerzas necesarias para soltarlo, pero la adictiva presión de nuestros cuerpos juntos se impone a mi fuerza de voluntad.

—Está bien, de acuerdo —dice, y empieza a llevarme en brazos por el pasillo.

Yo me aferro a su pechera como un koala, con el abrigo

ondeando detrás y el trasero chocando con su bolsa de deportes. Espero que no se tropiece con algún vecino. Me echo un poco hacia atrás para verle la cara. Una expresión divertida le ilumina los ojos mientras deja la bolsa junto a la puerta y empieza a buscar entre el manojo de llaves.

—Todo el mundo merecería una bienvenida como ésta.

—Haz como si yo no estuviera. Ocúpate de tus cosas.

Me abrazo a él con más fuerza. Su clavícula encaja a la perfección bajo mi pómulo. Lleva puesta una sudadera y su cuerpo está húmedo.

Oigo cómo deja la ropa de deporte en la cesta. Luego se saca las zapatillas, lo que parece algo más difícil, y coge mi bolso. Pulsa el botón de la calefacción.

—En serio. Actúa como si yo no estuviera aquí.

Entra en la cocina y se agacha para mirar en la nevera, lo que me obliga a asirme mejor. Llena un vaso y yo pego la oreja a su cuello para escuchar cómo traga.

Lo rodeo firmemente con las piernas. Él desliza una mano sobre mi trasero y le da un apretón amistoso; luego me propina una palmada.

—Uy. ¿Qué tienes en el bolsillo?

—Ah. —Ahora que lo recuerdo me siento como una friki. Me deslizo hasta poner los pies en el suelo—. No es nada.

—Me ha hecho daño en la mano. —Saca el bulto de mi bolsillo y ladea la cabeza para ver qué ha encontrado—. Un pitufo, claro. ¿Qué otra cosa ibas a meterte en los bolsillos? ¿Por qué está envuelto con un lazo?

—Tengo diez iguales. Es Pitufo Gruñón. Te lo regalo.

—Si no supiera lo mucho que adoras a los pitufos, me sentiría ofendido. —Tuerce la boca y veo que le ha gustado—. ¿De dónde te viene esta afición por los pitufos?

—Mi padre tenía una ruta de reparto regular por la frontera del estado. Salía antes del alba y volvía cuando yo ya estaba en la cama. En el trayecto de vuelta, siempre me compraba un pitufo en la gasolinera.

—O sea, que te recuerdan a tu padre. Qué bonito.

—Quería decir que estaba pensando en mí. —Arrastro los pies por el suelo sin moverme del sitio.

—Bueno, gracias por pensar en mí.

—Tú me regalaste una cosa tuya. Así estamos igualados.

—¿Tan importante es estar igualados?

—Pues claro. —Observo que tiene una pizarrita blanca con un menú semanal. Es un friki total.

—Bueno, tú estás limpia, pero yo no. Necesito una ducha.

—¿Cómo puede ser que huelas tan bien después del gimnasio? —Entro en la sala y me dejo caer sobre el sofá con un gemido. Me hundo en él como si fuera de espuma elástica con memoria. «Hola, Lucy —me dice—. Sabía que volverías.»

—No tenía ni idea de que oliera tan bien —responde desde la cocina. Oigo un murmullo de agua hirviendo, la puerta de la nevera y el tintineo de una cucharita.

—Pues es verdad. —Busco a tientas el almohadón de las cintas—. Como una piña musculosa.

—Debe de ser mi jabón. Mi madre me lo manda a granel. Le encanta hacer paquetes de provisiones.

Cuando vuelve de la cocina, veo que se le ha escurrido la sudadera por un lado dejando al descubierto una musculosa porción del hombro. Debajo, lleva una camiseta sin mangas. Se me hace la boca agua. Me deja una taza sobre la mesita de café y me pasa el almohadón.

—Quítate la sudadera. Por favor. Sólo miraré con los ojos.

Él pone un dedo en la cremallera —yo me muerdo el labio— y se la sube hasta arriba del todo. Doy un aullido de frustración.

227

—Tómate el té, pequeña pervertida —dice, tirándome algo sobre el estómago.

Cierra la puerta de su habitación y, al cabo de un minuto, oigo la ducha. Cojo el paquetito que me ha lanzado. Es un cochecito en miniatura, con la caja y todo. No puedo evitar la sensación de que es un reproche. ¿Acaso no es el sueño de cualquier hombre ser deseado por su cuerpo?

Me pongo el almohadón de las cintas bajo la cabeza. Esta vez es un cochecito negro bastante parecido al suyo. ¿Esto es lo que ha hecho en su día libre? ¿Salir a comprarme un juguete? Abro la caja y deslizo un rato el cochecito por mi estómago. Como la pequeña pervertida que soy, me lo imagino en la ducha, restregándose con su pastilla de jabón.

Tan previsiblemente como la noche sigue al día, empiezo a preocuparme a medida que pasan los minutos. No sé por qué he vuelto a venir. Sólo sé que este sofá es mi nuevo lugar predilecto en el mundo. Debería ponerme los zapatos y marcharme. Toco la taza de té. Demasiado caliente para tomarlo.

Debo empezar a comportarme de un modo normal. Estoy un poco sobreexcitada. Me pregunto con qué tipo de chicas sale. Rubias, altas, sofisticadas. Lo detecto en mis huesos de morenita de talla mini. Me acuerdo de una vez que fui a un club con Val. Era en la época en la que aún hacía cosas, antes de la fusión, antes de la soledad.

De pie, junto a la barra, vimos a unas chicas de expresión aburrida y gélida belleza que no hacían ningún caso a los hombres que se les acercaban. Val y yo nos pasamos el resto de la noche imitándolas en la pista de baile, adoptando poses distantes y provocándonos la risa mutuamente con unas miradas feroces y aceradas. Debería probarlo ahora.

Cuando se abre la puerta de su habitación y aparece de nuevo, soy una mujer joven pero madura, con las piernas elegantemente cruzadas, y estoy hojeando un manual de medicina mientras me bebo el té a sorbos. Él se ha puesto unos pantalones de chándal negros y una camiseta negra, y va descalzo. Unos pies preciosos. ¿Es que no tiene ningún defecto?

Se sienta en el borde del sofá, con el pelo húmedo y alborotado. Paso la página del libro y, por desgracia, aparece ante mis narices un escabroso dibujo de un pene erecto.

—Estoy procurando portarme de un modo más normal.

Él mira la página.

—¿Y qué tal te ha ido hasta ahora?

—Me alegro de que no sea un libro con láminas desplegables.

Él suelta un bufido con aire divertido. Lo sigo a la cocina y miro cómo corta verduras en trocitos absurdamente simétricos.

—¿Te va bien una tortilla?

Asiento y echo un vistazo a su pizarra. Martes: TORTILLA. Miro lo que hay para cenar durante el resto de la semana. Me pregunto cómo puedo conseguir que me vuelva a invitar.

—¿Te puedo ayudar?

Él niega con la cabeza. Observo cómo casca seis huevos en un cuenco de metal.

—Bueno, ¿y qué tal el trabajo? Obviamente, me has echado de menos.

Me tapo la cara con las manos, avergonzada por lo que ha dicho; él ríe para sí.

—Aburrido. —Es la verdad.

—Nadie con quien pelearse, ¿no?

—He tratado de maltratar a unas chicas muy dulces de la sección de nóminas, pero se les han llenado los ojos de lágrimas.

—El truco está en encontrar a una persona tan capaz de devolver el golpe como de encajarlo. —Saca una sartén y empieza a freír las verduras con una sola y mezquina gota de aceite.

—Sonja Rutherford, por ejemplo. Esa mujer intimidante encargada de la correspondencia que parece una Morticia Addams albina.

—No me busques una sustituta tan deprisa. Vas a herir mis sentimientos.

El recuerdo del desenlace probable de toda esta historia me impulsa a apoyarme en él. La parte media de su espalda es un rincón ergonómicamente perfecto para ocultar mi cara.

«Cuando todo haya terminado, recordaré este momento.»

—Tienes que explicarme por qué estás aquí.

—Me he puesto un poco triste hoy, al pensar en todos los cambios que se avecinan...

—El diagnóstico del doctor Josh es que padeces el síndrome de Estocolmo.

—Sí, lo sé. —Restriego mi mejilla contra sus músculos.

—Quizá lo que temes es el cambio, más que la perspectiva de estar sentada allí sola.

Agradezco que no haya dado automáticamente por supuesto que andaré buscando otro trabajo.

—No paro de pensar en tu habitación azul. Creo que es algo de lo que deberíamos hablar. Antes de que se agote el tiempo.

Oigo cómo crepita el huevo al añadirlo a las verduras. Josh tapa la sartén y se vuelve hacia mí.

—Tú eres de esa clase de personas a las que hay que introducir en las cosas poco a poco.

Abro la boca para protestar, pero él me obliga a callar.

—Te conozco, Luce, y tú lo sabes. Tus accesos de pánico son impresionantes. Imagínate que nos ponemos ahora mismo a practicar sexo. Aquí, sobre la encimera.

—Planta la mano encima con firmeza—. Después te sentirías tan incómoda que no volverías a dirigirme la palabra. Abandonarías tu puesto antes de las entrevistas y te irías a vivir a un bosque.

—¿Y a ti qué más te da? Me gustaría vivir en un bosque.

—Necesito que compitas conmigo. Y tal vez podamos encontrar un escenario en el que no se nos haya de agotar el tiempo. —Suspira y echa un vistazo a la tortilla—. ¿Tú tienes aventuras de una noche? Quiero decir, ¿vas a una discoteca, escoges a un tipo atractivo y te lo llevas a casa?

Mientras lo dice, su cara se contorsiona en una mueca. Quizá no soy la única que se imagina rivales sin rostro.

—Por supuesto que no. A menos que tú cuentes. Y ni siquiera consigo arrancarte una noche.

Él me restriega los hombros suavemente, tal como lo haría un amigo, y la tensión que me crispa los músculos se afloja un poco. Me acerco más y apoyo todo mi peso en él. Al pegar la mejilla a su pecho, noto cómo su calor irradia hacia mí.

—Estoy tratando de asegurarme de que cuando lo hagamos no te arrepientas de nada.

—Dudo que me arrepienta.

—Me siento halagado. —Echa una ojeada a la tortilla—. Vuelve al sofá y pon la tele.

Me desplomo en la afelpada perfección de su diván. Yo también voy a transformar mi iglú en una fortaleza cálida y acogedora. Necesito lámparas, alfombras, más estantes, un cuadro de la Toscana. Necesito cubos enteros de pintura y una habitación de color azul claro. Sábanas blancas y un helecho.

—¿Dónde compraste este sofá? Quiero uno igual.

—Es el único que hay en todo el mundo. —Su voz cortante me llega flotando desde la cocina.

—¿Te lo puedo comprar?

—No.

—¿Y el almohadón de las cintas?

—Una pieza fuera de serie.

—Ya veo cuál es tu estrategia. —Veo la tele un rato. Josh me trae un plato y un tenedor.

—Me siento como una pequeña duquesa cuando vengo aquí. No tienes que servirme. —Me quito los zapatos por debajo de la mesita de café.

—Hay algunos monstruos horribles que disfrutan secretamente mimando a las pequeñas duquesas. ¿Decretamos un alto el fuego de un par de horas? ¿Empezando ahora?

—Sí, de acuerdo. Hmmm, esto tiene una pinta deliciosa. —Noto el olor de la albahaca. ¿Cómo es que aún está soltero?

Vemos las noticias. Luego se lleva mi plato vacío y me trae un cuenco de helado de vainilla. Sólo para mí, él no toma.

—¿Por qué lo tienes en el congelador, entonces?

—Por si se presenta inesperadamente alguna visita golosa.

No puedo evitar una sonrisa.

—Una cucharadita tampoco acabaría con esos abdominales. Son proteínas, ¿no?

Él mira el cuenco con un suspiro. Me coge la cuchara de la mano y me roba un enorme bocado.

—Ay, Señor. —Sus párpados se estremecen de placer.

—Deberías darte un pequeño gusto cada noche. Es absurdo que seas tan cruel contigo mismo.

—Uno pequeño, ¿no? —Me mira con toda intención—. Vale.

Tomo un poco más de helado. La cuchara se roza con mi lengua en un contacto que resulta obsceno. Su lengua, mi lengua. Lamo la cucharita y él me observa en silencio. Su pecho se expande y se vacía agitadamente.

Se levanta y despliega una mullida manta gris sobre mí. Yo me acurruco debajo como una criatura mimada. Luego se sienta en el otro extremo del sofá, cerca de mis pies. Contemplo su perfil mientras se echa hacia delante y coge el manual de medicina con aire pensativo.

—Pareces triste —digo.

—Me siento... feliz. —Su expresión se modifica y revela una ligera sorpresa—. Qué extraño.

—¿Por qué conservas estos manuales médicos? Ése está lleno de penes, por cierto.

—Yo en principio iba a dedicarme a la profesión de la familia. No he logrado desprenderme de ellos, supongo. Y muchos son de mi madre. Son muy antiguos, pero ella quiso que los usara yo igualmente.

Pasa las páginas hasta la guarda inicial y recorre con el dedo el nombre de su madre escrito a mano. Quisiera preguntarle por sus padres, pero conozco a Josh y juraría que está a punto de cerrarse en banda.

—Doctor Josh... Habrías sido un médico muy sexi.

—Ah, sin duda. —Deja el libro sobre la mesita y empieza a zapear con el mando a distancia.

—Todas tus pacientes habrían sufrido palpitaciones.

Josh coge mi cuenco vacío. Me besa en la articulación de la mandíbula hasta que yo doy un grito ahogado. Luego me encuentra el pulso con destreza en la muñeca.

—Veamos. Piensa en mí con una bata blanca mientras deslizo un estetoscopio por la abertura de tu blusa.

Yo casi siento el frío disco metálico sobre mi piel. Me estremezco y noto que se me empiezan a erguir los pezones.

—Me estás descubriendo una nueva perversión —le digo como una listilla, pero él sonríe.

—Sería interesante estudiarla.

Se me ocurre fantasear sobre cómo sería teóricamente nuestra vida sexual. Nosotros nos pasamos el día jugando a juegos diversos; sería lógico que esos juegos continuaran en la cama. La idea me sacude con tal fuerza que siento que todo mi cuerpo se estremece, vacío y ansioso.

«Su voz junto a mi oído mientras permanecemos en el umbral de su preciosa habitación.

¿A qué vamos a jugar ahora?»

—Yo me haría la enferma cada noche.

—¿Cada noche? —Todavía me está tomando el pulso, mirando su reloj y moviendo los labios mientras cuenta. Es una situación tan sexi que estoy segura de que se me acelera el ritmo. Finalmente, me suelta la muñeca—. Tienes ahí un corazoncito muy palpitante. Y un acceso agudo de Ojos Obscenos. Es bastante grave, me temo.

—¿Voy a morir?

—Te voy a recetar reposo absoluto en el sofá bajo mi supervisión. Pero tu vida pende de un hilo.

—Haría un chiste verde sobre tu forma de atenderme junto al lecho del dolor, pero resultaría algo redundante a estas alturas. —Vuelvo a acurrucarme bajo la manta.

—¿Acaso eres capaz de imaginar cómo trataría a los pacientes? Yo sería el peor médico del mundo. Haría que los pacientes recuperasen la salud del miedo que me tendrían.

—¿Por eso no quisiste convertirte en médico? ¿Porque odias a la gente?

—No funcionó, simplemente. —Su tono se endurece.

—¿Te gustó algún aspecto de la profesión?

—Me gustó casi todo. La parte teórica se me daba bien. Tengo buena memoria. Y no es verdad que odie a todo el mundo. Sólo... a la mayoría.

—¿Y la parte práctica? ¿Tuviste una mala experiencia? ¿Te hicieron meterle el dedo en el trasero a algún paciente?

Se echa a reír, aunque arruga la nariz con asco.

—No empiezas practicando con personas vivas. Y no empiezas por el trasero. A quién se le ocurre...

—¡Con cadáveres! Seguro que viste cadáveres. ¿Cómo

era? —Pienso en todas las escenas de autopsias de *Ley y orden*.

—En una ocasión, mi padre... —Titubea, desviando la mirada, pensando. Yo no le atosigo. Tras un largo silencio, continúa—. Mi padre, en su infinita sabiduría, decidió proporcionarme informalmente un poco de experiencia en su hospital durante las vacaciones, justo antes de que empezase en la facultad. Una parte estuvo bien. Básicamente, acompañaba a algunos médicos que debían de estar demasiado exhaustos para decirle que no. Pero, una tarde, me da una palmada en la espalda, me presenta al médico forense y nos deja solos.

Empiezo a sentirme fatal.

—No tienes que contármelo si no quieres.

—No, no importa. Supongo que aquello era el bautismo de fuego definitivo. Aguanté unos cinco minutos antes de vomitar. El olor del cadáver y de los productos químicos me dejó un gusto horrible en la boca. Seguramente por eso empecé a tomar esas pastillitas de menta. A veces no me puedo sacar ese olor de las narices, y mira que han pasado años. —Me coge el brazo y se lleva mi muñeca a la nariz—. Tu piel huele a caramelo. Hasta ese momento, se daba por hecho que estudiaría Medicina. Mi tatarabuelo ya era médico, y ésa ha sido la vocación que han seguido todos los Templeman. En mi caso, sin embargo, ver cómo abrían la caja torácica de un cadáver fue el principio del fin.

—¿Aguantaste el resto de la autopsia?

—Aguanté un año más. Y luego lo dejé. —Parece angustiado por el recuerdo y se pone a la defensiva—. ¿Así que has venido a interrogarme sobre mis elecciones vitales?

Le cojo la mano y entrelazo mis dedos con los suyos.

—No quería estar en ninguna otra parte esta noche. Me estaba consumiendo en casa.

Me siento orgullosa de haber tenido el valor de decirlo.

Josh se vuelve hacia mí. La expresión de sus ojos se ha dulcificado.

—No paraba de sacudir la pierna así. —Le hago una demostración y él sonríe—. Deberías haber visto cómo he venido conduciendo hasta aquí. No paraba de reírme, como si me hubiera fugado de la cárcel. Estaba totalmente enloquecida.

—¿Crees que finalmente has perdido la chaveta?

—Sin duda. La extraña necesidad de mirar tu cara bonita se ha adueñado de mí por completo. Tenía la energía de una docena de bombas atómicas.

—¿Por qué crees que voy tanto al gimnasio?

Me siento inundada por una gran burbuja de felicidad. Me incorporo con dificultad y me apoyo en él. Mi cabeza se adapta fácilmente al hueco perfecto de su cuello. No hay duda: encaja conmigo por todas partes.

—No estás obligado a dar cuenta de tus elecciones. Ni a mí ni a nadie.

Él asiente lentamente; yo lo tapo con la manta.

Nunca me habría imaginado que un día me encontraría sentada en un diván, con gusto a vainilla en la boca y con la cabeza apoyada en el hombro de Joshua Templeman. Esto acabará en un desastre. Cierro los ojos e inspiro hondo.

—Quiero saber por qué estabas tan triste, Fresita. —Es asombroso cómo capta mis cambios de humor.

—Me sentía así, sencillamente. Pensaba en todo lo que está en juego para mí ahora mismo.

—Explícate.

—No puedo. Tú eres mi archienemigo.

—Pues estás muy mimosa con tu archienemigo. —Es cierto. No paro de acurrucarme contra él.

—No quiero hablar de mí. De ti nunca hablamos, en cambio. No sé nada de ti prácticamente.

Entrelaza sus dedos con los míos y apoya nuestras manos sobre su estómago. Yo muevo los dedos en círculos diminutos; él suspira con complacencia.

—Claro que sí. A ver, haz una lista de lo que sabes.

—Sólo conozco detalles superficiales. El color de tus camisas. Tus encantadores ojos azules. Que subsistes a base de pastillitas de menta y me haces parecer una cerda, en comparación. Que a las tres cuartas partes de los empleados de B&G los dejas paralizados de pánico; y eso porque la otra cuarta parte no te ha conocido aún.

Él sonríe.

—Menuda pandilla de cagados.

Yo sigo contando con los dedos.

—Que tienes un lápiz que utilizas con fines secretos, yo creo que relacionados conmigo. Que vas a la tintorería un viernes cada quince días. Que el proyector de la sala de juntas te obliga a forzar la vista y te da dolor de cabeza. Que sabes usar el silencio para que la gente se cague de miedo. Es tu estrategia favorita en las reuniones. Te quedas ahí sentado, taladrando a tu oponente con esos ojos láser hasta que se derrumba.

Él permanece callado.

—Ah, y que, secretamente, eres un ser humano decente.

—Sabes más de mí que ninguna otra persona, no cabe duda. —Percibo cierta tensión en él. Al mirarle a la cara, veo que está alterado. He conseguido asustarlo con mi acoso. Por desgracia, lo que digo a continuación parece propio de una demente.

—Quiero saber lo que ocurre en ese cerebro. Quiero exprimirle el jugo como si fuese un limón.

—¿Para qué quieres saber nada de mí? Creía que yo sólo iba a ser un episodio de sexo agresivo que tachar en tu lista antes de sentar la cabeza con un señor Simpático.

—Quiero saber qué clase de persona voy a usar como un objeto. ¿Cuál es tu comida preferida?

—El helado de vainilla. Tomado en tu cuenco, con tu cuchara. Y las fresas.

—Destino vacacional de tus sueños.

—Fresas Sky Diamond.

Cuando lo miro exasperada, se rinde y me señala el cuadro.

—Esa villa de la Toscana.

—Quiero meterme dentro de ese cuadro. ¿Qué harías allí?

—Nadar en una piscina con un mosaico en el fondo. —Sonríe al ver lo mucho que me fascina esa imagen.

—¿Hay una fuente en esa piscina? ¿Un pequeño león escupiendo agua?

—Sí, así es —asiente—. Después de nadar, como uvas y queso tumbado a la sombra. A continuación, me bebo un gran vaso de vino y me quedo dormido con un libro sobre la cara.

—Acabas de describir el paraíso. ¿Qué sucede después?

—Se me olvidaba decir que una chica preciosa ha nadado conmigo y se ha dormido junto a mí bajo el sol reluciente. Ahora está muerta de hambre. Será mejor que la lleve a comer un plato de pasta. Carbohidratos y aceite, con una capa de queso.

—Estoy disfrutando esta fantasía culinaria —acierto a decir. Deseo tan desesperadamente ser esa chica que podría gritar.

—Al oscurecer, volvemos a pie a la villa y yo le bajo la cremallera de su vestido rojo. Le sirvo champán y fresas en la cama para mantener sus energías.

—¿Cómo se te ocurren todas estas cosas? —Estoy tan embelesada que se me traba la lengua. Si las vacaciones de sus sueños son así, no saldré viva de su dormitorio.

—Al día siguiente, al despertar, vuelvo a hacerlo todo de nuevo. Con ella. Y así durante semanas.

Contemplo el cuadro y me imagino con él en el jardín,

bajo el resplandeciente cielo morado de la noche. A lo lejos, los faros de los coches iluminan los álamos que flanquean la carretera.

Tengo que decir algo. Cualquier cosa. Él me mira, divertido.

—Una zorra afortunada, esa chica.

Josh se ríe a carcajadas. Yo disparo la siguiente pregunta del test.

—Naufragas en una isla deshabitada. ¿Qué tres cosas te llevarías?

—Un cuchillo. Una lona. —La tercera la medita largamente—. Y a ti. Para chincharte —se corrige.

—Yo no soy un objeto. No cuento.

—Es que me sentiría muy solo en la isla —observa. Me lo imagino sentado solo en la reunión de todo el personal.

—De acuerdo. Nos arrastramos por la playa desierta y yo te estoy maldiciendo por arrancarme de la civilización y alejarme de los acondicionadores para el pelo y los pintalabios. ¿Qué haces entonces?

Me estremezco de tal modo cuando recorre el lóbulo de mi oreja con los labios que se sacude todo el sofá. Luego, al notar la presión de su boca en mi garganta, gimo ruidosamente.

Él apaga la tele y, por un momento, creo que va a acompañarme a la puerta. O que me cogerá en brazos y me arrojará sobre su cama. Es difícil de predecir. Alza las manos y me recorre suavemente el pelo con los dedos hasta llegar al cuero cabelludo. Mis párpados aletean, temblorosos.

—Te construiré un refugio y te llevaré un coco. Y luego procuraremos pasar el rato.

—¿Cómo? —pregunto apenas en un susurro.

—Probablemente así. —Pega su boca a la mía.

17

Ambos inspiramos hondo y la sala se queda sin oxígeno.

Anoche me pilló bajo una farola y me dio un beso que estaba calculado para dejarme con las ganas. Ahora comprendo cuál ha sido mi problema hoy. Estaba ansiosa.

Aún tengo bajo los párpados la imagen de nosotros dos en la Toscana mientras él me abre la boca con sus besos, toca mi lengua con la suya y respira hondo. Deja escapar un suspiro. Él también lo estaba deseando. Estaba tan ansioso como yo. Mi boca sabe a vainilla, la suya a menta, y ambas se combinan en un gusto delicioso.

Se ha producido un milagro. No sé cuándo ha sido, pero ahora estoy segura: Joshua Templeman no me odia. Ni una pizca. Sería imposible que me odiara cuando me besa así.

Baja la mano desde mi pelo y la despliega sobre mi mandíbula, acariciándome la piel, sujetándome y ladeándome la cabeza. Es algo increíblemente dulce, incluso ahora que nuestras lenguas están poniéndose un poco guarras.

Deslizo una rodilla por encima de su regazo, notando cómo se distiende la parte interior de mis muslos.

—Me he jurado a mí misma que no vendría esta noche.

—Y, sin embargo, aquí estás. Interesante.

Ambos bajamos la vista a mis muslos montados sobre

él. Yo no puedo resistirme y deslizo las caderas hacia delante.

Esta nueva posición me inyecta potencia y adrenalina en la sangre. Le pongo las manos en las clavículas y lo miro de frente. Aún tiene el pelo húmedo. Lo sujeto de la nuca con una mano y aprieto la otra sobre su corazón.

Empiezo a bajarla lentamente por su pecho y sus costillas, estudiando la densidad de la carne. Está tan prieto que incluso a través de la ropa puedo seguir las líneas entre cada músculo. Intento levantarle la camiseta, pero el faldón está atrapado bajo mis rodillas.

Me devora la impaciencia. A punto estoy de desgarrarle la camiseta, pero obligo a mis dedos a aflojar su presa. Él debe percibir este violento arranque de mujer de las cavernas, porque cierra los ojos y emite un gemido gutural.

—A veces me miras como si fueses...

Se le olvida lo que estaba diciendo cuando empiezo a comerle la mandíbula a besos. Sus manos reposan con las palmas hacia arriba junto a mis pantorrillas. Me está dejando el control a mí, lo cual me encanta. Noto que sonríe cuando me pongo a mordisquear su labio inferior.

El sofá cede suavemente bajo mis rodillas, y, mientras nuestras ropas se restriegan con calor, noto la rotunda dureza de su excitación presionándome en la parte posterior del muslo.

—Lo necesito —le digo, y veo cómo sus ojos se tornan ferozmente negros. Le estrujo la ropa con ambas manos y volvemos a besarnos con pasión.

Deslizo lentamente las caderas por su regazo, y sus manos descienden por mi cuerpo, haciendo altos para palpar y apretar. Los hombros, las axilas, el contorno de mis pechos. Me estremezco, y él desciende aún más con sus manos. Las costillas, la curva de la cintura. Las caderas. El trasero.

Baja a lo largo de mis muslos, abarcando con sus largos dedos la costura interior y exterior de mis tejanos. Recorre la curva de mis pantorrillas. Cuando hundo la cara en su cuello, sus manos se tensan en mis tobillos, como recordándome sutilmente que podría tomar el control si quisiera.

—Me gusta lo pequeña que eres. —Desde luego parece que le gusta mi cuerpo porque emprende otro lento *tour* acariciante.

Mientras le meto la lengua en la boca, me acuerdo de una reunión de la junta directiva a la que asistimos hace unas semanas. Él estaba sentado junto a la ventana y yo me puse a observar cómo se deslizaba el sol lentamente por el alféizar y luego por el suelo y por la mesa de juntas, a medida que transcurría la tarde.

Josh llevaba un traje azul marino que no suelo verle a menudo y la camisa azul claro. Yo estaba sentada enfrente, mirando cómo trepaba el sol por su cuerpo como una marea, y aspiraba la fragancia de la tela que iba calentándose sobre su cuerpo.

Recuerdo cómo me taladró con sus ojos de color azul oscuro durante un momento de la reunión, dejándome aturdida y con un nudo en el estómago. Él sonrió con superioridad y volvió a concentrarse en la presentación en PowerPoint, sin molestarse en tomar una sola nota; yo, en cambio, tenía la mano acalambrada de tanto escribir.

Al volverse hacia mí, esos ojos me dieron un susto de muerte. Entonces no entendí por qué. Ahora sí lo entiendo.

—Me estaba acordando de la reunión de la junta directiva de hace unas semanas. —Ladeo la cabeza y él me besa en la articulación de la mandíbula. Me recorre de arriba abajo un escalofrío. Su mano se extiende por mis costillas, con el pulgar rozándome la base del pecho. Concentro toda mi atención en esa pequeña zona de contacto.

—¿Ah, sí? No debo de estar haciéndolo demasiado bien si te da por pensar en eso ahora.

Vuelve a poner su boca sobre la mía y la va girando a uno y otro lado. Pasan varios minutos antes de que yo pueda hablar de nuevo. Horas, quizá. Respiro entrecortadamente, en breves jadeos, y él me muerde con delicadeza el labio inferior.

Su pulgar asciende, me roza suavemente el pezón y sigue hasta mi mandíbula. Doy un respingo y me estremezco.

Tengo que explicarme como es debido.

—Bueno, tú me miraste durante esa reunión y... Y yo creo que me entraron ganas de besarte. Acabo de darme cuenta.

—¿En serio?

Me veo recompensada por el contacto de su otra mano, que se desliza por debajo de mi camiseta. Piel contra piel. Sus dedos jugando lánguidamente con el tirante de mi sujetador.

—Me he acordado de la expresión con la que me miraste.

—¿Como si pensara algo obsceno? Así era. Tú llevabas tu blusa blanca de seda con botones de nácar. Y durante la primera parte de la reunión, esa chaqueta de punto de aspecto mullido. El pelo recogido, los labios pintados de rojo.

Se echa hacia atrás y recorre mi garganta con las yemas de los dedos hasta llegar al escote. Desciende un poco más y yo digo, estremecida, lo primero que se me ocurre.

—Es una chaqueta de casimir.

—A ti te gusta el doctor Josh... A mí me gusta la remilgada bibliotecaria Lucy. La Lucy de seda y casimir. Ésa es mi perversión. Lucy, con un lápiz en el pelo, interrogando a un jefe de departamento sobre los niveles de absentismo del último trimestre.

Continúa deslizándose por mi torso, hundiendo los dedos en mis costillas.

—Qué perversión tan detallada. No puedo creer que recuerdes lo que llevaba puesto. Pero, bueno, podría seguirte la corriente. Ponerme unas gafitas de ratón de biblioteca y mirarte con aire ceñudo. —Frunzo el ceño con severidad y le pongo un dedo en los labios—. Guarde silencio.

Él suelta un gemido teatral.

—No podría resistirlo.

—¿Te imaginas cómo serían las cosas entre tú y yo? ¿Todo el día, todas las noches?

Él entiende perfectamente a qué me refiero.

—Uf, sí.

—Como tú has dicho antes: el truco es encontrar a alguien lo bastante fuerte para resistirlo. Una persona tan capaz de devolver el golpe como de encajarlo.

—¿Tú lo eres? —A juzgar por sus ojos, cualquiera diría que ha tomado drogas. Las pupilas negras, el iris borroso.

—Sí.

Nos besamos con nueva intensidad, espoleados por nuestras fantasías compartidas en la sala de juntas. Lucy y Josh protagonizando una sudorosa escena pornográfica.

Él se arquea hacia mí. Su erección me presiona de tal modo bajo la pierna que me duelen los tendones de la corva.

De repente, interrumpe el beso.

—Un momento. Quiero preguntarte una cosa.

Se echa un poco hacia atrás y nos miramos a los ojos. Ahora tiene la boca blanda, toda rosada, y yo deseo que me recorra de arriba abajo. Lamiendo, mordiendo bocados enteros de carne. Respiro tan ruidosamente que casi no le oigo.

—Cuando me has llamado esta noche, ¿estabas a punto de llamar a Danny?

Empiezo a protestar, pero él me acaricia el brazo.

—No soy un psicópata celoso. Pero siento curiosidad.

—Tú ya has ganado la competición con él. Danny ahora es mi amigo. Sólo vamos a ser amigos.

—No me has respondido.

—Él representaba la opción sensata. Y yo últimamente no estoy haciendo cosas muy sensatas por las noches. Me alegro de no haberle llamado. Ahora seguramente estaría en un cine, y no aquí. —Doy unos ligeros brincos sobre su regazo.

Josh trata de sonreír, pero la cosa no acaba de funcionar.

—Yo también iría al cine contigo. Oye, se está haciendo tarde.

Sus manos se deslizan por mi espalda y me sujetan por el trasero. Me ladea, arrastrándome sobre la dureza de su excitación, y luego me levanta y me deja a su lado.

Se echa hacia delante, sentado sobre el borde del sofá, y se tapa la cara con las manos. Jadea tan ruidosamente como yo. Algo que no le viene nada mal a mi ego.

—Joder. —Suspira—. Estoy muy excitado —añade con una risita avergonzada.

Entiendo perfectamente su desesperación. Seguro que debe estar preguntándose por qué se somete a sí mismo a semejante tortura. Un hombre adulto, constreñido a estas sesiones de magreo adolescente con su extraña compañera de trabajo.

—¿Quieres saber lo excitada que estoy yo?

—Mejor que no —acierta a decir.

—Supongo que debería irme a casa. —Rezo por dentro para que diga que me quede. Pero no lo hace.

Él me habla aún con las manos en la cara.

—Dame un minuto.

Llevo las tazas y el cuenco a la cocina. Enjuago el cuenco, pongo la sartén en el fregadero y la dejo con agua caliente y jabón. Las piernas me tiemblan, apenas me sostienen.

—Yo lo haré —dice Josh a mi espalda—. Déjalo.

Me muero de ganas de mirar por debajo de su cintura, pero soy una dama y resisto la tentación.

Me ayuda a meter los brazos en las mangas del abrigo y ambos nos ponemos los zapatos. En el ascensor nos mantenemos cautelosamente en lados opuestos, pero nos miramos el uno al otro como si estuviéramos a punto de pulsar el botón de emergencias para sacarnos de este sufrimiento.

—Me siento como tu huevo de Pascua.

Fuera, me toma de la mano y cruza la calle conmigo. Cuando llego junto al coche, alzo la boca hacia la suya. Él me sujeta la cara delicadamente y me besa. Un jadeo simultáneo nos sacude a ambos. Es como si no nos hubiéramos besado en una eternidad. Me aprieta contra la puerta del coche y yo suelto un gemido. Lengua, dientes, aliento.

—Sabes como mi huevo de Pascua.

—Por favor, por favor. Te deseo con locura.

—Nos vemos mañana en el trabajo —responde. Me da la vuelta en sus brazos y me pone los labios en la nuca. Incluso a través del pelo, el calor de su aliento me obliga a tomar aire con tal fuerza que casi parece que esté esnifando.

—¿Esto es un estúpido ritual de un obseso del control? —pregunto, revolviéndome y liberándome de su abrazo.

—Seguramente. Encaja con mi carácter.

Se me ocurre una idea.

—¿Estás planeando dejarme sumida en un coma sexual la mañana de la entrevista, para poder derrotarme?

Josh se mete las manos en los bolsillos.

—Ha funcionado en todos los demás ascensos que he conseguido en mi vida. ¿Por qué iba a dejarlo ahora?

—Tú lo que quieres es asegurarte de que te cubro de

246

besos y me pego a ti como una lapa durante la boda.

—Algo en la expresión de su cara me impulsa a retroceder y a apoyar la espalda en la fría puerta del coche—. ¿No les habrás mentido? ¿No les habrás hablado de la neurocirujana con la que estás prometido?

Él sonríe.

—Sí, claro. La doctora Lucy Hutton. Una brillante profesional, aunque poco ortodoxa.

—En serio. Responde. Yo iré a la boda siendo quien soy, ¿verdad? No tendré que interpretar un papel, supongo.

—No.

Me muerdo el pulgar y recorro la calle con la vista. ¿Por qué tengo la sensación de que me está mintiendo?

—Bueno, empiezo a pensar que me dejas toda excitada para que siga viniendo. Soy como una gata. Me dejas un platito de leche fuera.

Josh se echa a reír con una gran carcajada, como si yo fuera graciosísima. Me recorre una corriente eléctrica de placer y de irritación a la vez. Crepito entera sacudida por esa corriente. Estoy más viva que nunca en este momento.

«Peléate conmigo, bésame. Ríete de mí. Dime si estás triste. No me hagas volver a casa.»

—Habrá que ver si es cierto. Si vuelves mañana por la noche, reconoceré que todo esto forma parte de una estrategia deliberada. —Baja la vista hacia mí con indisimulado placer.

A mí la idea de volver no se me había ocurrido. Ahora la jornada de mañana reluce con una promesa.

—Uno más.

Me besa en la mejilla. Yo gimo, quejosa.

—Desaparece, Fresita. Y recuerda, no quiero verte mañana con cara de pánico.

No acierto a abrocharme el cinturón. Estoy tan alterada

que cualquiera diría que estoy pasando el síndrome de abstinencia de una droga dura. Josh da unos golpecitos en la ventanilla para que bloquee las puertas.

A mitad de trayecto cristaliza en mi cerebro una idea terrible.

Me muero de ganas de que llegue mañana.

Hoy su camisa es del color de un platito de leche.

«Actúa con naturalidad, Lucy. Entra ahí como una diva sexi. Sin rigidez ni torpeza. Vamos.»

Él me mira. A mí me falla un tobillo y se me cae el bolso. Con el impacto, se abre la tapa de mi fiambrera y rueda un tomate por el suelo. Me pongo a gatas y el tacón de aguja de mi zapato se me engancha en la hebilla del cinturón del abrigo.

—Mierda —mascullo, tratando de moverme.

—Calma. —Josh se levanta para ayudarme.

—Cierra el pico.

Me desengancha la hebilla y recoge mi almuerzo. Luego me tiende la mano. Yo titubeo un momentito antes de agarrarla y dejar que me levante.

—¿Puedo rebobinar y repetir mi entrada?

Él me quita el abrigo de los hombros y me lo cuelga.

La puerta del señor Bexley está abierta y las luces, encendidas. Helene suele empezar más tarde. Seguramente aún está en la cama.

—¿Qué tal anoche, Lucinda? Pareces un poco cansada.

Se me cae el alma a los pies al oír su tono frío e impersonal, pero luego le miro la cara y veo que tiene un brillo travieso en los ojos. Si el señor Bexley está curioseando, no va a oír nada fuera de lo normal.

Este nuevo juego, el Juego de Actúa con Naturalidad, es un poco peligroso, pero voy a probar igualmente.

—Ah, sí, una velada agradable, supongo.

—Agradable. Hmmm. ¿Hiciste algo interesante?

—Tiene el lápiz en la mano.

—Me senté en el sofá, básicamente.

Él se remueve en su silla. Miro su regazo.

«Ojos de asesino en serie», le digo sólo con los labios. Me siento en el borde del escritorio, saco mi barra de Lanzallamas y empiezo a pintarme los labios usando la pared más cercana como espejo. Él me mira las piernas con una lujuria tan descarada que estoy a punto de salirme de la línea.

—¿Y tú qué hiciste, Josh?

—Tuve una cita. O, al menos, yo creo que fue una cita.

—¿Qué tal la chica?

—Pegajosa. Se me echó en los brazos prácticamente.

Me río.

—¿Pegajosa? No es un rasgo atractivo. Espero que la sacaras a patadas.

—Es más o menos lo que hice, me parece.

—Así aprenderá. —Empiezo a recogerme el pelo en un moño alto y luego me aliso el vestido: un vestido de punto, de color crema, cálido y elástico. Reconozco que me lo he puesto para que hiciera juego con su camisa. ¿No le gusta la remilgada bibliotecaria Lucy? Pues aquí la tiene.

Él me mira las manos; yo miro las suyas. Tiene los nudillos pálidos.

—No sé si volveré a verla, de todos modos.

Parece aburrido y no para de clicar el ratón de su ordenador. Cuando sus ojos se vuelven hacia los míos, a mí me viene de golpe todo el recuerdo de anoche y se me encogen las tripas.

—Quizá podrías llevarla a la boda de tu hermano, ¿no? Siempre es gratificante acudir a esas celebraciones con una chica despampanante.

Nos miramos a los ojos. Yo me acomodo lentamente en mi silla. El Juego de las Miradas nunca ha resultado tan obsceno. Suena el teléfono. Miro el identificador de llamada y la palabra «MIERDA» se ilumina en mi interior con luces de neón.

Josh capta mi expresión.

—Como sea él, voy a...

—Es Julie.

—Un poquito pronto para ella, ¿no? Vas a tener que ponerte firme. —El teléfono sigue sonando y sonando.

—Dejaré que salte el buzón de voz. Estoy demasiado cansada para atenderla.

—No, de eso nada. —Marca asterisco y el número nueve y responde a mi extensión. A los operadores de los servicios telefónicos les enseñan a sonreír cuando atienden una llamada. La gente capta la sonrisa en su voz. Josh debería aprender a hacer lo mismo—. Extensión de Lucinda Hutton. Habla Joshua. Un momento. —Pulsa un botón y me señala con su auricular—. Venga. Te estoy observando.

Ambos miramos la luz intermitente de la llamada en espera.

Yo sigo siendo la chica sonriente de la plantación de fresas. Basta con mirarme: soy una buena chica. La dulce criatura a la que todos adoran. Siempre servicial y dispuesta a complacer.

—Quiero verte actuar con tanta dureza con los demás como conmigo.

Pulso el botón parpadeante.

—Hola, Julie, ¿cómo estás? —Ella suelta un largo suspiro que casi me achicharra el oído.

—Hola, Lucy. No muy bien. Me siento increíblemente cansada. Ni siquiera sé por qué he venido. Acabo de sentarme y la pantalla ya me está matando.

—Lo lamento.

Le sostengo la mirada a Josh. Él aumenta la intensidad hasta convertir sus ojos en dos ranuras aterradoras de láser azul. Me está infundiendo sus poderes. NO voy a hacer ningún caso de las excusas y peticiones de Julie.

—Bueno, Julie, ¿qué puedo hacer por ti? —Tono profesional, pero con un dejo cálido en la voz.

—Se supone que he de trabajar en este informe para Alan, que él se encargará de pulir y enviarte.

—Ah, sí. Lo necesito para el cierre de operaciones del día.

Josh alza los pulgares con aire sarcástico.

—Es que tengo problemas para encontrar algunos de los antiguos informes en la unidad de red. No para de decir «archivo trasladado». He estado probando un montón de cosas y creo que necesito desconectar, ¿sabes?

—Está bien, con tal de que lo reciba a las cinco. —Josh mira el techo y se encoge de hombros. Creía que me estaba manteniendo firme, pero él no parece impresionado.

—Bueno, yo esperaba irme a casa y terminarlo mañana a primera hora, cuando esté más fresca.

—Pero ¿no acabas de llegar? —¿Me estoy volviendo loca? Miro el reloj para comprobar la hora.

—He venido pronto para revisar el correo.

Lo dice con el tono de una persona abnegada.

—Alan ha dicho que no había problema si primero lo hablaba contigo. —Escucho de fondo cómo hace tintinear las llaves.

Me endurezco con la fuerza del láser azul.

—Lo siento, no me sirve. Lo necesito a las cinco, por favor.

—Ya sé cuál es el plazo —replica. Su voz sube una octava—. Lo que estoy tratando de decirte es que Alan no va a poder entregártelo a tiempo.

—Pero es que eres tú la que está pidiendo una prórroga, no Alan. —Hay un largo silencio mientras aguardo su respuesta.

—Pensaba que serías un poco más flexible. —Su tono

se desliza todavía más hacia una impresionante combinación de irritación y frialdad—. No me siento bien.

—Si tienes que marcharte a casa —empiezo, observando cómo Joshua frunce el ceño—, tendrás que pedir la baja y traer un certificado médico.

—No voy a ir al médico por cansancio y dolor de cabeza. Me dirá que me vaya a dormir. Que es lo que quiero hacer.

—Tienes toda mi comprensión si te encuentras mal, pero ésa es la norma de Recursos Humanos. —Josh se pasa la mano por la boca para disimular su sonrisa. Ahora estoy jugando con Julie al Juego de RR. HH.

—¿Comprensión? No me lo parece para nada.

—Yo me he portado bien contigo, Julie. Te he concedido prórrogas un montón de veces. Pero no puedo seguir quedándome hasta las tantas para terminar estos informes.

Josh da vueltas en el aire con la mano, como diciendo: «Corta el rollo». Yo continúo.

—Si me llega tarde, tengo que quedarme trabajando.

—Pero tú no tienes una familia aquí, o un novio, ¿no? Acostarte tarde no te afecta igual que a las personas con maridos y..., bueno, a las personas con familia.

—Bueno, no voy a conseguir un marido ni una vida propia si sigo quedándome hasta las nueve de la noche, ¿no te parece? Espero recibir el informe de Alan a las cinco.

—Has pasado demasiado tiempo en compañía de ese horrible Joshua.

—Eso parece. Ah, y tu sobrina no podrá trabajar de becaria conmigo. No me viene bien. —Corto la llamada.

Joshua se echa hacia atrás en su silla y empieza a reírse.

—Vaya, vaya.

—He estado increíble, ¿no? ¿Has visto?

Doy un puñetazo en el aire, como si le asestara un gancho a Julie. Josh entrelaza las manos en el estómago y observa mi combate de boxeo imaginario.

—Toma ya, Julie. Y no me vengas con tu vida, tu marido y tu falso problema de insomnio.

—Venga, sí, desfógate del todo.

—Toma ya, Julie. Y no me vengas con tus migrañas.

—Has estado genial.

—Toma ya, Julie. Y no me vengas con tu manicura francesa.

—Muy bien. —Josh me sonríe abiertamente en esta misma oficina que antes era un campo de batalla y yo me arrellano en mi silla, cierro los ojos y percibo su satisfacción a través de la autopista de mármol del despacho.

O sea, que así es como te sientes cuando te cuadras. Así es como podrían haber sido las cosas todo este tiempo. No era demasiado tarde para cambiar.

—Se acabaron las noches de trabajo hasta las tantas. Seguramente he arruinado mi relación con ella, pero valía la pena.

—Dentro de muy poco tiempo tendrás una vida propia y un marido.

—Dentro de poquísimo tiempo. Probablemente la semana que viene. Ojalá sea superbuén chico. —Abro los ojos de golpe y, viendo cómo me mira, me arrepiento de haberlo dicho. Ambos vacilamos; él mira para otro lado. He cortado el rollo entre nosotros—. Déjame disfrutar este momento, por favor. Joshua Templeman es oficialmente amigo mío. —Con los dedos entrelazados, extiendo los brazos por encima de la cabeza.

—Me voy a un desayuno de trabajo, Josh —dice el señor Bexley, pasando entre nosotros. Creo que todos sabemos que a ese desayuno de trabajo sólo asisten él y un plato de beicon—. Necesito esas cifras a mediodía —añade.

—Ya están listas. Ahora mismo se las envío por email.

El señor Bexley carraspea —supongo que es su única

manera de dar las gracias o hacer un elogio— y se vuelve hacia mí.

—Buenos días, Lucy. Bonito vestido.

—Gracias.

Puaj.

—Se está afilando las uñas, ¿no? Las entrevistas se celebrarán pronto. Ya falta poco. —Se aproxima al borde de mi escritorio y me examina de arriba abajo. Reprimo el impulso de cruzar los brazos sobre el pecho. No entiendo cómo no ha reparado en la mirada asesina de Josh reflejada una docena de veces. Él continúa su examen de mi apariencia con ojos penetrantes.

—No siga —masculla Josh con voz metálica, pero su jefe no parece escucharlo.

—Estoy muy bien preparada para la entrevista —digo, manteniendo la vista al frente—. Por cierto, ¿qué está mirando?

Alzo los ojos con calma. El señor Bexley da un respingo, desvía la mirada y empieza a peinarse su pelo ralo con los dedos, completamente ruborizado.

Está visto que hoy le pateo el culo a todo el mundo.

Josh aprieta la mandíbula y clava la vista en su mesa de cristal con tanta furia que me sorprende que no se haga añicos.

—Por lo poco que pude curiosear en el despacho de Helene, creo que sí está bien preparada. Quizá necesitemos estudiar una estrategia, doctor Josh.

Mierda. Le va a contar a Joshua lo de mi proyecto. Vuelvo los ojos hacia él, muerta de pánico. Josh está mirando a su jefe como quien mira a un rematado idiota.

Y a continuación se encarga de recordarme que no, que él no es mi amigo, y que por mucho que nos besemos en su sofá todavía estamos en medio de nuestra mayor competición.

—No voy a necesitar ayuda para derrotarla.

18

Emplea un tono glacial que me trae recuerdos instantáneamente. Lo dice como si prepararse una estrategia frente a mí le pareciera una idea sencillamente ridícula. Como si la pequeña Lucy Hutton fuera demasiado tonta para tomársela en serio y no pudiera competir con Joshua Templeman en ningún terreno. Soy un chiste como rival. No voy a conseguir el puesto. ¿Por qué iba a conseguirlo, si hasta para resolver una llamada telefónica necesito que me asesoren?

—Quizá no —dice el señor Bexley pensativo.

Claramente satisfecho por haber pisoteado dos avisperos, se aleja con pasos pesados. Mientras espera a que llegue el ascensor, se vuelve hacia nosotros.

—Aunque, por otra parte, doctor Josh, quizá debería pensárselo mejor.

Las puertas del ascensor se cierran mientras Josh dice «que te den» sólo con los labios. Luego me mira a mí.

—Estaba fingiendo.

El silencio resuena como dos copas de cristal al chocar.

—Pues eres bastante buen actor; yo me lo he creído.

Cojo mi botella de agua y doy un trago, tratando de aflojar la crispación airada de mi garganta. Tengo que estarle agradecida, de todos modos. Esto es lo que a mí se me olvidaba. Somos dos caballos de carreras galopando hacia la línea de meta. Yo estaba flaqueando un poco, pero acabo de sentir ahora el primer golpe de la fusta. Debo aferrarme a este sentimiento hasta que salga de la entrevista.

—Siempre lo he sido. Me he enfurecido al ver cómo te miraba y la furia me ha salido por donde no quería. Tengo la mala costumbre de replicar a bote pronto. Mírame, Luce.

Cuando le miro por fin, me lo repite lentamente.

—No hablaba en serio.

—No importa. Era lo que necesitaba. —Empleo el mismo tono glacial que él acaba de utilizar con Bexley. No sé cómo consigo que mi voz suene tan fría cuando la rabia me quema por dentro como un lanzallamas. Yo también soy buena actriz.

Ahora tiene en la frente su característica arruga de preocupación.

—¿Necesitabas que me portara como un gilipollas? Es lo único que pareces quedarte de mí.

—Me acababas de decir lo que necesitaba escuchar.

En la vida todo es cuestión de perspectiva: creer que acabo de recibir de mi propio competidor un estímulo para motivarme me sirve para poder ignorar mi orgullo herido. Ahora sólo voy a mirar hacia delante. Mi foco de atención es como un rayo láser que él acaba de proporcionarme.

Suena un pitido en mi ordenador. Dentro de cinco minutos me reúno con Danny para hablar de mi proyecto de libro electrónico.

—Espera, hemos de aclarar esto. Aunque todavía no me lo explico, la verdad. —Retuerce la cara con agitación—. El momento es de lo más inoportuno. Ha sonado fatal, lo sé, pero no pretendía decir eso.

—Tengo que irme. —Empiezo a recoger el abrigo y el bolso.

—¿Adónde vas? Lo digo por si pregunta Helene —se corrige. Parece abrumado—. ¿Piensas volver?

—He quedado para tomar un café.

—Bueno —dice tras un instante—. No te lo puedo impedir.

—Gracias por dejarme hacer mi trabajo. —Doy un rencoroso apretón a los documentos de su bandeja de entrada, espachurrándolos, y me alejo airada hacia el ascensor.

Cruzo hacia el Starbucks de enfrente. ¿Cuál es el problema de estar en guerra con Joshua Templeman? Que nunca gano de verdad. Eso es lo más engañoso de todo. En cuanto creo que he ganado, sucede algo que me recuerda que no es así.

«Déjame disfrutar este momento, por favor. Joshua Templeman es oficialmente amigo mío.»

Es sólo ganar para luego perder, perder y perder.

Danny ya está sentado junto a la ventana. El hecho de que esté llegando tarde no deja de ser otro clavo en el ataúd de mi profesionalidad.

—Hola. Gracias por venir. Y perdona el retraso.

Pido un café y luego le resumo mi idea en pocas palabras.

—Tengo tiempo este fin de semana —me dice generosamente.

Me ha estado observando con indisimulado interés. Mi pelo recogido, mi garganta, mis labios pintados de rojo. Me da la desagradable sensación de que Danny tiene la esperanza de que nuestro decepcionante beso fuese sólo un fallo pasajero.

—Te lo pagaré de mi propio bolsillo. ¿Puedes darme una idea de cuánto costará?

A Danny eso no parece preocuparle.

—¿Por qué no hacemos un trato? Menciona mi trabajo durante la entrevista y háblale a Helene de mi nuevo software de autoedición. Quizá haya algunos aspectos multidisciplinarios que encajen en tu proyecto. Y..., bueno, trescientos pavos.

—Perfecto. Y desde luego que lo mencionaré —me apresuro a asegurarle. Puedo hacerlo perfectamente. Darle un poco de relevancia ante la dirección y ayudarle a consolidar su negocio.

Hay dos empleados de B&G en la cola que nos observan con aire especulativo. Otro más pasa por la calle y me saluda con la mano. Estoy metida en una enorme pecera. Las mejillas empiezan a arderme cuando pienso en todo lo que he dicho y hecho con Joshua en la planta superior. Las pullas, los insultos, los besos capaces de fundirte los circuitos. En nuestro pequeño y aislado mundo, todo parecía normal y aceptable.

—Muchas y gracias por pensar en mí para este proyecto. —Danny da un sorbo a su café.

—Bueno, después de la cena del lunes, sabía que podía confiarte mi pequeño secreto. Ahora necesitaba ayuda y tú has sido la primera persona en la que he pensado.

—Ah. O sea, que es un secreto.

—Helene lo sabe, claro. Y el señor Bexley está al corriente del concepto, pero no del producto final que espero presentar.

Ojalá no tuviera que decir la frase siguiente, y la verdad es que me apena cómo se ha embrollado toda la situación.

—Debo pedirte, por favor, que no le digas nada a Josh. Ya sé que no vas a volver a verlo, pero que quede entre nosotros. Él está convencidísimo de que va a obtener el puesto... Así que es más importante que nunca que consiga vencerle.

—No le diré nada. Bueno, de hecho... Mira, está allí.

—¿Cómo? —Casi lo digo gritando. No me puedo volver—. Actúa con aire profesional. —Dibujo un esquema en mi cuaderno de notas y Danny traza a su vez unas líneas.

—Pero ¿qué le pasa a ese tipo? Siempre parece furioso —dice meneando la cabeza, sin apartar la vista del cuaderno. Seguimos con la pantomima profesional un rato más.

—Ésa es la cara que tiene.

—Vosotros dos os lleváis un rollo bastante extraño.

—No, ningún rollo. Nada de rollo. —Empiezo a beberme el café a grandes sorbos. Una mala idea, porque está ardiendo.

—Pero tú sabes que está enamorado de ti, ¿no?

Tomo un sorbo enorme y me acabo atragantando. Danny se inclina y me da unos golpes entre los omóplatos. Las lágrimas me corren por la cara. Ojalá me hubiera dejado morir.

—Qué va —digo, resollando. Me seco la cara con una servilleta—. Es la idea más absurda que he oído en mi vida.

—Como amigo tuyo —me dice Danny, subrayando «amigo» con una sonrisita—, te digo que sí lo está.

—¿Qué está haciendo ahora?

—Acojonando a la cajera del restaurante. La gente está preocupada por lo que vaya a pasar si consigue el ascenso. Ya sabemos que se le dan bien los recortes de personal. Hay varios tipos en Diseño que han empezado a desempolvar el currículum, por si acaso.

—Estoy segura de que se podrá trabajar perfectamente con él —digo diplomática. No voy a rebajarme al nivel de Josh. Me levanto y recojo mis cosas.

—Vamos a saludarle —dice Danny. Yo supongo que me toma el pelo. Sus labios se tuercen en una media sonrisa.

—No. Vamos a descolgarnos por la ventana del baño. Rápido.

Él se echa a reír, meneando la cabeza. Una vez más, su valentía me deja impresionada. Todos los demás procuran no tropezarse con el monstruo. Aunque yo sé un secreto sobre él. Me acuerdo de cómo me tomaba el pulso anoche, contando cada latido de mi corazón, y de cómo me abrigaba con la manta, tapándome hasta los pies. Es asombroso que haya conseguido mantener esa fachada terrorífica durante tanto tiempo.

—Hola —decimos a la vez al acercarnos.

—Ah, hola —dice Josh con actitud engreída.

—Deja ya de acecharme. —Me sale un tono tan ofendido que la chica de la máquina de café suelta una carcajada.

Josh se arregla el puño.

—Os echabais de menos, ¿no?

Yo estoy enviando con láser la palabra «SECRETO» al cerebro de Danny. Arqueo las cejas y él asiente. A Josh no se le escapan nuestras miradas.

—Lucy me estaba hablando de... una oportunidad para... trabajar con ella. —Danny es un auténtico genio. No hay nada más creíble que la verdad.

—Exacto. Danny me va a ayudar a preparar mi... presentación. —No podríamos parecer más sospechosos si lo intentáramos.

—O sea, que estás trabajando en tu presentación. Vale. Entendido. —Josh recoge su café cuando anuncian su nombre y me lanza una mirada tan acusadora que casi me fundo—. ¿No era eso también lo que hacíamos anoche en mi sofá?

Danny se queda completamente boquiabierto. A mí la situación no me divierte nada. Si llega a correr la voz, mi reputación quedará hecha trizas. Es algo demasiado jugoso. Danny todavía está en contacto con mucha gente en el Departamento de Diseño. Y, además, es un chismoso y un entrometido.

—Sería en tus sueños, Templeman. No le hagas caso, Danny. Acompáñame a la editorial.

Una vez en la calle, lo arrastro deprisa para que no lo arrolle el tráfico. Josh nos sigue lentamente, dando sorbos a su café. Sujeto del brazo a Danny con tanta fuerza que hace una mueca mientras cruzamos.

—Aunque te secuestre y te torture, no le hables del trabajo que vas a hacer para mí. Sería capaz de utilizar cualquier dato para machacarme.

—Uau. Está visto que sois realmente enemigos mortales.

—Sí. A muerte. Con pistolas y sables al amanecer.

—O sea, ¿que él está haciendo esto para tratar de averiguar tu estrategia en las entrevistas? —Danny saluda a un compañero y revisa su teléfono móvil.

—¡Exacto! —suelto un relincho nervioso. Me parece que la cosa ha quedado bien disimulada—. Te llamaré después del trabajo, cuando sepa qué libro quiero que me digitalices.

Josh casi nos da alcance. Yo estoy empezando a pensar que quizá sí podría arrojar a Danny al tráfico para acabar de una vez con esta escenita angustiosa.

—Vale, hablamos esta noche —dice él—. Adiós, Josh. Buena suerte con tu entrevista —añade, y sigue adelante por la acera.

Josh y yo no nos decimos una palabra cuando entramos en el ascensor. Está furioso, lívido de rabia. Por mi parte, todavía sigo un poco patidifusa por lo que Danny me ha dicho. «Tú sabes que está enamorado de ti, ¿no?»

—Es tan amable —dice Josh—. Realmente un buen chico. Me parece que entiendo lo que ves en él. —Habla con tal aspereza que retrocedo y me voy contra la pared—. Debo haber tenido un sueño muy vívido anoche.

—Bueno, ¿qué quieres que te diga? He mentido. Soy buena actriz. —Abro los brazos mientras salgo del ascensor y me dirijo hacia mi escritorio.

—¿Así que te avergüenzas de mí?

—No. Claro que no. Pero nadie debe saberlo. Creo que es un chismoso. Ay, no me mires con esa cara de amargado. La gente empezará a hablar de nosotros.

—Te doy una primicia: la gente siempre ha hablado de nosotros. Además, ¿no te importa que la gente hable de ti y de él, pero sí que hable de ti y de mí?

—Tú y yo trabajamos a dos pasos. Es distinto. Y yo quiero restablecer cierto grado de profesionalidad en esta oficina.

Josh se pinza el puente de la nariz con los dedos.

—Muy bien. Te seguiré el juego. Y si ésta es la última conversación personal que mantenemos en este edificio, aprovecho para decírtelo ahora. Tráete la maleta el viernes.

—¿Cómo? ¿Qué pasa el viernes?

—Tráete tus cosas para la boda. El vestido y demás.

Al ver que lo miro bizqueando, me lo recuerda.

—Vienes a la boda de mi hermano. Tú te empeñaste en venir, ¿recuerdas?

—Un momento. ¿Por qué debo traer el vestido el viernes? La boda es el sábado. ¿Acaso hay un ensayo? Yo no accedí a ir a la boda dos veces.

—No. La boda es en Port Worth y hemos de ir en coche.

Lo miro sin acabar de entender.

—Pero eso no está tan lejos.

—Lo bastante lejos para que tengamos que salir después del trabajo. Mi madre necesita que la ayude la noche anterior.

Estoy que reviento de irritación, de terror y de sentimientos heridos, y completamente segura de que esto va a ser un desastre. Nos miramos a los ojos.

—Ya sabía que no te iba a gustar, pero tampoco me esperaba que te horrorizara. —Josh se arrellana en su silla y me estudia atentamente—. No te dejes llevar por el pánico.

—Ni siquiera hemos ido nunca juntos al cine, o a un restaurante. La sola idea de subirme a tu coche ya me ponía nerviosa. ¿Y ahora me estás diciendo que voy a hacer un viaje contigo de varias horas y que he de llevarme el pijama? ¿Dónde nos vamos a alojar?

—En un hotel de mala muerte, seguramente.

Estoy al borde de la hiperventilación. A punto de escapar por la salida de incendios. Yo tenía más o menos la idea de que en algún momento nos pondríamos a jugar al juego O algo así. Me imaginaba que sería en su habitación azul, o tal vez en el cuartito de la limpieza mientras yo le susurraba insultos hirientes. Pero hoy han sucedido demasiadas cosas. Se acabó.

—Te tomaba el pelo, Lucy. Todavía he de hablar con mi madre para ver dónde nos alojamos.

—Yo no estaba pensando en conocer a tus padres, propiamente hablando. Mira, no voy a ir. Te has comportado como un verdadero gilipollas hace un momento. No necesitas ayuda para derrotarme, ¿recuerdas? Tendría que estar loca para ayudarte. Vete solo a la boda como un auténtico pringado.

—Tú asumiste el compromiso. Me lo prometiste. Y nunca faltas a tu palabra.

Me encojo de hombros y mi fibra moral se pone en tensión.

—Me tiene sin cuidado.

Él decide sacar su as.

—Tú serás mi apoyo moral.

Es una salida la mar de intrigante. No puedo resistir la tentación de indagar.

—¿Para qué necesitas apoyo moral exactamente? —No contesta, pero se remueve con incomodidad en su silla.

Arqueo las cejas hasta que acaba cediendo.

—Yo no te voy a llevar allí como si fueras mi esclava sexual. No te voy a tocar un pelo. Pero no puedo presentarme sin acompañante. Y mi acompañante eres tú. Me lo debes, ¿recuerdas? Te ayudé a vomitar.

Lo veo tan sombrío que tengo un mal presentimiento.

—¿Apoyo moral? ¿Tan difícil va a ser?

Empieza a sonar su móvil. Me mira a mí y al teléfono, sin saber qué hacer.

—El problema es el momento... Debo responder.

Se aleja por el pasillo y yo me resigno y me pongo a estudiar la ruta. Porque, por desgracia, es cierto. Se lo prometí.

Antes, hace una pequeña eternidad, yo podía tumbarme en mi sofá como cualquier otra persona. Podía ver la tele, comer tentempiés y pintarme las uñas. Podía llamar a Val y salir con ella a mirar ropa. Pero ahora que me he vuelto una adicta tengo que aferrarme a los cojines con mis uñas mordisqueadas para no levantarme, ponerme los zapatos y correr al apartamento de Josh. Ese esfuerzo me mata. Me mantengo atornillada en el asiento con el portátil encima y echo un vistazo, sin ningún entusiasmo, a los portales de noticias, la presentación de mi entrevista, las subastas de pitufos y mi página favorita de ropa retro cutre.

Se abre una ventanita anunciando que mis padres acaban de entrar en Skype y yo pulso el botón de llamada tan apresuradamente que casi me da vergüenza. Aparece mi madre en la pantalla, frunciendo el ceño, con la cara pegada a la cámara.

—Maldito cacharro —masculla, y de repente se ilumina—. ¡Pitufina! ¿Cómo estás?

—Bien, ¿y tú qué tal?

Antes de que me responda, la pantalla queda bruscamente inundada por la cremallera de sus tejanos, porque se ha puesto de pie y llama a mi padre una y otra vez durante más de un minuto. «¡Nigel! ¡Nigel!» Ya sólo el tono y la cadencia de su voz me llenan de añoranza.

Al final, se da por vencida.

—Debe de estar todavía en el campo —me dice, volviendo a sentarse—. Regresará pronto.

Nos miramos durante un prolongado momento. Es tan raro tenerla ahí para mí sola, sin la arrolladora personalidad de mi padre propulsando la conversación, que no sé por dónde empezar. No me decido a hablar del tiempo ni de lo ocupada que he estado. Mientras ella entorna sus astutos ojos azules, acabo comprendiendo que debo hacerle la pregunta que me ha estado acosando durante las últimas semanas y acaso durante toda mi vida. Debería habérselo preguntado hace años.

—Antes de que yo naciera, cuando conociste a papá..., ¿cómo pudiste abandonar tu sueño?

La pregunta resuena con un tono metálico en el espacio cargado de interferencias que hay entre nosotras. Ella no responde durante un buen rato. Empiezo a pensar que quizá no debería haber sacado el tema. Cuando vuelve a mirarme a los ojos, lo hace con una expresión firme y resuelta.

—Si lo que me preguntas es si me arrepiento de mi elección, la respuesta es no. —Se arrellana en su silla y yo me incorporo en el sofá, y de repente es como si no hubiera una pantalla entre ambas: ningún marco en torno a su cara, o a la mía, ni tampoco esa ventanita de vista previa, extrañamente entrometida, que nos distraiga a ninguna de las dos.

Me da la sensación de que podría alargar el brazo y cogerle la mano. Esto es lo más cerca que hemos estado desde la última vez que la vi, cuando la abracé en el aeropuerto y aspiré su fragancia a sol y champú. Observo en silencio cómo piensa y siento cómo van transcurriendo estos segundos que tenemos a solas, antes de que llegue mi padre y nos interrumpa.

—¿Cómo voy a arrepentirme ni por un segundo? Tengo a tu padre, y te tengo a ti. —Ésa es la respuesta y la sonrisa que yo había previsto. ¿Cómo iba a decir otra cosa?

—Pero ¿nunca te preguntas dónde estarías ahora si hubieras escogido tu carrera, en vez de escogerlo a él?

Ella evita de nuevo responder.

—¿Todo esto es por lo de tu entrevista? ¿Te preocupa lo que sucederá si pierdes tu gran oportunidad?

—Algo parecido. He empezado a pensar que incluso si consigo el puesto, podría perder... otras oportunidades.

—Yo no creo que debas renunciar a tu sueño por ningún motivo. Esto es lo que deseas, para mí está bien claro. Lo noto en tu voz. Los tiempos han cambiado, cariño. No has de renunciar a nada. No tienes que tomar una decisión como la mía. Lo que debes hacer es ir a por todas. —Suena de fondo una puerta y mi madre vuelve la mirada más allá de la pantalla—. Ahí está tu padre.

Empiezo a sentir una brusca agitación. No puedo hablarle del cambio que ha habido en mi relación con Josh, ni de la competencia entre ambos, ni de lo que voy a perder sea cual sea el desenlace. No queda tiempo. Sólo me queda tiempo para esto:

—Si yo me encontrara en la misma situación, caminando por un huerto lleno de frutales, probablemente a punto de perder el norte, ¿qué me aconsejarías que hiciera?

Ella mira fuera de la pantalla; oigo unas botas pesadas subiendo la escalera de la oficina. Su respuesta me confirma que la semilla de esa pregunta —«¿y si...?»— siempre ha estado alojada en su corazón.

—¿En tu caso? Te diría que sigas caminando. Yo quiero que consigas un montón de cosas. Tú mantén la vista fija en la recompensa final y, pase lo que pase, sigue adelante.

—¿Qué pasa aquí? —Aparece papá, le da un beso en la cabeza a mi madre y luego me ve en la pantalla—. ¡Deberías haber venido a buscarme! ¿Cómo está mi chica? ¿Lista para derrotar a Jimmy en la entrevista? Imagínate la cara

que se le quedará cuando lo consigas. Ya la estoy viendo.
—Se desploma en una silla al lado de mamá, mira hacia el techo y sonríe saboreando mi imaginaria victoria y su propio ingenio.

Veo en la ventanita de vista previa que se me demuda la cara. Se vería incluso desde el espacio exterior; y mi madre, desde luego, lo percibe en el acto.

—Ah. Ya veo. Lucy, ¿por qué no lo has dicho?

Papá sigue adelante sin esperar mi respuesta y pasa al tema siguiente.

—¿Cuándo vienes a casa?

Tardo un segundo más de la cuenta para producir un efecto más espectacular.

—El próximo puente. —Es la respuesta que ansiaba dar en el fondo de mi corazón, y cuando veo cómo se expande la cara de mi padre en una amplia sonrisa mellada, me alegro infinitamente de haberla dado. Mamá sigue mirándome fijamente.

—Tú sigue adelante, a menos que en lo alto de un árbol haya algo muy especial, tan especial como esto.

—¿De qué demonios habláis? ¿La has oído? ¡Va a venir a casa! La silla de papá rechina una y otra vez, porque no para de moverse en una especie de danza rítmica; y, mientras tanto, yo, igual que mi madre, me encuentro a las puertas de un huerto que resulta terrorífico de tan trascendental, y debo fijar mi mirada hacia delante, hacia la salida del otro extremo, con toda esa energía láser concentrada, sin levantar la vista jamás.

Es viernes. Hoy debería tocar una espantosa camisa de color mostaza, pero no es así. Yo ya tengo la maleta preparada en el maletero de mi coche. Durante los dos últimos días he estado tan nerviosa con la perspectiva de este fin de semana, que no he sido capaz de ingerir alimentos sólidos. He subsistido a base de batidos y té. Esta noche sólo he dormido dos horas.

Es un alivio que haya llegado el momento. Cuanto más pronto salgamos, más pronto acabaremos. Mi mente ha analizado todos los escenarios posibles, tanto en sueños como durante las horas de vigilia. Y la única certeza que tengo es que, pase lo que pase, pronto habrá terminado todo.

Josh lleva más de una hora en el despacho del señor Bexley. En un momento dado se han oído voces: el señor Bexley gritando; luego, silencio. Lo cual no ha servido precisamente para aliviar mi ansiedad.

Antes, Helene también ha entrado en el despacho para intervenir. Y lo que resulta todavía más escalofriante, Jeanette ha pasado a toda prisa por aquí hace cuarenta y cinco minutos y se ha metido en la refriega. Quizá la estrategia de Josh consiste en un recorte de personal masivo, y la han convocado para pedirle su opinión.

Cuando ha vuelto a salir, Jeanette se ha detenido frente a mi mesa, me ha mirado y se ha echado a reír con una risa teñida de histeria, como si acabara de oír algo divertidísimo.

—Buena suerte —me ha dicho—. Vas a necesitarla. Esto supera las competencias de Recursos Humanos.

Nos han descubierto. Alguien nos ha visto juntos, y estamos bien jodidos. Danny lo ha contado. Ha corrido la voz. Este escenario no estaba previsto en mis especulaciones. Me echo hacia delante, pegando la mejilla a la rodilla. «Inspira, espira.»

—¡Querida! —Helene se acerca a mi mesa, alarmada.

Tengo la visión medio nublada. Intento levantarme e inventar algo sobre la marcha. Ella me hace sentar otra vez y me pasa mi botella de agua.

—¿Te encuentras bien?

—Estoy a punto de desmayarme. ¿Qué pasa ahí dentro?

—Están hablando de las entrevistas. Las ideas de Josh sobre el futuro no acaban de coincidir con las de Bexley.

Se acerca una silla y se sienta a mi lado. Van a despedirme. Me pongo a gemir.

—¿Estoy metida en un aprieto? ¿Josh está haciendo una especie de entrevista previa? ¿Por qué no la hago yo también? ¿Y por qué ha intervenido Recursos Humanos? No he parado de oír gritos. Y Jeanette me ha dicho algo horrible. Que iba a necesitar mucha suerte. ¿Estoy metida en un aprieto? —termino diciendo con el mismo tono lastimero con el que he empezado.

—Claro que no. Es que han mantenido una acalorada discusión, querida. Discrepaban todo el rato, y he pensado que lo mejor sería llamar a Jeanette para que les recordara los principios básicos de la cortesía profesional. No hay nada peor que dos hombres ladrándose como perros de pelea.

Helene me mira de un modo extraño. Debo de tener un aspecto lamentable.

—¿Y él...? —Me muerdo la lengua, pero ella no va a permitirme que me escabulla.

—Él... ¿qué?

—¿Está bien? Josh... ¿está bien? —Helene asiente, aunque en realidad a mí me consta que no está bien.

Los últimos dos días han sido extenuantes. Josh ha mantenido una apariencia seria y educada, pero yo ahora sé descifrar mejor que nunca los matices de su cara. Está agotado. Triste. Estresado. Da la impresión de no saber qué es peor, si mirarme o no mirarme.

Y yo lo comprendo. Realmente lo comprendo.

He descubierto que, si mantengo los ojos apartados de él y los fijo en la pantalla del ordenador, tengo menos posibilidades de sentir un vacío en el estómago. Puedo mantener las mariposas a raya si evito mirar el azul de sus ojos o la forma de sus labios. De esos labios que he besado una y otra vez. No hay nadie capaz de besarme como él, lo cual es una prueba más de que el mundo es injusto.

El dolor provocado por su comentario —«No voy a necesitar ayuda para derrotarla»— se ha convertido en un callo que no paro de apretarme. Qué frase tan repugnante se le ocurrió decir. Aunque si los papeles se hubieran invertido y hubiese sido Helene la que nos hubiera estado atormentando aquí a los dos, ¿quién sabe si yo no habría dicho exactamente lo mismo? A fin de cuentas, yo no soy la pequeña víctima inocente en nuestra guerra privada.

Estamos así porque ambos hemos encontrado a alguien tan capaz de encajar los golpes como de repartirlos. Y puedo garantizar una cosa: que también voy a repartirlos en la entrevista. Ahora incluso en sueños sé la respuesta que daré a cada pregunta que me formulen. Y seguro que él va a necesitar ayuda para derrotarme.

Helene me mira con unos ojos llenos de empatía.

—Es un bonito detalle que te preocupes por él, pero Josh ya es mayorcito. Deberías preocuparte más por Bexley. Yo tengo claro por quién apostaría.

—Pero ¿por qué está el señor Bexley...?

—No puedo decírtelo. Es un asunto confidencial entre ellos. Hablemos de tu entrevista. ¿Cómo fue la reunión con Danny?

—Todo va bien. Me va a digitalizar un thriller antiguo, *Verano de sangre*. Era el libro favorito de mi padre. Lo hará durante el fin de semana, y me ha ofrecido una tarifa increíble.

—Bueno, todo un detalle de su parte. Si la presentación impresiona favorablemente al panel de consultores, quizá acabe haciendo algún trabajo de asesor para nosotros. ¿Y cómo está tu padre, por cierto? ¿Cuándo piensas ir a casa, querida? Tus padres deben de echarte mucho de menos.

—Aprovecharé el próximo puente. Es cuando me convendría ir. De hecho, me gustaría tomarme una semana.

—En la pausa que se produce a continuación, advierto que el latiguillo habitual de «si no hay inconveniente» lo he dejado fuera esta vez. Mi antiguo yo menea la cabeza con incredulidad.

Miro a mi encantadora y generosa amiga y, como ya sabía que haría, ella asiente.

—No hay problema. Tómate un descanso antes de empezar en el nuevo puesto. —Su fe en mí nunca ha flaqueado.

Mi recién adquirida firmeza no me ayuda a desprenderme de la sensación que algo malo está sucediendo. Miro la puerta cerrada del señor Bexley.

—Vete a casa, querida. Nadie llamará tan tarde, siendo viernes. Debería estar prohibido. ¿Qué tienes pensado hacer este fin de semana? —Tengo la extraña sensación de que me está poniendo a prueba.

Pero yo, salvo cuando hablo con Josh, no sé mentir.

—Creo que voy a salir fuera en coche con un... amigo. Bueno, no es un amigo exactamente. Pero no acabo de decidirme.

La palabra «amigo» me sale como si fuera una palabra extranjera y mal pronunciada. «Hmigo.»

Ella capta mi vacilación y sonríe.

—Deberías ir. Espero que lo pases muy bien con tu amigo. Necesitas tener amigos. Sé que has estado muy sola desde la fusión, cuando perdiste a Valerie. —Inesperadamente, me sujeta por los hombros y me besa en ambas mejillas—. Veo cómo tu cerebro trabaja sin parar. Este fin de semana deberías dejarlo todo de lado. Olvídate de la entrevista. Llegará el día en que no será más que un vago recuerdo.

—Espero que un buen recuerdo. Un recuerdo victorioso.

—Eso ahora está en manos de los dioses del panel de selección. A mí me consta que has hecho todo lo que has podido.

Debo reconocer que es verdad.

—Siempre que el proceso de digitalización no salga mal, yo ya estaría preparada ahora para ser entrevistada.

—Soy tu jefa y te ordeno que vivas un poco la vida este fin de semana. Te estás consumiendo en los últimos días. Mira cómo tienes los ojos. Totalmente enrojecidos. Tienes tan mal aspecto como Josh. Os hemos provocado una crisis de nervios a los dos al anunciar la posibilidad de este ascenso.

Frunce los labios con tristeza.

—A veces preferiría que no hubiera sucedido nada —le digo—. Nada. Ni la fusión. Ni esta oficina. Ni el ascenso. Algo termina con todo esto. Y yo aún no estoy preparada.

—Lo siento. —Me da unas palmaditas—. Lo siento mucho.

—He puesto al día todos mis archivos por si tuviera que marcharme. Y he mandado mi currículum a seis empresas de contratación. También he vaciado mis cajones. Está prácticamente todo recogido. Por si acaso.

Helene mira el escritorio de Josh, que parece más despojado y aséptico de lo normal. Él ha hecho lo mismo que yo. Se podría practicar una operación quirúrgica sobre esa mesa.

—Yo no puedo perderte. Te buscaríamos un sitio en otro departamento. En algún puesto donde estuvieras más contenta. No quiero que pases todo el fin de semana preocupada, pensando que no tienes opciones.

—Pero ¿con qué cara me tropezaría en el ascensor con el nuevo director ejecutivo? Sería humillante.

Ya me lo puedo imaginar ahora. Me subirían calores por todo el cuerpo y se me erizaría el vello con el recuerdo. Él me miraría desde lo alto, con unos ojos fríos y profesionales. Yo le saludaría educadamente y recordaría cómo me había estrujado una vez contra la pared del ascensor, marcando un punto de inflexión en las reglas del juego.

Luego llegaría a mi planta y dejaría que él siguiera su trayecto hacia lo alto.

Es mejor irse del todo que tener que mirarlo al otro lado de la mesa de juntas o atisbarlo de lejos en el aparcamiento subterráneo. Él encontrará a otra mujer a la que atormentar y fascinar. Y un día tal vez veré una alianza de oro en su mano.

—¿Por qué habría de seguir torturándome así?

Me imagino que debo tener una expresión sombría, porque Helene intenta animarme.

—Vive un poco este fin de semana. Créeme. Es lo que mejor te sentará en esta situación.

—Desviaré los teléfonos a mi móvil y la avisaré si surgiera algo urgente.

Me dan ganas de bajar al aparcamiento. Abriré el maletero, miraré la maleta y procuraré evitar la gran pregunta durante un poco más de tiempo. La pregunta de «qué siento por Josh». Las llaves de mi coche brillan en mi bolso. Sí, podría subirme al coche y largarme.

Me palpo los bolsillos y me doy cuenta de que tengo un grave problema. Mi móvil ha desaparecido. Miro debajo del escritorio, en el bolso, en las carpetas, entre los papeles. Ni siquiera recuerdo la última vez que lo he visto.

Al final, lo encuentro sobre la pila del baño de mujeres. Cuando vuelvo a mi mesa, Josh está saliendo de su reunión con el señor Bexley. Sin un pelo fuera de lugar.

19

—¿**A** qué venía todo ese alboroto? —Abrazo el respaldo de mi silla.

—Discrepancias profesionales. —Se encoge de hombros con aire despreocupado. Un gesto que me recuerda lo que lleva puesto. Porque cuando ha entrado hoy llevaba una camisa de color verde claro que nunca le había visto. Me he pasado el día tratando de decidir si me encanta o es un mal presagio.

—¿Y esa camisa?

—El verde me ha parecido un color apropiado, dada mi escenita en el Starbucks.

El señor Bexley asoma la cabeza fuera de su despacho, nos mira y menea la cabeza.

—Vamos directos al desastre. No cabe duda, al desastre.

Una bruja de Shakespeare no tiene nada que envidiarle ahora mismo.

Josh se echa a reír.

—¡Por favor!

—Cierra la boca, Bexley —oigo que dice Helene al fondo.

Él carraspea y cierra de un portazo. Josh mira su escritorio, coge la lata de pastillas de menta y se la mete en el bolsillo. Activa el buzón de voz del teléfono y coloca bien la silla. Ahora su escritorio tiene exactamente el mismo aspecto que el primer día que lo conocí. Aséptico. Impersonal. Se acerca a la ventana y contempla la calle.

Es aquel primer momento repetido de nuevo. Yo estoy de pie junto a mi mesa, con los nervios reconcomiéndome por dentro. Hay un hombre enorme junto a la ventana, con el pelo oscuro y reluciente y las manos en los bolsillos. Mientras se vuelve, rezo para que no sea tan despampanante como creo que es. La luz brilla en su mandíbula y ya no me queda ninguna duda.

Cuando me miran esos ojos, lo sé sin más.

Me examina de arriba abajo: desde la coronilla hasta la punta de mis zapatos. «Dilo —pienso con desesperación—. Eres preciosa. Seamos amigos, por favor.»

—Dime qué demonios sucede.

—He jurado mantenerlo en secreto.

Con una inteligente estrategia, ha empleado el único recurso que sabe que no discutiré.

—Dime que no acaban de ofrecerte el puesto de modo informal.

—No, no lo han hecho.

Bajo la voz.

—¿Están enterados de... lo nuestro?

—No.

Mis dos grandes temores parecen infundados.

—Bueno..., ¿cómo vamos a salir de aquí? ¿Todavía tengo que acompañarte?

—Sí. Eso que hay allí —dice señalando, mientras descuelga mi abrigo del perchero— es un ascensor. Ya has subido otras veces. Conmigo, de hecho. Te iré guiando paso a paso.

—¿Y si alguien nos ve?

—¿Ahora me sales con ésas? Eres única, Lucinda.

Bloqueo el ordenador, cojo el bolso y lo sigo por el pasillo, con un repiqueteo de tacones. Intento arrancarle mi abrigo del brazo, pero él menea la cabeza y chasquea los labios. Cuando se abren las puertas del ascensor, me arrastra adentro poniéndome la mano en la cintura.

Me vuelvo y veo a Helene, apoyada en el umbral de su despacho en una pose relajada y divertida. Ella echa la cabeza hacia atrás y se ríe encantada, dando una palmada. Josh la saluda mientras se cierran las puertas.

Yo le doy un empujón hacia el otro lado del ascensor.

—No te muevas de ahí. Se nos ve a kilómetros. Nos ha oído. Nos ha visto. Y tú llevas mi abrigo. Ella sabe que nunca harías una cosa así. —Estoy casi ronca de vergüenza.

—Noticia de última hora: mira lo que voy a hacer. —Mueve el dedo en círculo sobre el botón de emergencia. Yo le sujeto la mano con firmeza. Me parece que él contiene la risa.

Cuando llegamos al sótano, salgo sigilosamente.

—No hay moros en la costa.

Llego junto a mi coche y abro el maletero. La maleta está torcida y volcada del revés, lo cual parece un signo de mal agüero. Me dan ganas de subirme, salir derrapando y dejarlo atrás en una persecución a toda velocidad. Pero con la misma rapidez con que se forman en mi mente esas imágenes, él se materializa a mi lado, agarra la maleta y se la lleva a su coche. Yo cojo el portatrajes, cierro el coche y entonces me doy cuenta de una cosa.

—Si dejamos aquí mi coche, Helene se enterará. Seguro que lo verá cuando baje.

—¿Deberíamos ocultarlo en un bosque, bajo unas ramas?

Qué idea más buena. Me restriego el estómago, haciéndome la remolona.

—Yo...

—No se te ocurra decir que no quieres ir. Lo llevas pintado en la cara. Yo tampoco quiero. Pero vamos a hacerlo.

Está poniéndose tenso. Mis pertenencias están en su maletero y mi bolso en el asiento del copiloto.

—¿No puedo llevar el coche a mi casa?

—Sí, ya. Y aprovecharás para escapar. Si alguien te pregunta algo el lunes, puedes decir que se te ha vuelto a estropear. Es una coartada perfecta, porque ese coche es una mierda.

—Josh..., me está entrando pánico. —He de apoyar las manos en la puerta de su coche para mantener el equilibrio. Si antes creía que las cosas iban demasiado deprisa, ahora ya están tomando una velocidad supersónica.

Él se quita la corbata y se desabrocha un par de botones. Incluso en este sórdido sótano, está guapísimo.

—Sí, es evidente. —La arruga de su frente se vuelve más pronunciada—. Yo también siento pánico. Pareces agotada.

—No he podido dormir. ¿Por qué tienes pánico?

Él elude mi pregunta.

—Puedes dormir en el coche. —Me abre la puerta. Intenta meterme dentro; yo me resisto.

—La entrevista. El puesto.

—A la mierda. La entrevista la haremos cuando llegue el momento. Y luego nos enfrentaremos con el resultado —dice, poniéndome las manos en los hombros.

—No es tan fácil. Yo perdí a una persona importante para mí durante la fusión: a mi amiga Val. Conservé mi empleo, ella perdió el suyo, y ya no somos amigas. Es sólo un ejemplo —me apresuro a añadir. Casi le he dicho a Joshua Templeman que es importante para mí. Acabo de insinuar que somos amigos. Él entorna los párpados.

—Esa chica da la impresión de ser una idiota.

—Y por eso me he convertido en una pringada solitaria. Escucha, mañana voy a conocer a tu familia. Y, hablemos claro, es casi seguro que pronto acabaremos los dos desnudos en una cama. En conjunto, es bastante presión, ¿no crees?

Él vuelve a eludir mis palabras.

—Ésta es nuestra última oportunidad para aclarar todos nuestros malos rollos —dice.

Yo sigo dudando, tozuda como una mula.

—Este fin de semana va a ser duro para mí. Pero, si estás conmigo, quizá no sea tan malo.

Tal vez sea la sorpresa de esa pequeña confesión, pero mis rodillas se aflojan lo justo para permitirme subir al coche y ceder momentáneamente todo el control a la última persona ante la que hubiera imaginado que cedería.

Me siento debilitada por la derrota. Incluso mientras compraba el vestido y preparaba la maleta, estaba segura de que encontraría un recurso de última hora para escapar o librarme del compromiso. Sólo en mis fantasías más oscuras había pensado que acabaría subiendo a su coche y saliendo con él del aparcamiento subterráneo de B&G.

El sol va descendiendo mientras avanzamos entre el denso tráfico de la tarde. Da la impresión de que todo el mundo en la ciudad ha tenido la misma idea: como si hubiese llegado la hora de huir hacia las preciosas montañas que se perfilan en el horizonte.

Tengo que romper este silencio incómodo.

—Bueno, ¿cuánto dura el viaje?

—Cuatro horas.

—Cinco según Google Maps —digo, sin pensar.

—Eso si conduces como una abuela. Me alegra saber que no soy el único que se ha dedicado al acoso virtual sobre la ciudad natal de su contrincante.

Suelta un suspiro cuando un coche nos cierra, frenando.

—Gilipollas.

—¿Cómo vamos a pasar estas cuatro horas?

Yo sé lo que quiero hacer. Quiero recostarme en este cálido asiento de cuero y mirarle. Quiero inclinarme hacia él y pegar la cara sobre la firme almohadilla de su hombro. Quiero respirar lentamente y grabarlo todo en la memoria, para cuando lo necesite un día.

—Siempre nos las arreglamos.

—¿Y dónde vamos a alojarnos? No me digas, por favor, que en la casa de tus padres.

—En la casa de mis padres.

—Joder. ¿Por qué? ¿Por qué? —Me incorporo en mi asiento.

—Te tomo el pelo. La recepción de la boda se celebra en un hotel. Patrick ha reservado un montón de habitaciones. Hemos de decir que vamos a la boda cuando nos registremos.

—¿Es un hotel de mala muerte?

—No, no, en absoluto. Me encargaré de que tengas tu propia habitación.

Parece que está totalmente decidido a cumplir su promesa de no tocarme un pelo. Lo cual constituye un jarro de agua fría en la hoguera que arde en mi pecho, y me deja, por así decirlo, con los restos chamuscados, sin saber muy bien si me siento aliviada o decepcionada.

—¿Y tú por qué no te quedas en casa de tus padres?

Él mueve la cabeza.

—Porque no quiero.

Su boca se tuerce hacia abajo con tristeza. Le doy impulsivamente una palmadita en la rodilla.

—Yo te cubriré las espaldas durante este fin de semana, ¿vale? Como en el *paintball*. Pero la oferta es válida sólo durante el fin de semana.

—Gracias por cubrirme aquel día. Te llevaste un montón de disparos. Aunque todavía no entiendo por qué lo hiciste.

Guiña los ojos porque el sol le viene de cara. Encuentro unas gafas de sol en la guantera, soplo para quitarles el polvo y limpio los cristales con la manga.

—Tú a mí me pusiste la última para capturar la bandera. Me convertiste en la más prescindible del equipo.

—Lo hice así porque parecías a punto de derrumbarte. Gracias —añade, cogiendo las gafas.

—Ah. Yo pensé que era otro de tus truquitos. Así no quedaba nadie para cubrirme. Lucy Hutton, el escudo humano.

—Yo te estaba cubriendo todo el rato. —Echa un vistazo al retrovisor y cambia de carril.

Se enciende un pequeño destello en las proximidades de mi corazón.

—Deberías ver los morados que tengo.

—Ya vi unos cuantos.

—Ah, es verdad. Cuando me quitaste el top del dormilosaurio.

Apoyo la mejilla en el asiento. Hemos parado en un semáforo y distingo la curva de una sonrisa en la comisura de sus labios.

—No sabes cuánto lamento que vieras ese pijama. Me lo regaló mi madre hace unos años por Navidades.

—Ah, no te avergüences por eso. Te queda de maravilla.

Me río y noto que me abandona un poco la tensión. La ciudad se va diluyendo en los suburbios. El sol empieza a ponerse mientras cruzamos a toda velocidad grandes tramos verdes. Nunca me había alejado tanto. Debería empezar a vivir la vida, en vez de andar siempre por el mismo camino (o sea, entrando y saliendo de B&G) como una mansa ovejita.

—Bueno, dijiste que me necesitabas para darte apoyo moral. ¿Vas a contarme por qué? Me da la impresión de que debería estar prevenida y preparada.

—Es que tengo... —empieza, y da un suspiro.

—¿Una carga emocional del pasado? —aventuro—. ¿Con quién es el problema?

—No. Es algo que tiene que ver conmigo sobre todo. Cometí ciertos errores y no me esforcé lo suficiente en algo importante. Y ahora tengo que ir y soportar que me lo echen en cara. Va a resultar un poco doloroso.

—La medicina. —Sin pensarlo, lo reduzco todo a esa palabra—. Perdona. Ha sido un comentario insensible.

—Estás hablando con el insensible número uno, ¿recuerdas? —Josh sacude los hombros, ansioso por cambiar de tema, y yo me apiado de él.

—Debería venir por aquí un fin de semana y explorar un poco. Podría comprar cosas para decorar mi apartamento. —Lo miro de soslayo, dudando yo misma de mi indirecta. «¿Qué, Lucy? ¿Buscando un compinche para comprar antigüedades? Por favor, contrólate.»

—Bueno —dice, tras una pausa—, seguro que a tu nuevo amigo Danny le encantaría traerte.

Cruzo los brazos y dejamos de hablar durante veintitrés minutos (según el preciso dispositivo digital de su coche).

Soy yo la que acaba rompiendo el silencio.

—Antes de que acabe el fin de semana, voy a abrirte la cabeza para averiguar qué hay en ese malvado cerebro.

—Me parece muy bien.

—Hablo en serio, Josh. Estás acabando con mi salud mental. —Me echo hacia delante, con los codos sobre las rodillas, y me restriego la cara con las dos manos.

—Mi malvado cerebro está pensando en cenar algo pronto.

—El mío está pensando en estrangularte.

—Yo estoy pensando que, si nos precipitamos desde un puente, no tendré que asistir a esta boda. —Me echa un vistazo; quizá sólo bromea a medias.

—Ah, fantástico. Mira la carretera, no vaya a ser que tu sueño se haga realidad. —Cuando cruzamos el próximo puente, lo vigilo con recelo.

—Estoy pensando... en el consumo de carburante del coche.

—Gracias por compartir esta valiosa revelación sobre los engranajes de tu cerebro.

Él me mira con aire pensativo.

—Estoy pensando en cómo te besé en mi sofá. Pienso en ello con una frecuencia preocupante. No paro de pensar en lo extraño que será pasar los días sin tenerte sentada enfrente.

El problema de la verdad es que resulta adictiva.

—Más. Quiero saber más sobre el contenido de tu cerebro.

Josh sonríe ante mi petición.

—No ha habido nadie que lo haya intentado.

—¿El qué?, ¿abrirte el cráneo? Usaré un martillo si hace falta.

—No. Tratar de conocerme. Y nunca pensé que serías tú.

—¿Quieres que deje de intentarlo?

Casi no oigo su respuesta, apenas susurrada.

—No.

Vuelvo la cabeza, fingiendo que contemplo el paisaje. Aparcamos frente a un restaurante de camioneros y Josh me coge la mano. Lo que me dice a continuación hace que mi corazón se inunde de una estúpida esperanza, a pesar de que sé perfectamente que está bromeando.

—Vamos. Ya va siendo hora de que tengamos una cita y una cena romántica.

En mi primera falsa cita con Joshua Templeman, todos los reservados están ocupados, así que nos sentamos en la barra. Me subo al taburete con su ayuda y los pies me cuelgan sin llegar al suelo, como si tuviera cinco años. Pedimos rápidamente y a mí se me olvida de inmediato lo que voy a tomar. Josh apoya la barbilla en la palma y nos ponemos a jugar al Juego de las Miradas para pasar el rato.

Yo sería capaz de superar este fin de semana si él no tuviera unas manos tan preciosas. O una fragancia tan encantadora en la piel. Mis ojos emprenden un pequeño *tour*. Los fluorescentes le dan un aspecto amarillento a todo el mundo, incluida a mí. Él, en cambio, está resplandeciente de vitalidad. Observo que tiene un puñado de pecas muy tenues a lo largo del puente de la nariz. Es evidente que he llevado puestas mis gafas-para-odiar durante la mayor parte de nuestra relación profesional, porque, con toda franqueza, nunca en mi vida he visto a un hombre tan guapo en persona.

Todo él resulta una gozada. Rebosa clase, lujo, excelencia. Cada una de sus partes está diseñada y mantenida a la perfección. No puedo creer que haya malgastado todo este tiempo en otras cosas en lugar de dedicarme a admirarlo.

—Eres como un precioso caballo de carrera. —Doy un suspiro, un poco aturdida. Debería haber tratado de dormir anoche.

Él parpadea.

— Gracias. Debes tener el nivel de azúcar por los suelos. Estás muy blanca.

Seguramente es cierto. Me ruge el estómago. Un grupo de universitarios pasa demasiado cerca, entre bromas y risotadas, y Josh me pone la mano en la parte baja de la espalda. Como haría tu pareja en una cita; con aire protector, como diciéndoles: «Es mía». Luego me pide un zumo de naranja y me obliga a bebérmelo. Observo a un camionero que reprime un eructo y lo suelta lentamente reconvertido en un gruñido. Al fondo, las sartenes crepitan como una vieja radio.

—Le falta un poco de ambiente —me dice Josh—. Lo lamento. Una cita cutre.

La camarera lo mira por quinta vez de reojo, lamiéndose distraídamente la comisura de los labios. Yo le toco la muñeca a Josh y acabo sujetándola.

—Está todo bien.

Llega nuestra comida. Me llevo a la boca mi sándwich de queso caliente a lo bruto; casi tengo que recordarme que debo masticar. Él ha pedido una pechuga a la plancha.

Los minutos siguientes me resultan borrosos: grandes mordiscos y sabor a sal. Él me roba un par de patatas fritas del plato como si fuera lo más natural del mundo.

—¿Tú dónde vas a almorzar normalmente? Siempre me lo he preguntado.

—A la hora del almuerzo voy al gimnasio. Corro seis kilómetros, me ducho y me tomo un gran batido rico en proteínas en el trayecto de vuelta.

—¿Seis kilómetros? ¿Es que te estás entrenando para el fin del mundo o algo así? Quizá yo también tendría que hacerlo.

—Tengo demasiada energía contenida.

—Si no te desfogaras, podrías matarme de un mandoble. Tienes un cuerpo demencial. Lo sabes, ¿no? No he visto más que un centímetro de piel propiamente dicha, pero es demencial.

Josh me mira como si fuese la cosa más disparatada que hubiera oído en su vida. Da un sorbo a su bebida y adopta un aire cohibido.

—Yo soy mucho más que mi cuerpo demencial. —Lo dice con un tono de fingida dignidad, y suena tan remilgado que los dos nos echamos a reír. Le paso la mano por todo el brazo, desde el hombro hasta la muñeca.

—Ya lo sé. Es verdad. Eres demasiado para esta renacuaja.

—No, no es así. Quería preguntarte si todavía estás enfadada por lo del otro día. Por eso que le dije a Bexley, que no necesitaba ayuda para derrotarte.

—¿Cómo es ese dicho? No te enfades, véngate —digo, apartando el plato y lamiéndome los dedos. Me he zampado mi cena como una auténtica puerca—. Estabas equivocado, ¿sabes? Vas a necesitar ayuda para derrotarme. Voy a luchar a brazo partido por ese puesto.

Apuro mi segundo zumo de naranja, luego mi vaso de agua y luego el suyo.

—Tomo nota. —Estruja una servilleta de papel entre sus dedos—. Uau. Cómo comes.

—Ahora bien, durante este fin de semana vamos a hacer una tregua. Este fin de semana seremos nosotros mismos.

—¿Y quién íbamos a ser, si no?

—Empleados de B&G. Competidores. Infractores de las normas de Recursos Humanos. Enemigos jurados. Ay, chico, me siento mucho mejor.

Me levanto del taburete y noto en el acto que tengo las piernas mucho más fuertes.

—Escucha, Josh, no quiero sorpresas. Si voy a meterme en una terrible trifulca familiar, prefiero saberlo de antemano.

Una sombra cruza su rostro. Coge la cuenta doblada que tiene bajo el borde del plato y me dirige una mueca ligeramente desdeñosa cuando busco mi monedero.

—Seamos nosotros mismos, como tú dices. —Cuenta unos billetes—. Venga, vamos.

Entro en el baño. Mientras me lavo las manos, me miro en el espejo y me llevo una buena sorpresa. Me ha vuelto el color. De hecho, estoy más encendida que un árbol de Navidad. Los ojos azul neón, las mejillas de un rosado resplandeciente, el pelo negro azulado. Tengo la boca de color rojo cereza, y eso que el pintalabios se me ha ido hace mucho.

Es obvio que esta comida contundente me ha reanimado, pero estaría dispuesta a asegurar que siempre tengo este aspecto tras un período continuado bajo la atención de Josh.

—Con-tró-la-te —me digo a mí misma con severidad. Una mujer entra en ese momento y me mira con extrañeza. Yo me seco las manos y me apresuro a salir del baño.

20

La noche está perfumada bajo las nubes de tormenta. Josh, apoyado en el coche, contempla la autopista. Hay una gracia peculiar en la posición encorvada de su cuerpo. Si tuviera que ponerle un título, sería: «Anhelante».

—Eh. ¿Todo bien?

Me mira de un modo que hace que se me encoja el corazón. Como si ahora se acordara de que estoy aquí. Como si no me tuviera presente en sus pensamientos.

—¿Estás triste?

—Todavía no —dice, cerrando los ojos.

—Ahora conduciré yo un rato. —Extiendo la mano para que me dé las llaves.

Él niega con la cabeza.

—Tú eres mi invitada. Conduzco yo. Estás muy cansada.

—Ah, ¿ahora resulta que soy tu invitada? —Adopto un aire amenazador. Josh esconde las dos manos detrás. Yo le sonrío y él me devuelve la sonrisa.

Me sorprende que las minúsculas estrellas que se atisban entre las nubes no se desintegren en polvo plateado. La tristeza que he percibido en sus ojos se disipa y da paso a un brillo divertido.

—Mi rehén. Mi víctima de extorsión, mi cautiva rebelde. Fresita de Estocolmo.

—Las llaves. —Le rodeo la cintura para quitárselas de su puño cerrado. Luego me apoyo sobre él y lo estrecho con fuerza.

—Suéltalas. Vamos. —Se las quito, pero él me rodea los hombros con sus brazos. Permanecemos así un momento prolongado. Pasan coches a toda velocidad en un flujo continuo.

—Quiero que sepas que no espero nada de ti este fin de semana —dice Josh por encima de mi cabeza.

Me echo hacia atrás y levanto la vista.

—Pase lo que pase, estoy segura de que el lunes por la mañana seguiremos vivos. A menos que tu sexualidad resulte tan mortal como imagino; en cuyo caso, estoy perdida.

—Pero... —protesta él, impotente. Yo lo abrazo con más fuerza y pego la mejilla a su plexo solar.

—Es inevitable, Josh. Necesitamos sacarnos esta ansiedad de dentro. Creo que todo ha ido confluyendo en esa dirección.

—Lo dices medio resignada.

—No puedo sino disculparme de antemano por las cosas que voy a hacerte.

Él se ríe, luego se estremece y me aparta.

—A ver, es sólo un fin de semana. —Procuro decirlo a la ligera. Creo que he conseguido convencernos a los dos.

He de adelantar el asiento del conductor como medio kilómetro, lo cual me exige un montón de sacudidas pélvicas. Él echa hacia atrás el asiento del copiloto y me mira forcejear sin hacer comentarios. Tiro del cinturón y ladeo el retrovisor a tope.

—¿Quieres una guía telefónica para sentarte encima? ¿Cómo es que te quedaste tan pequeña?

—Encogí en la lavadora.

Vuelvo a incorporarme a la autopista.

—Nos queda la mitad del camino. —Ahora ha empezado a sacudir la rodilla.

—Procura relajarte. —Nunca había visto a Josh tan nervioso. Noto que se vuelve para mirarme. Es lo que hacemos siempre.

—¿Por qué nos estamos mirando siempre? —pregunto.

—Yo sé por qué. Pero dilo tú primero. —Cree que no voy a seguir su farol, y justamente por eso lo hago.

—Yo siempre estoy tratando de averiguar en qué andas pensando. —Le lanzo una mirada victoriosa, como diciendo: «Ya ves, soy capaz de ser sincera. O más o menos».

—Yo te miro porque me gusta mirarte. Es interesante mirarte.

—Puaj. Interesante. El peor cumplido que he oído jamás. Mi pobre ego lastimado... —Me doy un cachete mental inmediatamente. Andar buscando cumplidos es un pecado mortal—. No importa, hablaba en broma. Eh, mira esa vieja granja. Me gustaría vivir ahí.

—Son tus ojos, sobre todo.

Su voz queda flotando en el espacio entre mi hombro y el suyo. Una fina llovizna ha empezado a caer sobre el parabrisas. Sujeto el volante con más fuerza.

—Esos ojos absolutamente demenciales. Nunca en mi vida he visto unos ojos iguales.

—Uf, gracias. Demenciales. —Se me escapa una sonrisa, de todos modos—. Supongo que el adjetivo es exacto.

—Tú has dicho que mi cuerpo es demencial. Yo lo he dicho en el mismo sentido. También ayuda lo suyo que tú no puedas mirarme. Así puedo decírtelo.

La lluvia cae ahora con más fuerza. Pongo el limpiaparabrisas en modo intermitente y procuro concentrarme en el coche de delante. Josh apaga la radio. No sé por qué, pero ese gesto me resulta amenazador. Como el chasquido de una puerta al dejarme encerrada.

—Los ojos más bellos que he visto en mi vida. —Lo dice como si quisiera hacerme comprender lo importante que es.

Yo me alegro de que esté oscuro, porque me ruborizo.

—Gracias.

Él deja escapar un suspiro. Cuando vuelve a hablar, su voz es como un pedazo de terciopelo frotándome la piel enormemente sensible del pabellón de la oreja. Hago ademán de volverme, pero él chasquea los labios.

—Ahora bien, tu boquita roja de piñón...

Se interrumpe y emite un sonido peculiar, a medio camino entre un gemido y un suspiro. Se me pone la carne de gallina. Me muerdo el labio para no responder. Quizá cuanto más callada esté, más se soltará.

—Un día, tú llevabas una blusa blanca y yo te veía el sostén. Era de encaje coloreado; quizá rosa o violeta. Yo distinguía ligeramente la silueta. Ese día tuvimos una tremenda pelea y tú acabaste yéndote más temprano de lo enfadada que estabas.

—Se me ocurren varias ocasiones similares. Tendrás que precisar un poco más. —En realidad, preferiría que no me recordara este tipo de situaciones.

—Muchas noches me he acordado en la cama de ese sujetador coloreado de encaje bajo la blusa blanca. Qué vergüenza —me confiesa, removiéndose en su asiento. Cuando vuelve a hablar, su voz se cuela en mi oído como un ronroneo—. ¿Y ese sueño que me contaste una vez? Ibas tapada sólo con una sábana y había un tipo misterioso prácticamente pegado a tu cuerpo...

—Ah, sí. Ese sueño estúpido.

—Se me ocurrió que quizá me estabas insinuando que yo era el hombre del sueño.

—Era todo mentira. —Me sale casi sin pensarlo.

—Ya veo —dice, tras un largo silencio—. Buena jugada, supongo. Me pusiste muy nervioso con ese sueño.

He cortado el impulso que llevaba y me arrepiento en el acto. Se coloca más erguido en el asiento.

—Es verdad que tuve el sueño más obsceno de mi vida. Pero no fue tal como te lo conté.

Vuelve a recostarse en el asiento. Noto que mira para otro lado. Puedo imaginarme lo avergonzado que se siente. Si él me hubiera contado un sueño y me hubiera dado a entender que era sobre mí, me habría sentido ridícula al saber que me había tragado su mentira.

—Ese sueño era sin ninguna duda sobre ti, Josh. —Ahora me toca a mí hablar como si él no estuviera. El sonido de mi propia voz resulta áspero y ronco. La lluvia arrecia con más fuerza mientras sigo conduciendo. Al trazar una larga curva, distingo el brillo de los ojos de un animal salvaje—. Me había acostado pensando en ti, en cómo había intentado provocarte con mi vestido corto negro. Quería que me mirases..., que te fijases en mí. Bueno, aún no sé muy bien por qué decidí ponerme ese vestido. Y durante la noche, apareciste en mi sueño. Pegando tu cuerpo contra el mío, envolviéndome y enredándome con las sábanas.

Él suelta un bufido. Yo necesito sacarme esto de dentro.

—Todo fue por algo que me dijiste ese día en el trabajo. Dijiste: «Te voy a apretar las jodidas tuercas a base de bien». Cualquier chica habría tenido un sueño erótico después de semejante frase. Incluso una que te odiara a muerte. —Silencio. Yo continúo—. «Te voy a apretar las jodidas tuercas a base de bien», me volviste a decir en el sueño. Y me sonreíste. Y yo desperté cuando estaba a punto de correrme.

—¿De veras? —acierta a decir.

—Casi me corrí simplemente por pensar que estabas pegando tu cuerpo al mío y que me sonreías.

Veo de reojo que aprieta los puños sobre las rodillas.

—¿Con eso basta? Porque podría arreglarse fácilmente.

—Yo estaba alucinada, me sentí rarísima durante todo el día siguiente. ¿Salimos aquí de la autopista?

Al aproximarnos a la rampa de salida, Josh emite un sonido que parece un «sí» estrangulado. Pongo el intermitente y salgo. Echo una mirada a su regazo. Una farola me ofrece una preciosa imagen congelada de un bulto duro y pronunciado.

—Entonces, ¿por qué mentiste sobre el sueño?

—Yo no quería decir ni una palabra más, pero tú te negabas a dejar el tema. ¿Cómo iba a confesarlo? Me sentía demasiado avergonzada. Creía que me tomarías el pelo. Por eso mentí.

—Tu vestidito diminuto... —Masculla algo para sí. Ambos nos removemos en nuestros asientos. Sus ojos se deslizan hacia mi regazo; nos entendemos el uno al otro perfectamente.

La calle principal de Port Worth es muy ancha y está dividida por amplios arcenes con montones de petunias y geranios cuyos tonos rojos relucen bajo la luz de los faros y de las farolas de latón. Durante el día, esta calle debe ser impresionante.

—Fue ese día en el que pensé que estabas mintiendo sobre tu cita. Ahora a la izquierda, luego sigue hasta el final.

Seguro que se reirá. Es más bien gracioso cuando te paras a pensarlo.

—Sí, ya. Y la verdad es que mentí.

Se hace un gran silencio. Esta vez parece que me he metido en un lío morrocotudo.

—Lucinda... Pero ¿qué coño? ¿Por qué hiciste una cosa así? —Le sale una rabia visceral.

—Tú me mirabas desde tu mesa como si yo fuera una pringada.

—Joder. ¿Es que mi cara es tan difícil de descifrar? —Al ver que no digo nada, menea la cabeza—. O sea, ¿que yo fui el causante, el culpable de que apareciera Danny husmeando como un perrito?

—Sí, era mentira. Pero tú no quisiste dejar la cosa ahí.

Me dijiste que pensabas ir al mismo bar. ¿Cómo iba a sentarme allí sola? Tuve que bajar al Departamento de Diseño para buscar a alguien. Y sabía que Danny me diría que sí.

—No habrías estado sola. Yo habría estado allí. La cita habría sido conmigo.

Me quedo boquiabierta. Él levanta la mano para acallarme.

—Tú crees que es amigo tuyo, pero él quiere algo más de ti. Salta a la vista. La próxima vez que me lo tropiece, le explicaré un par de cosas sobre nosotros. Para que le quede claro.

—¿Te parece correcto? Yo creo que deberías tratar primero de explicarme las cosas a mí.

—La entrada está ahí.

Me detengo delante del Port Worth Grand Hotel, que reluce, dorado y opulento, bajo la luz de nuestros faros, rodeado de un césped cuidado a la perfección. Un aparcacoches me hace una seña; consigo poner el freno de mano y me bajo con piernas temblorosas, sujetando el bolso.

Me acerco al maletero, pero otro empleado del hotel vestido como un soldadito de juguete está sacando ya nuestras maletas. Josh observa la escena con expresión aburrida e irritada.

—Gracias. —Les doy propina a los dos—. Muchas gracias.

Josh se dirige al mostrador. La recepcionista se encoge visiblemente al ser acribillada por esos ojos láser azules. Yo giro sobre mí misma en el vestíbulo. Todo es de distintos matices del rojo: fresa, rubí, sangre, vino. En una pared, hay un tapiz gigantesco con una escena medieval descolorida: un león y un unicornio arrodillados ante una dama. Arriba, colgada del centro de un techo con elaboradas molduras, hay una gran araña de cristal. Por encima de mi cabeza, una escalera de caracol asciende cuatro plantas en círculos concéntricos. Te da la sensación de estar en el interior de su corazón.

—No está mal, ¿eh? —me dice un hombre trajeado desde el bar contiguo.

—Es precioso. —Tengo las manos entrelazadas delante como una colegiala. Busco a Josh con la mirada, pero no lo veo.

—Se ve todavía mejor desde aquí —me dice el tipo trajeado, haciéndome una seña.

—Buen intento —dice Josh secamente, apareciendo a mi lado. Me rodea con el brazo y me lleva hacia el ascensor. Oigo a nuestra espalda una risueña disculpa: «¡Perdona, amigo!».

—¿Cuántas llaves tienes en la mano?

Josh pulsa el botón del ascensor y me enseña una sola tarjeta magnética como si tuviera un póquer.

—Sólo han reservado cierto número de habitaciones para la boda. He intentado conseguirte una habitación para ti sola, pero todo el hotel está lleno. Esto es una broma típica de Patrick.

Yo sé cuándo miente, y ahora dice la verdad. Está realmente cabreado. Echo un vistazo por encima del hombro a la recepcionista, a quien su supervisor está consolando.

Al llegar a nuestra habitación, Josh hace cuatro intentos con la tarjeta magnética en el picaporte. Cuando al fin me sujeta la puerta abierta e intento pasar por su lado, acabo chocando con él sin querer. Cada parte redondeada de mi cuerpo femenino rebota en el suyo como la bola de un pinball. Tetas, caderas, trasero.

Nos suben las maletas. Josh da una propina al botones. Se cierra la puerta y nos quedamos solos.

21

Josh deja la tarjeta magnética en el cajón que tiene a su izquierda de una forma lenta y deliberada. Siento un breve acceso de temor. Se me acerca resueltamente, casi me pisa la punta de los zapatos, y es como una mole enorme y oscura que se abate sobre mí, tapándome la visión.

Nunca hemos jugado al Juego de las Miradas en una habitación de hotel.

Me desabrocha el botón del abrigo con dos dedos. La prenda traicionera se abre en el acto, como diciendo: «¡Sírvase, caballero!». Él desliza las manos dentro. Pestañea cuando me arqueo al sentir su contacto. Afianza las manos en la parte baja de mi espalda y hunde suavemente los dedos en mi columna.

—Vamos a hacerlo —digo.

Debería escribir sonetos.

Lo sujeto del cinturón y lo arrastro hacia la cama. Él me deposita con cuidado en el borde del colchón y me rodea el tobillo con la mano. Noto que está temblando. Me quita los zapatos y los coloca pulcramente junto a la cama.

Ha pasado una eternidad desde la última vez que sentí la piel de un hombre contra la mía. Desde que conozco a Josh, me he mantenido célibe. La confusión debe de reflejarse en mis ojos cuando caigo en la cuenta. Él lo nota, y me acaricia la barbilla con el dedo.

—Estaba enfadado conmigo mismo hace un momento.

Se arrodilla entre mis pies: como un buen chico, de rodillas junto a la cama, a punto de decir sus oraciones.

Sus ojos azul oscuro tienen un aire testarudo cuando vuelve a mirarme. Estoy segura de que va a besarme en la mejilla y luego se irá, así que lo enlazo por la cintura con una pierna y lo atraigo hacia mí, entre mis muslos. Él emite una exclamación ahogada, algo así como «uaf». Yo le sujeto la mandíbula con ambas manos y lo beso.

A él normalmente le gusta besar con suavidad. A mí esta noche me apetece besar a lo bestia. Le abro la boca con la mía en cuanto nuestros labios se tocan. Él intenta frenarme, pero yo no le dejo. Lo mordisqueo una y otra vez hasta que aprieta sus caderas contra mí. Siento un golpe sordo, una especie de impacto de su cuerpo sobre el mío.

Si alguna vez me había considerado a mí misma una adicta, ahora veo que me había quedado muy corta. Quiero una sobredosis de él. Cuando concluya el fin de semana, apareceré aturdida en un callejón, incapaz de recordar mi propio nombre. Al menos, esta forma de lujuria la entiendo. Soy capaz de afrontarla, y, para ser sincera, creo que es el único desahogo del que disponemos ahora mismo. Lo estoy sujetando férreamente con brazos y piernas, así que me llevo una sorpresa cuando tengo una sensación de caída. Abro los ojos y veo que él se ha levantado y me sostiene en brazos.

—¿Piensas matarme esta noche? —me pregunta casi sin despegarse de mi boca, y yo vuelvo a besarle con pasión.

—Voy a intentarlo.

Mi último novio, el último hombre con quien practiqué el sexo hace una eternidad, medía un metro sesenta y cinco. Él habría sido incapaz de levantarme del suelo. Habría sufrido una hernia discal en su endeble columna de adolescente. Josh se desploma en un precioso sillón de orejas en el que sólo he reparado vagamente cuando hemos entrado en la habitación.

Durante toda mi vida (antes de Josh) me he burlado de los chicos que alardeaban de su fuerza. Pero quizá todavía existe una parte de mí a la que le encanta que la lleven en volandas y le hagan mimos. La falda se me ha levantado tanto que seguramente ahora puede verme las bragas, pero él no baja la mirada. Me viene a la cabeza la palabra «caballero».

Josh alza una mano. En otra época me habría estremecido, pero ahora me inclino confiadamente sobre su palma.

—Despacio.

Meneo la cabeza con incredulidad pero él me mira a los ojos.

—Por favor.

La duda se apodera de mí.

—¿Es que no quieres?

Él remueve las caderas. Noto la prueba de que sí quiere, firme, durísima, contra mi cuerpo. Me desea con tal desesperación que sus ojos han adquirido ese característico tono oscuro de asesino en serie. Pego la frente a la suya. Respiramos el uno sobre el otro, apenas rozándonos con los labios.

Él desea pegar la boca a mi piel. Morder. Devorar. Me desea con las manos y las rodillas. La piel húmeda, el aire frío. Los dedos deslizándose por mi cuerpo. Sus palabras susurradas, casi inaudibles bajo mi respiración entrecortada. Lágrimas de exasperación y rímel húmedo trazando una lámina de Rorschach sobre la funda de la almohada.

Ya sé lo que voy a sacar de él. Mimos, tormentos, una advertencia oscuramente formulada cuando me acerque demasiado. Me colocará en la posición que le apetezca, sujetándome con manos imperiosas, ladeándome, apretando, aflojando.

Pero también sé que me hará reír. Suspirar. Que se burlará de mí, que me reprochará mi teatro y me hará sonreír incluso cuando desee estrangularlo. Con mi actitud desafiante me ganaré una demora. Con mi aquiescencia, un beso.

Es lo que está haciendo, claro. Demorarlo. Quiere jugar conmigo de tal modo que el orgasmo me llegue horas después del primer contacto. Va a hacer que este huevo de Pascua dure días y días. Trocito a trocito. Fundiéndose en su lengua. Quiere hacerlo tantas veces que perdamos la cuenta y probablemente acabemos pereciendo. Quiere asegurarse de que me vuelvo totalmente adicta a él. Sí, sé lo que voy a sacar de él en la cama. Es lo que siempre he sacado de él.

Ante mis ojos desfilan todas las imágenes pornográficas concebibles, porque él se lame los labios y baja la mirada hacia el encaje transparente de los elásticos de mis medias. Intenta articular palabra pero no puede.

Yo voy desabrochándole la camisa con torpeza, maniobrando con cada botón hasta que suena un chasquido.

—¿Por qué todos los colores le sientan tan bien a tu piel? Incluso ese horrendo tono mostaza. —Pego la boca a su cuello—. Un hombre guapísimo, de una belleza inhumana, bajo los fluorescentes de la oficina.

—Verde, el color de la envidia. Me he vuelto un psicópata celoso últimamente.

—Mostaza, el color de los militares. Vamos a quemarla.

—Claro, Fresita. Puedes quemarme la camisa si quieres. En el bidón de metal de un callejón.

Ahora se ríe y luego suspira junto a mi garganta, lo cual no me facilita nada el proceso de desabrocharle tantos botones como quisiera. Deslizo las manos por dentro.

—Eres como un póster anatómico por debajo de ese atuendo perfectamente planchado de ejecutivo. Siempre lo había sospechado, Clark Kent.

—Despacio. —Me saca las manos de su camisa. Forcejo un poco, pero él me sujeta y ladea la cabeza hacia la mía.

Empezamos otra vez a besarnos. Con una suavidad sedosa, más liviana de lo que habría creído posible después de atacarlo tan descaradamente con mis pequeñas garras.

Me aprieta las muñecas con los pulgares. Yo me arqueo un poco, pegando los pechos a su torso mientras nos besamos con una lentitud exasperante. La impaciencia desatada que sentía antes se ha apaciguado en parte, porque quizá lo que él me está vendiendo es la idea de postergar, de hacerlo durar.

—Me parece que tú has ido muy deprisa en el pasado —me dice, como si me leyera el pensamiento—. ¿Qué prisa tienes?

Ser besada por Josh, por esos labios dulces y maduros, es un placer a la altura del sexo. Él sólo está pendiente de mí y de mis reacciones, tratando de aprender lo que me gusta, negando, dando, hablándome sin palabras. Cada vez que abro los ojos un momento, veo que está haciendo lo mismo.

Se me encoge el corazón cuando sonríe sobre mis labios.

—¿Cómo estás? —susurra, y yo mordisqueo suavemente las palabras en su lengua.

—¿Cómo crees tú que estoy?

Sus manos me sueltan las muñecas cautelosamente. Cuando comprueba que voy a seguir nuestro ritmo pausado, me sujeta el trasero con ambas manos y me da un buen apretón.

—Estás de fábula, Luce. De fábula.

—Ya lo creo. —Es tremendamente excitante saber que ahora puedo poner los labios sobre él cuando quiera. Examino su piel como un caudillo victorioso; éste es mi nuevo territorio. Él se estremece bajo mi inspección.

—Ahora vamos a jugar a un juego especial —le digo—. Se llama Quién Llega Primero.

—También conocido como Medalla de Oro, Medalla de Plata.

Nos echamos a reír. Estoy desabrochándole el puño cuando empieza a sonar su teléfono móvil. Él, sin hacer caso, atrae mi boca hacia la suya. Me atrapa el labio inferior con los dientes.

—Preciosa —dice—. Realmente preciosa.

El móvil sigue sonando y sonando. Cuando enmudece, suelto un suspiro de alivio. Y entonces empieza a sonar otra vez. Josh me mira a los ojos; yo me encojo de hombros con frustración y me bajo de su regazo.

—Voy a apagarlo.

Mientras él hurga en el bolsillo, examino mi trabajo hasta ahora. Lo tengo derrumbado en el sillón, con las piernas separadas, la camisa desabrochada, el pelo alborotado y los ojos nublados y oscurecidos.

—Pareces un empollón sexi y virginal al que acabo de pervertir en el asiento trasero de mi coche.

Sus ojos brillan divertidos.

—Así es como me siento. —Saca el móvil y le echa un vistazo desdeñoso. Pero enseguida vuelve a mirarlo.

—Es mi madre. Mierda, me había olvidado de ella.

Me escondo en el baño. La vergüenza se apodera de mí ante la posibilidad de conocerla. No sé muy bien qué hacer. Oigo a través de la puerta cómo Josh habla con tono apaciguador. Me lavo las manos, me palpo los labios hinchados y me observo en el espejo. Parezco la versión porno de mí misma.

—Luce —me dice desde detrás de la puerta—. Perdona, pero he de bajar unos minutos.

Abro de golpe.

—¿Va todo bien?

—Mi madre está abajo. Por lo visto, ha preparado unos centros de mesa con las rosas de su jardín, pero no encuentra a nadie en el hotel que la ayude a descargarlos y está empezando a enfadarse. No hay nada que hacer. Tengo que bajar un momento y darle a alguien una patada en el culo. —Vuelve a abrocharse los botones de la camisa.

—Claro. Anda. Haz llorar a algún empleadillo. ¿Quieres que vaya a ayudarte?

—No. Tú estás cansada. ¿Quieres que te pida algo de comer? ¿Te traigo café cuando suba?

—No, estoy bien. Igual me ducho mientras tanto. Ten por seguro que cuando vuelvas te estaré esperando seductoramente en la cama con alguna prenda de encaje.

Él hace una mueca y se arregla un poco los pantalones. Está tan contrariado que me inspira compasión.

—No puedes dejarla ahí abajo peleándose con el personal.

—No sé cuánto tardaré; espero que sólo unos minutos. Tú relájate y ponte cómoda. Enseguida vuelvo.

—Tranquilo. Jamás querría montármelo con un chico que no está dispuesto a sacar a su madre de un apuro. Ve, anda.

El baño tiene casi el mismo tamaño que el dormitorio de mi apartamento. Me ducho y me desmaquillo. Mientras me cepillo los dientes, me miro la cara, pálida y sin ningún maquillaje, y me recuerdo a mí misma que él ya me ha visto así. De hecho, me ha visto en mucho peor estado.

Me ha visto sudando, vomitando, con fiebre, dormida. Me ha visto furiosa, frustrada, asustada. Caliente, sola, abatida. Tenga el aspecto que tenga, él nunca parece inmutarse. Siempre me mira de la misma forma. Saber eso me proporciona la confianza suficiente para salir con el top del dormilosaurio y con unos shorts para dormir. Me parecía una idea divertida en un principio, pero capto un atisbo de mí misma en el tocador. Tengo toda la pinta de una niña de diez años. Bueno, qué se le va a hacer. Una Lucy en picardías sería una falsificación.

El silencio se prolonga. Echo un vistazo a mi móvil. Nada. Aparto la colcha y me deslizo dentro de la cama. No puedo reprimir un gemido de placer. Después de toda la tensión de los últimos días, la experiencia no está resultando tan aterradora como había imaginado. Las sábanas se calientan enseguida y yo remuevo los pies con delectación.

Me recuesto sobre el montón de almohadas y enciendo la televisión. Encuentro un canal en el que ponen *Urgencias*, lo que me resulta extrañamente reconfortante. Seguro que Josh ya ha visto este episodio. Trato de detectar los detalles inexactos, pero se me empiezan a secar los ojos y los acabo cerrando. Para calmar mis nervios, pulso el *play* de mi memoria mientras reprimo un bostezo.

Vuelvo allí una vez más, a esa noche en la que, tragándome el orgullo, fui a su apartamento. Es como un rincón particular de felicidad que conservo en mi mente. Estoy acurrucada en su sofá, con la espalda hundida en los mullidos almohadones. Noto el peso de Josh a mi lado, y sé que, mientras él siga ahí, todo estará bien. Ignoro cuánto tiempo permanecemos así. Estoy aquí, cogida de la mano, con el hombre más intenso y fascinante que he conocido en mi vida. Me mira con una profunda ternura en los ojos. Como si me amase.

Ahora sé que debo estar soñando.

Me despierto cuando el sol que se cuela por la rendija de las cortinas ilumina el centro de mi almohada. Mi primer pensamiento es: «No. Estoy demasiado cómoda».

Y mi segundo pensamiento: «Por fin voy a verlo dormido».

Tendidos cara a cara, con las almohadas juntas, hemos estado toda la noche jugando al Juego de las Miradas con los ojos cerrados. Cada una de sus pestañas, oscuras y lustrosas, se curvan por encima del pómulo. Sería capaz de asesinar por unas pestañas como éstas; pero parece que la naturaleza siempre se las otorga a los hombres más masculinos. Josh se aferra a mi brazo como si fuera un osito de peluche. No le odio, ésa es la verdad. Ni una pizca siquiera. Es un desastre que no le odie. Le deslizo los dedos por la frente. Él la frunce un momento. Aliso la arruga con la presión de mi mano.

Me incorporo sobre el codo. El reloj de la mesilla marca las 12.42. Lo compruebo varias veces. ¿Cómo es que nos hemos dormido hasta el mediodía? Obviamente, el agotamiento de los últimos días nos ha pasado una factura espectacular.

—Josh. —No tiene sentido andarse con formalidades y llamarle por su nombre completo cuando estamos durmiendo en la misma cama—. ¿A qué hora es la boda?

Él se despierta sobresaltado y abre los ojos.

—Hola.

—Hola. ¿A qué hora es la boda? —Trato de deslizarme fuera de la cama, pero él se aferra a mi brazo con más fuerza.

—A las dos. Pero hemos de llegar allí más temprano.

—Pues ya son cerca de la una. De la tarde.

Él parece estupefacto.

—No había dormido hasta tan tarde desde la secundaria. Vamos a llegar tarde. —Pese a lo cual, me tira del codo y yo vuelvo a tumbarme en la cama. Ahora sí le veo los brazos desnudos, porque lleva una camiseta negra sin mangas.

—Bonitos brazos.

Deslizo las manos por uno de ellos, examinando las ondulaciones de cada curva tensa y definida. Lo hago de nuevo. Él observa en silencio. La segunda vez uso las uñas. Carne de gallina. Hmm. Inclino la cabeza para besarle la piel erizada.

—Eres único, Joshua Templeman. —Le aparto el pelo de la frente. Lo tiene despeinado y alborotado. Me paso los siguientes minutos alisándoselo—. ¿Me estoy esforzando demasiado en seducirte?

Él me atrae hacia sí. Nunca me habría imaginado que fuera tan mimoso.

—Siempre podrías esforzarte un poco más.

Es tan dulce... Estar en la cama con él resulta una delicia. Sin pensarlo, le pregunto algo que siempre he querido saber.

—¿Cuándo tuviste tu última novia?

La pregunta resuena como si hubiera tocado un gong. Qué buena idea, Lucy. Ponerte a hablar de otras mujeres mientras estás en la cama con él.

—Hmm. —Se produce un largo silencio. Tan largo que pienso que o se ha vuelto a dormir, o va a decirme que está casado. No, no puede ser. Es demasiado joven. Él vuelve a intentarlo—: Bueno. Hmm.

—No me digas que estás esperando el divorcio o algo así.

Sube el brazo hasta la mitad de mi espalda. Mi cabeza se reclina lentamente sobre su hombro. Apenas puedo mantener los ojos abiertos, de lo cómoda y abrigada que estoy. Envuelta en su fragancia y en unas sábanas de algodón.

—Nadie sería tan masoquista como para casarse conmigo.

Yo le defiendo con cierta indignación.

—Alguna estaría dispuesta, seguro. Eres absolutamente despampanante. Un tipo cuidado, alto, musculoso. Y con empleo. Y con un buen coche. Y con unos dientes perfectos. Vienes a ser lo opuesto de la mayoría de los chicos con los que he salido.

—O sea, ¿que todos han sido... monstruos horribles y desastrados..., sin trabajo... y más bajos que tú? ¿Cómo es posible?

—Veo que has estado leyendo mi diario. El último tipo con el que salí era tan bajito que podía ponerse mis tejanos.

—Pero debía de ser simpático. Para ser lo contrario de mí, debía de ser rematadamente simpático —dice, con la vista fija en la pared.

—Sí, supongo. Tú también puedes ser simpático. Ahora mismo lo eres. —Noto unos dientes en la clavícula y suelto un bufido—. Vale. Nunca eres simpático. —Los dientes han desaparecido y un suave beso, en cambio, desciende sobre el mismo punto.

—¿Y cuándo rompiste con ese hombre en miniatura? —Ahora empieza a besarme la garganta muy despacio, con aplicación y dulzura.

Cuando ladeo la cabeza para proporcionarle mejor acceso, veo otra vez el radiodespertador. La hora del mundo real se aproxima rápidamente. Me pregunto si tengo alguna barrita de cereales en el bolso.

—Fue un par de meses antes de la fusión de B&G. Ya hacía tiempo que la cosa no funcionaba. Y como estábamos pasando en la empresa una época muy estresante, y nosotros ya no nos veíamos tanto, acordamos darnos un descanso. Y el descanso nunca se terminó.

—Pero eso fue hace mucho.

—De ahí que yo te provocara constantemente. Pero tú nunca reaccionabas. Espera, no me lo digas. No quiero saberlo. —Imaginármelo dándole placer a otra es demasiado para mí.

—¿Por qué no?

—Me pondría celosa —refunfuño.

Él empieza a reírse por lo bajini, pero enseguida se pone serio. Cuando finalmente se explica, lo hace con un tono tremendamente incómodo.

—Yo estaba saliendo con alguien, pero rompimos una semana después del traslado al nuevo edificio de B&G. Fue ella la que rompió conmigo.

—B&G echa a perder cualquier otra relación. —Quisiera morderme la lengua, pero las palabras me salen solas—. Apuesto a que era alta.

—Sí, bastante. —Extiende el brazo hacia la mesita y coge su reloj.

—Rubia.

Se lo pone en la muñeca sin mirarme.

—Sí.

—Maldita sea. ¿Por qué siempre son Rubias Altas? Apuesto a que tiene los ojos castaños, la piel bronceada y un padre cirujano plástico.

—Eres tú la que ha leído mi diario —dice un poco inquieto.

Pego la cara a su hombro.

—Estaba deduciendo que debe de ser mi polo opuesto.

—Ella era...

Suelta un suspiro melancólico y a mí se me encoge el corazón. La pequeña y posesiva cavernícola que hay dentro de mí aparece ceñuda en la entrada de su cueva.

—Era muy agradable.

—Ah. Agradable. Qué asco.

—Y tenía ojos castaños. —Observa cómo asimilo los datos.

—Parece un motivo legítimo para romper. ¿Sabes qué? Tú tienes los ojos demasiado azules. Esto no va a funcionar.

Yo sólo pretendía soltar una réplica ingeniosa, pero el tono de su respuesta es fulminante.

—¿En serio creías que esto iba a funcionar?

Ahora me toca a mí decir «Hmm». Ya estoy medio enroscada en mi caparazón cuando él suelta un suspiro.

—Perdona. No quería decir eso. No puedo evitar comportarme como un cínico gilipollas.

—No es una novedad para mí.

—Por eso no tengo novia. Todas acaban dejándome por un chico amable.

Contempla el techo con tan profundo pesar que se me ocurre una idea espantosa. Está colgado por alguien. Esa Rubita-Alta que le rompió el corazón al dejarlo por otro chico menos complicado. Lo cual explicaría sin duda sus prejuicios contra los buenos chicos. Me devano los sesos para encontrar un modo de preguntárselo, pero él mira el reloj.

—Será mejor que nos demos prisa.

22

—Dame por favor un curso acelerado sobre los miembros clave de tu familia. ¿Algún tema tabú de conversación? No quiero preguntarle a tu tío dónde está su esposa para descubrir a continuación que fue asesinada.

—Hurgo en mi maleta.

—Bueno, hasta anoche, cuando transporté cuarenta y cinco centros florales al interior del hotel porque los de recepción no encontraban un carrito, yo llevaba varios meses sin ver a mi madre. Ella me llama casi todos los domingos para ponerme al día de las novedades de amigos y vecinos que a mí siempre me han tenido sin cuidado. Mi madre era cirujana; corazón y trasplantes principalmente. Le gustan los niños y la gente santurrona. Le vas a encantar. Más que encantar, ya verás.

Me doy cuenta de que tengo las manos sobre mi propio corazón. Deseo encantarle. Ay, cielos.

—Te dirá que va a adoptarte. En fin. Mi padre también es cirujano. Le llamaban el Carnicero.

Yo me estremezco.

—Cuando lo conozcas, comprenderás por qué. Trabajaba casi siempre en el quirófano de urgencias. Yo escuchaba todo tipo de historias a la hora del desayuno. «Han traído a un idiota con la garganta atravesada con un taco de billar.» Accidentes de tráfico, peleas, asesinatos fallidos. Siempre estaba atendiendo a borrachos con abrasiones, a mujeres con ojos a la funerala o costillas rotas. Fuese lo que fuese, él lo arreglaba.

—Un oficio muy duro.

—A mi madre, aunque también operaba, nadie la llamaba «Carnicera». Ella se interesaba por la persona que llegaba a la mesa de operaciones. Mi padre se ocupaba más bien de la carne.

Josh se sienta en el alféizar, perdido en sus pensamientos. Yo me pongo a sacar la ropa de la maleta, para dejarlo tranquilo, y luego empiezo a maquillarme en el baño.

Tras unos minutos, atisbo por la rendija y lo veo reflejado en el espejo del tocador. Con el torso desnudo, maravillosamente desnudo, acaba de abrir la cremallera de mi portatrajes y sostiene el vestido con dos dedos, ladeando la cabeza como si lo reconociera. Luego se pasa la mano por la cara.

Creo que he cometido un error con mi vestido azul.

La precipitada incursión que hice el martes a la hora del almuerzo a la pequeña *boutique* que hay cerca del trabajo me pareció una buena idea en ese momento, pero debería haber llevado alguno de los vestidos que tengo en mi guardarropa. Ahora ya es tarde para arrepentirse.

Josh despliega una tabla de planchar y extiende encima su camisa. Abro la puerta del baño con el pie.

—Uau. ¿A qué gimnasio vas? ¿A todos?

—Es uno que hay en el subsuelo del edificio McBride, a media manzana del trabajo.

Tengo que tragar un montón de saliva.

—¿Estás seguro de que hemos de ir a la boda?

Nunca le había visto tal cantidad de piel: una piel dorada e impecable, que irradia salud. Las líneas de sus clavículas y de sus caderas constituyen un marco impresionante. Entre medias, hay una serie de músculos individuales, cada uno de los cuales representa un objetivo cumplido: una casilla marcada. Los pectorales son planos y cuadrados, de contornos redondeados. La tersa piel del estómago ciñe esos músculos que yo suelo contemplar en las finales de natación de las Olimpiadas.

Josh se plancha la camisa y todos los músculos se mueven a la vez. Sus bíceps, y también los músculos de la parte baja de su abdomen, están surcados por ese tipo de venas tan descaradamente masculinas que recorren la superficie del músculo como diciendo: «Me lo he ganado a pulso». Sus caderas dibujan unas crestas que apuntan hacia su ingle, cubierta por los pantalones del traje.

La cantidad de sacrificio y determinación para mantener todo este patrimonio muscular es alucinante. Típico de Josh.

—Pero ¿cómo es que tienes este aspecto? —Lo digo como si estuviera al borde del paro cardíaco.

—Aburrimiento.

—Yo no estoy nada aburrida. ¿No podemos quedarnos aquí? Seguro que encuentro algo en el minibar con lo que embadurnarte todo el cuerpo.

—Uf. ¿Ésos son unos ojos lascivos o sólo me lo parece? —Me apunta con la plancha—. Termina ahí dentro.

—Para un tipo con tu aspecto, eres tremendamente tímido.

Él se queda un rato callado, planchando el cuello de la camisa. Percibo claramente que tiene que hacer un esfuerzo para permanecer sin camisa delante de mí.

—¿Por qué eres tan tímido?

—Es que he salido con algunas chicas en el pasado...

Se interrumpe. Cruzo los brazos. Mis oídos están a punto de sacar vapor a presión.

—¿Qué clase de chicas?

—Bueno, todas... me han dejado claro en algún momento que mi personalidad no es...

—No es, ¿qué?

—Que no es un placer estar a mi lado.

Incluso la plancha humea con indignación.

—¿Te querían sólo por tu cuerpo? ¿Y te lo dijeron a la cara?

—Sí. —Repasa un puño—. Debería resultar halagador, ¿no? Al principio me lo pareció, pero luego, cuando la cosa se fue repitiendo... No resulta agradable que te digan una y otra vez que no eres material adecuado para una relación. —Se inclina sobre la camisa para comprobar que no quedan arrugas.

Ahora por fin comprendo el sentido del cochecito en miniatura. «Mírame a mí, por favor. A mi auténtico yo.»

—¿Sabes lo que pienso sinceramente? Que seguirías siendo increíble aunque tuvieras el aspecto del señor Bexley.

—Debes de haberte bebido los botellines del minibar, Fresita.

Sonríe ligeramente mientras sigue planchando. Me muero de ganas de hacerle comprender algo de lo que yo misma aún no soy del todo consciente. Sólo puedo decir que me duele que se sienta mal sobre un aspecto tan fundamental de sí mismo. Decido no mirarlo tanto como un objeto y me doy la vuelta hasta que se pone la camisa. Es de color azul turquesa.

—Me encanta ese color. Combina a la perfección con el vestido que voy a llevar, hmm, obviamente. —Me vuelvo a avergonzar de mi vestido. Voy a buscar mi bolso y hurgo en su interior hasta encontrar el pintalabios.

—¿Me dejas mirar una cosa? —La corbata le cuelga todavía suelta cuando coge la barra de mis manos y lee el rótulo.

—«Lanzallamas.» Qué adecuado.

—¿Quieres que lo rebaje un poco? —Hurgo otra vez en el bolso.

—Me vuelve loco ese rojo tuyo. —Me besa en la boca antes de que empiece a pintarme. Observa cómo me aplico el pintalabios, secándome y aplicándomelo de nuevo y, al final, pone una cara como de haber superado una prueba—. Apenas puedo resistirlo cuando haces eso —dice.

—¿El pelo suelto o recogido?

Me mira acongojado. Me sujeta el pelo en lo alto y dice:

—Recogido.

Luego lo deja caer, acogiéndolo con las palmas abiertas como si fuera nieve.

—Suelto.

—Entonces medio recogido, medio suelto. Y deja de moverte, me pones nerviosa. ¿Por qué no bajas y te tomas una copa en el bar? Así te armas de valor. Yo conduciré hasta la iglesia.

—Te espero abajo dentro de, digamos, quince minutos, ¿vale?

Una vez que se ha ido, cuando el silencio inunda la habitación, me siento en el borde de la cama y me contemplo a mí misma. El pelo me cae sobre los hombros; mi boca parece un pequeño corazón rojo. Tengo pinta de estar perdiendo el juicio. Me desnudo, me pongo las bragas modeladoras para alisar cualquier bulto, me subo las medias y examino el vestido.

Yo pensaba comprar algo de un tono azul marino apagado, una prenda que pudiera volver a ponerme, pero en cuanto vi el vestido azul turquesa supe que tenía que ser mío. Aunque me lo hubiera propuesto, no habría encontrado nada que combinara mejor con las paredes de su dormitorio.

La dependienta me aseguró que me quedaba perfecto, pero la forma que ha tenido Josh de pasarse la mano por la cara indica que se ha dado cuenta de que está en compañía de una loca de remate. Lo cual es innegable. Prácticamente me estoy pintando a mí misma con el azul de su dormitorio. Consigo subirme la cremallera con unos movimientos de contorsionista.

Decido bajar por la enorme escalinata en espiral, en lugar de tomar el ascensor. ¿Cuántas oportunidades tendré de hacerlo? La vida ha empezado a parecerme una gran oportunidad para convertir cada experiencia en un nuevo recuerdo. Desciendo en círculos concéntricos hacia el hombre guapísimo con traje y camisa azul claro que está en la barra del bar.

Él levanta la vista. La expresión de sus ojos me avergüenza de tal forma que apenas puedo poner un pie delante del otro. «Loca, loca», me susurro a mí misma cuando me planto frente a él y apoyo el codo en la barra.

—¿Cómo estás? —acierto a decir. Él se limita a mirarme en silencio—. Sí, ya. Menuda loca, vestida con el mismo color que las paredes de tu habitación. —Me aliso el vestido con gesto cohibido.

Es un vestido de estilo retro, como de baile de promoción, con un profundo escote y la cintura ceñida. Me llega un olorcillo de la comida que están sirviendo en el restaurante del hotel. Mi estómago emite un gemido lastimero.

Josh niega con la cabeza, como si yo fuese idiota.

—Estás preciosa. Tú siempre estás preciosa.

Mientras el placer de estas palabras se difunde por mi pecho, recuerdo que tengo una deuda de gratitud pendiente.

—Gracias por las rosas. No te las había agradecido, ¿verdad? Me encantaron. Nunca me habían mandado flores.

—Rojas de pintalabios. Rojas Lanzallamas. Nunca me había sentido como una mierda hasta tal punto.

—Te perdoné, ¿recuerdas? —Me meto entre sus rodillas y cojo su copa. La huelo—. Uau. Qué fuerte.

—Lo necesitaba. —La apura sin parpadear—. A mí tampoco me habían mandado flores nunca.

—Todas esas mujeres estúpidas que no saben cómo tratar a un hombre como es debido.

Aún estoy perturbada por lo que me ha contado antes. Desde luego, él es un gilipollas terco, calculador y celoso de su propio territorio durante el cuarenta por ciento del tiempo, pero el otro sesenta por ciento está lleno de humor, dulzura y vulnerabilidad.

Realmente, parece que me he bebido todos los botellines del minibar.

—¿Lista?

—Vamos. —Esperamos a que el mozo nos traiga el coche.

Levanto la vista hacia el cielo.

—Bueno, dicen que la lluvia el día de tu boda es un buen augurio.

Cuando llevamos circulando unos minutos, le pongo la mano sobre la rodilla porque no para de sacudirla.

—Relájate, por favor. Aún no he entendido por qué es tan importante esta ocasión.

Él no responde.

La pequeña iglesia queda a diez minutos del hotel. El aparcamiento está lleno de mujeres vestidas con colores pastel, que se abrazan a sí mismas, ateridas de frío, mientras reprenden a sus acompañantes masculinos o a sus hijos.

Yo también estoy a punto de abrazarme a mí misma frente al frío cuando Josh me coloca a su lado y me arrastra rápidamente hacia el interior. «Hola, luego hablamos», dice a varios parientes que le saludan con aire de sorpresa para volver enseguida sus ojos hacia mí.

—Te estás portando como un grosero —susurro, sonriendo a todo el mundo y procurando frenar un poco.

Él me desliza los dedos por la parte interior del brazo y da un hondo suspiro.

—Primera fila.

Me arrastra por el pasillo central. Soy como la nubecilla de la estela que va dejando un jet de combate. La organista está ensayando unos acordes vacilantes, y es probable que sea la expresión de Josh lo que la sobresalta y la hace pulsar varias teclas con estridencia. Nos acercamos al primer banco. La mano de Josh aprisiona la mía como un torno.

—Hola. —Lo dice con una desgana tan convincente que casi merece un Oscar—. Aquí estamos.

—¡Josh!

Su madre (me imagino que es ella) se levanta de un salto para abrazarle. Él me suelta la mano y yo observo cómo la rodea con sus brazos, o, mejor dicho, cómo enlaza los antebrazos por detrás de ella. Hay que reconocerle el mérito. Para ser alguien tan arisco, no puede negarse que se somete bastante dócilmente al ritual del abrazo.

—Hola —dice, besándola en la mejilla—. Estás muy guapa.

—Llegas por los pelos —comenta el hombre que está sentado en el banco, aunque no creo que Josh lo oiga.

La madre es una mujer bajita, de pelo claro, con esos blandos hoyuelos en las mejillas que yo siempre he deseado tener. Sus ojos grises están algo nublados cuando se echa atrás para contemplar a su enorme y precioso hijo.

—Ah, bueno. —Sonríe por el cumplido y se vuelve hacia mí—. ¿Y ésta es...?

—Sí. Ésta es Lucy Hutton. Lucy, mi madre, la doctora Elaine Templeman.

—Encantada de conocerla, doctora Templeman. —Ella me envuelve en un abrazo antes de que yo pueda parpadear siquiera.

—Llámame Elaine, por favor. ¡Lucy, al fin! —exclama sobre mi pelo. Luego se aparta y me estudia—. Es preciosa, Josh.

—Sí, mucho.

—Bueno, ya te anuncio que voy a adoptarte —me dice.

Yo no puedo evitar una sonrisita idiota. Josh me lanza una mirada como diciendo: «¿Lo ves?», y luego se seca las palmas en los pantalones. Tiene una expresión medio enloquecida. Quizá es que padece iglesiafobia.

—Qué muñequita, por Dios. Es para comérsela. Ven, siéntate aquí con nosotros. Éste es el padre de Josh. Anthony, mira qué monada. Anthony, ésta es Lucy.

—Encantado —contesta él, muy serio.

Yo parpadeo, alucinada. Es Joshua pasado por el túnel del tiempo. Todavía increíblemente guapo, parece un majestuoso zorro plateado, ataviado formalmente con un traje a medida. Estamos a la misma altura, y él continúa sentado. De pie, debe de ser un auténtico gigante. Elaine le pone la mano en el cuello. Él levanta la vista para mirarla, con una levísima sonrisa en los labios.

Luego vuelve sus terroríficos ojos láser hacia mí. La genética no deja de asombrarme.

—Encantada —respondo. Nos miramos el uno al otro. Tal vez debería tratar de cautivarlo. Es un viejo reflejo mío, pero pulso el botón de pausa. Sopeso la idea y acabo descartándola.

—Hola, Joshua —dice, reorientando sus ojos láser—. Ha pasado bastante tiempo.

—Hola —contesta Josh, y asiéndome de la muñeca me hace sentar entre él y su madre. Un parachoques. Tomo nota para reprochárselo más tarde.

Elaine le pasa una mano por el pelo a su marido, dejándoselo en impecable formación. La Bella ha domado a esta Bestia, no cabe duda. Cuando toma asiento, me vuelvo hacia ella.

—Debe de estar muy emocionada —digo—. Yo conocí a Patrick un día, aunque en condiciones menos agradables.

—Ah, sí. Patrick me lo contó en una de sus llamadas dominicales. Estabas bastante indispuesta, me explicó. Con una intoxicación alimentaria.

—Yo creo que era un virus —apuntó Josh, cogiéndome la mano y acariciándola como un hechicero obsesivo—. Y él no debería comentarte los síntomas de otras personas.

Su madre lo mira unos instantes, echa un vistazo a nuestras manos enlazadas y sonríe.

—Fuese lo que fuese —digo—, me dejó completamente hecha polvo. A lo mejor ni siquiera me reconoce ahora. O eso espero. Tuve mucha suerte de que sus hijos me ayudasen a superarlo.

Elaine le dirige una mirada a Anthony. He llevado sin querer la charla demasiado cerca del gran elefante de la habitación: el hecho de que Josh no ejerza la medicina.

—Las flores son preciosas —digo, señalando las masas enormes de lirios que hay al final de cada banco.

Elaine se inclina hacia mí y me susurra:

—Gracias por venir con él. Esto le resulta muy difícil —añade, lanzándole a Josh una mirada inquieta.

Elaine, siendo como es la madre del novio, se excusa enseguida para ir a saludar a los padres de Mindy y para ayudar a sentarse a varias personas tremendamente ancianas. La iglesia se va llenando; suenan risas ahogadas y grititos de sorpresa mientras los familiares y los amigos se saludan.

Francamente, no veo qué tiene de difícil esta situación. Todo parece ir sobre ruedas. No detecto nada fuera de lugar. Anthony saluda a la gente con un gesto. Elaine reparte besos y abrazos y contagia su animación a cada persona con la que habla.

Yo sólo soy un librito solitario entre dos sujetalibros imponentes y taciturnos. Anthony no es el tipo de hombre inclinado a la charla intrascendente.

Dejo que padre e hijo permanezcan en silencio sobre una pulida plancha de madera. Sigo sujetando la mano de Josh, sin saber muy bien si le soy de alguna ayuda hasta que él se vuelve y me mira a los ojos.

—Gracias por estar aquí —me susurra al oído—. Así es más fácil.

Reflexiono sobre estas palabras mientras Elaine toma otra vez asiento y la música empieza a sonar.

Patrick ocupa su sitio frente al altar. Le lanza una mirada irónica a su hermano y me examina a mí de arriba abajo, como evaluando mi recuperación. Sonríe a sus padres un momento y deja escapar un resoplido.

Nos ponemos todos de pie cuando Mindy llega con un gran vestido de tela esponjosa. Es un vestido absurdamente desmesurado, pero ella parece tan inmensamente feliz mientras recorre la nave sonriendo y llorando a la vez como una chiflada, que a mí me acaba encantando también.

Ocupa su sitio frente al novio, de modo que la veo muy bien. «Santo cielo. Es una preciosidad. A por ella, Patrick.»

Las bodas siempre acaban produciéndome un extraño efecto. Noto que me emociono cuando los amigos leen poemas especiales para la ocasión y cuando el pastor reflexiona sobre el compromiso que van a contraer los novios. Se me hace un nudo en la garganta cuando ellos pronuncian sus votos. Cojo el pañuelo que Elaine me ofrece y me seco el rabillo de los ojos. Observo con una sensación de suspense cómo desliza cada uno el anillo en el dedo del otro y respiro, aliviada, al ver que entran sin la menor dificultad.

Y cuando se pronuncian las palabras mágicas: «Puedes besar a la novia», dejo escapar un gran suspiro de felicidad como si estuviera desfilando el rótulo «THE END» sobre esa imagen congelada de película.

Miro a Elaine y ambas nos reímos encantadas y empezamos a aplaudir. Los hombres que tenemos a uno y otro lado suspiran con indulgencia.

Los novios recorren la iglesia luciendo sus nuevas alianzas de oro, y todo el mundo se pone de pie entre comentarios y exclamaciones que casi ahogan las notas del viejo órgano. Ahora, por primera vez, detecto algunas miradas especulativas hacia Josh. ¿Qué pasa aquí?

—Han ido a sacarse fotos al paseo marítimo. Espero que el viento no se lleve a Mindy en volandas —me dice Elaine, saludando a alguien—. Ahora iremos al hotel y tomaremos una copa; luego, una cena temprana y los discursos. En algún momento te robaremos a Josh para sacar unas fotos en familia.

—Suena bien. ¿No, Josh? —Le aprieto la mano. Ha estado ausente durante los últimos minutos. Con un respingo, vuelve a cobrar vida.

—Claro. Vamos.

Echo un vistazo por encima del hombro hacia sus padres, que parecen más divertidos que alarmados cuando él me toma del brazo y me arrastra a toda velocidad fuera de la iglesia.

—No corras, Josh. Espera. Mis zapatos. —Apenas puedo seguir su ritmo hasta llegar al coche. Él se desploma en el asiento del copiloto y suelta un enorme suspiro.

Yo tengo problemas para maniobrar marcha atrás, porque todo el mundo se aglomera a la vez en el aparcamiento.

—¿Quieres que volvamos directamente? ¿O prefieres dar una vuelta antes?

—Demos una vuelta. Hasta casa. Coge la autopista.

—Como observadora imparcial, te aseguro que ha ido todo bien.

—Tienes razón, supongo —dice abatido.

—¿Cómo? ¿Podrías repetirlo dentro de un momento para que lo grabe? Lo quiero usar como tono de alerta para mis mensajes de texto. Lucy Hutton, tienes razón.

Burlarme de él tal vez sirva para sacarlo de este pequeño bajón. Él se vuelve hacia mí.

—Si quieres puedo grabarte también el mensaje del

buzón de voz. Éste es el buzón de voz de Lucy Hutton. Ahora mismo está muy ocupada llorando en la boda de un desconocido y no puede atender a su llamada, pero deje un mensaje por favor y le llamará lo más pronto posible.

—Bah, cierra el pico. Seguramente veo demasiadas películas. Ha sido tan romántico...

—Eres un encanto.

—Joshua Templeman cree que soy un encanto. Lo nunca visto, señores. —Nos sonreímos el uno al otro.

—Debes haber llorado por algún motivo. ¿Estabas soñando con tu propia boda?

Lo miro a la defensiva.

—No. Claro que no. Qué patético. Además, mi prometido es invisible, no lo olvides.

—Pero, entonces, ¿por qué te hace llorar la boda de un desconocido?

—El matrimonio es uno de los últimos ritos ancestrales de la civilización. Todo el mundo desea encontrar a alguien que le quiera tanto como para llevar un anillo de oro. Ya sabes, para mostrar ante los demás que su corazón está ocupado.

—No sé si eso tiene importancia hoy en día.

Intento encontrar una forma de explicarlo.

—Es algo totalmente primario. Él lleva mi anillo. Es mío. Nunca será tuyo.

La lenta procesión de vehículos nos lleva de vuelta al hotel. Le doy las llaves al aparcacoches. Josh intenta arrastrarme hacia un lado del edificio.

—Josh. No. Venga.

—Subamos a la habitación.

Él se resiste a moverse. Y pesa una tonelada.

—Te estás portando de un modo absurdo. Dime qué te pasa.

—Es una tontería —murmura—. No es nada.

—Bueno, vamos a entrar. —Le cojo la mano con firmeza y lo llevo a través de las puertas que nos sujeta un botones.

Inspiro lo más profundamente que puedo y entro con él en un salón lleno de gente. La mitad, de la familia Templeman.

23

En una bonita sala contigua al salón de baile pasamos casi dos horas alternando, con un grado de incomodidad que varía según los casos, mientras se prolonga un cóctel al parecer interminable. Cuando digo alternando quiero decir arrastrando a Josh a través de una sucesión de encuentros con parientes lejanos. Él se mantiene a mi lado, mirando cómo ingiero champán para aplacar los nervios: un champán que me arde como si fuera gasolina en el estómago vacío. Cada presentación se desarrolla más o menos así:

—Lucy, ésta es mi tía Yvonne, la hermana de mi madre. Yvonne, Lucy Hutton.

Una vez que ha cumplido su deber, empieza a entretenerse acariciándome el brazo por la parte de dentro, extendiendo la mano por mi espalda para buscar la piel desnuda de mi nuca, o enlazando y desenlazando sus dedos con los míos. Siempre mirándome. Apenas aparta los ojos de mí. Es probable que le asombre mi capacidad para la charla intrascendente.

Al cabo de un rato, su madre se lo lleva al jardín lateral y yo miro a través de la ventana cómo va posando en distintas combinaciones familiares. Él mantiene una sonrisa forzada. Cuando me pilla espiando, me hace señas para que salga, y entonces posamos los dos juntos ante un precioso rosal. Mientras suena el obturador de la cámara, mi antiguo yo menea la cabeza, preguntándose cómo hemos llegado a esta situación. Joshua Templeman y yo... ¿juntos en una foto y, además, sonriendo? Cada nuevo acontecimiento entre nosotros da la impresión de ser algo imposible.

Josh me gira hacia él y me sujeta la barbilla con las manos. Oigo que el fotógrafo dice: «Encantador». Suena otro chasquido de la cámara y yo pierdo el mundo de vista en el instante en que sus labios tocan los míos. Me gustaría poder librarme de mis viejos recelos, pero todo esto se parece demasiado al ensueño de una tarde de verano. El tipo de ensueño al que yo me habría entregado para odiarme a mí misma a continuación.

Observo a Patrick y Mindy al otro lado del jardín, ahora enlazados en una pose romántica frente a otra cámara, y entonces caigo en la cuenta de que yo también estoy enlazada en una pose bastante romántica. El hombre que me ha odiado durante tanto tiempo está exhibiéndome ahora y atrayéndome hacia sí. Cuando volvemos adentro, me besa en la sien. Acerca los labios a mi oído y me dice que estoy preciosa. Luego me hace girar noventa grados y me presenta a otro grupo de parientes. Me sigue exhibiendo.

Lo que aún no he averiguado es por qué.

En cada presentación, después de los comentarios sobre lo guapa que estaba Mindy y lo bonita que ha sido la ceremonia, surge la pregunta inevitable.

—Bueno, Lucy, ¿y cómo conociste a Josh?

—Nos conocimos en el trabajo —ha dicho Josh la primera vez, cuando el silencio se prolongaba demasiado, y eso se ha convertido desde entonces en la respuesta por defecto.

—Ah, ¿y dónde trabajáis? —Es la pregunta siguiente.

Ningún miembro de su familia tiene la menor idea de dónde trabaja, o de cuál es su profesión. Tocan la cuestión con incomodidad, como si ser un Desertor de la Facultad de Medicina fuera algo de lo que avergonzarse profundamente. Aunque al menos una editorial no deja de tener su glamour.

—Es estupendo verte con una persona nueva —le dice una tía abuela. Dicho lo cual, me dirige una Mirada Significativa. Quizá se rumoreaba que era gay.

Digo una frase para excusarnos y me lo llevo aparte, detrás de una columna.

—Has de esforzarte un poco más. Estoy agotada. Ahora me toca a mí quedarme ahí plantada, metiéndote mano, mientras tú llevas la voz cantante. —Pasa un camarero y me ofrece otro canapé diminuto. El tipo ya me conoce a estas alturas porque me he zampado al menos doce. Soy su mejor cliente. Estoy obsesionada con la cena, que el camarero me ha prometido que se servirá a las cinco en punto. Miro las manecillas del reloj de Josh, consciente de que lo más seguro es que me muera de hambre antes de que llegue esa hora.

—No se me ocurre nada que decir. —Se fija en un morado de *paintball* que tengo en el antebrazo y adopta una expresión lúgubre, como lamentando que aún me queden marcas.

—Pregúntales cómo les va. Suele funcionar. —Me doy cuenta con incomodidad de la cantidad de gente que no para de lanzarnos miraditas—. Tienes que explicarme por qué todo el mundo me mira como si fuese la Novia de Frankenstein. Sin ánimo de ofender, monstruo grandullón.

—Yo no soporto que me pregunten cómo me va.

—Ya lo noto. Nadie tiene la menor idea sobre ti. Y no has respondido a mi pregunta.

—Me miran a mí. La mayoría no me había visto desde el Gran Escándalo.

—¿Por eso quieres que finja que soy tu novia? ¿Para que todo el mundo se olvide de que no eres médico? Te iría mejor si repartieras tu tarjeta profesional. Y deja de tocarme. No puedo pensar con claridad. —Tiro de mi brazo.

—Ahora que he empezado, no puedo parar. —Me atrae hacia sí y pega los labios a mi oído—. ¿Eres tan suave por todas partes?

—¿Tú qué crees?

—Quiero saberlo. —Me roza con los labios el lóbulo de la oreja y yo ya no recuerdo de qué estábamos hablando.

—Dime, ¿por qué estás tan besucón y tan en plan noviete? —Examino sus ojos atentamente. Cuando responde, percibo con toda certeza que me oculta algo.

—Ya te lo he dicho. Eres mi apoyo moral.

—¿Para qué? ¿Qué es lo que me estoy perdiendo? —Levanto un poco la voz y algunas cabezas se vuelven a mirar—. Josh, me siento como si estuviese esperando que caiga una bomba.

Me acaricia el lado del cuello con una mano. Yo me estremezco de tal modo que él se da cuenta. Cuando se inclina y me besa en los labios, cierro los párpados y todo deja de existir, salvo él. Quiero vivir sólo aquí, en la oscuridad, sintiendo su antebrazo en la parte baja de la espalda. Sus labios me están diciendo: «Lucy, deja de preocuparte». Una jugada desleal.

Abro los ojos y veo a una pareja —juraría que son los padres de Mindy— hablando a todas luces de nosotros. Ambos me inspeccionan con ojos entrometidos y especulativos.

—Deja de intentar distraerme. Hemos de pasar toda la cena. Y haz el favor de sacar temas de conversación y hablar con tus familiares. ¿Por qué estás tan tímido? —En cuanto lo digo, deduzco la respuesta—. Ah. Porque eres tímido. —Mi nuevo descubrimiento me ofrece una perspectiva ligeramente distinta desde la que observarle—. Durante todo este tiempo pensaba que no eras más que un cretino arrogante. Bueno, y lo eres. Pero hay algo más. En realidad, eres increíblemente tímido. —Él pestañea y yo deduzco sin más que he dado en el clavo.

Siento una extraña sensación que se despliega en mi pecho, que dobla su tamaño una vez y luego otra. No para de crecer, y crece cada vez más deprisa, inundándome con sus plumas como si fuera un gran almohadón. No entiendo qué sucede, pero noto que se me atora la garganta y que no puedo respirar. Él parece darse cuenta de que me pasa algo, pero no me agobia; sólo levanta el brazo y me rodea los hombros mientras me sujeta la cabeza con la otra mano. Otra vez intento hablar pero no puedo. Él me sujeta, yo me aferro con las manos a sus solapas y el vestíbulo rojo del fondo destella como una joya.

—Ah, Josh —dice Elaine—. Aquí estáis. —Su voz adopta un tono cálido. Josh da media vuelta sin soltarme, haciendo girar mis zapatos sobre el suelo de mármol.

Los ojos de su madre están un poquito más brillantes de la cuenta al mirarnos a los dos.

—Cuando estéis listos, ¿querréis venir al comedor? Estáis en nuestra mesa.

—Enseguida lo llevo para allá —le digo.

La sensación que tengo en el pecho se desinfla ligeramente cuando advierto que su madre se alegra de verlo acompañado. Me pongo más erguida y las manos de Josh descienden por mi espalda. La gente desfila hacia el comedor para ocupar sus asientos y algunas cabezas se vuelven a mirarnos al pasar.

—¿Quién se supone que soy yo? —Lo intento por última vez—. ¿Tu ama de llaves?, ¿tu profesora de piano?

—Tú eres Fresita —dice él simplemente—. No hace falta que te inventes nada. Venga. Acabemos de una vez con esto.

Siento cierta inquietud al acercarnos a nuestra mesa. Josh está tenso. Nos acomodamos en nuestras sillas y pasamos varios minutos examinando la decoración de la mesa y las tarjetas con nuestros nombres. Las demás están impresas, pero la mía está escrita a mano, supongo que debido a la confirmación tardía de mi asistencia.

Hay ocho personas sentadas a la mesa. Yo, Josh, su madre y su padre, los padres de Mindy y el hermano y la hermana de Mindy. Estoy en la mesa de los cabezas de familia. Si hubiera sabido que iba a suceder esto cuando le ofrecí impulsivamente a Josh mis servicios como chófer, me habría dado un puñetazo a mí misma en la cara.

Charlo un poco con el hermano de Mindy, sentado a mi izquierda. Chocamos las copas. Estoy rezando para que Josh diga algo, cualquier cosa. Ya me dispongo a darle un golpe en el muslo cuando Elaine rompe el silencio. La pregunta temida.

—Lucy, cuéntanos cómo conociste a Josh.

Me encojo por dentro. He respondido a esta pregunta por lo menos ocho veces hoy, pero no por eso se vuelve más fácil.

—Bueno. Hmm, a ver...

Ay, mierda. Parezco una acompañante a tanto la hora que no se ha preparado una buena mentira. ¿En qué hemos quedado con Josh? ¿Yo soy Fresita? No puedo contarles la verdad. Si alguna vez he querido humillar a Josh, ahora sería el momento. Casi me imagino diciéndolo: «Él me ha obligado a venir».

—Trabajamos juntos —dice Josh con calma, partiendo su panecillo en dos—. Nos conocimos en el trabajo.

—Un romance en la oficina —dice Elaine, haciéndole un guiño a Anthony—. Son los mejores. ¿Qué pensaste la primera vez que pusiste los ojos en él?

Sé distinguir a una romántica cuando la tengo delante. Elaine es una de esas madres que se tomará cualquier cumplido a sus vástagos como un cumplido para ella misma. Ahora mira a Josh con infinita ternura, y yo no puedo evitar enamorarme un poco de ella.

—Pensé: Madre mía, qué alto. —Todos se ríen, salvo Anthony, que inspecciona su tenedor, como para asegurarse de que está totalmente limpio.

—¿Cuánto mides tú, Lucy? —me pregunta Diane, la madre de Mindy. Otra pregunta temida.

—Uno cincuenta y dos, nada menos. —Es mi respuesta estándar y siempre arranca una carcajada.

Los camareros empiezan a servir los entrantes y mi estómago emite un gorgoteo hambriento.

—¿Y tú qué pensaste cuando viste a Lucy? —le pregunta Elaine a Josh. Ya puestos, podríamos estar en mitad de la mesa como centros decorativos. Esto empieza a ser absurdo.

—Pensé que tenía la sonrisa más bonita que había visto en mi vida —responde él con tono neutro. Diane y Elaine se miran y se muerden el labio, abriendo los ojos y arqueando las cejas. Conozco esa mirada. Es la mirada de la Mamá Esperanzada.

Pero ni siquiera yo puedo contener la sorpresa.

—¿De veras?

Si es una mentira, se está superando a sí mismo. Conozco su cara mucho mejor que la mía, y no percibo ninguna falsedad. Él asiente y me señala el plato en silencio.

Me entero de que Patrick y Mindy se van a Hawái de luna de miel.

—Yo siempre he querido ir a Hawái. Necesito un poco de sol. Unas vacaciones ahora suenan de maravilla. —Aparto mi plato, que he dejado prácticamente como una patena, y recuerdo que tengo en el horizonte cercano mi viaje a Fresas Sky Diamond. Empiezo a explicárselo a Josh, ya que él parece tan fascinado con ese lugar, pero su madre nos interrumpe.

—¿Estás muy ocupada en el trabajo? —pregunta Elaine.

Asiento.

—Mucho. Y Josh también.

Advierto que Anthony suelta un ligero bufido y mira para otro lado con desdén. Vaya, esa expresión me suena. Josh se pone rígido y Elaine le dedica a su marido una mirada ceñuda.

Sirven el plato principal y yo me lanzo a desmantelarlo con entusiasmo. Empiezan a aparecer durante la comida diminutas grietas de tensión. Debo de ser muy lenta, pero no logro averiguar la fuente de este clima. Anthony no ha dicho gran cosa, es cierto, pero parece un hombre bastante agradable. Elaine, en cambio, está cada vez más tensa y, aunque trata de mantener el tono alegre e informal, su sonrisa resulta forzada. Noto que mira a su marido con ojos suplicantes.

Los camareros retiran los platos y veo que los principales miembros de la familia se preparan para sus discursos. Anthony saca del bolsillo una pequeña ficha de cartón. Mientras prueban el micrófono, acerco un poco más la silla a Josh, que me pasa el brazo por los hombros. Yo me reclino sobre él.

Hablan primero el padrino y la dama de honor de Mindy. Luego el padre de Mindy pronuncia un discurso dando la bienvenida a Patrick a la familia. Dice que es un gran placer ganar a un hijo y yo sonrío ante la sinceridad de su tono. Josh me abraza más estrechamente y yo me arrebujo junto a él.

Anthony se sitúa frente al atril y examina su tarjeta de cartón con una expresión que bordea la repugnancia. Se inclina sobre el micrófono y empieza a hablar.

—Elaine me ha escrito algunas sugerencias, pero creo que voy a improvisar sobre la marcha. —Habla lenta, pausadamente, y con una pizca de sarcasmo que, según empiezo a comprender, es un rasgo hereditario entre los Templeman varones.

Se oyen risas dispersas a lo largo del salón. Josh se yergue en su silla. No necesito mirar para saber que frunce el ceño.

—Siempre he esperado grandes cosas de mi hijo.

Anthony sujeta los bordes del atril y mira a los congregados. Por su forma de expresarse parece que sólo tenga un hijo. O quizá estoy sacando demasiada punta a sus palabras.

—Y él no me ha decepcionado. Ni una sola vez. Nunca he recibido esa llamada que todos los padres temen. La llamada de «eh, papá, estoy colgado en México». Nunca la he recibido de Patrick. —Ahora suenan grandes carcajadas entre los reunidos.

—Ni tampoco de mí —me susurra Josh al oído.

—Se graduó entre el cinco por ciento más alto de su clase. Ha sido un privilegio observar cómo se convertía en el hombre que veis aquí —prosigue Anthony—. Su trayectoria ha sido cada vez más exitosa y es un profesional respetado entre sus colegas.

No percibo ninguna emoción en particular en su voz, pero sí observo que se queda mirando a Patrick durante unos segundos más de la cuenta.

—Debo decir que, el día que se licenció en la Facultad de Medicina, me vi a mí mismo en Patrick. Y fue un alivio saber que íbamos a ver continuada la dinastía de médicos.

Oigo que Josh inspira hondo. Su brazo parece cada vez más tenso sobre mis hombros.

Anthony levanta su copa.

—Pero yo creo que tu propia fuerza depende de la que tenga la persona con quien decides pasar tu vida. Y hoy, al casarse con Melinda, Patrick vuelve a hacer que me sienta orgulloso como padre. Y si me lo permites, Mindy, has elegido como marido a un Templeman excepcional. Bienvenida a nuestra familia.

Todos levantamos nuestras copas; todos salvo Josh. Me vuelvo y veo a un par de personas murmurándose al oído y observándonos. La madre de Mindy mira a Josh con lástima.

Mindy y Patrick cortan la tarta y sirven una porción a cada invitado. Yo llevo todo el día esperando con ganas un pastel y no quedo defraudada, porque me ponen delante un enorme pedazo de tarta con un montón de chocolate.

—Gran discurso. Gracias por ese comentario —le dice Josh a su padre.

—Era un chiste.

Anthony sonríe a Elaine, pero ella no parece complacida.

—Muy gracioso —masculla, con mirada glacial.

Yo sé cuándo conviene cambiar de tema.

—Esta tarta es como una condena a muerte a base de chocolate. Espero que no resulte demasiado perjudicial.

—Te sorprendería el daño que sufren las arterias por las dietas ricas en grasas —dice Anthony.

—Pero un capricho de vez en cuando no importa, ¿verdad? O eso espero —digo, metiéndome un pedazo en la boca.

—Idealmente. Pero las grasas saturadas y las grasas trans, una vez en las arterias, ya no salen de ahí. A menos que tengas un ataque cardíaco y que te atienda alguien como Elaine.

—Él es un poquito estricto consigo mismo —me explica Elaine con tono tranquilizador mientras yo dejo el tenedor con estrépito y me llevo las manos al pecho—. Darse un capricho está bien. Está mejor que bien.

—Ella me ha pedido mi opinión —señala Anthony muy serio—. Y yo se la he dado.

Observo que él no tiene tarta delante. Lo cual me recuerda la reunión de todo el personal. Josh tampoco comió ningún pastel entonces. Lo miro de reojo y, para mi sorpresa, veo que coge su tenedor y empieza a comer tarta. Es un «¡que te den!» mayúsculo dedicado a su padre. Bocado tras bocado, engullimos el pastel ávidamente hasta que

Anthony arruga la frente con repugnancia. Es evidente que no está acostumbrado a que se desoigan sus sabios consejos.

—La tendencia a darse caprichos es peligrosa. Puede resultarte difícil corregirte cuando empiezas a ceder a los impulsos más pequeños y triviales. —Anthony no está hablando de la tarta. Josh deja el tenedor ruidosamente.

Elaine parece desolada.

—Anthony, por favor. Déjale en paz.

—Ven conmigo —le digo a Josh. Y para mi relativa sorpresa, él se levanta obedientemente y me acompaña a un rincón en penumbra de la pista de baile vacía.

—¿Puedes hacer el favor de explicarme qué pasa? Esta tensión es insoportable. Lo lamento, pero tu padre se está portando como un idiota. ¿Siempre es así?

Él se pasa la mano por el pelo.

—De tal palo, tal astilla.

—No, tú no eres así. Habla todo el rato de forma maliciosa y tu madre está disgustada. Su discurso ha sido rarísimo. —Noto que estoy adoptando una actitud protectora con él y, al darme cuenta, siento una punzada en el plexo solar. Le cojo la mano, que tiene cerrada en un puño, y le acaricio los nudillos.

Él me mira los dedos.

—La cena ha terminado. Ya hemos pasado el mal trago. Es lo único que me importa.

—Pero ¿por qué da la sensación de que todos los ojos están vueltos hacia ti? Es como si todo el mundo estuviera mirándote para ver cómo lo llevas. En plan: «Aguanta, tío».

—Creo que pensarán que no lo estoy pasando tan mal —dice enlazándome la cintura con el brazo. La calidez de ese halago me llega directamente a la sangre (junto con unas dos mil calorías extra de la tarta).

—Pues se equivocan, porque nadie te lo hace pasar tan

mal como yo. —Mi agudeza se ve recompensada con una sonrisa—. ¿Estás bien? Háblame, por favor, de ese Gran Escándalo sobre el que todos murmuran. No me cabe en la cabeza que tu negativa a convertirte en médico pueda provocar tanto jaleo.

No es frecuente ver a Josh postergando las cosas, pero ahora lo hace.

—Es una larga historia. Primero voy al baño.

—Si te escapas por la ventana, me pondré furiosa.

—Volveré, te lo prometo. Y te contaré la triste historia completa. ¿No te importa que te deje sola un minuto?

—He tenido que alternar con la mitad de los invitados, ¿recuerdas? Seguro que encontraré con quién charlar.

Miro cómo se aleja y adopto una pose lo más natural posible.

Aún no he hablado con Mindy. Antes, cuando estábamos fuera, los fotógrafos no paraban de llevarla de aquí para allá, pero ella me ha sonreído y me ha dado la impresión de que es agradable. Ahora la tengo cerca; está hablando animadamente con una pareja de cierta edad, y, cuando ellos se retiran, le sonrío y la saludo tímidamente con la mano. Me sabe mal que tenga que aguantar a desconocidos en su boda.

—Hola, Mindy. Yo soy Lucy. La, hmm, acompañante de Joshua. Muchas gracias por invitarme. La ceremonia ha sido preciosa. Y me encanta tu vestido.

—Encantada de conocerte. Me moría de ganas. —Sonríe ampliamente y, mientras me examina de arriba abajo, sus ojos oscuros se iluminan con indisimulado interés—. Tú eres la chica que ha fundido al hombre de hielo.

—Ah, hmm. No sé si «fundido»... ¿El hombre de hielo? —digo, balbuceando.

—¿Sabes que Josh y yo salimos durante un año? —Agita la mano rápidamente, como quitándole importancia.

—¿Qué? No. —Siento como si se me hiciera un nudo en

el estómago. Y luego otro. Ella se pasa la mano por el pelo, alisándoselo, aunque lo tiene perfecto. Es rubia. Alta, bronceada, con los ojos castaños. Es la Rubita-Alta.

Mi boca debe de dibujar un círculo perfecto. Me he quedado sin habla. Ahora empieza a encajar todo. ¿Hasta qué punto resultaría humillante asistir a la boda de tu exnovia sin acompañante; en especial, si se casara con tu propio hermano?

—¿Cuánto hace que conociste a Patrick? —Procuro modular mi voz, pero sueno como el GPS del coche.

—Bueno, yo lo conocí mientras salía con Josh, claro. Cuando empezó toda esa historia en la empresa de Josh, con la fusión y demás, empecé a hablar con Patrick para tratar de comprender por qué estaba tan distante. Josh no es demasiado hablador, que digamos, como sabrás.

Yo miro a todos los desconocidos que se han pasado la velada observando a Josh. Querían ver cómo sobrellevaba la impresión de ver a esta belleza casándose con su hermano. Salieron un año entero. Seguro que se han acostado juntos. Esta rubita esbelta e inmaculada ha dormido en su cama. Lo ha besado en la boca. Trago una saliva repentinamente ácida.

—Patrick y yo congeniamos de inmediato. Ha sido todo como un torbellino. Nos prometimos hace sólo seis meses. A mí aún me sabe mal, pero Josh y yo no encajábamos. Sus cambios de humor a veces me intimidaban. Todavía ahora no sé muy bien de qué hablar con él. Perdona, qué mala educación la mía. No le digas que te he dicho esto, por favor.

Tengo la sensación de que voy a romper a llorar y Mindy me observa con creciente alarma.

—Lo siento, Lucy. Creía que él te lo habría contado. Se le ve tan feliz contigo... Nunca me habría imaginado que pudiera llegar a estar tan locamente enamorado. Nunca lo estuvo de mí. Supongo que es lógico. Los hombres intensos como él suelen enamorarse perdidamente cuando se enamoran.

Sonrío en plan forzado, pero no resulta nada convincente. No puedo arruinar el alegre ambiente de la boda de Mindy, pero por dentro estoy hecha polvo. ¿Cómo he podido ser tan idiota de pensar que él me estaba exhibiendo así porque sí? Soy su apoyo moral para asistir a la boda de su exnovia. Si eso no es la definición de una acompañante de alquiler, a ver cuál es.

—Ay, Lucy. Siento haberte dado un disgusto, sobre todo si estáis empezando a salir. Pero Josh es todo tuyo.

Esbozo una débil sonrisa. No, no es mío.

—Patrick está especialmente sorprendido. ¿Qué es lo que me ha dicho antes? Algo así como: «Nunca había visto comportarse a Josh como si realmente tuviera corazón».

—Claro que tiene corazón.

«Un corazón egoísta e interesado, pero un corazón al fin.»

Una persona con aspecto de organizadora de bodas le hace una seña a Mindy y ella asiente con la cabeza.

—Su corazón es todo tuyo —me dice, dándome unas palmaditas en el brazo—. Ahora voy a lanzar el ramo. Apuntaré hacia ti —añade, y se aleja zigzagueando entre sus invitados, con una serenidad y una belleza que yo nunca tendré.

Unos brazos me rodean desde atrás. Noto un beso en la nuca, aunque diluido por el pelo. El efecto es todavía tan potente que tengo que tragar saliva. El DJ ha empezado a convocar a las chicas solteras en la pista de baile. La sensación de pánico empieza a crecerme en las tripas. Me sudan las palmas de las manos. Tengo que salir de aquí.

—Hola. ¿Dónde están tus nuevos amigos? —pregunta, empujándome hacia el grupo cada vez más nutrido de participantes.

—No, Josh. No puedo.

La gente nos mira. Estoy como quien dice en el filo de la navaja: deseando montar una escena, pero sabiendo que no puedo. Las lágrimas y el pánico se van acumulando en mi interior. Josh, normalmente perceptivo, no se da cuenta esta vez.

—¿Qué hay de tu espíritu competitivo?

Me da un último empujón con firmeza y me veo propulsada entre un grupo variopinto de féminas donde hay desde una joven dama de honor ceceante hasta una mujer de poco más de cincuenta que parece estar haciendo estiramientos de preparación. Todas tienen la vista fija en el ramo. Qué bonito. Todas lo queremos.

Veo a la madre de Josh apostada a un lado. Me sonríe un momento, pero su sonrisa se desvanece para dar paso a una expresión preocupada. A saber la cara que tengo ahora mismo. Mindy busca mis ojos con la mirada y veo que le duele de verdad haberme dado un disgusto. Josh se sitúa cerca de su madre para ver mejor. Elaine le hace un gesto para que incline la cabeza y le dice algo al oído. Josh me mira fijamente.

En conjunto, la situación es excesiva.

—¡Allá vamos! —Mindy nos vuelve la espalda y finge ensayar el lanzamiento unas cuantas veces. El ramo es un conjunto de lirios rosados.

Yo apenas registro el impacto: las flores rebotan en mi pecho y caen en los brazos ansiosos de la dama de honor, que grita llena de regocijo. Todos los presentes menean la cabeza y se ríen ante mi falta de coordinación. Todos se vuelven hacia la persona de al lado y dicen: «Podría haberlas cogido ella».

Me siento tan desolada por no haber atrapado el ramo que el acceso de pánico se desata ahora en toda su plenitud.

Me río con educación y consigo salir lentamente por el otro lado de la pista de baile, sorteando a los espectadores.

Luego casi echo a correr. Tengo que salir de aquí. Como sé que él va a seguirme, en vez de optar por el refugio más obvio —el baño de mujeres— me meto por el corredor del servicio y emerjo en el jardín que queda junto al hotel.

Unos chicos con camisa blanca y corbata fuman cigarrillos mientras manipulan sus móviles. Me miran con aire aburrido. Aprieto el paso hasta acabar trotando, corriendo. Mis tacones apenas rozan el suelo. Quiero seguir corriendo hasta llegar al agua. Quiero saltar a un bote y remar hasta una isla desierta.

Sólo entonces seré capaz de afrontar la verdad.

Siento algo por Joshua Templeman. Es un sentimiento irreversible, estúpido, insensato. Si no, ¿por qué habría de dolerme tanto todo esto? ¿Por qué deseaba con toda mi alma envolver el ramo nupcial entre mis brazos y ver sonreír a Josh? Camino por la orilla, presa de una gran agitación.

Oigo cómo se aproximan los pasos rápidamente. Contengo la impaciencia y me preparo para decirle cuatro verdades.

Y entonces me vuelvo y veo que es la madre de Josh.

24

—Ah, hola —acierto a decir—. Estaba... tomando un poco el aire.

Elaine me mira, abre su bolso, saca un paquete de clínex y me da un pañuelo. Yo lo miro confusa, sin entender, hasta que me lo aplico en el ojo y veo que sale húmedo.

Nos quedamos las dos contemplando el agua, que brilla oscuramente bajo las últimas luces del crepúsculo. Estoy demasiado alterada para darme cuenta cabal de que voy a desahogarme con su madre. En este momento, me sirve cualquier persona dispuesta a escucharme con comprensión. Además, tampoco voy a volver a verla en mi vida.

—Él no me había contado lo de Mindy.

Elaine se vuelve, afligida, hacia la extensión de césped.

—Debería habértelo contado. No tendrías que haberlo descubierto de esta manera.

—Ahora se entiende todo mucho mejor. No comprendo cómo he podido ser tan estúpida. Es realmente increíble cómo ha estado actuando...

—Como si estuviera enamorado de ti.

—Sí. —Se me quiebra la voz—. Una vez me dijo que es muy buen actor. No puedo creer lo que ha ocurrido.

Ella no dice nada, pero me pone la mano en el hombro. Todos los destellos de insensata esperanza parecen completamente extinguidos en este momento.

—No creo que para él haya sido un juego. —Elaine tuerce la boca, pensativa.

La palabra «juego» sólo sirve para consolidar el dolor que yo siento en las entrañas.

—Ay, disculpe, pero usted no se hace una idea de lo bien que se le dan los juegos. Es así cada día de nuestra relación profesional. De lunes a viernes. Aunque ésta ha sido la primera vez que ha jugado conmigo durante un fin de semana.

Elaine mira detrás de mí. Veo la silueta de Josh bordeando el edificio con agitación. Ella menea la cabeza y él se detiene.

—Entonces, ¿por qué has venido aquí? —Parece sentir verdadera curiosidad.

—Le debía un favor. Y él me dijo que le serviría de apoyo moral. Yo no sabía por qué, pero vine de todos modos. Creía que tenía que ver con el hecho de que hubiera dejado la medicina. Y ahora voy y descubro que su exnovia se ha casado con su hermano... Me siento como si estuviera en un culebrón.

Elaine me sujeta del brazo. Cuando vuelve a hablar, hay una sonrisa burlona y cariñosa en la comisura de sus labios.

—Yo hablo con Josh los domingos, y he sabido de ti prácticamente desde que te conoció. Una chica preciosa, de ojos increíblemente azules, con los labios de un rojo asombroso y el pelo de color negro azabache. Te describe como si fueras un personaje de cuento de hadas. Lo que no ha acabado de decidir todavía es si eres la princesa o la malvada.

Me aprieto la cabeza con los puños.

—La malvada. Me siento como la mujer más idiota del mundo por haber creído por un momento que él podía ser tan...

No consigo terminar la frase.

—Tú eres la chica que él llama Fresita. Cuando oí por primera vez tu apodo, lo supe sin más. Y te lo digo ahora: él nunca ha mirado a nadie como te mira a ti.

Empieza a irritarme esta mujer encantadora. Tiene una visión demasiado parcial, es evidente, y ya no me sirve de caja de resonancia. No puede creer que su hijo sea capaz de hacer nada hiriente. Abro la boca, pero ella me acalla con firmeza.

—Josh salió con Mindy. Y yo me alegro mucho de tenerla como nuera. Es una chica de lo más dulce. La Cenicienta no la aventaja absolutamente en nada.

—Es un encanto. Ella no es el problema.

—Pero Mindy nunca llegó a plantarle cara. Tú, en cambio, lo has hecho desde el primer día. Tú lo pones furioso. Nunca le has tenido miedo. Te has tomado tu tiempo para conocerlo, para sacarle ventaja en vuestras pequeñas escaramuzas profesionales. Tú te fijas en él.

—He procurado no hacerlo.

—Ni Josh ni su padre son fáciles. Algunos hombres son una delicia. Patrick, por ejemplo. Razonable, tranquilo, siempre con una sonrisa. Josh también tiene un apodo para él. El señor Buen Chico, lo llama. Y es cierto. Lo es. Sólo una mujer fuerte puede amar a alguien como Josh, y yo creo que esa mujer eres tú. Patrick es un libro abierto. Josh es hermético como una caja de seguridad. Pero vale la pena. Y aunque tú no me creerás, y no te lo reprocho esta noche, su padre también.

Elaine le hace a Josh una seña y él empieza a caminar hacia nosotras a grandes zancadas.

—No seas demasiado dura con él, por favor. Tú podrías haber atrapado el ramo —me reprende—. Si hubieras extendido un poco los brazos.

—No he podido.

Ella me besa en la mejilla y me abraza con una amabilidad tan familiar que me veo obligada a cerrar los ojos.

—Un día podrás. Si decides quedarte, celebraremos un desayuno familiar a las diez de la mañana en el restaurante. Me encantaría veros allí a los dos.

Regresa por el camino e intercepta a Josh.

Ambos se ponen a susurrar apresuradamente. Fantástico. Elaine está previniendo al enemigo sobre lo que le espera. Ya estoy harta de estar en este lugar, junto a estas aguas, bajo este cielo. Voy a sentarme en un banco bajo de hormigón e intento volver a guardarme el corazón dentro del pecho. Incluso su madre creía que Josh estaba enamorado.

—Has descubierto lo de Mindy. —En los veinte metros que le separaban de mí, seguro que ha preparado su argumentación.

—Sí. Buena jugada. Me has engañado, no cabe duda.

—¿Engañarte? —Se sienta a mi lado e intenta cogerme la mano, pero yo la aparto.

—¡Corta el rollo! Me has estado exhibiendo ante Mindy y su familia. Quizá deberías haber contratado a otra más guapa.

—¿De veras crees que ésa es la razón de que te haya traído aquí? —Todavía tiene la cara dura de fingir consternación.

—Ponte en mi lugar. Imagínate que te llevo a la boda de mi exnovio y me paso todo el rato pegada a ti como una lapa. Te hago sentir especial. Importante. Te hago sentir atractivo. —Me tiembla la voz—. Y entonces descubres la verdad y te preguntas de repente si todo aquello ha sido real.

—Que te haya traído aquí no tiene nada que ver con Mindy. Nada en absoluto.

—Pero ella es la Rubita-Alta con la que rompiste después de la fusión, ¿no? La chica de la que hemos hablado esta mañana en la cama. Tu gran desengaño amoroso. ¿Por qué no me lo has contado entonces? —Me tapo la cara con las manos, apoyando los codos en las rodillas.

Josh se vuelve hacia mí en el asiento.

—Estábamos en la cama y tú empezabas a mirarme como si no me odiaras. Y ella no es mi gran desengaño.

Lo corto en seco.

—Yo habría estado dispuesta a ser una acompañante de pago, pero tú tendrías que haber hablado claro desde el principio. Ha sido una jugada de mierda y, francamente, estoy furiosa conmigo misma por no haber previsto que harías algo así.

Su ansiedad va en aumento. Me pone la mano en el hombro y me gira suavemente hacia él. Nos miramos a los ojos.

—Quería que vinieras porque quiero que estés conmigo. Me tiene sin cuidado que ella acabe de casarse con Patrick. Para mí, eso es agua pasada. ¿Cómo iba a contártelo esta mañana? Habría arruinado el momento. Sabía que reaccionarías así.

—Claro que estoy reaccionando así. —O sea, como un dragón que escupe fuego y derrama lágrimas—. ¿No te pedí expresamente que me dijeras si había algún tema delicado que necesitara conocer, para estar prevenida? Me lo podrías haber contado en la oficina. Hace días. No ahora.

—Tú no habrías accedido a venir en estas circunstancias, si lo hubieras sabido. Te habrías negado a creer que este fin de semana pudiera ser algo más que una simple comedia. En cualquier caso, habrías reaccionado negativamente.

Para mis adentros, reconozco a regañadientes que probablemente tiene razón. Si hubiera conseguido convencerme para que viniera, yo seguramente habría representado un papel (y, desde luego, habría llevado pestañas postizas).

Me roza la muñeca con un dedo.

—Lo creas o no, yo estaba pendiente de otras cosas. Los centros florales de mi madre. La actitud de mi padre. Tu nivel de glucosa en sangre. La necesidad de contarte esta historia había pasado a segundo plano. —Contempla las aguas y se afloja la corbata—. Mindy es una buena chica. Pero yo no te he traído aquí para demostrarle lo bien que me han ido las cosas. La verdad es que me tiene sin cuidado lo que piense.

—No me creo que puedas mirar la situación con tanta tranquilidad. —No detecto ninguna emoción en su mirada cuando vuelve los ojos hacia mí.

—Digamos que nunca la imaginé como mi esposa. No encajábamos el uno con el otro.

Oírle decir «mi esposa» me deja de piedra. Con los ojos abiertos, sin parpadear. Con las pupilas dilatadas como monedas negras. El terror y el pánico y el afán posesivo me dejan la garganta seca. Ahora no quiero analizar por qué me siento así. Preferiría arrojarme al agua y empezar a nadar.

Él me mira de soslayo, con la cara tensa.

—Ahora que te he asegurado que traerte aquí no forma parte de un sofisticado plan de venganza, ¿puedes explicarme la verdadera razón de que todo esto te moleste tanto? Quiero decir, dejando aparte mi mentira por omisión y las miradas de la gente. De gente que nunca más volverás a ver.

La conversación se está acercando demasiado al tremendo embrollo de mis nuevos sentimientos. Intento durante largo rato encontrar una respuesta que suene creíble a medias, cuando menos, pero al ver que no se me ocurre ninguna, me levanto de golpe y echo a andar de vuelta hacia el hotel con tanta celeridad que él tiene que alargar el paso para darme alcance.

—Espera.

—Me vuelvo a casa en autobús.

Intento cerrarle la puerta del ascensor en las narices, pero él mete el hombro con facilidad. Pulso el botón de la cuarta planta y saco mi móvil para buscar los horarios de los autobuses. No tengo ni idea de la hora que es. Veo que he recibido varias llamadas perdidas. Josh intenta hablar, pero yo levanto la mano para acallarlo y él acaba cruzando los brazos, exasperado.

Reviso las llamadas distraídamente. Danny ha intentado localizarme un par de veces a lo largo de la tarde. También me ha enviado algunos mensajes de texto, tipo: «¿Tienes alguna preferencia para el tipo de letra?», «Bueno, lo escogeré yo», «¿Podrías llamarme cuando tengas un momento?».

Suena la campanilla del ascensor.

Josh parece a punto de volverse loco de remate. Conozco la sensación.

—Déjame tranquila —le digo con la máxima dignidad posible y recorro el pasillo hasta el fondo, donde hay un par de sillones junto a una ventana salediza. Durante el día, sería un buen rincón para sentarse con un libro. De noche, mientras los últimos destellos del crepúsculo se apagan en el cielo, es el lugar perfecto para enfurruñarse a gusto.

Me siento y marco el número de la compañía de autobuses. Resulta que sale uno directo a las siete y cuarto, y que tiene que hacer una parada en el hotel para recoger a otra persona. Los dioses me sonríen.

Si vuelvo a la habitación tendré que terminar de aclarar las cosas con Josh, y yo ahora estoy demasiado quemada. No me quedan fuerzas. Tengo que dejarlo para más adelante.

Danny responde al segundo tono.

—Hola —dice con cierta frialdad. Nada más irritante que un cliente imposible de localizar, supongo. Especialmente cuando le estás haciendo un favor.

—Hola, perdona que no respondiera. Es que estaba en una boda y tenía el móvil en silencio.

—No importa. Acabo de terminar.

—Muchas gracias. ¿Ha ido todo bien?

—Sí, en gran parte. Ahora estoy en casa probándolo en mi iPad, pasando las páginas y demás. El formateado tiene buena pinta. ¿De quién era la boda?

—Del hermano de un completo gilipollas.

—Estás con Joshua.

—¿Cómo lo has adivinado?

—Tenía un presentimiento. —Se echa a reír—. No te preocupes. Tus secretos están a buen recaudo conmigo.

—Eso espero. —A estas alturas no podría importarme menos que corriera la voz. De hecho, me estaría bien empleado verme humillada por los pasillos de B&G.

—¿Cuándo vuelves? Me gustaría enseñarte el resultado final.

—Mañana. Te llamo cuando esté de vuelta y quedamos.

—Con que te pases el lunes por la tarde, ya me va bien. Te he preparado la hoja de cálculo que me pediste, especificando el tiempo empleado para el proceso, los costes estimados de un diseñador en condiciones normales, y también los de un miembro asalariado de la empresa.

—Me dejas impresionada. Quizá debería llevar una pizza de agradecimiento.

—Sí, por favor. —Su voz desciende media octava y adopta un tonillo malicioso—. Bueno, ¿y qué te has puesto para la boda?

—Un vestido azul...

Veo a Josh reflejado en la ventana, por encima de mi cabeza, y doy un respingo. Él me quita el teléfono de la mano y mira el identificador de llamada.

—Soy Joshua. No vuelvas a llamarla. Sí, hablo en serio —dice. Cuelga y se guarda el móvil en el bolsillo.

—Eh. Dame mi teléfono.

—Ni hablar. ¿Era con él con quien tenías que hablar a

escondidas? —La expresión de sus ojos se vuelve oscura y acerada.

—¡Es un asunto de trabajo!

Josh me sujeta de las manos para hacerme levantar. Se abre una puerta en el pasillo. Estamos demasiado cerca de las demás habitaciones para entregarnos a una de nuestras peleas a gritos. Los dos de morros, desfilamos en silencio hacia nuestra habitación. Procuro no cerrar de un portazo.

—¿Y bien? —Josh cruza los brazos.

—Era un tema de trabajo.

—Sí, seguro. Una llamada de trabajo. ¿Una pizza? ¿Qué llevas puesto?

Me examina de arriba abajo con los ojos entornados, como si estuviera contemplando la posibilidad de arrancarme la piel a tiras. Me identifico totalmente con él. Yo sería capaz de darle un puñetazo en la cara. La energía y la furia hacen que el ambiente se vuelva casi sulfúrico. El problema con Josh es que, aun cuando está furioso, sigue resultando delicioso mirarlo. Tal vez incluso más que en condiciones normales. Todo él concentrado en el brillo oscuro de los ojos, en la tensión airada de la mandíbula. El pelo alborotado, la mano en la cadera tensando la camisa azul. Con lo cual a mí me resulta un poquito más difícil estar enfadada con él, porque he de hacer un esfuerzo para no reparar en todo eso. Una misión imposible con la que me he debatido desde que lo conozco. Aun así, persevero.

—No tienes ningún derecho a sermonearme. Sabía que esto iba a ser un desastre desde el instante en que me subí a tu coche. —Me quito los zapatos con un par de puntapiés—. Me voy enseguida. Hay un autobús.

Cojo mi maleta, pero él me detiene alzando la mano.

—Entre Danny y Mindy, hemos tenido hoy una buena ración de revelaciones celosas, ¿no crees? Si no quieres escucharme por una vez, voy a explotar. —Se arranca los gemelos, los arroja sobre el tocador y se sube las mangas, mascullando para sí—. El jodido gilipollas. ¿Qué llevas puesto? Ese tipo se la está buscando de verdad.

La expresión de su rostro hace que me pregunte si yo también me la estaré buscando. Me sitúo por si acaso detrás de un sillón, para establecer al menos la ilusión de cierta distancia, pero él señala el suelo frente a sus zapatos de cuero.

—No te escondas. Ven aquí.

—Más vale que te portes bien. —Cruzo la habitación y me planto ante él, con los brazos en jarras, para darme un poco de empaque. Él se toma unos instantes para decidir cómo actuar.

—Dos cuestiones muy sencillas, de entrada. Danny y Mindy.

Parece que esté tomando las riendas de una reunión del consejo directivo. Sólo le falta la lámina de una presentación proyectada a su espalda.

—¿Te importa Danny? ¿Podrías llegar a quererle? —Esos ojos son propios del rey de los asesinos en serie.

—He llamado a Danny por un tema de trabajo. Algo relacionado con mi entrevista. Ya te lo he dicho. Y ya me disculparás si no deseo contarle mis secretos a la persona con la que estoy compitiendo.

—Responde a mi pregunta.

—No, y no. Danny me está ayudando a preparar algo que voy a utilizar en mi presentación. Es un trabajo de diseño, y él ahora es *freelance*. Me está haciendo un favor inmenso al trabajar durante el fin de semana. Pero me tendría sin cuidado no volver a verle.

La expresión enloquecida de sus ojos se atenúa unos cuantos grados.

—Pues a mí Mindy me tiene sin cuidado. Por eso me dejó por mi hermano.

—Podrías habérmelo contado. En tu apartamento, en el sofá. Yo habría intentado comprenderlo. Entonces casi

346

éramos amigos. —Me doy cuenta de que hay otra cosa que me duele: que no haya confiado en mí.

—¿Tú crees que cuando finalmente te tengo sentada en mi sofá voy a ponerme a contarte que fui un novio tan desastroso que ella acabó yéndose con mi hermano? No es una tarjeta de presentación muy brillante que digamos. Después de semejante confesión, ¿habrías querido que nos siguiéramos viendo?

Detecto una sombra de rubor en sus pómulos. Está terriblemente avergonzado.

—¿Y para qué he venido, entonces? Era como apoyo moral, ¿recuerdas?

Observo cómo intenta varias veces encontrar una réplica sin conseguirlo.

—Si alguien me rompió el corazón no fue Mindy. Fue mi padre. —Se tapa la cara con las manos—. Tú has adivinado desde el principio por qué necesitaba apoyo moral. No había ningún gran secreto. Es la medicina. Lo dejé, fracasé, defraudé todas las expectativas. Si estás aquí es porque mi propio padre me da miedo, joder.

—¿Qué... qué te hizo? —Apenas me atrevo a preguntar.

Yo, al pensar en padres, pienso en el mío. Un vendaval enorme, ruidoso y divertido desde que era niña, siempre sorprendiéndome con pitufos y con besos que me raspaban en la mejilla. Me consta que hay padres malos. Al ver la expresión de Josh, desearía con toda mi alma que él no hubiera tenido uno.

—Mi padre me ha ignorado toda la vida.

Da la impresión de que es la primera vez que lo dice en voz alta. Mira hacia el suelo, abatido. Me acerco más. ¿Otro giro imprevisto del calidoscopio? Su dolor me desagarra por dentro.

—¿Te pegaba? ¿Te obligó a estudiar Medicina?

Josh se encoge de hombros.

—Hay una expresión en la familia real británica: el here-

347

dero y el segundón. Yo soy el segundón. Patrick fue el primogénito. Mi padre no es de las personas que están dispuestas a dispersar sus esfuerzos, no sé si me entiendes. Ellos planeaban tener sólo un hijo, además. Yo fui una sorpresa.

—Pero seguro que fuiste un hijo deseado. —Ahora tengo sujeto el puño arrugado de su camisa y le doy una sacudida torpemente—. Mira lo mucho que te quiere tu madre.

—Pero, para mi padre, yo no figuraba en los planes. Él se ha concentrado siempre en Patrick; y ya lo ves ahora: mi hermano es el hijo predilecto, el único hijo a efectos prácticos, el hijo que lo llena de orgullo el día de su boda.

No me mira a los ojos. Estamos pisando un terreno doloroso, profundo y antiguo.

—Lo que yo hacía no merecía siquiera una mención. Mi padre no quería pagar un centavo por mi educación universitaria; pero mi madre, sí. Yo me mataba a estudiar como un auténtico masoquista. Pero no había modo de complacerle. —Parece como si la amargura que desprende su voz lo estuviera ahogando.

A mí la rabia me rebosa por los poros. No puedo por menos que abrazarlo y apretar hasta que me duelen los brazos.

—Yo pensé que si llegaba a ser médico, quizá...

—Quizá se fijaría en ti. —Tal como su madre ha dicho.

—Y mientras, Patrick, el hijo modélico, incapaz de cometer un error, hacía que pareciera fácil conseguirlo. El problema con Patrick es que es tan bueno... Es rematadamente amable. Haría cualquier cosa por los demás. Hasta levantarse de la cama en mitad de la noche y venir en coche a ayudarme cuando tú estabas enferma. ¿Se puede ser más amable? A mí me resulta imposible odiarlo. Y me gustaría. Me encantaría poder odiarle.

—Es tu hermano. —Enlazo el brazo con el suyo—. Es evidente que haría cualquier cosa por ti.

—Así que hay un hijo perfecto en la familia, y luego estoy yo. Y quizá yo también puedo ser el mejor en algo, aunque sólo sea en comportarme como un cabrón. Yo nunca seré amable. Has de imaginarte lo que fue crecer con un padre como el mío. Tuve que volverme así para resistir.

Pienso en su forma imperiosa de moverse por B&G, tratando de ocultar su timidez y su inseguridad tras esa máscara.

—Lamento tener que darte la noticia, Josh, pero, por debajo de ese caparazón, tú también eres amable.

—No me interesa ser el segundo en nada. No voy a volver a ser el segundón en mi vida.

Su voz resuena con una férrea determinación. Pienso en el ascenso y una parte de mi cerebro suspira: «A la mierda».

—¿Ésa es la razón de que siempre me hayas odiado? Yo soy amable: demasiado amable, cosa que tú siempre has detestado. —Me arreglo un poco la manga del vestido.

—Me reventaba verte actuar de buen corazón con personas que se aprovechaban de tu amabilidad. Me daban ganas de defenderte, de protegerte de esos aprovechados. Pero no podía hacerlo, porque tú me odiabas, así que tenía que dejar que te defendieras por tu propia cuenta.

—¿Y mi amabilidad te impedía odiarme? —Mi tono esperanzado me vuelve francamente patética.

Él me pone el pulgar bajo la barbilla y me alza la cara.

—Sí.

—Vaya. Qué historia más triste.

Cuando me besa en la mejilla, comprendo que es una disculpa. Y sospecho que probablemente voy a aceptarla.

—No me malinterpretes. No pasé una infancia traumática ni nada parecido. Siempre tuve un techo sobre mi cabeza y todo lo demás. Y mi madre es buenísima —añade, con una nota de afecto en la voz—. No me puedo quejar.

—Sí, sí puedes.

Él me mira, sorprendido.

—No es justo que te ignoren o te hagan sentir insignificante. Tú has logrado un montón de cosas en tu carrera profesional. Deberías sentirte orgulloso de ti mismo. —Subrayo las últimas palabras—. Tienes derecho a quejarte todo lo que quieras. Yo estoy contigo, ¿recuerdas?

—¿En serio? —Noto que la tensión se ha aflojado un poco en su interior—. Nunca creí que oiría tales palabras de tus labios Lanzallamas; y menos aún después de lo de esta noche.

—Ya somos dos. Bueno, ¿y qué sucedió cuando terminaste el curso preparatorio de Medicina? Seguro que entonces tu padre debió fijarse en ti.

—Mi madre armó un gran revuelo. Montó una fiesta e invitó a toda la gente que me había conocido a lo largo de los años. Fue en nuestra casa de aquí, en la playa. Supongo ahora, echando la vista atrás, que fue una gran fiesta. Pero mi padre no asistió.

—¿Se la saltó? —Lo abrazo con fuerza, apoyando la mejilla en su pecho. Noto que desliza las manos por mi espalda, como si me estuviera consolando a mí.

—Sí. No se molestó en cambiar el turno del hospital, como mi madre le pidió. Se la saltó del todo. Cuando Patrick terminó el curso preparatorio, mi padre le regaló el Rolex de nuestro abuelo. En mi caso, ni siquiera se molestó en presentarse. Él siempre ha sabido que yo no estaba hecho para la medicina. Ver cómo me esforzaba con tanto ahínco me volvía más patético.

—O sea, que no se presentó a la fiesta... ¿y tú no has hablado con tu padre como es debido desde hace cinco años? Debes darte cuenta de que esta situación hace sufrir a tu madre, ¿no? Siempre tiene los ojos brillantes, como si estuviera conteniéndose para no llorar.

—Esa noche cogí una borrachera increíble. Me senté sobre la arena, junto al agua, y vacié una botella de whisky a morro. Yo solo. En plan melodramático. A mi espalda, la casa estaba a reventar de invitados, pero nadie notó que el homenajeado se había ido.

Parece ligeramente divertido, pero yo sé que por debajo se siente herido en lo más hondo. Recuerdo que una vez, hace un millón de años, en una reunión de departamento, me pregunté mientras lo observaba si alguna vez se sentiría solo y aislado. Ahora conozco la respuesta.

—Así que te quedaste ahí fuera, borracho. ¿Qué hiciste después? ¿Entrar y montar una escena?

—No, pero comprendí que, a pesar de todos mis esfuerzos para buscar su aprobación, no había obtenido ningún resultado. Yo soy como él quizá. ¿Por qué intentarlo siquiera? ¿Por qué molestarse? Allí mismo, en ese momento, decidí que dejaría de intentarlo. Que cogería el primer empleo que encontrara.

Me gira ligeramente en sus brazos y, cuando vuelve a estrecharme, me empieza a acariciar el hombro como si fuera yo la que necesitara consuelo.

—Dejé de hacer el menor esfuerzo para conectar con él. Y fue como si me hubiera librado de la mayor fuente de tensión que había en mi vida. Dejé de intentarlo. Cuando quiera actuar como un padre, pensé, habrá de ser él quien dé el paso.

—¿Y no lo ha dado?

Josh continúa hablando como si no me hubiera oído.

—Lo que me da rabia es que cuando pasé a hacer un máster en Administración de Empresas en horario nocturno, mientras trabajaba en Bexley, él no pareció impresionado en absoluto. Como si no tuviera nada que decir. Como si ni siquiera reparase en mí lo suficiente para sentir una decepción. Pero sí lo he decepcionado. Una y otra vez a lo largo de mi vida. Para él, mi carrera profesional es un chiste.

Me sorprende lo furiosa que me estoy poniendo mientras lo escucho. Pienso en Anthony, en el rictus sarcástico que tiene constantemente en la cara.

—Tu padre se ha perdido contigo algo especial. ¿Por qué es de esa manera?

—No lo sé. Si lo supiera, quizá podría cambiarlo. Él siempre ha actuado así conmigo, y con la mayoría de la gente.

—Pero hay una cosa que no entiendo, Josh. Tú estás sobradamente cualificado para lo que haces en B&G.

—Ambos lo estamos —me dice.

—¿Por qué sigues allí?

—Antes de la fusión, estaba todos los días a punto de dejarlo. Pero yo ya tenía fama de rajarme en la familia.

—¿Y después de la fusión?

Él mira para otro lado. Veo que la comisura de sus labios se curva en una sonrisa.

—El puesto tenía algunos alicientes.

—Disfrutabas demasiado peleándote conmigo.

—Sí —reconoce.

—¿Cómo terminaste trabajando en Bexley, de todos modos?

—En un acceso de rabia, presenté solicitud para veinte puestos distintos. Y ésa fue la primera oferta que recibí: la de humilde servidor de Richard Bexley.

—¿Ni siquiera te importaba el tipo de trabajo? Yo tenía tantas ganas de entrar en una editorial que me eché a llorar cuando conseguí el puesto.

Él tiene la gentileza de poner una expresión culpable.

—Supongo que ahora te parecerá una injusticia si yo consigo el ascenso.

—No. El proceso se basa en el mérito profesional. Pero debes saberlo, Josh. Es mi sueño. B&G es mi sueño.

Él no dice nada. ¿Qué podría decir?

—Entonces, ¿de veras no me has traído aquí para demostrarle a Mindy que ahora estás con una pequeña empollona sexi?

A estas alturas, conozco su cara mejor que la mía, y no percibo el menor atisbo de falsedad cuando responde.

—No podía enfrentarme a mi padre yo solo. Para él, soy una vergüenza. Dejé la facultad, tengo un trabajo administrativo, mi novia se fue con mi hermano. A sus ojos, no soy nada. En cuanto a Patrick y Mindy, por mí pueden tener diez hijos y vivir casados cien años. Me tiene sin cuidado. Que les vaya bien.

Me permito decirlo por fin:

—Está bien. Te creo.

Permanecemos callados unos momentos.

—Lo peor —continúa Josh— es que todavía me pregunto cómo sería ahora mi vida si hubiera seguido estudiando Medicina.

—Para mí, la medicina es un gran misterio. Hay infinidad de cosas dentro de mí sobre las que no tengo la menor idea. Como si fuera la alcaldesa de una ciudad que nunca he visto.

Él sonríe ante mi modo de formularlo.

—Si supieras la cantidad de pequeños milagros que se producen cada vez que respiras, te quedarías de piedra. Una válvula puede cerrarse y no volver a abrirse; una arteria puede perforarse y causarte la muerte. En cualquier momento. Todo lo que sucede en tu diminuta ciudad es milagroso.

Me da un beso en la sien.

—Santo cielo. —Me aferro a él con más fuerza.

—Si vieras las cifras de la gente que se acuesta por la noche y no vuelve a despertar, no te lo creerías. Personas normales, sanas, ni siquiera muy mayores.

—¿Por qué me dices esto? ¿Es lo que tienes en la cabeza?

Hay un largo silencio.

—Antes sí. Ahora ya no tanto.

—Me parece que me gustaba más creer que estaba llena de huesos y porquería roja, simplemente. ¿Creerás que ahora estoy pensando si podría morirme esta noche?

—Ya ves por qué no sirvo para la charla intrascendente. Ah, y siento que mi padre te haya asustado sobre los efectos del pastel. Tiene celos, porque él no puede permitirse disfrutar de algo. Me parece que yo llevaba varios años sin comer pastel. Madre mía, qué bueno estaba.

—Somos un par de cerditos, tú y yo. ¿Quieres que bajemos para ver si ha quedado un poco?

Él me mira con cautela.

—¿No te vas?

Yo recuerdo mi plan de volver a casa en autobús.

—No, no me voy.

Me resulta cómodo que todavía esté sentado sobre el tocador. Así, cuando le cojo la cara con las manos, puedo alcanzarle poniéndome sólo un poco de puntillas. Así puedo sentir las chispas que saltan por el aire entre nuestros labios y el dulce suspiro de alivio que él deja escapar. Noto cómo se acelera su pulso bajo mis dedos. Es un juego bastante enrevesado el que hemos estado jugando para llegar a este punto.

Me resulta cómodo que todavía esté sentado sobre el tocador, porque así puedo atraer sus labios hacia los míos.

25

Cuando le beso, él deja escapar el aire largamente hasta vaciarse por completo. Yo quiero volver a llenarlo de nuevo. Hasta que han pasado unos minutos de ensueño no me doy cuenta de que he estado hablándole con mi beso. «Sí que importas. Eres importante para mí. Esto es importante.»

Sé que él me entiende, porque hay un ligero temblor en sus manos mientras me desliza una uña por la costura lateral del vestido, subiendo por los hombros y deteniéndose en mi nuca. También él me dice cosas. «Es a ti a quien yo quiero. Tú siempre estás preciosa. Esto es importante.»

Juguetea con la cremallera del vestido durante una eternidad tintineante y, al final, empieza a bajarla. Hace un ruido parecido al de una aguja derrapando por un disco de vinilo. Mientras él profundiza en el beso, yo me aprieto entre sus rodillas contra su cuerpo. Ni siquiera unos caballos salvajes podrían separarme a rastras de este hombre y alejarme de esta habitación. Lo voy a besar hasta morir de extenuación. Cuando noto el borde afilado de sus dientes en mis labios, sé que no soy la única dispuesta a todo.

Dejo que caiga el vestido, aparto los pies y lo recojo del suelo. La timidez se impone aún, y me tapo con él unos momentos hasta que me siento tan tonta que lo aparto. Debajo del vestido, para darle un aspecto bien liso, me he tenido que poner un corpiño de color marfil, como un pequeño traje de baño, que está provisto de unas ligas para sujetar las medias. Nada que ver con el dormilosaurio.

Josh pone una cara como si acabara de recibir una puñalada en el estómago.

—Santo Dios —murmura.

Le doy el vestido y me pongo la mano en la cadera. Sus ojos devoran cada línea, cada curva de mi cuerpo, incluso mientras dobla pulcramente el vestido en dos. Mis piernas son ridículamente cortas, y ahora no cuento con la ayuda de los tacones, pero su forma de mirarme hace que me flaqueen las rodillas.

—Te has quedado muy callado. —Me deslizo el dedo bajo el tirante de esta absurda prenda y hago una pausa. Veo cómo se le mueve la garganta al tragar.

Le pongo las manos en el cuello, aprieto un poco, y las deslizo hacia abajo. Es tan sólido, tan recio... Sus músculos irradian calor bajo mis palmas. Me acerco aún más, hundo la cara en su garganta y aspiro su fragancia. Cierro los ojos, diciéndome a mí misma que recuerde este momento. «Por favor, recuerda este momento cuando tengas cien años.»

Sus manos descienden por mi cintura y me agarran con decisión el trasero. Cuando empiezo a besarle la garganta, él me aprieta las nalgas con más fuerza.

—Quítate la camisa. Venga, rápido.

Me sale una voz zalamera y ronca. Él empieza a desabrochársela, algo aturdido. Cuando se la quita por fin, le veo la espalda desnuda en el espejo del tocador.

—Todavía tienes morados de *paintball*. Yo también.

Mi mano libre va recorriendo su pecho. Interrumpo el beso para mirar. Sus músculos están ensamblados a la perfección, como piezas de LEGO. Hundo las yemas de los dedos para observar cómo cede su piel. Sus manos no se han movido de mi trasero, pero sus dedos acarician las cintas que mantienen sujetas mis medias. Para no empezar a gemir de un modo demasiado ruidoso, vuelvo a besarlo y me retuerzo contra él.

—Lo tenía todo planeado —dice Josh, recuperando al fin la voz y empujándome suavemente hacia la cama. Aparta la colcha y me tumba sobre las sábanas sin el menor esfuerzo—. Iba a ser en un sitio un poco más romántico que una habitación de hotel.

¿Él, pensando en plan romántico? A mí se me estremece el corazón. Josh se apodera de mis labios con un beso tan delicado que podría echarme a llorar de la emoción.

—¿Lo ves? —dice en mi boca—. Yo no te odio, Lucy.

Su lengua toca la mía con timidez. Se tumba sobre mí apoyándose en los codos, aprisionándome entre sus bíceps, y a mí me viene un recuerdo del partido de *paintball*, cuando me apretó contra el árbol para protegerme, para cubrirme.

«Yo te estaba cubriendo todo el rato.»

Suspiro, y él aspira el aire de mi boca.

—Así...

Me estiro y me retuerzo bajo su peso.

—Eres enorme. No sabes cómo me excita.

—Y tú eres diminuta. Lo cual me hace pensar en todas las maneras que tendremos de encajar. No pienso en nada más desde el día que nos conocimos.

—Sí, claro. Ese día trascendental, cuando me miraste de arriba abajo y te volviste hacia la ventana.

Ahora me está dando unos mordisquitos en la garganta de una suavidad inimaginable. Entrelaza sus dedos con los míos, por encima de nuestras cabezas. ¿Cómo hemos vuelto a llegar aquí, a este lugar tan dulce, después de la llamarada de furia que nos ha abrasado a ambos? Un lugar tan dulce, tan suave y delicado, tan Josh...

—Si lo hacemos esta noche, no permitiré que luego te pongas rara conmigo. —Me mira con aire solemne, incorporándose un poco—. ¿Vas a sufrir uno de tus infames ataques de pánico?

—No lo sé. Es muy posible. —Lo digo en plan chistoso, pero él no parece nada divertido.

—Me gustaría saber cuánto tengo de ti. ¿Cuánto me corresponde? —Vuelve a besarme la garganta, sus dedos se entrelazan con más fuerza con los míos.

—Hasta el día de las entrevistas, te corresponde todo —digo, con los labios sobre su piel. Josh deja escapar un suspiro trémulo, como si me hubiera entregado a él para siempre, y no sólo por unos días.

Empezamos a besarnos de nuevo, y la fricción de mi muslo sobre su entrepierna lo impulsa a adoptar un ritmo más frenético. Su boca es húmeda, suave, deliciosa. Cuando se detiene, aunque sea para respirar, yo lo vuelvo a atraer hacia mí.

Al cabo de una eternidad, mete la mano en el tirante de mi hombro. Lo recorre lascivamente con los dedos, tensándolo, y después lo suelta y suena un leve chasquido. Lo hace otra vez.

—La cremallera está en el lado —le digo. O le suplico, estrictamente hablando.

Él no me hace caso y baja el dedo hacia el lazo que hay entre mis pechos.

—Es el lazo más diminuto que he visto. —Inclina la cabeza y lo muerde.

Vamos tan despacio que no me sorprendería abrir los ojos y ver la luz del día. Josh es muy diferente de como me lo imaginaba. Delicado, no brusco. Lento, no apresurado. Tímido, no impetuoso. Mis novios anteriores y sus cronometrados intentos de demorarse en los juegos preliminares son ahora un recuerdo lejano, comparados con el intenso placer de estar tumbada debajo de Josh.

Introduce los dedos entre mi pelo, y el arañazo de sus uñas sobre mi cuero cabelludo me pone la carne de gallina. Me lame la piel erizada. Se incorpora con cuidado y se arrodilla entre mis piernas, al parecer para mirar mejor. A mí me viene de perlas. Veo cómo flexiona el estómago y suelto una exclamación, algo así como «uaaafff».

—¿Cómo te las arreglas para tener este aspecto?

—No tengo nada mejor que hacer que ir al gimnasio.

—Ahora sí lo tienes.

Me incorporo yo también y recorro esos músculos con la boca. Y luego hago algo que siempre he querido hacer: le pongo las dos manos en el trasero. Es fabuloso.

Él me desliza las manos por el pelo y yo empiezo a cubrirle el estómago de besos. No puedo contenerme. Encuentro un poco de vello y, al levantar la vista, veo que tiene el pecho ligeramente salpicado de pelillos en una línea que desciende por el centro y desaparece más allá de la pretina de sus pantalones.

—Ojos obscenos —dice con voz temblorosa.

—No me digas. Quiero esnifarte. Hueles siempre de un modo increíble. —Pego la nariz a su piel e inspiro con todas mis fuerzas. Él se echa a reír. Alzo los ojos y sonrío.

Sus dedos reposan en la cremallera de mi corpiño.

—Estoy cubierta de morados —digo, a modo de advertencia. Aspiro la piel de su estómago, contemplando sus abdominales.

—Estás monísima cuando te pones tímida. Iré despacio. —Me baja un tirante, dejándomelo sobre el brazo, y hace igual con el otro. Se muerde el labio—. Me voy a sentar —dice—. Me siento demasiado alto.

Entre un murmullo de sábanas, Josh se reclina sobre el cabezal y yo me coloco entre sus piernas, con la espalda sobre su pecho. Sus manos se extienden por mis hombros. Cierro los ojos, y empieza a darme el masaje más dulce y más dudosamente oportuno que quepa imaginar. La mayoría de los hombres ya estarían bajando la cremallera y metiéndome mano a estas alturas, pero él no es como la mayoría.

—Te sentaste así, sobre mí, cuando estabas enferma.

Sigue masajeándome, y la fricción entre ambos nos estimula y espolea. Me aparta el pelo y me pone los labios en un lado del cuello. A este paso, pronto no recordaré ni mi nombre.

Él desliza la mano por debajo del satén y sospesa mi pecho con la mano. Lenta, suavemente, sus dedos pellizcan la piel.

—Oh, sí —gime, volviendo a pegar los labios a mi cuello.

Oigo de repente el ruido que hago: como esas roncas inspiraciones de las personas que padecen un dolor extremo. Sólo que yo me siento a medio camino del orgasmo.

—Imagínate todas las cosas que vamos a hacer —dice, casi como si hablara consigo mismo.

—No quiero imaginarlo. Quiero saberlo. —Mis pies se retuercen entre las sábanas, como si me estuviera electrocutando.

—Y lo sabrás. Pero no basta con esta noche, empiezo a presentirlo. Ya te lo había dicho. Necesitaré días. Semanas.

Apenas noto cómo baja la cremallera. Me está liberando de la tensa tela de satén, porque noto sus grandes manos sobre mi piel. La sensación es sublime: como ser acariciada, mimada, abrigada y admirada a la vez. Cuando abro los ojos, noto su aliento caliente en la oreja y veo el corpiño crema caído en torno a mi cintura. Josh me desengancha los cierres de las medias y se inclina sobre mi hombro para mirarme.

—Hmm. —Coge la tela por los lados y la desliza a lo largo de mis piernas. Ahora, dejando aparte las medias, estoy desnuda.

La imagen de sus pantalones junto a mi piel hace que me sienta todavía más vulnerable en mi desnudez.

Flexiono las rodillas, como para esconderme, pero es absurdo. Él emite una especie de ronroneo tranquilizador junto a mi oído. Su mano enorme me recorre la cadera y el muslo y luego se queda anclada en mi cadera. Su otra mano hace lo mismo.

—Lucy. —Es lo único que parece capaz de decir—. Lucy. ¿Cómo voy a poder alejarme de esta noche? En serio. ¿Cómo?

Se me pone la piel de gallina. Yo me pregunto lo mismo. Dejo caer la cabeza hacia un lado y nos besamos.

Estoy ronca, sin aliento.

—Yo esta noche me muero. Quítate los pantalones, por favor.

—Esa frase la quiero bordada en un cojín.

Me río a carcajadas hasta quedarme sin aire.

—Eres graciosísimo. Siempre lo he pensado. No podía reírme, pero me moría de ganas.

—Ah. O sea, que es una de tus reglas. —Se levanta de la cama y pone la mano en el botón de la pretina—. Entonces, ¿el objetivo del juego es no reírse?

—El objetivo es conseguir que se ría el otro. Vamos. Que me está entrando frío. —Me devora la impaciencia, más bien. Él, al ver que me estremezco, me tapa con las sábanas y las mantas. Yo lo observo con mirada de pervertida mientras él se baja la cremallera de los pantalones.

—Pues yo tengo mis propias reglas. Y el objetivo del juego es distinto para mí.

Contemplar cómo se quita Josh los pantalones de su traje es algo fuera de serie. Lleva unos calzoncillos negros elásticos. Totalmente abultados por delante.

—Explícamelo. A ver.

Se quita los calzoncillos. Lo miro boquiabierta. Parece que incluso mis más febriles fantasías eran incorrectas. Estoy a punto de decirle que es realmente glorioso cuando pulsa el interruptor de la lámpara y nos quedamos a oscuras.

—¡No! Josh, no es justo. Enciende la luz. Quiero mirarte.

Extiendo el brazo hacia la lámpara, pero él se apresura a deslizarse bajo las mantas y yo siento toda la calidez de su cuerpo contra el mío. Ambos emitimos un gemido de incredulidad. Esa sensación. Piel contra piel. El calor inaudito.

No sé exactamente dónde está. Lo siento por todas partes. Noto su aliento en mi pelo, pero nos giramos un poco y, cuando suspira, ya está más abajo, sobre mi caja torácica. Es algo desconcertante y erótico. Doy un respingo, sobresaltada, cuando desliza la mano por mis costillas.

Otra mano me despoja de las medias, deslizándolas a lo largo de mis piernas. Me toca el tobillo y, al mismo tiempo, me sujeta por la curva de la cintura. Tengo la sensación de que hay manos pululando por todo mi cuerpo.

—Eres de una suavidad increíble. Y mi mano encaja a la perfección en todas partes. Yo tenía razón.

Me lo demuestra. Garganta. Pechos. Costillas. Caderas. Y luego me demuestra que su boca también encaja a la perfección. Me arde la piel con cada beso, con cada presión de sus labios. Lame el brillo de sudor que empieza a cubrirme. Oigo un murmullo de fondo hasta que me doy cuenta de que soy yo. Gimiendo, suplicando. Él no hace caso ni muestra compasión. Aplica su boca perfecta en la porción de piel que se le antoja. Centímetro a centímetro, va trazando un minucioso mapa de mí. Nada que objetar, salvo que él también tiene un cuerpo que quiero explorar con mis manos. Cuando está atravesando la curva superior de mi espalda, mis gemidos suplicantes consiguen hacerle mella.

—Déjame tocarte, por favor.

Transige y me da la vuelta. Yo voy acariciando desde el cuello hasta los recios músculos de sus brazos. Aprieto. Muerdo. Palpo el bíceps con ambas manos, amasándolo, sopesándolo. Es un placer increíble tocar a otro. Su piel es como de satén. Siento un hormigueo en las palmas de tanto acariciar. Mi boca se amolda a todos los puntos donde le beso. Mi vista va adaptándose a la penumbra; distingo el brillo de sus ojos mientras me entretengo explorando cada músculo, cada tendón, cada articulación que encuentro en mi camino.

Deslizo mi cuerpo contra el suyo en la oscuridad, sintiendo sus suspiros, y lo atraigo hacia mí para que se ponga encima.

—Peso mucho. Te voy a aplastar.

—He tenido una buena vida.

Él se ríe roncamente y obedece, estrujándome sobre el colchón de tal modo que se me vacían la mitad de los pulmones.

—Ah, qué bien. Qué pesado. Me encanta.

Se incorpora un poco al cabo de un minuto porque estoy muriendo lentamente ahí debajo. Deslizo la mano entre ambos y agarro su miembro duro e intrigante. Josh me deja acariciarlo y jugar con él hasta que su respiración entrecortada me indica que está derritiéndose, y que es por mí. No sé qué mejor victoria podría conseguir. Pero entonces noto su boca en mi cadera. Y casi enseguida empieza a besarme los muslos.

No puedo evitar reírme, tanto por las cosquillas de su barba incipiente como por un recuerdo que me viene ahora a la cabeza: la discusión que mantuvimos hace una eternidad sobre el uniforme corporativo. Me besa los muslos con devoción boquiabierta, murmurando cosas que no oigo bien pero que parecen palabras de halago. El calor de su aliento se ve puntuado con lametones, mordiscos y más besos. Me sería imposible resistir la suave presión de su boca, y su intención es bien clara. Mis piernas se abren; me tumbo del todo y contemplo el techo oscuro.

El primer contacto es fugaz. Como el lametón que le

das a un helado que está derritiéndose. Inspiro con tanto ímpetu que parece que estuviera esnifando y él, en recompensa, me besa el interior de los muslos. No soy capaz de articular una palabra.

El segundo es un beso, y yo pienso en su típico beso de primera cita: casto, suave, sin lengua. La promesa de todo lo que vendrá a continuación. Abrazo una almohada y decido que él no volverá a tener una primera cita con nadie. Nunca más.

El tercero es otro beso, pero éste evoluciona tan lentamente de casto a obsceno que no sé muy bien cuándo se transforma. Josh tiene todo el tiempo del mundo y, a cada minuto que pasa, mi cuerpo se afloja y se tensa a la vez. Consigo articular palabra y me sale una voz nítida y remilgada.

—No creo que el manual de Recursos Humanos diga nada sobre este tipo de actividad.

Noto cómo tiembla y gime.

—Qué pena. Es cierto —dice. Pero no se detiene, continúa infringiendo las normas de RR. HH. durante una cantidad de minutos incalculable.

Yo tiemblo y me estremezco cada vez más cerca de la cegadora explosión que ya diviso en el horizonte. Francamente, me sorprende que haya aguantado tanto tiempo. Alargo la mano, hundo los dedos en su pelo y le aparto la cabeza.

—No lo resisto. Por favor. Necesito más, mucho más. —Me escabullo, lo sujeto del brazo y lo atraigo con una fuerza sobrehumana. Él suspira con indulgencia y se pone de rodillas. Y por fin oigo ese sonido mágico del envoltorio al rasgarse.

Su voz, cuando vuelve a hablar, podría parecer autoritaria si no fuera por el temblor jadeante que la sacude, socavando todos sus esfuerzos.

—Al fin eres mía.

—Al fin eres mío —replico.

Se tiende sobre mí. Yo me llevo una sorpresa cuando se enciende la lámpara. Cierro los ojos, deslumbrada, y, al volver a abrirlos, veo que me mira fijamente. Las vetas negro zafiro de sus ojos producen extraños efectos en mi corazón.

—Hola, Fresita. —Nuestros dedos se entrelazan de nuevo por encima de mi cabeza.

La primera acometida es muy suave y mi cuerpo la asimila; luego asimila un poco más. Él aprieta la sien contra la mía, emitiendo unos ruidos desesperados, como si sintiera dolor, como si estuviera tratando de sobrevivir a este momento. Le aprieto involuntariamente la mano y él vuelve a empujar, ahora con fuerza. Casi me golpeo con el cabezal. Me echo a reír.

—Perdona —dice.

Yo le beso en la mejilla.

—No te disculpes. Otra vez.

26

—Nunca hemos jugado al Juego de las Miradas contigo dentro de mí. —Sus caderas se flexionan un poco; mis párpados empiezan a temblar.

Yo ya me esperaba el placer y también la presión, dado que él es enorme y yo tan pequeña, pero lo que me tensa ahora la garganta y no me deja responder es la emoción. Son sus ojos, la expresión que hay en ellos mientras empieza a mover las caderas con naturalidad y destreza. Sin impactos violentos, sin que me castañeen los dientes. Arremete contra mí con controlada mesura. Éste es el momento más excitante de mi vida. No consigo asimilar cada sensación. Algo parecido al pánico empieza a inundar mi pecho.

No puedo mantener la compostura bajo su mirada. Esos ojos apasionados. Intensos, fieros, audaces. Él quiere que se lo dé todo. No aceptará menos de mí.

—Háblame. —Me roza la nariz con la suya. Su respiración es profunda y regular.

—Tenías razón: no sé cómo, pero encajas en mí. Ay, qué bueno. —Apenas puedo hablar—. Me está entrando pánico.

—Bueno, ¿eh? —Me mira, divertido—. Siempre puedo conseguir que sea más que bueno.

Me suelta los dedos, mete las manos por debajo de mis muslos y me levanta unos centímetros de la cama.

—Bueno quiere decir muy bueno, buenísimo —balbuceo. Luego ya sólo me sale un gemido.

Joshua Templeman sabe realmente lo que se hace.

Pongo los ojos en blanco. Lo deduzco, porque él sonríe ligeramente y vuelve a mover las caderas. Las mantas se caen por un lado de la cama, y ahora estoy en primera fila, contemplando su rostro, sus espléndidos músculos en acción.

—No, yo no soy bueno —dice.

Empezamos a estirarnos lentamente el uno contra el otro, nos restregamos y refregamos. Nunca he experimentado nada parecido. Lo cual me confirma que ninguno de los chicos con los que he estado lo hacía bien. Ninguno hasta ahora.

Él frunce el ceño, concentrado. Debe de ser el ángulo que ha creado con tanta facilidad lo que parece accionar un pequeño interruptor dentro de mí.

—Ay. —Embiste de nuevo, y el placer resulta tan intenso que me sube un sollozo a la garganta. Una vez, y otra, y otra. Nunca había jugado a este juego.

No tengo fuerzas para mantener los brazos en sus hombros. Cada impulso de su cuerpo entrando en el mío me acerca un poco más a algo que, estoy segura, va a matarme.

—¿No te cansas? —Intento ser considerada, pero él no hace caso e intensifica el ritmo.

El sudor empieza a humedecerme la piel. Mis manos buscan asidero en las sábanas. Si ahora soy un peso muerto, a él no parece importarle. Lo único que puedo hacer es apretar los hombros contra el colchón e intentar sobrevivir a esto.

—Me muero, Josh —le advierto—. Me estoy muriendo.

Él me levanta un tobillo y se lo pone sobre el hombro. Me rodea la pierna con el brazo y estudia mi rostro con interés mientras acelera aún más el ritmo. Junta el entrecejo.

El Juego de las Miradas alcanza su apoteosis cuando encuentra mi punto G, hasta hoy inexistente. Ahora sí existe.

—Santo. Santo... Josh.

La risa que suelta es casi mi perdición.

He aquí mi problema: estas cosas no pasan, la primera vez con alguien siempre resulta más bien torpe. Te vas turnando e intentas averiguar los gustos y las fobias del otro. No follas de un modo húmedo y desatado y simultáneo, ni tratas de postergar tu orgasmo. Pero eso es lo que hago ahora. Y él lo nota.

—Lucy. Deja de resistirte.

—No me resisto —protesto, pero él empuja con más fuerza a causa de mi mentira. Yo le doy las gracias balbuceando.

—De nada —dice, y me alza aún más, aumentando el ángulo. No entiendo cómo no está cansado. Le mandaré una tarjeta de felicitación a su entrenador personal. Si es que puedo volver a sostener un bolígrafo. Me muerdo el labio. No puedo dejar que esto termine. Se lo digo.

—Así siempre, sigue así eternamente —le suplico, casi al borde de las lágrimas—. No pares.

—Eres testaruda, ¿eh, Fresita?

—No quiero que se acabe. Por favor, Josh. Por favor, por favor, por favor...

Él pega la cara a mi pantorrilla con un gesto de infinita dulzura.

—No se acabará —dice.

Noto que él también empieza a perder el control. Sus ojos están vidriosos y relucientes, y veo que los alza hacia el techo, como suplicando. Su piel adquiere a la luz de la lámpara un esplendor dorado.

La siguiente embestida es tan profunda y prolongada como las otras, pero yo me rompo del todo.

No es una sensación dulce e insulsa la que ahora me recorre de arriba abajo. Con los dientes apretados, me agarro de él y me retuerzo violentamente. El grito angustiado que suelto seguramente despierta a todo el mundo en el hotel, pero no puedo contenerlo. Es brutal. A punto estoy de darle una patada en la mandíbula, pero él me coge el pie y me sigue sujetando. El placer se desborda, mi cuerpo se arquea, se sacude, se contorsiona. Estoy completamente loca por Joshua Templeman. Él tiene razón. Esto no basta. Necesito días. Semanas. Años. Millones de años.

Caigo, me precipito en el vacío, y, al alzar la mirada, veo que él también cae por fin.

Se apoya sobre mi pierna, y noto cómo su cuerpo tiembla y se libera. Luego baja la vista hacia mí, con ojos repentinamente avergonzados, y yo le acaricio la mejilla con la mano.

Me deposita sobre el colchón con cuidado. No sé cómo voy a soltarlo. Le rodeo los hombros con los brazos y pego la boca a su frente. Tengo la sensación de haberme limpiado por dentro, como después de correr varios kilómetros. Él debe de sentirse como si hubiera hecho un triatlón.

Alza los ojos hacia mí.

—¿Cómo estás? —me susurra.

—Soy un espectro. Estoy muerta.

—No sabía que fuese letal —dice, y empieza a separarse de mí con dolorosa lentitud.

Yo ruego y suplico y digo: «No, no, no». Soy una adicta, estoy completamente enganchada; ya estoy deseando la siguiente dosis mientras la última corre aún por mis venas. Mi cuerpo trata de aferrarse al suyo, pero él me da un beso en la frente y se excusa.

—Perdona un momento —dice, y se va hacia el baño. Yo contemplo su trasero y me dejo caer sobre las almohadas.

«El mejor sexo de mi vida. El mejor trasero que he visto.»

—¿Es eso cierto? —me dice desde el baño.

Por lo visto, lo he dicho en voz alta.

Me tapo los ojos con el antebrazo y trato de serenar mi respiración. Noto que se hunde el colchón. Josh cubre con las mantas mi cuerpo aterido y apaga la lámpara.

—Ahora te vas a poner insoportable. Pero maldito seas, Josh. Maldito seas —digo con la lengua trabada.

—Maldita seas tú —dice, envolviéndome en sus brazos. Pego la mejilla sobre él, deleitándome con su sudor.

—Vamos a planear un juego para cuando nos despertemos. No podré soportarlo si te pones rara conmigo.

—Nos daremos los buenos días educadamente, y luego volveremos a hacerlo. —Hablo como si hubiera sufrido un derrame cerebral. Me duermo con la oreja pegada a su pecho, oyendo cómo se ríe suavemente.

De algún modo consigo sobrevivir hasta la mañana. Mientras me lavo las manos, me echo un vistazo en el espejo.

—Ay, mierda.

—¿Qué pasa?

Entreabro la puerta. La habitación está iluminada tenuemente por los rayos de luz que se filtran entre las cortinas.

—Se me olvidó quitarme el maquillaje. Parezco Alice Cooper otra vez.

El rímel se me ha corrido y la mancha hace que mis ojos tengan un aspecto azul lechoso.

—¿Otra vez? ¿Cuándo te has parecido a Alice Cooper?

—A la mañana siguiente de ponerme enferma, casi pegué un grito al verme en el espejo. —Me cepillo los dientes y me recojo el pelo en un moño.

—Me gustas cuando estás un poco hecha polvo.

—Entonces te gustaré ahora.

Estoy dentro de la ducha, tratando en vano de abrir el paquetito de jabón, cuando oigo rechinar la puerta y veo que entra en la bañera tan tranquilo, como si hiciéramos esto cada día. El deseo me electriza: una extraña mezcla de júbilo y de temor.

—Es un jabón tamaño Fresita —comenta, cogiéndolo de mis manos y mordiendo el sobre. Extrae la pastillita de jabón, sujetándola entre el índice y el pulgar.

—Esto va a ser divertido.

Yo estoy tan deslumbrada mirando cómo se desliza el agua por su piel aterciopelada que durante unos minutos no puedo hacer otra cosa que contemplar ese espectáculo con la lengua asomada en la comisura de los labios, igual que un perro hambriento. El agua se abre camino entre cada músculo antes de desbordarse y resbalar por las superficies lisas del estómago.

El vello de su cuerpo empieza en el centro de su pecho, se abre en abanico hacia los pezones y desciende en una delgada línea en dirección al ombligo. Después de ser bombardeada con un millón de vallas publicitarias de modelos relucientes en calzoncillos, casi se me había olvidado que los hombres tienen pelo. Siguiendo el curso del agua, miro el vello más espeso del pubis y la eminencia imponente de su miembro erecto. Todo mojado. Bellamente cubierto de venas. Me basta mirarlo para que me flaqueen las rodillas. Ha estado dentro de mí. Lo necesito otra vez. Lo necesito tantas veces que pierdo la cuenta.

—Eres tan... —digo, meneando la cabeza. He de cerrar los ojos para encontrar las palabras. Es que es demasiado, un exceso para la vista. No sé cómo he conseguido capturar a esta enorme criatura dorada en la ducha de un hotel.

—Uy, no. Soy espantoso —susurra, haciéndose el trágico.

Noto que me pone la pastilla de jabón en la clavícula y que empieza a trazar pequeños círculos, primero pegajosos, luego sedosos, resbaladizos.

—Mi entrenador personal estaba convencido de que

este disfraz me ayudaría con las mujeres. Pero qué va. Menudo derroche de tiempo y energía.

Abro los ojos. Deben de tener el mismo aspecto que si acabara de salir de un fumadero de opio porque Josh se echa a reír.

Aprieto con el pulgar la línea que la sonrisa dibuja en su mejilla.

—Eres impresionante. Hermoso. Me pareces increíble.

Me aparto un poco, apoyándome en los azulejos, para verlo mejor. Y ahora le toca a él contemplar cada centímetro de mi piel húmeda. Tengo que hacer un gran esfuerzo para no cubrirme con los brazos. Sus duros músculos me hacen parecer blanducha en comparación. Sus ojos se oscurecen mientras me mira de pies a cabeza.

—Ven aquí —murmura. Tomo la mano que me ofrece.

Qué manera de empezar el día. Duchándome con mi colega, con mi archienemigo.

En cuanto este pensamiento se materializa, comprendo que está completamente desfasado: tan desfasado que ya no puedo seguir mintiéndome a mí misma. Él me aparta de los fríos azulejos y me da la vuelta hacia el chorro de la ducha, revisando la temperatura antes de colocarme debajo. Luego me rodea por detrás con sus brazos y me da lo que sólo puede describirse como un achuchón. Yo me aprieto contra su erección para sentir cómo gime.

—¿Cómo estás? ¿Te sientes rara? ¿Tienes pánico? —Me enjabona la piel por debajo de los pechos y a lo largo de las costillas. Me levanta un brazo para examinarlo; compara el tamaño de nuestras manos.

—No. Estoy bien. ¿Cómo es que no hemos de preocuparnos de que seas tú quien se ponga raro? La mayoría de las chicas temen que ellos se inventen una sesión de entrenamiento a primera hora de la mañana para poder darse a la fuga. Y en tu caso no resultaría tan inverosímil.

—Yo llevo preparado para este momento mucho más

tiempo que tú —dice. Parece saber que no quiero que se me moje el pelo, porque me aparta un poco del chorro. Sus manos resbaladizas recorren mis caderas.

—¿Ah, sí?

—Sí.

—¿Cuánto tiempo?

—Mucho.

—Nunca lo he sospechado.

—Soy muy reservado. —Parece ligeramente divertido.

Me vuelvo y recupero la pastillita de jabón, que está a punto de convertirse en una rodajita translúcida. Me la pego en la palma de la mano, y así tengo una buena excusa para acariciar su cuerpo mientras él lame las gotas de agua de mi mandíbula.

Nos miramos el uno al otro, con las narices juntas y los ojos entornados. Todo parece dar vueltas. Por fuera, el aire es frío; pero bajo este chorro nos calentamos cada vez más, hasta que tengo la sensación de que casi estoy sudando. Es este beso.

Los minutos se desvanecen cuando estoy besando a Joshua Templeman. El sol no se alza en el cielo, el depósito de agua caliente no se vacía, la hora de dejar la habitación no existe. Él se toma su tiempo conmigo. Es un hombre extraño: consigue lo que es casi imposible. Me besa en el momento presente.

Es algo que siempre me ha costado en mis anteriores relaciones: desconectar mi cerebro. Aquí, en cambio, sólo existimos nosotros. Nuestros labios hallan un ritmo; el suave movimiento de un péndulo deslizándose, describiendo una ligerísima curva una y otra vez, hasta que para mí ya no queda otra cosa en el mundo que su cuerpo y el mío, y el agua chorreando sobre nosotros, puro vapor destinado a formar una nube.

Él hace que palabras tales como «intimidad» resulten inadecuadas. Tal vez sea su forma de emplear el pulgar para alzarme la cara, con los demás dedos extendidos detrás de mi oreja y hundidos entre mi pelo. Cuando intento tomar una bocanada de aire, él me lo insufla en los pulmones. Cuando mi cabeza se ladea, pesada y soñadora, él me sujeta la barbilla. Alzo los ojos para mirarlo, y siento dentro de mí un estallido de emoción. Creo que lo percibe en mi mirada, porque sonríe.

No hay nada que me recuerde tanto lo enormes que son sus manos como tenerlas sobre mi cuerpo. Abarca con las palmas mis costillas y las sube para mostrarme lo maravillosamente que puedo llenárselas. Cuando ya casi no aguanto más, me da la vuelta hacia la pared y sus dedos se extienden sobre mis omóplatos.

Me araña suavemente la espalda con las uñas mientras me susurra pegado a mi cuello.

Dice que soy preciosa. El pastelito de fresas más delicioso. El sabor que nunca podrá quitarse de la boca. Y dice que quiere que yo esté segura, completamente segura, antes de tomar una decisión sobre nosotros.

Lame el agua de mis hombros mientras introduce lentamente la mano entre mis muslos. Noto que mi pie se desliza por los azulejos un par de centímetros. Cuatro. Me estremezco y él me pasa un brazo por las clavículas.

Al primer contacto de su dedo, doy un gemido que reverbera a nuestro alrededor. Me pone en una tensión cada vez mayor con los suaves círculos que va trazando. Yo tanteo por detrás y atrapo su erección con la mano. Nuestros jadeos combinados crean un murmullo cavernoso entre los azulejos.

—Dámelo todo —me dice al oído. Yo le digo lo mismo.

Estoy rodeada de músculos húmedos y calientes por todas partes, con su boca mordisqueándome el lóbulo de la oreja y su vigoroso miembro sacudiéndose en mi mano desproporcionadamente pequeña. A él no parece importarle; de hecho, está empezando a soltar gemidos.

Yo tengo mis propios problemas. Por ejemplo, intento no armar mucho ruido para que no se me oiga fuera de la habitación; pero con la fricción celestial que Josh me está dando resulta sorprendentemente difícil. «Chist», me dice, medio riéndose. Empiezo a temblar. Sus dientes me arañan la nuca. Yo lo agarro con más fuerza. Ambos nos tensamos y gritamos prácticamente al mismo tiempo.

Esta vez es como un despliegue, como una floración. Él apoya la cabeza en los azulejos, por encima de mí, y los dos nos miramos sin decir palabra, observando cómo nos agitamos. Es extraño mirarse el uno al otro mientras te deshaces de placer. Tengo la sensación de que podría acostumbrarme.

Es imposible terminar de modo adecuado un momento como éste. ¿Cómo haces la transición a la realidad? Esta habitación de hotel merece una placa conmemorativa.

—Ay, mierda. El desayuno va a empezar enseguida. Hemos de darnos prisa. Y yo tengo que hacer la maleta.

—Saltémonos el desayuno.

Sus manos juguetean con la curva de mi cintura y de mis caderas. De arriba abajo. De dentro hacia fuera.

—Tu madre estará esperando. Vamos.

—No —aúlla tristemente, subiendo las manos hacia mis hombros.

—No —le digo, a mi vez, y salgo de la ducha, escabulléndome de sus brazos. Me envuelvo en una toalla y miro la hora en el despertador de la mesilla.

—Venga, tenemos quince minutos. Rápido, date prisa.

—Reservaré la habitación una noche más. Podemos quedarnos durante horas. Podríamos vivir aquí.

—Escucha, Josh. Me cae bien tu madre. Y no sé si soy patética por querer contentarla, ni tampoco si volveré a verla nunca más. Pero sí sé que te echa de menos. Y a lo mejor ésa es mi verdadera misión en todo este fin de semana. Obligarte a estar otra vez con tu familia.

—Qué adorable. Obligarme a hacer lo que yo no quiero hacer. Y, por supuesto, la verás de nuevo.

—Pues sí. Voy a decírtelo sin rodeos, me invitó a desayunar y voy a ir. Me muero de hambre. Me has despojado de toda mi energía a base de sexo. Tú haz lo que quieras.

Consigo ponerme un poco de rímel y pintarme la mitad del labio superior con Lanzallamas. Luego él se me acerca por detrás y yo me detengo a contemplar nuestro reflejo.

Las diferencias entre nosotros nunca han resultado más crudas, ni más eróticas. El contraste entre mi cuerpo y su enorme y glorioso físico está a punto de doblegar mi resolución. Josh me aparta el pelo del cuello y deposita un beso. Nos miramos a los ojos en el espejo. Dejo escapar un suspiro agitado.

Deseo decirle: sí, alquila la habitación para el resto de nuestras vidas. Si tuviera más tiempo, conseguiría que me amaras. La fuerza de este descubrimiento me domina por completo.

Debería estar ciega para no ver el brillo de afecto que hay en sus ojos mientras me estrecha entre sus brazos y empieza a besarme el cuello. Debería tener mil años para olvidar cómo me besa. Esto es el nuevo retoño de algo que podría llegar a ser extraordinario; pero tengo serias dudas de que pueda sobrevivir en el mundo real. Esta burbuja en la que estamos ahora... no es la realidad. Me gustaría que lo fuera; me gustaría que viviéramos aquí. Todo esto debería decírselo en voz alta, pero no tengo el valor para hacerlo.

Cierro los ojos.

—Podemos desayunar y volver luego a tu apartamento a velocidad supersónica.

—De acuerdo. Bonito color de labios, por cierto.

Consigo terminar el resto y me seco con un pañuelo de papel. Él me lo quita de las manos antes de que pueda estrujarlo y lo sostiene en alto para contemplarlo.

—Como un corazón.

—¿Qué te parece si compras un pequeño lienzo blanco y yo le estampo un beso? Así tendrás un recuerdo mío.

Le hago un guiño simpático para mantener el tono ligero. Pero la réplica sarcástica que estaba esperando no llega. Josh da media vuelta y sale del baño. Cuando al cabo de unos minutos salgo yo con mi estuche de maquillaje bajo el brazo, veo que se ha puesto unos tejanos y una camiseta roja.

—Nunca te había visto de rojo. ¿Cómo es que todos los colores te sientan bien?

Josh pone junto a mi bolso mi teléfono móvil, y también la rosa blanca que él llevaba en la solapa.

—Eso es lo que tú crees. —Cierra la cremallera de su maleta y se queda junto a la ventana, mirando el mar.

Yo busco en mi maleta mis propios tejanos y el jersey de casimir negro que ahora me alegro de haber traído. Hace fresco aquí, bastante más de lo normal para mí. Me estoy vistiendo y él no me mira. Doy un saltito para subirme la cremallera de los tejanos, pero no se vuelve. Me echo perfume en el escote y él ni siquiera husmea el ambiente.

—El desayuno irá bien.

—Sí, seguro —dice débilmente.

Me pongo unos zapatos planos y decido dejarme el pelo recogido en un moño húmedo y desordenado. Me acerco a él por detrás y lo abrazo por la cintura, apoyando la mejilla en la curva inferior de su omóplato.

—Dime qué te pasa.

—Soy un ligue de una noche. Esto es justamente lo que quería evitar. Yo pretendía construir algo, no darte la sensación de que aquí se acaba la historia.

—¡No! A ver. ¿Qué he hecho para que te sientas así?
—Le tiro del brazo hasta que se da la vuelta.

377

—Estás todo el rato hablando como si ya se hubiera terminado. ¿Un lienzo con un beso estampado para que me acuerde de ti? ¿Y por qué voy a necesitar un recuerdo tuyo?

—No seguiremos trabajando juntos mucho tiempo.

—Yo no te he deseado durante tanto tiempo, ni he aguantado tanto, ni tampoco he renunciado a tanto, para tenerte una sola noche. No es suficiente.

Tiene razón, claro. El resultado de la entrevista pende sobre nosotros como una espada de Damocles. Me entra una oleada de impaciencia.

—¿Puedo quedarme en tu casa esta noche? —Es lo único que se me ocurre—. ¿Dormir en tu cama?

—Supongo —dice enfurruñado. Lo arrastro por las presillas de los tejanos hacia su maleta.

Echo un vistazo a la cama. ¿Cómo pueden haber cambiado tanto las cosas en un espacio tan reducido? Quizá él está pensando lo mismo. Me besa en la frente con tal dulzura que yo siento un escozor en los ojos.

Atisbo la cifra de la factura cuando entregamos la llave en recepción. El equivalente a una semana de alquiler por esa habitación mágica. Josh estampa su firma, una rúbrica como la del Zorro, y me atrae hacia sí. Pego la mejilla a su pectoral.

—¿Han tenido una buena estancia?

La elegante recepcionista le sonríe a Josh un poquito más de la cuenta mientras procesa los documentos de salida. Parece ignorar a propósito mi presencia, o quizá está demasiado deslumbrada. Yo observo sus rizos rubios, impecablemente recogidos detrás. Su pintalabios rosa terroso resalta en exceso sobre su piel bronceada. Una Barbie de hotel.

—Sí, gracias —contesta Josh abstraído—. Excelente la presión del agua de la ducha.

Levanto la vista y detecto en la comisura de sus la-

bios un rictus que se va ahondando en una leve sonrisa.

La recepcionista se lo está imaginando en la ducha, no
cabe duda. Sus ojos vagan del bíceps a la pantalla del ordenador. De la pantalla a su cara. Grapa la factura, la dobla y busca un elegante sobrecito para guardarla, aunque
al cliente que está a nuestro lado en el mostrador no le han
dado ninguno.

Se entretiene con otra docena de detalles para poder
seguir lanzándole miraditas. Le habla del programa de fi-
delidad para los clientes y le explica que la próxima reserva incluirá una botella de vino gratis... y seguramente
a ella misma, envuelta en un picardías sobre su cama.
Luego vuelve a confirmar su dirección y su número de teléfono.

Yo la miro fijamente con irritación. Él no parece darse
cuenta y empieza a besarme en la sien. ¿Quién puede culparla, de todos modos?

Un hombre con semejante complexión, con una cara
como ésta, ¿poniéndose tan ridículamente tierno? Yo
misma me moriría de ganas al verlo; aunque, por suerte,
estoy en el otro lado. Debe de ser como mirar a un curtido
gorila de discoteca achuchando a una niña con tutú; o a un
púgil de lucha libre mandándole un besito a su novia en la
primera fila. La cruda virilidad hermanada, en sorprendente contraste, con la ternura y la delicadeza, es la combinación más atractiva del mundo.

Josh es el hombre más atractivo del mundo.

Veo que la expresión de la recepcionista se endurece
mientras me mira con aire especulativo. Yo extiendo una
mano sobre el pecho de Josh. Como diciendo: «Es mío». La
pequeña cavernícola que hay en mí no puede resistir la
tentación.

—¿Le traemos su coche?

—Sí —contesta Josh.

—No —digo yo a la vez.

—No, es verdad. Primero vamos a desayunar. ¿Podemos dejar las maletas aquí?

—Desde luego. —La recepcionista mira la mano izquierda de Josh y luego la mía, para comprobar si llevamos alianza—. Gracias, señor Templeman.

—Si volvemos algún día, habrás de ponerte una alianza falsa —protesto mientras cruzamos el vestíbulo hacia el restaurante.

Josh casi da un traspié.

—¿Por qué demonios dices eso?

Pasamos junto al salón y veo que los empleados están retirando los grandes montones de globos de color rosa.

—Esa recepcionista estaba a punto de echársete encima. No puedo culparla, pero vamos... Yo estaba delante. ¿Acaso soy invisible?

Josh me mira de soslayo.

—¡Qué primaria!

Cruzamos las puertas dobles de cristal, estiro el cuello para echar un vistazo y veo al fondo a su familia. Cuando levanto la mano para saludar, Josh me arrastra hacia atrás, mascullando de un modo ininteligible.

—Es un bufet —digo encantada—. Mira esos cruasanes. Normales y con chocolate. Rápido, que quedan pocos.

—Te lo pido por última vez. Vámonos. Las cosas fueron bastante bien ayer, en el terreno familiar. Cortemos por lo sano.

—¿Y qué quieres? ¿Salir derrapando como Thelma y Louise?

—Ellos se quedaron encantados contigo.

—Porque soy terriblemente encantadora. Venga, Josh. Cruasanes. Yo estoy contigo. Nadie te hará daño mientras esté aquí. Llevo mi fusil invisible de *paintball*. Entra ahí conmigo, dame de comer y luego llévame a tu preciosa habitación azul.

Él me da un beso en los labios. Yo, por encima del hombro, miro hacia el mostrador de recepción.

—Vamos, sé valiente. Olvídate de tu padre y concéntrate en tu madre. Actúa como un caballero. Yo entro.

Dicho lo cual, empiezo a avanzar entre las mesas. No sé si me estará siguiendo. Si no, esto va a ser un poco violento.

27

En la mesa junto a la ventana están Elaine, Anthony, Mindy y Patrick. Todos dejan de hablar cuando me acerco. Yo agito la mano como una tarada. Ellos parecen sorprendidos.

—Hola.

—Hola, Lucy. —Elaine es la primera en recuperarse y mira en torno a la mesa. Uf. No hay ninguna silla libre. Sólo nos hemos retrasado cinco minutos. Obviamente, no esperaban que nos presentáramos. Josh se ha entretenido en el bufet, por suerte.

—A ver, rápido. —Miro las mesas contiguas.

—Más sillas —dice Elaine, comprendiendo la situación. Si Josh llega y ve que no hay asientos para nosotros, se sentirá fatal.

Anthony está sentado en la cabecera y continúa leyendo su periódico doblado. Mejor dicho, una revista médica. Por Dios. No da la menor señal de ser consciente de que hay otras personas a su alrededor.

Con muchas prisas y considerable revuelo, consigo llevarme las sillas sobrantes de una mesa cercana. Cuando Josh aparece con un plato de cruasanes y una taza de té, estamos todos sentados con la máxima naturalidad posible, aunque todavía recolocando los platos delante de cada comensal.

—Buenos días —gorjea todo el mundo.

—Hola —dice Josh con cautela, dejando frente a mí el plato, donde además de los cruasanes hay unas fresas—. Te he traído los últimos. —Me acaricia el cuello.

—Muy amable. Gracias.

—Voy a buscar algo más —dice, retirándose. Elaine lo observa, en parte con tristeza, en parte divertida, y mira a Anthony.

Yo le dirijo una sonrisa a Mindy para mostrar que ya se me ha pasado el disgusto. Seguramente desprendo un resplandor posorgásmico de proporciones nucleares. Ella me devuelve tímidamente la sonrisa.

—¿Cómo se siente, señora Templeman?

No he meditado demasiado la pregunta, pero lo cierto es que Mindy se sobresalta al oírme llamarla así. Quizá soy excesivamente empática, pero me da la impresión de haber soltado una bomba. La pregunta resuena en mis oídos largamente.

«Señora Templeman.» Qué primaria, la verdad.

—Hecha polvo. Estoy tan cansada que es como si estuviera soñando. Pero en el buen sentido —dice con una sonrisa.

Baja la vista al mantel.

—Señora Templeman —murmura—. Suena tan... —Se tapa la cara con las manos, suspirando y riendo tontamente.

Sal de mi cabeza, Mindy.

—Siento que hayamos cogido una mesa pequeña —dice Elaine, pero yo meneo la cabeza.

—No importa. He tenido que echarle el lazo para hacerle bajar. —Hago el gesto de girar una cuerda sobre mi cabeza y las mujeres estallan en carcajadas. Los hombres permanecen silenciosos, leyendo y comiendo.

—Me lo imagino. La pequeña vaquera llevándolo a rastras y él corcoveando y resoplando.

—No entiendo por qué se lo toma todo tan a pecho

—apunta Patrick, dando un sorbo de café y haciendo una mueca.

Me da la impresión de que está siempre tan ocupado que engulle todas sus comidas atragantándose y escaldándose la lengua. O quizá sea una deformación profesional de los médicos. Ingerir el carburante en vez de disfrutarlo.

—Es tímido. Déjalo en paz.

Patrick frunce el ceño ante mi descaro de hermana pequeña y, finalmente, se ríe. Le echa un vistazo a Josh.

—¿Tímido? Hmm.

Veo en su rostro cómo asimila lentamente la idea, tal como me pasó a mí ayer. La timidez adopta formas muy distintas. Algunas personas son tímidas y blandas. Otras, tímidas y duras. O bien, como en el caso de Josh, tímidas y envueltas en una armadura de categoría militar.

—Josh, Lucy. Gracias por el regalo —dice Mindy cuando Josh reaparece y ocupa su silla.

Me mira a los ojos y sonríe. Debe de creer que lo escogí yo.

—No llegué a ver lo que eligió al final —digo, dando un enorme mordisco al cruasán. Josh, con el brazo en el respaldo de mi silla, apoya la mano cálidamente sobre mi hombro.

—Unas preciosas copas de champán de cristal Waterford, con nuestras iniciales grabadas. Y dos botellas de Moët.

—Buen trabajo, Josh.

—La boda estuvo muy bien —le dice Josh a Mindy.

Observo la expresión que tiene en los ojos mientras ambos se miran. Probablemente es la primera vez que se enfrentan cara a cara desde que rompieron. Casi me pongo a temblar de pura concentración, intentando detectar algún resto de congoja, deseo, rencor o soledad. Si tuviera bigotes, vibrarían como antenas.

—Gracias —contesta Mindy.

Echa un vistazo a su anillo de boda y luego mira a Patrick con rendida devoción. Yo observo a Josh atentamente. Si alguna vez tuviera que reaccionar mal, debería ser ahora. Él sonríe, mira su plato y luego a mí. Me da un beso en la sien y yo me convenzo definitivamente.

—¿Cómo nos tenías tan escondida a Lucy? —pregunta Mindy, cortando un pomelo.

—Bueno, verás. La tenía en el sótano.

—No es tan terrible como suena. Lo ha puesto todo muy acogedor allí abajo. —Todos se ríen. Salvo Anthony, claro.

Hago un descubrimiento refrescante. No estoy haciendo ningún esfuerzo. Por eso me siento tan cómoda, aunque esté rodeada de desconocidos. Si les gusto, perfecto. Si no, tampoco voy a morirme. Tengo la misma sensación relajada que cuando estoy sentada con mi familia. Si ladeo un poco la cabeza, ni siquiera veo a Anthony.

Mindy enumera algunos de los regalos que han recibido. La alianza de oro de Patrick destella bajo la luz pálida que se cuela entre las nubes. Él flexiona el pulgar de vez en cuando para tocárselo. Mindy lo observa con ternura.

Josh se ha comido dos huevos escalfados, una tostada integral y un montón de espinacas salteadas. Se toma su café en un par de tragos. Yo observo mi propio plato y me pellizco el estómago bajo la mesa. Su cuerpo es un templo sagrado. El mío va a convertirse en una bola de mantequilla a este paso.

—¿Más café? —Me levanto para servirme un poco de fruta. No puedo seguir zampando cruasanes. Josh me sujeta de la muñeca, alzando la vista hacia mí.

«Quédate», me dicen sus ojos. Le doy unas palmaditas y él me entrega su taza de mala gana.

—Enseguida vuelvo. ¿Alguien más?

Me entretengo manipulando la máquina de café. Todo

resulta un poquito forzado en la mesa. Se me ocurre que soy una intrusa. Soy la única que no pertenece a la familia Templeman.

Mientras lucho con las enormes pinzas de plástico para coger otra rodaja de sandía, percibo vagamente unas voces airadas. Estoy añadiendo a mi plato un racimo de uvas cuando me doy cuenta de lo que pasa. Ay, mierda.

Me apresuro a volver y dejo sobre la mesa mi plato y la taza de Josh. Mindy está paralizada y me mira con ojos asustados; Patrick parece simplemente resignado.

—Lo que quiero saber es por qué tiraste por la borda el curso preparatorio de Medicina. Cualquier idiota puede sacarse un máster de Administración de Empresas. —Anthony ha dejado su revista y mira a Josh con ojos penetrantes.

Madre mía. Sólo me he ausentado un par de minutos. ¿Cómo se ha torcido la cosa tan deprisa? Bueno, supongo que para que estalle una bomba nuclear basta con apretar el botón rojo. Le pongo la mano a Josh en la nuca, como quien sujeta a un perro de presa por el collar.

—Hay que joderse. Si entendieras algo del asunto, sabrías que es casi imposible sacarse un máster ejecutivo mientras trabajas a tiempo completo. Y yo me lo saqué. Entre el dos por ciento más alto de mi promoción. Y recibí cuatro ofertas; y dos de esas empresas aún me andan detrás.

—Me sorprende que lo terminaras si tan difícil era —replica Anthony—. Yo creía que tu deporte favorito era dejar las cosas a medias.

—Eh, eh —suelto sin pensarlo. Todavía sigo de pie, y me doy cuenta de que me he puesto una mano en la cadera.

—Lucy, sólo están... —Elaine no sabe bien qué hacer—. Tal vez deberías hablar con Josh fuera, Anthony.

La gente de las mesas vecinas ha bajado los cubiertos y observa con avidez o desvía incómodamente la mirada.

Josh se ríe con expresión maliciosa.

—¿Para qué? ¿Para que podamos pelearnos a puñetazos al viejo estilo? A él le encantaría.

Anthony pone los ojos en blanco.

—Tendrías que...

—¿Endurecerme? ¿Es lo que ibas a decir? Es lo que me has dicho desde que tengo memoria. —Josh alza los ojos hacia mí, exasperado—. Bueno, ¿ya podemos irnos?

—Yo creo que quizá deberíais hablarlo a fondo. —De lo contrario, pienso, podrían pasar otros cinco años.

—Fantástico —le dice Anthony a Elaine—. Es una de esas chicas sensibleras.

Josh entorna los párpados con aire amenazador.

—No te atrevas a hablar de ella.

—Bueno, no ha podido resistir la tentación de meterse.

—Cállate —le espeta Elaine a su marido. Está furiosa—. Lo único que te pedí es que fueses educado. Mantén la boca cerrada.

Miro a Anthony y él me mira a mí. Sus ojos están cargados de desprecio mientras me repasa de pies a cabeza. Finalmente, suelta un bufido y se vuelve hacia la ventana, obedeciendo a su esposa.

Ay, cielos. No voy a tolerar esto ni una vez más en mi vida, y menos de otro Templeman. Mi genio sale a relucir.

—Su hijo tiene un increíble talento. Es una persona centrada. Extraordinariamente inteligente. Y decisiva para mantener en funcionamiento una gran empresa editorial.

—¿Cómo? ¿Lamiendo sellos? ¿Atendiendo el teléfono?

Nos miramos a los ojos. Yo suelto una risotada.

—¿De veras cree que es eso lo que hace?

—No voy a quedarme aquí aguantando que me hable con ese tono, jovencita. He visto el cargo que figura en su correo, me basta con eso. Ayudante del director general. Y no sé quién se ha creído usted que es.

Está intentando restablecer su autoridad. Quizá debería sentarme y actuar como una buena chica. Josh trata de levantarse instintivamente para protegerme, pero yo le indico con un gesto que no se mueva.

Déjame a mí.

—Soy la persona que conoce a su propio hijo mejor que usted. Él es el ejecutivo a quien informan directamente los Departamentos de Ventas y Finanzas. Y los tiene cagados de miedo. Una vez, un hombre de cuarenta y cinco años me suplicó en el pasillo, frente a la sala de juntas, que me encargara yo de entregar los informes para no tener que asistir personalmente a la reunión. He visto a equipos enteros correteando como gallinas despavoridas, revisando dos y tres veces sus cifras. E incluso así, Josh detecta infaliblemente el error. Y luego siempre hay alguien que se ha de tomar un día de baja por estrés.

Anthony empieza a replicar con aire bravucón, pero yo lo corto en seco. Estoy tan alterada que sería capaz de estrangularlo. De veras: le rodearía el cuello con las manos y apretaría.

Soy Lara Croft, con las pistolas en ristre y los ojos llameantes y vengativos.

—Si Bexley Books no se desmoronó por completo antes de la fusión fue porque Josh recomendó una reducción de la plantilla del treinta y cinco por ciento. Yo le odié por este motivo. Fue una ejecución a sangre fría. Y él puede llegar a ser despiadado, no se hace una idea. Pero la reducción significó que otras ciento veinte personas conservaran su empleo y pudieran seguir pagando su hipoteca. O sea, que no se atreva a insinuar que Josh es un don nadie. Ah, y además me consta que fue un actor esencial en las negociaciones de la fusión. Uno de los abogados de la empresa me dijo en la cocina que era, cito literalmente, «un cabronazo inflexible». —No puedo parar. Es como si me estuviera purgando—. Su jefe, que sólo es codirector general, es un sapo gordo y holgazán tan abotargado por sus diferentes medicaciones que apenas puede atarse los cordones de los zapatos. Es Josh quien mantiene la empresa en marcha. Es decir, nosotros dos.

Los miro a todos. Josh hunde los dedos en la pretina de mis tejanos.

—Lamento estar haciendo una escena. Y todos me caen bien. Salvo usted. —Le lanzo una mirada a Anthony—. Yo he pasado más tiempo que nadie con él, y debo decirle que no sabe lo que tiene. Tiene a Josh, nada menos. Que es un gilipollas difícil y complicado, sí. Yo misma lo odio la mitad del tiempo; me saca de quicio y ya veo que es algo hereditario. Usted me ha mirado exactamente igual que Josh la primera vez que nos vimos. De arriba abajo, y luego volviéndose hacia la ventana. ¿Acaso lo sabe todo sobre mí? ¿Acaso lo sabe todo sobre él? No, no lo creo.

—Lo que yo he intentado siempre es estimularle. Algunas personas necesitan un empujón —dice Anthony.

—Usted no puede jugar a dos barajas. No puede pasar olímpicamente de él y luego cargarse la opción que ha elegido.

Anthony se frota la frente, como si le estuviera entrando dolor de cabeza.

—Mi padre también presionaba a mi hermano menor.

—¿Y cómo le sentaba a él?

Mira para otro lado. No demasiado bien, deduzco.

—Josh no es médico. Asúmalo de una vez.

Anthony me mira con ojos desorbitados.

—Pero quiero que sepa una cosa. Podría serlo si él quisiera. Podría ser lo que le diera la gana. Josh no ha cometido ningún error. No ha seguido otro camino por falta de capacidad. Lo ha seguido por su propia elección.

Tomo asiento, hecha una furia. Mindy y Patrick se miran, boquiabiertos. Qué demonios, todo el mundo en el restaurante se ha quedado boquiabierto. Oigo que alguien empieza a aplaudir y luego se detiene en seco.

—Perdone, Elaine. —Doy un sorbo enorme de té, y a punto estoy de derramármelo encima. Me tiemblan las manos.

—No te disculpes por defenderlo así —dice en voz baja. Supongo que «así» quiere decir como una leona rabiosa.

Me armo de valor y miro a Josh. Está completamente patidifuso.

—Eh... —Anthony se interrumpe antes de empezar. Yo lo miro de frente. Con la misma mirada impávida y fulminante que le he dedicado a su hijo un millar de veces—. Yo..., hmm. —Carraspea, examina sus cubiertos.

—¿Sí, doctor Templeman? ¿Iba a decir algo? —Mi audacia es impresionante.

—No sé mucho sobre tu trabajo, Josh. —Todos abren la boca todavía un poco más. Yo no. No voy a darle esa satisfacción. Le miro a los ojos y mentalmente le retuerzo un cuchillo oxidado en las tripas. Arqueo una ceja—. Me... interesaría hablar contigo más a fondo, Josh.

Me apresuro a meter baza.

—¿Ahora que sabe que es un hombre de éxito? ¿Precisamente cuando sabe que va a ser ascendido casi con toda seguridad a director ejecutivo de una gran editorial? Ahora sí tendrá algo que contar a sus compañeros de golf.

—Squash —me apunta Patrick—. Juega al squash.

Le he echado a Anthony el rapapolvo del siglo. Se ha quedado sin habla. Es fantástico.

—Debería quererle y sentirse orgulloso de él aunque sólo fuese el encargado de la correspondencia. Aunque no tuviera trabajo y estuviera loco y viviera bajo un puente. Ahora nos vamos, Elaine. Ha sido un placer, me ha encantado conocerla. Mindy, Patrick, felicidades de nuevo y disfrutad de vuestra luna de miel. Perdonad que haya montado una escena. Anthony, ha sido una gozada. —Me pongo de pie—. Ahora sí. Ahora salimos derrapando de aquí como Thelma y Louise.

Josh se levanta y besa a su madre en la mejilla. Ella lo sujeta de la muñeca con impotencia.

—¿Cuándo volveré a verte? —dice mirando a Josh, pero también a mí.

Veo que él tensa la mandíbula y casi oigo cómo está preparando una excusa. Quizá quiere cortar definitivamente con toda la familia Templeman. La frase que suelto a continuación me sorprende a mí misma. Sobre todo, teniendo en cuenta que acabo de despedirme de ellos por última vez.

—Si viene a la ciudad, podemos salir a almorzar. Incluso ir al cine después. Usted también está invitado, Anthony. —Su mandíbula, que cuelga flácidamente desde hace un rato, oscila con indecisión—. Pero sólo si está dispuesto a portarse con educación y a empezar a conocer a su hijo. Supongo que ya se da cuenta de que se han acabado las broncas a Josh. Salvo las mías, claro, porque a él le encantan.

Elaine se vuelve hacia su marido.

—Tú y yo vamos a tener una conversación. Salgamos fuera. Ahora —dice, poniéndose de pie y señalando las puertas cristaleras que dan a los jardines laterales. Anthony parece un condenado camino del patíbulo. Sé reconocer a una leona rabiosa como yo cuando la tengo delante.

Cojo a Josh de la mano y empezamos a desfilar entre la fascinada audiencia.

—Para usted es gratis, señora —dice la cajera del restaurante—. Esto ha sido mejor que el teatro.

Recojo las maletas en recepción. Esta vez, por suerte, no me atiende la rubia lasciva. Ahora seguramente le habría arrancado la cabeza de cuajo. Los dos juntos, emparejando el paso, salimos del vestíbulo como dos abogados de televisión dispuestos a hacer justicia.

Le pido al botones nuestro coche, y me vuelvo hacia Josh.

—Vale, suéltalo.

Acabo de montar una escena increíblemente embarazosa. Veo a gente cuchicheando sobre mí mientras esperan sus taxis. Voy a ser la protagonista en veinte versiones diferentes del Famoso Incidente del Restaurante.

Josh me coge y me levanta del suelo.

—Gracias —me dice—. Muchas gracias.

Cuando nos besamos, suenan algunos aplausos.

—¿No estás furioso conmigo? Los chicos no quieren que vaya nadie a salvarlos.

—Pues éste sí. Incluso te voy a dejar que escojas quién quieres ser, Thelma o Louise —dice, dejándome en el suelo, cuando nos traen el coche.

—Tú eres el más agraciado de los dos. O sea, Thelma.

Josh desliza el asiento del conductor hacia atrás y arranca. Cuando llevamos media manzana, estalla en carcajadas.

—¡Le has dicho a mi padre que había sido «una gozada»!

—Como un guionista malo de la tele, que piensa que así es como hablan los adolescentes.

—Exacto. Ha sido impagable —dice, secándose con el pulgar una lágrima.

—Me sabe mal por tu madre. Estaba completamente destrozada.

—No te preocupes. Ella le va a dar.

—No tengo ninguna duda. Por eso se llevan tan bien.

Josh se queda pensativo unos instantes mientras sigue conduciendo.

—No sé cómo seguiré a partir de aquí con mi padre.

—No creo que sea algo insuperable —digo, tratando de creérmelo yo misma.

Bajo la ventanilla un poco para que me dé el aire en la

cara. El sol me calienta las piernas, y Josh vuelve a sonreír.

Ni siquiera me atrevo a pensar cómo terminará todo esto.

Si el trayecto dura normalmente cinco horas, juraría que Josh lo reduce a tres. Pero las horas no significan nada para nosotros ahora, mientras cruzamos la campiña a toda velocidad y dejamos atrás el aire impregnado de salitre.

El sol se filtra entre la fronda de los árboles bajo la que avanzamos: manchas de tono cobrizo y limón que salpican nuestros brazos e iluminan nuestros ojos azules. Los suyos, azul esmeralda; los míos, azul turquesa. Me veo en el retrovisor lateral y apenas me reconozco a mí misma.

He cambiado. Soy una persona nueva. Hoy es un día trascendental.

Siempre recordaré este viaje de vuelta como si fuera un montaje de película, y yo soy consciente de que formo parte de él mientras se rueda. Cada detalle resulta vívido e intenso. Estoy segura de que algún día necesitaré estos recuerdos.

El montaje está dirigido por algún cineasta francés. Él habría preferido filmarlo en un descapotable, pero, bueno, las ventanillas de nuestro coche están bajadas, ya es algo. El aire es cálido para esta época del año y está impregnado de olor a madreselva y a hierba recién cortada.

La protagonista es una chica preciosa, cuyos labios pintados de rojo Lanzallamas sonríen a un hombre guapísimo. Él tiene un aspecto tan guay con esas gafas de sol que, al mirar la secuencia, tú decides comprarte unas iguales.

Él le coge la mano a la chica y la besa. Le dice algo encantador, la hace reír. Es esa clase de momento en el que desearías pulsar el botón de pausa y comprar lo que te estén vendiendo, sea lo que sea.

La felicidad. Una vida mejor. El lápiz de labios rojo, esas gafas de sol.

La banda sonora debería ser una melodía *indie*, en parte alegre y esperanzada, pero con una letra agridulce que te provocara, sin saber por qué, una punzada de dolor. Pero no: lo que suena en realidad es una música *hair metal* de los ochenta que he encontrado en un iPod comprometedor: concretamente en una lista de reproducción titulada «Gimnasio».

—¡¿En serio has desarrollado estos abdominales escuchando música de Poison y de Bon Jovi?! —grito, y él no puede negarlo. Estamos solos, con las ventanillas abiertas, el estéreo a tope y la carretera curvándose como una lengua interminable.

Coreamos las canciones. Salen de mis labios con toda facilidad las letras de unos temas que no he escuchado desde hace años. Ahora mismo, todo resulta tan fácil como respirar.

No paramos. Como si temiéramos que al parar, aunque sólo fuera un momento, nos atrapara la realidad. Somos como atracadores de bancos. Como niños escabulléndose de un internado. Como adolescentes enamorados que se fugan juntos.

Yo tengo una botella de agua en el bolso y Josh una lata de pastillas de menta. Lo compartimos todo, y nos sabe mejor que un banquete.

Al final me confesaré a mí misma por qué es tan importante este montaje. Podría tratar de convencerme de que lo es porque se acerca la sombra amenazadora del lunes por la mañana, de ese premio que puede recaer en cualquiera de los dos dignos candidatos. O bien podría pensar que es importante por lo viva que me siento: viva, joven, llena de la certidumbre temible y estimulante de que mi vida va a cambiar radicalmente.

Seguramente es por la excitante resaca de mi rebelión

contra la autoridad, por la sensación embriagadora de desafiar a un personaje intimidante. Por la emoción de salir a salvar a alguien. De ser la más fuerte. De actuar como una leona.

Quizá es por el aroma primaveral que hay en el aire; por los campos que atravesamos, llenos de tréboles de cuatro hojas. Por las rosas rojas de una cerca. Por los asientos de cuero y la piel sedosa de Josh.

No: es por otra razón. Es por la repentina conciencia de un cambio irreversible y permanente. Un cambio que me da vueltas en la cabeza con cada revolución de las ruedas del coche, con cada pulsación de la sangre en mis frágiles venas. En cualquier momento, una válvula diminuta podría ceder bajo la presión del colesterol de los cruasanes. En cualquier momento, podría morirme.

Pero no me muero. Me quedo dormida, con la mejilla apoyada en el cálido asiento y la cara vuelta hacia él. Como siempre la he tenido. Como siempre la tendré.

Entreabro los ojos. Estamos en un garaje.

—Ya hemos llegado —dice.

Pienso lo impensable. Debería haberlo pensado hace mucho. Vuelvo a cerrar los párpados y finjo estar dormida.

—Tienes que despertarte —susurra. Un beso en la mejilla. Un milagro.

Amo a Joshua Templeman.

28

Entramos en su apartamento y Josh deja mi maleta y la suya en el dormitorio, como si ambos llegáramos a casa. Voy al baño y, al salir, veo que está preparándome una taza de té con la intensa concentración de un científico.

Echa un vistazo a mi cara.

—Ay, no. No me lo digas.

Siento que se me cae el alma a los pies. Me agarro del borde de la encimera. Lo sabe. Es capaz de leerme el pensamiento. Mis ojos son como corazoncitos enamorados.

—Estás en pleno ataque de pánico —dice con rotundidad.

Yo no puedo hacer más que desviar la mirada y morderme los labios. Echo un vistazo hacia la puerta del apartamento. No puedo pasar por su lado. Él sería más rápido.

—Ni se te ocurra. Siéntate en el sofá —me regaña—. Anda.

Voy al salón, me quito los zapatos y me hago un ovillo sobre su sofá, abrazando el almohadón de cintas.

Tiene razón. Estoy muerta de miedo. Es el ataque de pánico más brutal que he sufrido nunca. Me he quedado completamente sin voz.

Hablo conmigo misma para mis adentros.

«Lo amas. Lo amas y siempre lo has amado. Más de lo que has llegado a odiarle. Un día tras otro mirando a este hombre, estudiando cada color, cada expresión, cada matiz...

Todos los juegos a los que jugabas eran para captar su atención. Para hablar con él. Para sentir su mirada. Para conseguir que se fijara en ti.»

—Soy una idiota rematada —musito.

Abro los ojos y por poco doy un grito. Él está frente a mí con una taza y un plato.

—No puedo consentir este nivel de pánico —dice, y me da un sándwich. Deja la taza en la mesita de café, desaparece un momento y vuelve con una manta de lana gris.

Es como si supiera que he sufrido una especie de shock. Me arropa por todos lados y me trae otro almohadón. Quién sabe la cara que debo tener. He evitado mirármela en el baño.

Los dientes me castañean. Cojo el bocadillo, que tiene muy buen aspecto: no es ninguna chapuza, incluso está cortado en diagonal por la mitad, como a mí me gusta.

Mastico como una ardilla listada, usando mis diminutas garras prensiles para arrancar la corteza. Tengo unos ojillos relucientes e inquietos, y las mejillas infladas.

—No me has dicho una palabra desde que te he despertado. Y cualquiera diría que has sufrido una conmoción. Te tiemblan las manos. ¿Qué crees que será? ¿Un bajón de azúcar? ¿Una pesadilla? ¿Un mareo? —Deja su plato, con el sándwich intacto—. Aún estás cansada. Tienes retortijones. —Empieza a masajearme los pies a través de la manta. Al volver a hablar, baja tanto la voz que apenas le oigo—. Has descubierto el grave error que has cometido al acostarte conmigo.

—No —exploto, con la boca llena. Cierro los ojos. El surco de preocupación de su frente me está matando.

—¿No?

Me siento fatal. Estoy pinchando la preciosa burbuja de energía de nuestro viaje de vuelta.

—Hoy es domingo —contesto, después de mucho pensar.

—Mañana es lunes —dice él. Ambos damos un sorbo a nuestras tazas. El Juego de las Miradas ha dado comienzo, y yo me muero de ganas de hacerle una serie de preguntas, pero no tengo ni idea de cómo empezar.

—¿Verdad o Reto? —dice.

Siempre tan oportuno.

—Reto.

—Cobarde. Muy bien. Te reto a comerte todo el tarro de mostaza picante que hay en la nevera.

—Yo me esperaba un reto sexi.

—Te traeré una cuchara.

—Verdad.

—¿Por qué sientes pánico? —Da un mordisco al sándwich.

Suspiro con tanta fuerza que me duelen los pulmones.

—Yo no estaba preparada para esto. Y me vienen sentimientos e ideas que me dan miedo.

Él me estudia atentamente, tratando de detectar algún indicio de mentira, pero no encuentra ninguno. Quizá sea un modo resumido de decirla, pero es la verdad.

—¿Verdad o Reto?

—Verdad —dice él, sin pestañear. A la luz del atardecer que entra por la ventana, distingo las vetas de color cobalto de sus ojos. Tengo que cerrar los míos unos momentos, hasta que el dolor de su belleza se aplaca.

—¿Qué son esas marcas de tu agenda? —La pregunta me viene de golpe a la cabeza. La otra vez no me respondió; y dudo que esta vez lo haga.

Josh sonríe, mirando su plato.

—Es algo un poco pueril.

—No esperaba menos de ti.

—Anoto si llevas un vestido o una falda. «V» o «F». Hago una marca cuando discutimos y otra distinta cuando te veo sonreír a otra persona. También cuando desearía besarte. Los puntos sólo representan el descanso del almuerzo.

—Ah. Pero... ¿para qué? —Se me encoge el estómago. Él reflexiona.

—Cuando sacas tan poco de alguien, tomas lo que puedes.

—¿Cuánto tiempo llevas haciéndolo?

—Desde el segundo día de B&G. El primero fue un poco confuso. Pensaba elaborar unas estadísticas y todo. Lo siento. Dicho en voz alta, parece una locura.

—Ojalá también se me hubiera ocurrido a mí. Te lo digo por si así te sientes mejor. Yo estoy igual de loca.

—Descifraste el código de las camisas muy deprisa.

—¿Por qué te las ponías en orden?

—Quería ver si te dabas cuenta. Y cuando te diste cuenta, noté que te irritaba.

—Me di cuenta enseguida.

—Sí, lo sé. —Sonríe, y yo también sonrío. Me coge el pie con ambas manos y empieza a restregármelo.

—Esas camisas marcando el día de la semana han acabado resultando curiosamente reconfortantes. —Me echo hacia atrás y contemplo el techo—. Pase lo que pase, yo sé que entraré en la oficina y veré el color blanco. Blanco. Blanco crudo. Crema. Amarillo claro. Mostaza. Azul celeste. Azul turquesa dormitorio. Gris perla. Azul marino. Negro. —Voy contando con los dedos.

—Olvidas que el pobre color mostaza ha sido reemplazado. Pero, en fin, pronto dejarás de ver mis estúpidas camisas. El señor Bexley me ha dicho que el panel de entrevistadores tomará una decisión el viernes.

—Pero eso es sólo un día después de la entrevista. —Yo creía que habría una semana o dos de deliberación. O sea, ¿que el próximo viernes seré la ganadora o estaré sin trabajo?—. Me están entrando náuseas.

—Él les ha dicho que si no han averiguado quién es el candidato idóneo en los primeros cinco minutos de la entrevista es que son idiotas.

—Será mejor que no intente condicionar al panel. El proceso tiene que ser justo. Puaj. No se me había ocurrido que habré de informar directamente al señor Bexley, sin contar contigo como colchón. Te lo aseguro, Josh, ese hombre tiene unos ojos que parecen rayos X.

—Me gustaría cegarlo con ácido.

—¿Tienes un frasco de ácido en el cajón?

—Tú deberías saberlo, ya que has estado fisgando en mi escritorio y en mi agenda.

Lo dice con cierto tono de censura, pero sus ojos conservan la misma calidez mientras me desliza el pulgar por el arco del pie, arrancándome un ronroneo.

—¿Piensas dimitir si consigo yo el puesto? —murmura.

—Sí. Lo lamento, pero tendré que hacerlo. Al principio, lo decía por orgullo. Pero ahora es evidentemente la única opción. Quiero que sepas, de todos modos, que si deciden que tú estás mejor preparado para el cargo, dimitiré sin pena. Me alegraré por ti, Josh. Te lo aseguro. Sé mejor que nadie cómo te has esforzado para conseguirlo. —Me arqueo un poco y suspiro—. Tú serías mi jefe. Resultaría muy excitante montárselo con el director ejecutivo siempre que se presentara la ocasión, pero nos acabarían pillando.

—¿Y si consigues tú el puesto? —dice.

—No puedo esperar que dimitas, pero desde luego no puedo ser tu jefa. Te asignaría tareas inadecuadas expresamente y Jeanette acabaría sufriendo una apoplejía.

—Y si yo fuera tu jefe, te apretaría las jodidas tuercas a base de bien. Con ganas, te las apretaría.

—Hmm. Yo tendría sueños obscenos toda la noche.

—Les dijiste a mis padres que probablemente iba a convertirme en director ejecutivo. ¿Lo decías en serio, o sólo pretendías colgarme otra medalla? No pasa nada si no hablabas en serio.

—Si yo formara parte del panel de contratación, compararía nuestros currículums y seguramente llegaría a la conclusión de que tú me superabas. Eres muy bueno en lo que haces. Siempre he admirado cómo trabajas.

Me restriego el pecho para intentar aliviar el dolor.

—No tendría por qué ser así. Y no se trata sólo de los currículums. También están las entrevistas. Tú eres encantadora. No hay nadie en este mundo que no te adore en el acto.

—Eso lo dices tú. Pero yo te he visto en acción cuando te esfuerzas en gustar. Eres como un político de los años cincuenta. Y puedes llegar a ser de lo más amable.

Él se echa a reír.

—Pero tú amas la editorial. Y a mí todos me odian. Ésa es tu ventaja sobre mí. Además, tú dispones de esa arma secreta en la que está trabajando Danny durante los fines de semana.

—Sí. —Miro para otro lado.

—Tiene que ver con el libro electrónico, no soy idiota —afirma.

—¿Y por qué no puedes ser idiota por una vez? Quiero mantenerte una cosa en secreto, aunque sólo sea por una vez.

—Ahora mismo me estás ocultando otro secreto. No hemos llegado a la raíz de tu acceso de pánico.

—Y no vamos a hurgar más por ahí. —Me tapo la cabeza con la manta.

—Muy maduro por tu parte —comenta, cambiando de pie. Empieza a apretarme los dedos y a pasarme los pulgares en círculo—. No puedes ocultarme un secreto mucho tiempo. Te conozco demasiado bien. Te lo acabaré sacando.

—Por lo visto, soy un libro electrónico abierto... —Refunfuño en la oscuridad, bajo la manta—. ¿El señor Bexley te ha contado lo de mi proyecto de digitalización? No vayas a chafarme la idea, Josh, por favor. Toda mi presentación se basa en ella.

—¿En serio me crees capaz de hacerte esa jugada?

—No. Bueno, quizá.

Estoy esperando una dura réplica, pero no dice nada. Continúa masajeándome el pie.

Me aparto la manta de la cara.

—¿Por qué no me sonreíste la primera vez que nos vimos? ¿Por qué no me dijiste: «Encantado de conocerte»? Habríamos podido ser amigos durante todo este tiempo.

—Me parece una tragedia. Nos hemos perdido muchísimas cosas, y ahora ya no nos queda tiempo.

—No podríamos haber sido amigos.

Trato de retirar el pie, pero él lo sujeta.

—O sea, que éste es un punto delicado. —Me aprieta el arco.

—Yo siempre he querido que fuésemos amigos. Pero tú no me devolviste la sonrisa. Y desde entonces no has sido más que un contrincante conmigo.

—No podía devolverte la sonrisa. Si te hubiera sonreído y nos hubiéramos hecho amigos, lo más probable es que me hubiera enamorado de ti.

El tiempo verbal que ha usado interrumpe el salto de alegría que iba a dar por dentro. Me hubiera enamorado, dice. Pero no se enamoró, ni lo está. Intento tomármelo a la ligera.

—Eso ya me lo dijiste después del beso en el ascensor. Que nunca seríamos amigos.

—Entonces estaba enfadado. Iba a llevarte en coche a tu cita con Danny. Y tú tenías un aspecto endemoniadamente sexi.

—Pobre Danny. Es tan buen chico... Tendrás que disculparte por haberle colgado el teléfono. Él siempre se ha comportado amablemente conmigo, y yo lo único que he hecho ha sido tener dos citas de mierda con él y hacerle perder un sábado.

—Pero pudo besarte. —Pone una cara al decirlo como si fuera a destruir todos los planetas—. Y ese trabajo de *freelance* no lo va a hacer únicamente por su buen corazón.

—En otras circunstancias, sería un novio estupendo.

Josh me mira con ojos oscuros de asesino en serie.

—Otras circunstancias...

—Bueno, doy por supuesto que vas a encadenarme en tu sótano y a mantenerme ahí como tu esclava sexual.

Esta conversación es como andar por la cuerda floja. Bastará con un paso en falso para que él lo comprenda. Para que sepa que estoy enamorada; y entonces me tambalearé y me caeré. Sin red de seguridad.

—No tengo sótano.

—Qué mala suerte la mía.

—Compraré una casa con sótano para los dos.

—Vale. ¿Puedo acompañarte cuando empieces a buscar?

Sonrío pese a la funesta sensación que me recorre las venas. Me encanta la energía que creamos entre ambos cuando bromeamos así. Es muy placentero saber que él siempre tendrá preparada la réplica perfecta. Nunca he conocido a nadie como él; tan adictivo para hablar como para besarlo.

—Verdad o Reto —dice, al cabo de un rato.

—No me toca a mí.

—Sí, te toca.

—Verdad. —No tengo más remedio. O me retará de nuevo a comerme la mostaza.

—¿Confías en mí?

—No lo sé. Querría confiar. ¿Verdad o Reto?

Él parpadea.

—Verdad. A partir de ahora será siempre verdad.

—¿Has vivido aquí alguna vez con una novia?

—No. No he vivido con nadie. ¿Por qué lo preguntas?

—Tu habitación tiene un toque femenino.

Josh sonríe para sí.

—A veces pareces idiota.

—Gracias. Oye, ¿me voy para casa? No tengo nada de ropa para ponerme mañana.

—Aunque te cueste creerlo, aquí tengo lavadora y secadora.

—Qué moderno. —Entro en su habitación y me arrodillo en el suelo para abrir mi maleta—. Espero que Helene no note que llevo el mismo conjunto.

—Yo diría que la única persona de la editorial que se fija en ti hasta tal punto será la misma que habrá lavado estas prendas vergonzosamente delatoras.

Me siento sobre los talones y observo el dormitorio. Ha puesto el pitufo que le regalé en la mesita de noche. También están las rosas blancas, con los pétalos abiertos y casi sueltos. Como no tiene ningún jarrón, las ha puesto en un bote. Cierro los ojos. Durante unos momentos, no puedo moverme.

Lo amo tanto... Es algo así como si me atravesara un hilo: perforando orificios, pasando de aquí para allá, dándome puntadas de amor por dentro. Nunca lograré desenredarlo y deshacerme de este sentimiento. Y el color del amor es sin duda el azul turquesa.

Cuando aparecen sus pies en el umbral, recojo la ropa sucia y la sujeto contra mi pecho.

—No mires mis bragas.

—Sería una grosería —coincide—. Cerraré los ojos —añade, llevándose la ropa.

Me siento sobre la cama. Aliso la colcha, jugueteo con la tela sedosa. Empujo la almohada con un puño. Josh sueña. Vive. Y hará todo eso sin mí.

Me encuentra allí sentada, con la cabeza en las manos.

—Fresita —dice, y noto que está preocupado de verdad.

Tengo una sensación extrañísima. Necesito confiar en él. Es la persona en la que no debería confiar, pero este secreto —que lo amo— me tiene a punto de explotar y me está doliendo.

—Habla conmigo. Quiero saber por qué estás alterada. Déjame ayudarte a resolverlo.

—Me das miedo. —Me da miedo que averigüe mi mayor y más reciente secreto.

Él no parece ofenderse.

—Y tú me das miedo a mí.

Cuando nuestras bocas se tocan, es como si fuera la primera vez. Ahora que tengo este amor azul claro recorriéndome por dentro, la intensidad es increíble. Trato de apartarme, pero él me tumba con delicadeza sobre la cama.

—Sé valiente —me dice—. Vamos, Luce.

Tengo en la boca mi corazón y su aliento cuando volvemos a besarnos. Noto cómo tiemblo mientras él saborea mi temor.

—Ah —dice—. Creo que empiezo a ver cuál es el problema.

—No, qué va. —Vuelvo otra vez la cara.

Fuera, el sol está poniéndose en este día tan confuso, y la luz se filtra a través de las ligeras cortinas con un tono perlado precioso. La escena queda congelada y archivada en el baúl de mi memoria.

Él me besa como si me conociera. Como si me comprendiera. Alzo la mano para apartarlo y él entrelaza sus dedos con los míos. Le muerdo y él sonríe sobre mis labios. Flexiono la rodilla para hacer fuerza y poder zafarme, y él engancha una mano por debajo de mi pierna.

—Estás preciosa cuando tienes miedo —me dice.

No puedo hablar mientras recorre mi oreja con los labios. Da un suspiro. Mi mundo se estrecha un poco más.

Cuando me besa en la sien, comprendo que está pensando en mis diminutos milagros interiores, y entonces asoma la primera lágrima en mi ojo y se desliza por mi mejilla y luego por mi cuello.

—Ahora estamos llegando a alguna parte —me dice, lamiendo la lágrima.

Hundo las manos en su pelo y lo aprieto contra mí. Él va imprimiendo suaves besos a lo largo de mi cuello. Y cada beso me sumerge más profundamente en el amor. Cuando me pasa la mano a lo largo del torso, hago una mueca.

—Deja que te examine el doctor Josh —dice, quitándome el jersey y la camiseta a la vez.

Me desliza la mano por el cuello, sobre el sujetador, entre mis pechos, hasta llegar al vientre. Bajo la luz difusa, cada vena, cada magulladura de *paintball* queda expuesta a su observación. El arco de sus pestañas es tan perfecto que siento cómo me sube a los ojos la siguiente lágrima.

Lo amo tanto que no me voy a poder contener mucho tiempo. Estoy vibrando. Soltando chispas. Él me lo pone aún más difícil para poder resistir cuando empieza a hablar otra vez sin dejar de acariciar mi piel magullada.

—Siento que te hayas lastimado tan a menudo por mi culpa. Debería haberte protegido de mí mismo. Yo he estado fijado mucho tiempo en una posición automática. Algo así como que ataco antes de ser atacado. Y tú te has visto expuesta a ese ataque durante días, semanas, meses, y lo has resistido como nadie habría sido capaz de hacerlo. —Intento hablar, pero él menea la cabeza y continúa—. Me he pasado cada día, cada minuto, sentado ahí, mirándote. Lo que he hecho contigo ha sido el peor error de mi vida.

—Está bien —acierto a decir—. Está bien.

—No, nada de eso. No entiendo cómo me has aguantado. Y lo siento. —Baja la boca hacia mis costillas magulladas.

—Te perdono. Olvidas que yo me he portado como una auténtica bruja contigo.

—Si yo te hubiera sonreído, no te habrías portado así.

—Ojalá lo hubieras hecho. —Me falla la voz de un modo traicionero. Es casi como si hubiera dicho a las claras: «Ojalá me hubieras amado».

Contengo el aliento. Sé que ahora está apenas a un paso por detrás de mí, uniendo la línea de puntos con ese cerebro locamente inteligente. Me escabullo hacia el cabezal de la cama, pero él se encarama sobre mí con facilidad y me apoya la cabeza en la almohada.

—Pero no me sirvió de nada. Te amé nada más verte.

Ahora me precipito en el vacío, a través de la cama. Él me sujeta de la cintura con un brazo. Doy una sacudida, como si me hubiera atrapado al vuelo.

—¿Que me...? ¿Qué? ¿A mí?

—Sí, a Lucinda Elizabeth Hutton.

—A mí...

—A Lucy, heredera de la dinastía Fresas Sky Diamond.

—A mí...

—¿Podrías mostrarme un documento de identidad para que pueda asegurarme? —Sus ojos están encendidos, y la sonrisa que más me gusta del mundo ilumina su rostro.

—Pero... yo te amo a ti. —Noto que lo digo con incredulidad.

Él se ríe.

—Lo sé.

—¿Cómo es que siempre lo sabes todo? —Doy patadas sobre el colchón.

—Lo he deducido hace cinco minutos. Se te estaba partiendo el corazón.

—No puedo esconderte nada. Eso es lo peor. —Intento hundir la cara en la almohada.

—No tienes por qué esconderme nada. —Me coge la barbilla y me besa.

—Eres intimidante. Me harás daño.

—Supongo que soy algo intimidante, sí. Pero nunca más volveré a hacerte daño. Y cualquiera que te haga daño averiguará por qué soy intimidante.

—Me odias.

—Nunca te he odiado. Ni un instante. Siempre te he querido.

—Demuéstramelo. No tienes forma de demostrarlo.

—Me siento satisfecha por haberle lanzado un desafío imposible de superar. Él se pone de lado sobre la cama y apoya la mejilla en el bíceps. El corazón me palpita.

—¿Cuál es mi color favorito?

—Fácil. El azul.

—¿Qué azul?

—¡Azul dormitorio! —Señalo alrededor—. Las paredes. Tu camisa. Mi vestido. Azul Tiffany.

Él tira de mí para que me siente; luego se desliza hasta el pie de la cama y abre su armario. Están todas las camisas colgadas en la secuencia de colores.

—Mira que estás chiflado. —Empiezo a reírme, señalando las camisas, pero él me sujeta de los tobillos y me arrastra hacia el pie de la cama. Hay un espejo de cuerpo entero, y me veo a mí misma, al fin sentada en la cama de esta habitación azul turquesa. Las paredes están pintadas del azul de mis ojos. He estado un poco lenta.

—¡Pero éste es el azul más precioso del mundo!

—Ya lo sé. Santo Dios, Lucinda. Creía que me descubrirías en cuanto vieras esta habitación.

Se sienta en la cama, detrás de mí, con una rodilla flexionada, y yo me acurruco en el nido perfecto de su cuerpo.

—Cómo puede ser que una persona no reconozca el color de sus propios ojos, nunca lo entenderé.

—Hay varias cosas que no he sabido reconocer, según parece. Oye, Josh.

—Sí, Fresita.

—Tú me quieres. —Veo en el espejo cómo sonríe ante mi tono perplejo y asombrado.

—Desde el primer momento en que te vi. En cuanto me sonreíste, me sentí como si cayera hacia atrás por un precipicio. Y ya no he dejado de sentirlo. He estado intentando arrastrarte en mi caída. De la peor manera posible, de un modo extravagante y propio de un tarado.

—Nos hemos portado fatal el uno con el otro. —Noto que él se estremece; sus manos empiezan a acariciarme—. Quiero decir, ¿cómo vamos a poder empezar de nuevo?

—Ha llegado la hora de jugar a un juego nuevo. El juego de Volver a Empezar.

Sonrío. Mis ojos destellan llenos de esperanza, de la certeza de que esta fusión va a ser la más apasionante y apasionada de mi vida, el mayor desafío que he vivido jamás.

—Encantada de conocerte. Me llamo Lucy Hutton.

—Joshua Templeman. Pero llámame Josh, por favor. —Veo la deslumbrante sonrisa que me dirige. Ahora estoy llorando de verdad. Las lágrimas me resbalan por las mejillas.

—Josh.

—Suena de maravilla viniendo de tu boca.

—Josh, por favor. Somos compañeros desde hace un minuto y ya estás coqueteando. Déjame colgar el abrigo primero.

Él me desabrocha el sujetador.

—Permíteme.

—Gracias. —Estamos jugando al Juego de las Miradas en el espejo. Sus ojos empiezan a oscurecerse; sus manos se llenan de mi piel blanca.

—Yo me crie en una plantación de fresas. Y la plantación lleva mi nombre.

—Me encantan las fresas. Estoy tan enamorado que las

como a todas horas. ¿Me permites que te llame Fresita? Más claro no puede estar que te amo.

—¡Que me amas! Pero si acabamos de conocernos...

—Es la verdad. Lo siento, pero yo soy muy rápido. Espero no ser demasiado atrevido, pero tienes unos ojos increíbles, Lucy. Me muero cada vez que parpadeas.

—Eres un seductor, mira por dónde. Yo también te amo. Muchísimo. Cada vez que me miras con esos ojos de color azul oscuro, me siento como si recibiera una descarga eléctrica.

Tanteo por detrás con las manos para quitarle la camiseta. Él me ayuda y se la acaba quitando.

—Me estaba preguntando desde que te he conocido, vale, sí, hace sólo unos minutos, qué tendrías bajo esa camiseta. Por Dios, vaya cuerpo. Pero yo te deseo por tu mente, por tu corazón. No por este impresionante disfraz.

Él mira al techo.

—Creo que pintaré mi habitación este fin de semana. Seguramente me sentiré irritado mientras lo esté haciendo. Y también me despediré con gusto de mi novia actual, una rubita alta y aburrida llamada Mindy Thailis. Ella no es como tú, lo cual me reconcome. El hecho de que duerma solo y me mantenga desesperadamente célibe en esta habitación azul-Lucy lo hará todo aún más romántico cuando por fin te lo cuente.

Me arrastra entre las sábanas y se pega detrás de mí. Apoyo la mejilla en su bíceps. Él me besa la nuca. Estoy temblando.

—Parece un buen plan. Y valdrá la pena. Desesperadamente, ¿no? Bueno, dime una cosa, por favor, ¿cuál es para ti el objetivo del juego de Volver a Empezar?

—El mismo que el de los demás. Hacer que me ames.

—Para mí, era hacerte reír. Qué patética.

—Yo me moría de risa cada día en el trayecto de vuelta a casa. Te lo digo por si así te sientes mejor.

—Supongo. Pero tú has ganado. Voy a tener que reconocer para siempre que tú has ganado todos los juegos.

—Estoy casi segura de que tengo un mohín enfurruñado en los labios. Él me pone boca abajo y empieza a besarme la columna.

—¿Confías en mí ahora que lo sabes todo?

Por un momento, temblamos el uno contra el otro. Mi piel se estremece con cada contacto de sus labios.

—Sí. Y si consigues el puesto, me alegraré por ti.

—Yo ya he dimitido. El viernes fue mi último día. Jeanette subió a hacer el papeleo. Y ahora estoy de vacaciones.

—Pero ¿qué coño...? —farfullo contra la almohada.

—No quiero nada que pueda significar perderte. No hay nada que valga tanto la pena.

—Pero yo no he tenido la oportunidad de competir contigo.

No sé si reír o gritar.

—Todavía tienes que enfrentarte a los demás candidatos. Por lo que he oído, uno de ellos es un serio rival. El panel es independiente y podría decidir que eres totalmente incompetente para el cargo.

Le doy un codazo y él se ríe.

—Pero tú siempre pensarás que podrías haber ganado. Y cada vez que nos peleemos, yo me estaré temiendo que lo saques a relucir.

—He encontrado una solución. Una jugada tan maquiavélica que incluso a ti te parecerá perfecta. Tiene la virtud de conservar el estúpido rollo competitivo que tan bien se nos ha dado.

—Me da miedo preguntar en qué consiste.

—Soy el nuevo jefe de la división de finanzas de Sanderson Print, nuestro mayor y más enconado rival.

—¿Qué? No me digas, Josh.

—¡Ya ves! Soy un genio de la maldad. —Me da un beso en la nuca. Yo me retuerzo y me doy la vuelta.

411

—¿Cómo demonios lo has logrado? —Me siento desfallecer.

—Llevaban una eternidad acosándome para que fuera a hablar con ellos. Así que fui a verlos y les dije que quería ocuparme de su desastrosa situación financiera antes de que acabaran quebrando del todo. Y estuvieron de acuerdo. Nadie se quedó más sorprendido que yo, pero disimulé.

—¿Por eso te tomaste un día libre?

—Sí. Y además tenía que comprarte el cochecito en miniatura. Tardaron un montón en pasarme la oferta formal. Y por eso, también, no iba a necesitar ninguna ayuda para derrotarte. No quería derrotarte.

Paso la mano por su hombro, por la curva maravillosa de su brazo.

—Así que ya está decidido.

—Tuve que hacer una declaración sobre posibles conflictos de intereses.

—¿En qué sentido? —Veo cómo entorna los ojos al evocarlo.

—Revelé que estaba enamorado de la próxima directora ejecutiva de B&G.

Me lo imagino diciéndoselo a los directivos con toda la calma del mundo.

—No me digas. ¿No les importó?

—A mi nuevo jefe le pareció un detalle enternecedor. Todo el mundo es un romántico, en el fondo. Tuve que firmar unos documentos de confidencialidad. Si te cuento algo, me demandarán. Por suerte, contigo se me da bien poner cara de póquer.

—Ay, Dios. ¿Cómo reaccionó el señor Bexley? Él no es un romántico.

—Se puso furioso. Estuvo a punto de llamar a seguridad. Menos mal que entró Helene y calmó un poco las cosas. Cuando les conté mis motivos para marcharme, fueron bastante comprensivos. Helene dijo que siempre lo había sabido.

—Motivos...

—A mí me quedaba un fin de semana para conseguir que me amaras.

Abro la boca, horrorizada.

—No me digas que les dijiste eso.

—Sí. Deberías haber visto la cara de Jeanette.

—Una apuesta arriesgada, Josh. Menudo jaleo.

—Ha valido la pena, por suerte.

Respira con la boca pegada a mi piel, lo cual me hace sentir como si estuviera en un sueño del que Josh no quiere que despierte nunca. Aspira mi olor con la avidez de un adicto.

—¿Cómo estás tan seguro de que no me guardarás rencor en el futuro? Has renunciado a una gran oportunidad.

—Porque me pasaré el día entre montones de números. Y, además, así podré continuar mi cruzada para salvar cada vez de la ruina a una compañía editorial.

—Procura, por favor, no hacer llorar a la gente. Ha llegado la hora de que seas tú mismo. Un señor Buen Chico de verdad.

—No te lo garantizo. Pero para mí, hablando con franqueza, este puesto en Sanderson es más idóneo. Y lo mejor es que te encontraré cada noche en mi sofá al volver a casa. No podría haber tomado una decisión más adecuada.

—¿Cada noche? Bueno, durante el próximo puente no podrá ser. Me voy a pasar la semana a Sky Diamond. Supongo que tú estarás ocupado entonces...

—Llévame contigo —dice, dándome besos en los hombros—. Conozco el camino. Tengo estudiado el trayecto. Vuelos y coches de alquiler. Me arrastraré ante tu padre. Ya sé lo que le diré exactamente.

—No acabo de imaginarte allí.

—Tengo que ir a ese lugar para poder empezar desde el principio. Para saberlo todo sobre ti.

—Desde luego te gustan las fresas.

—Me gustas tú, Lucy Hutton. Mucho, no te haces una idea. Por favor, tienes que ser mi mejor amiga.

Estoy absurdamente enamorada. Pruebo a decirlo en voz alta.

—Estoy enamorada de Joshua Templeman.

La respuesta me la susurra al oído.

—Por fin.

Me echo hacia atrás.

—Tendré que cambiar la contraseña de mi ordenador.

—¿Ah, sí? ¿Qué pondrás?

—AMO@JOSHU@.

—FOREVER —añade.

—¿Me pirateaste la clave?

Me pone boca arriba y me sonríe desde lo alto con unos ojos relucientes de picardía.

No puedo hacer nada. Cuando la bandera blanca de sus sábanas envuelve mi piel, el Juego del Odio llega a su fin. Es algo profundo. Es un milagro. Y es para siempre.

—Sí, de acuerdo. *Forever*. ¿A qué juego jugamos ahora?

—Lo miro a los ojos y jugamos al Juego de las Miradas hasta que sus ojos se iluminan recordando algo.

—El juego de O algo así me dejó intrigado. ¿Me enseñas cómo es?

Tira de las mantas para cubrirnos, dejando fuera al resto del mundo. Está riéndose, y es el sonido que más me gusta.

Luego se impone el silencio. Su boca roza mi piel.

Que empiecen los juegos de verdad.

AGRADECIMIENTOS

Este libro es mi sueño hecho realidad.

He tenido a una maravillosa pandilla de amigas animándome a perseguir este sueño: Kate Warnock, Gemma Ruddick, Liz Kenneally y Katie Saarikko. Cada una de ellas ha desempeñado su papel para ayudarme, empujarme e inspirarme. Sois todas muy especiales.

Gracias a Christina Hobbs y a Lauren Billings por apoyar mis intentos como escritora y por presentarme a mi encantadora agente, Taylor Haggerty, de la agencia literaria Waxman Leavell. Gracias, Taylor, por ayudarme a realizar este sueño.

Gracias al amable y eficiente personal de HarperCollins, en especial a mi editora, Amanda Bergeron, por hacerme sentir como una más de la familia.

Y hablando de familia, quiero enviar todo mi amor a mis padres, Sue y David, a mi hermano, Peter, y a mi marido, Roland. Rol, gracias por creer en mí. Aunque mi perra, *Delia*, no puede leer, me ha proporcionado un extraordinario apoyo y la querré hasta el fin de los tiempos.

Carrie, allí donde estés: esa sola palabra —*némesis*, «archienemigo»— fue todo un don para mí. Me diste el pie del que salió este libro entero. Te estoy muy agradecida.